Kirsty Moseley

Il ragazzo che entrò dalla finestra e si infilò nel mio letto

Newton Compton editori

Capitolo 1

Ero seduta sul bancone della cucina, e guardavo mia madre che preparava la pasta al forno; era abbastanza preoccupata, e guardava l'orologio ogni due minuti. Sapevo perché: mio padre sarebbe tornato a casa di lì a diciassette minuti esatti, e a lui piaceva che la cena fosse servita in tavola appena rientrava.

Jake entrò, con il suo Spider-Man in mano. «Mamma, posso andare a giocare da Liam?», domandò, scoccandole uno sguardo da cucciolo.

Lei lanciò una nuova occhiata all'orologio e scosse il capo rapidamente. «Non ora, Jakey. La cena è quasi pronta e dobbiamo mangiare tutti insieme, come una famiglia». Ebbe come un lieve sussulto, mentre lo diceva.

Jake fece una smorfia delusa, ma poi annuì e venne a sedersi accanto a me. Io gli rubai con uno scatto il piccolo Spider-Man e risi mentre sussultava e se lo riprendeva, sorridendo e roteando gli occhi. Era un bel ragazzino, dai capelli biondi e gli occhi grigi con qualche pagliuzza castana. Era il mio fratello maggiore, e da quel punto di vista, era il migliore che potesse esistere. Si occupava sempre di me, a casa come a scuola, e si assicurava che nessuno mi desse fastidio. L'unico autorizzato a darmi fastidio, per quel che lo riguardava, era lui, nonché, sebbene in misura minore, il suo amico Liam, che abitava accanto a noi.

«Allora, Ambs, hai bisogno di una mano per i compiti?», mi chiese, mollandomi una lieve spallata. Aveva dieci anni, due più di me, e mi aiutava sempre con lo studio.

«No. Non me ne hanno dati». Sorrisi, facendo dondolare le gambe giù dal bancone.

«Okay, ragazzi, andate ad apparecchiare la tavola. Sapete come. Nel modo giusto, d'accordo?», disse la mamma, spargendo del formaggio grattugiato sulla pasta e mettendola in forno. Io e Jake saltammo giù dal bancone e prendemmo le stoviglie, dirigendoci in sala da pranzo.

Mio padre aveva preferenze molto particolari su tutto, e se ogni cosa non era esattamente come la voleva lui si arrabbiava. E nessuno di noi voleva che si arrabbiasse. Mia madre diceva sempre che aveva un lavoro stressante. Si infastidiva con molta facilità, se sbagliavamo qualcosa. Se avete mai sentito il detto "I bambini si dovrebbero vedere e non sentire", ecco, mio padre l'aveva portato all'estremo. In effetti, a lui piaceva che i bambini non si vedessero e non si sentissero. Ogni giorno alle cinque e mezza tornava a casa, cenavamo e poi io e Jake venivamo spediti nelle nostre stanze, dove giocavamo senza fare rumore fino alle sette e mezza, quando dovevamo andare a letto.

Odiavo quel momento della giornata. Tutto andava benissimo finché lui non tornava a casa, poi tutti cambiavamo. Jake diventava serio e silenzioso. Mia madre si ritrovava sempre sul viso un'espressione che sembrava di paura o preoccupazione, e iniziava a sprimacciare compulsivamente i cuscini del divano. Quanto a me, restavo lì in silenzio, a desiderare di potermi nascondere nella mia stanza senza uscirne più.

Io e Jake apparecchiammo velocemente la tavola e poi ci sedemmo in silenzio, aspettando lo scatto della porta che avrebbe segnalato il suo ritorno. Mi sentivo lo stomaco chiuso e i palmi delle mani che iniziavano a sudare, mentre pregavo silenziosamente che avesse avuto una buona giornata e fosse normale, quella sera.

A volte, capitava che fosse davvero di buonumore, e allora mi abbracciava e mi baciava, dicendomi che ero una bambina molto speciale e che mi voleva tanto bene. Di solito, capitava di domenica. La mamma accompagnava Jake agli allenamenti di hockey e io restavo a casa con lui. Quelle domeniche erano la cosa peggiore, ma non avevo mai detto a nessuno di quei momenti, o del modo in cui mi toccava dicendomi che ero bellissima. Odiavo quei giorni e avrei voluto che il fine settimana non arrivasse mai. Preferivo di gran lunga i giorni di scuola, quando lo vedevamo soltanto a cena. E preferivo decisamente i suoi sguardi infuriati, a quelli gentili. Non mi piacevano affatto, mi facevano sentire a disagio e mi facevano sempre tremare le mani. Fortunatamente, comunque, quella sera era appena lunedì e avevo quasi una settimana prima di dovermene preoccupare di nuovo.

Due minuti dopo, rientrò. Jake mi lanciò uno sguardo che mi intimava di comportarmi bene e mi strinse la mano sotto al tavolo. Mio padre era biondo, come mio fratello. Ma aveva gli occhi scuri, e l'espressione quasi sempre torva.

«Ciao, ragazzi», ci salutò, con voce bassa e profonda. Un brivido mi percorse la schiena, mentre parlava. Posò la borsa da un lato e si sedette a capotavola. Cercai di non reagire in alcun modo alla sua presenza; anzi, tentai di non muovermi affatto. Sembravo sempre io quella che metteva tutti nei guai, o che faceva qualcosa di sbagliato, quella che peggiorava le cose per tutta la famiglia. Non era sempre stato così, una volta ero la preferita di papà, ma da quando aveva iniziato quel nuovo lavoro, tre anni prima, era cambiato. E così anche il nostro rapporto con lui. Mi preferiva ancora a Jake, ma, quando tornava dal lavoro, era come se volesse fingere che io e mio fratello non fossimo lì. Il modo in cui a volte guardava Jake, quasi desiderando che non esistesse, mi provocava orribili crampi allo stomaco.

«Ciao, papà», rispondemmo entrambi in coro. In quel momento, mia madre entrò con la pasta e un vassoio di pane all'aglio.

«Sembra delizioso, Margaret», commentò lui, con un sorriso. Iniziammo a mangiare in silenzio, e cercai di non agitarmi sulla sedia per il disagio. «Come è andata a scuola, Jake?», chiese a mio fratello.

Jake alzò nervosamente gli occhi. «Tutto bene, grazie. Ho fatto le prove per la squadra di hockey e io e Liam siamo stati...», cominciò, ma lui annuì senza ascoltarlo.

«Ottimo, figliolo», lo interruppe. «E tu, Amber?», domandò poi, volgendo lo sguardo su di me.

Oh, Dio! Okay, sii educata e non divagare. «Tutto bene, grazie», replicai a mezza voce.

«Parla più forte, bambina!», sbottò lui.

Sussultai al suo tono, chiedendomi se mi avrebbe colpito, oppure mandato a letto senza cena. «È andato tutto bene, grazie», ripetei, un po' più forte.

Lui mi guardò con aria di rimprovero, prima di volgersi a mia madre, che si stava torcendo le mani in un moto d'ansia. «E tu, Margaret, che hai fatto oggi?», domandò, continuando a mangiare.

«Be', sono andata al supermercato e ti ho preso quello shampoo che ti piace, e poi ho stirato un po'», rispose lei, velocemente. Sembrava una risposta preconfezionata, e in effetti lo faceva sempre: aveva sempre delle risposte pronte, in modo da non dire nulla di inappropriato e non farlo arrabbiare.

Allungai la mano per prendere il bicchiere, ma ero nervosa e distratta e lo rovesciai, spargendone il contenuto sulla tavola. Tutti gli occhi scattarono su mio padre, che saltò su dalla sedia. «Merda! Amber, stupida piccola idiota!», ringhiò, afferrandomi per un braccio e facendomi alzare con violenza da tavola. Sentii la schiena sbattere contro il muro, e mentre il dolore mi afferrava, mi morsi un labbro per non scoppiare a piangere. Se l'avessi fatto, sarebbe stato peggio. Lui odiava le lacrime, diceva che soltanto le persone deboli piangono. Lo vidi sollevare una mano; sapevo che stava per picchiarmi.

Trattenni il respiro, aspettando il colpo, consapevole di non poter fare altro che subirlo, come sempre.

Mio fratello si alzò di scatto e si lanciò verso di me, abbracciandomi stretta e proteggendomi. Dava la schiena a mio padre, per coprirmi meglio. «Spostati subito da lì, Jake! Deve imparare a fare più attenzione!», urlò mio padre, afferrando Jake per i vestiti e gettandolo sul pavimento. A quel punto mi schiaffeggiò forte, mandando a terra anche me, per poi girarsi e colpire una gamba di Jake con un calcio, facendolo gemere. «Non osare metterti mai più in mezzo, stronzetto!», gli gridò, mentre lui si raggomitolava su se stesso, al suolo.

Lacrime silenziose mi rigavano il viso. Non sopportavo quando picchiava mio fratello; stava soltanto cercando di difendermi. Jake lo faceva sempre. Quando finivo nei guai, lui provocava mio padre per prendersi la punizione al mio posto.

Mio padre prese il piatto e il bicchiere dalla tavola e si allontanò con rabbia in salotto per finire lì la sua cena, borbottando qualcosa sul fatto che fossimo "i peggiori figli del mondo" e "come diavolo fosse finito in quella vita".

Strisciai accanto a mio fratello e lo abbracciai stretto, afferrandomi a lui come se ne andasse della mia vita. Lui mugolò e si sollevò a sedere, ricambiando l'abbraccio e strofinando la guancia contro la mia dolorante, sussurrando tra i denti.

«Mi dispiace, Jake. Mi dispiace tanto», dissi piano, piangendo contro la sua spalla.

Lui scosse la testa. «Va tutto bene, Ambs. Non è colpa tua», rispose con voce roca, prima di rivolgermi un lieve sorriso, cercando di rimettersi in piedi con una smorfia.

Scattai in piedi per aiutarlo. Sentii dei movimenti, in quel momento, e quando alzai gli occhi vidi mia madre che sparecchiava freneticamente la tavola.

«Prendete i piatti e andate a mangiare in camera, va bene?», sussurrò, baciandoci entrambi su una guancia. Doveva andare da mio padre e cercare di rimettere le cose a posto; doveva essere furioso, lì in salotto, a causa mia, e lei doveva calmarlo prima che succedesse qualcosa di peggio. «Ci vediamo domattina. Vi voglio bene. Vi prego, state tranquilli e, qualunque cosa accada, restate nelle vostre stanze», ordinò, prima di baciarci di nuovo e porgerci la cena finita a metà, spingendoci verso il corridoio.

Avevamo una bella casa, con quattro camere da letto, a un solo piano. Mio padre guadagnava bene, quindi vivevamo in un bel quartiere, ma avrei preferito una casa più piccola, e che lui avesse un lavoro diverso. Forse allora sarebbe tornato come prima, il vecchio papà che ci portava al parco e mi comprava giocattoli e dolci. Jake venne nella mia stanza e cenammo in silenzio, seduti sul pavimento accanto al letto. Mi strinse forte la mano, quando sentimmo papà urlare contro mamma in salotto, e poi il rumore di qualcosa che andava in frantumi. Sussultai. Era tutta colpa mia.

Iniziai a singhiozzare, e Jake mi mise un braccio intorno alle spalle, stringendomi con delicatezza. Sembrava sempre tanto più grande di me; era molto più maturo di me. «Va tutto bene. Va tutto bene, Ambs. Non preoccuparti», mi bisbigliò, accarezzandomi i capelli. Quando mi calmai, e le urla si placarono, giocammo a carte per un po'.

Nel mezzo di una partita, sentimmo dei passi pesanti avvicinarsi lungo il corridoio. Jake si irrigidì quando li sentì arrivare davanti alla porta della mia stanza. Tuttavia, non si fermarono, grazie a Dio. Ripresi a respirare, rendendomi conto solo in quel momento di aver trattenuto il fiato, e guardai mio fratello, che mi rivolse un piccolo sorriso. «Ora sarà meglio che torni nella mia stanza, sono le sette passate», dichiarò, lanciando un'occhiata alla mia sveglia. «Chiudi la porta a chiave. Ci vediamo domattina», concluse, ammiccando. Lasciò la stanza e lo guardai raggiungere in punta di piedi la porta della sua camera, per poi voltarsi a guardarmi.

«Chiudi la porta a chiave, Ambs», mi sussurrò, in attesa, continuando a guardarmi.

Seguii il suo consiglio, chiudendo silenziosamente la porta. Posando l'orecchio contro il battente, restai in ascolto per assicurarmi che anche lui facesse lo stesso. Poi andai a gettarmi sul letto, piangendo in silenzio. Non riuscivo a fermarmi, continuavo a singhiozzare senza tregua. Ero stata stupida, quella sera, ed era colpa mia se mio fratello era stato picchiato di nuovo! E probabilmente anche mia madre, dai rumori che avevamo sentito provenire dal salotto.

Di colpo, sentii qualcosa che graffiava e bussava contro la finestra. Sollevai di scatto lo sguardo e vidi Liam all'esterno, che mi guardava con tristezza. Mi alzai, corsi alla finestra e la aprii senza rumore, domandandomi cosa diavolo ci facesse lì. Non sarebbe dovuto essere a casa?

«Liam, che ci fai qui? Devi andartene subito!», gli sussurrai, spaventata, scuotendo la testa. Ma quello stupido ragazzino entrò dalla finestra e se la chiuse silenziosamente alle spalle.

Trattenni il respiro, fissando la porta della mia stanza con gli occhi spalancati. Se mio padre l'avesse scoperto, si sarebbe infuriato: non gli piaceva che Liam venisse a giocare da noi, diceva sempre che faceva troppo baccano. «Liam, vattene!», bisbigliai ancora, tentando disperatamente di spingerlo verso la finestra. Contorsi il viso in una smorfia, chiedendomi cosa avrebbe fatto mio padre, se avesse sentito la finestra aprirsi e avesse capito che Liam era lì con me. Lui non si mosse; si limitò ad abbracciarmi stretta, attirandomi contro il suo petto. Tentai di spingerlo via, ma non mi lasciò andare.

«Va tutto bene», mi sussurrò, accarezzandomi i capelli. Ricominciai a piangere contro il suo petto; il pensiero di Jake che veniva picchiato per colpa mia, prima, mi tornò in mente con forza.

Liam era alto, per la sua età; aveva dieci anni come Jake. Erano migliori amici, e lo erano da quando eravamo andati a vivere lì, quattro anni prima. Aveva i capelli color cioccolato e di solito li teneva dritti con il gel, e un paio di occhi azzurri che erano come finestre sulla sua anima. Quando Liam ti guardava, ti faceva credere di poter volare. Era molto carino; tutte le mie amiche erano innamorate di lui, per una ragione o per l'altra. Ma con me non andava affatto d'accordo. Mi prendeva in giro tutto il tempo, mi faceva lo sgambetto, mi tirava i capelli, e mi chiamava sempre Angel; per qualche motivo, aveva preso quella fastidiosa abitudine dal primo momento in cui ci eravamo incontrati, ed era una cosa che mi faceva sempre infuriare.

Che diavolo ci faceva lì, adesso? E perché mi stava abbracciando? Forse aveva pensato che quella fosse la stanza di Jake, forse aveva sbagliato finestra... ma non poteva essere così, perché la stanza di Jake era dall'altra parte del corridoio, e la sua finestra dava sul cortile posteriore.

Mi scostai per guardarlo. Non capivo perché, ma sembrava molto triste; aveva le lacrime agli occhi, mentre continuava ad abbracciarmi. Sapeva di mio padre, una volta aveva visto Jake pieno di lividi e lui si era fatto sfuggire la verità. Io e mio fratello l'avevamo implorato di non dire niente a nessuno, però, e lui non l'ha mai fatto.

«Che ci fai qui, Liam?», sussurrai ancora, asciugandomi il viso, anche se le lacrime continuavano a scorrere.

Lui mi portò verso il letto, cullandomi con dolcezza, proprio come faceva sempre Jake quando piangevo. Lo guardai e mi resi conto che aveva una T-shirt e un paio di shorts dei Power Rangers. Aggrottai la fronte, un po' confusa, perché fuori si gelava. Poi capii che stava indossando il pigiama. Guardai l'orologio e vidi che erano quasi le otto e mezza. Avevo pianto per più di un'ora.

«Ti ho visto dalla finestra. Volevo soltanto assicurarmi che stessi bene».

Sbirciai verso la finestra. La stanza di Liam era proprio

di fronte alla mia, e potevo vedere dentro alla sua, dunque anche lui poteva fare lo stesso. Mi morsi un labbro. Oh, Dio, mi aveva visto piangere. Dovevo sembrargli così debole. Le uniche persone di fronte a cui piangevo, di solito, erano la mamma e Jake.

«Sto bene. Ora devi andartene», gli sussurrai, spingendolo di nuovo e cercando di farlo alzare dal mio letto.

Lui si limitò a scuotere la testa. «Non me ne vado finché non smetti di piangere», dichiarò, facendomi sdraiare, così che ci ritrovammo entrambi distesi sul mio letto a guardarci in faccia. Mi stringeva così forte che anche volendo non sarei riuscita a divincolarmi. Mi sentivo al caldo e al sicuro. Mi raggomitolai contro di lui, premendo l'intero corpo contro il suo, e continuai a singhiozzargli contro il petto.

Mi svegliai la mattina dopo, ancora stretta tra le sue braccia; trattenni il respiro, lanciando un'occhiata all'orologio. Erano le 6:20. «Liam!», bisbigliai, scuotendolo.

«Ahh, che c'è, mamma?», bofonchiò lui, con gli occhi ancora chiusi.

«Shhhh!», sibilai, coprendogli la bocca con la mano prima che potesse parlare ancora. «Non riesco a crederci, ci siamo addormentati. È terribile».

Lo vidi spalancare gli occhi di scatto e guardarmi, sconvolto, prima di osservare il resto della stanza. «Oh, no, mi sono addormentato?», bisbigliò, alzandosi a sedere e passandosi una mano tra i capelli, che puntavano in tutte le direzioni, ma a dire il vero erano meglio di quando se li riempiva di quel disgustoso gel.

«Devi tornare a casa, Liam. Subito!», sibilai ancora, spingendolo verso la finestra. Lui la aprì e fece per scavalcarla, ma lo afferrai per una mano, facendolo fermare. Mi guardò, confuso. «Grazie», sussurrai, sorridendogli con sincera gratitudine. Avevo davvero avuto bisogno di quell'abbraccio, la sera prima, ed era probabilmente la cosa più dolce che lui avesse mai fatto per me.

Ricambiò il sorriso. «Di niente, Angel», replicò, sorridendo ancora e uscendo dalla finestra.

Lo guardai passare attraverso il buco nella recinzione e tornare nella sua stanza attraverso la finestra. La chiuse e mi salutò, io agitai la mano in risposta e andai a vestirmi. Il pensiero di Liam che entrava nella mia stanza e restava in casa senza averne il permesso mi faceva rivoltare lo stomaco. Eravamo stati fortunati a non essere stati scoperti. Non osavo pensare cosa sarebbe accaduto, se i suoi fossero entrati nella sua camera durante la notte, trovandola vuota, o se io non mi fossi svegliata in tempo. Rabbrividii all'idea di quello che avrebbe potuto fare mio padre, se fosse entrato e avesse trovato Liam in casa nostra di notte.

Capitolo 2

8 anni dopo

Mi svegliai con la familiare sensazione di essere schiacciata; mi divincolai, spingendo indietro una spalla. Liam si spostò lievemente da sopra di me. Mi stringeva "a cucchiaio" da dietro, il suo respiro lento e regolare mi sfiorava la nuca. Teneva un braccio poggiato pesantemente sopra di me, bloccandomi le braccia contro il petto, mentre con una sua gamba distesa sulla mia giacevamo con le dita di una mano intrecciate. E riuscivo a sentire la solita erezione mattutina premermi contro le reni.

Spensi con gesto rapido la sveglia del cellulare e gli mollai una gomitata nello stomaco. «Sono le sei», bofonchiai, assonnata, tornando a chiudere gli occhi.

«Altri dieci minuti, Angel. Sono stanco», mormorò lui, stringendomi contro il petto.

«No, niente dieci minuti. L'ultima volta si sono trasformati in un'ora, e Jake ti ha quasi scoperto», borbottai, centrandogli lo stomaco con un'altra gomitata.

Spostò il braccio e mi premette le mani vicino al viso, giungendole come in preghiera. «Solo altri dieci minuti, Angel», mugolò.

Sospirai e chiusi gli occhi. Non c'era modo di discutere con lui, quando faceva così. Non avevo le energie, a quell'ora del mattino, per mettermi a litigare. Scivolammo di nuovo entrambi nel sonno, nel giro di un attimo.

«Amber, sarà meglio che tu sia già in piedi!», gridò mio fratello, bussando forte alla porta. Saltai su, e così fece Liam. Erano quasi le sette e mezza.

«Ehm... sì, sono già sveglia, Jake», risposi, lanciando uno sguardo a Liam, che si stava strofinando gli occhi, con aria un po' confusa.

«Bene. Vado a fare colazione. Muoviti, oggi guida Liam quindi vedi di essere pronta tra mezz'ora», mi avvertì Jake, dall'altra parte della porta, prima di allontanarsi lungo il corridoio.

«Cazzo, Angel, perché non mi hai svegliato?», mi accusò Liam, accigliandosi.

Lo guardai con aria rissosa, rivolgendogli la mia occhiata più letale. «L'ho fatto, idiota! Ma tu hai detto "altri dieci minuti" e mi hai bloccato sul letto per impedirti di prenderti a gomitate!». Ringhiai sarcastica, imitando – male – la sua voce.

Lui ridacchiò e mi spinse sul letto, bloccandomi le mani sopra la testa e scivolando su di me. «Ti ho bloccato sul letto? Per caso mi stavi sognando di nuovo, Angel? Potrei realizzare i tuoi sogni, se solo lo volessi», mi prese in giro, con il viso a pochi centimetri dal mio.

«Sì, certo, ti piacerebbe! Ora togliti di mezzo, Liam, e vatti a preparare. Sei tu a guidare, stamattina, a quanto pare», sibilai, accennando alla finestra. Lui sospirò e si scostò, infilandosi i jeans e la T-shirt, per poi uscire dalla finestra, senza rumore, richiudendosela piano alle spalle. Andai a serrarla del tutto, prima di farmi la doccia più veloce del mondo.

Esattamente ventisei minuti più tardi, mi trascinai in cucina, e aggrottai la fronte: Liam era lì, appoggiato con nonchalance al bancone, e stava mangiando i miei cereali. Dannazione, ogni mattina! Aveva i capelli castani spettinati come al solito, con quel suo look da chi si è appena alzato, anche se, a dire il vero, era proprio l'aspetto che aveva quando si alzava dal letto. Si limitava a passarci le mani un paio di volte e a metterci un po' di cera.

Sembrava lo stesso di ogni mattina, come un dannato fotomodello. Indossava jeans a vita bassa strappati in più punti, che lasciavano intravedere l'orlo dei boxer, cosa che faceva sempre girare la testa alle ragazze. In più, aveva una T-shirt bianca che metteva in risalto il suo torso scolpito e perfetto, e, sopra, una camicia a scacchi grigia e arancione, a maniche corte, completamente sbottonata. I suoi occhi azzurri scintillavano di divertimento, quando mi guardò.

«Sei in ritardo, stamattina, Angel?», mi chiese, ammiccando.

Lo fulminai con lo sguardo, facendolo ridacchiare. «Sta' zitto, Liam! Perché diavolo stai di nuovo mangiando i miei cereali? Non hai niente da mangiare a casa tua?», gli domandai, strappandogli la scodella dalle mani e cominciando a mangiare. Lui si limitò a guardarmi con un sorrisetto divertito.

Jake mi lanciò una confezione di succo di frutta. «Sembri un po' nervosa, stamattina, Ambs. Tutto okay?», mi chiese, un po' preoccupato.

Lanciai un'altra occhiataccia a Liam e lui scoppiò a ridere. Era ovvio che sembrassi nervosa, avevo avuto solo mezz'ora per lavarmi e vestirmi. «Mi sono svegliata tardi», borbottai, con un sospiro sconfitto.

Jake non aveva idea che Liam dormisse con me ogni notte. Se l'avesse saputo si sarebbe infuriato. Era molto protettivo nei miei confronti, lo era sempre stato, ma era peggiorato da quando mio padre se n'era andato di casa, quando avevo tredici anni. Be', ho detto "se n'era andato", ma in realtà Jake e Liam erano rientrati presto dall'allenamento di hockey, un giorno, e avevano trovato mio padre che, dopo avermi picchiato brutalmente, cercava di violentarmi. Jake era esploso, e lui e Liam l'avevano riempito di botte, quasi ammazzandolo. L'avevano buttato fuori e gli avevano detto che se si fosse fatto rivedere l'avrebbero ucciso. Non era mai più tornato, comunque, ed erano passati tre anni.

Poco tempo dopo quell'episodio, mia madre aveva trovato

lavoro in una grande compagnia di elettronica come assistente personale del direttore, e aveva iniziato a viaggiare parecchio. Era più il tempo che trascorreva fuori casa che altro, e la vedevamo appena una settimana al mese. Jake era l'unico che si prendeva cura di me, anche se talvolta ero più io che mi prendevo cura di lui.

Anche Liam era molto protettivo nei miei confronti, ma ancora non andavamo molto d'accordo, sebbene avesse trascorso letteralmente ogni notte abbracciato a me nel mio letto, negli ultimi otto anni. Era tornato nella mia stanza, la notte dopo che mi aveva visto piangere, e avevamo finito per riaddormentarci. Dopo due settimane, era diventata una routine. Era una cosa di cui non parlavamo mai. Lasciavo socchiusa la finestra e lui mi raggiungeva dopo che i suoi controllavano che fosse addormentato. Non eravamo mai stati scoperti, in otto anni di quella storia. Ci eravamo andati vicini, un paio di volte, però. Due anni prima, la madre di Liam aveva trovato il suo letto vuoto, ma lui aveva raccontato di essere andato a una festa e di essere rimasto a dormire da un amico. Nessuno aveva sospettato che fosse con me, nella casa accanto alla sua.

Mi prendeva ancora in giro e mi dava fastidio come quando eravamo piccoli, ma sapevo che ci sarebbe sempre stato, per me, se avessi avuto bisogno di lui. Era come se avesse due personalità distinte. Di giorno mi provocava, facendomi impazzire e arrabbiare tutto il tempo, e di notte diventava il ragazzo più dolce del mondo e mi coccolava, facendomi sentire tranquilla e al sicuro.

«Stai benissimo, oggi, Angel», commentò, con il solito sorrisetto sornione, studiandomi lentamente da capo a piedi, e facendomi strizzare gli occhi.

Sì, certo! I miei capelli castani erano ancora umidi perché non avevo avuto il tempo di asciugarli, grazie ai suoi stupidi "dieci minuti", quindi li avevo legati in un disordinato chignon. Mi ero infilata in tutta fretta i jeans stretti e scuri e la maglia rossa con lo scollo a V, aggiungendoci una felpa nera con il cappuccio sulle spalle e un paio di Converse nere. Avevo un filo di trucco, come al solito, soltanto qualche tocco di mascara per far risaltare i miei occhi verdi e un lucidalabbra trasparente. Non stavo "benissimo". Stupido idiota! Gli mostrai il dito medio e uscii, dirigendomi verso la sua macchina.

Appoggiandomi all'auto, infastidita, aspettai che quei due mi degnassero della loro presenza.

Il viaggio fino alla scuola fu lo stesso di sempre, con loro che se ne stavano davanti a parlare di football e feste, e io dietro ad ascoltare la musica sull'iPod, cercando di ignorare Liam che continuava a farmi l'occhiolino dallo specchietto retrovisore. Parcheggiammo, e un sacco di gente ci si fece intorno, come ogni mattina. Liam e Jake erano considerati "fighi", nella nostra scuola. Erano all'ultimo anno ed erano il sogno di ogni ragazza. I maschi volevano essere loro amici e le femmine avrebbero voluto portarseli a letto.

Liam scoppiò a ridere, mentre io uscivo dalla macchina con una smorfia, tentando di evitare l'orda di ragazzine che mi urtarono per raggiungerlo. Una di loro mi mollò una gomitata di proposito. La fissai, osservando la minigonna che somigliava a una cintura e il top che le lasciava scoperta la pancia, e arricciai il naso. Gesù, che troia!

«Merda, Jessica, hai lasciato la gonna a casa?», le domandai, fingendo un moto di orrore.

Lei mi fulminò con lo sguardo, e sentii Liam e Jake ridere. «E tu lo sai che il look emo non ti si addice, vero?», mi rimbeccò.

Mi limitai a ridere e mi allontanai. Era normale per me e Jessica scambiarci quel genere di commenti. Era stata per qualche tempo con Liam, sempre se si potesse definire "stare con qualcuno" farci sesso ogni tanto e poi farsi mollare. Non le era ancora passata e lo rivoleva, ma a lui la cosa sembrava provocare parecchio disgusto.

«Non è stato carino da parte tua, Angel», commentò Liam ridendo, mentre mi raggiungeva e mi passava un braccio intorno alle spalle. Si piegò con la testa vicino alla mia. «Scusa per stamattina», mi sussurrò all'orecchio, con il respiro caldo che mi mandava brividi lungo la schiena. Gli affibbiai una gomitata nelle costole, facendolo ridacchiare e scostare. «E non dare retta a Jessica, il look emo ti rende sexy», soggiunse, con un ghigno malizioso.

Jake gli mollò uno schiaffo sulla nuca. «Amico, quella è mia sorella!», lo rimproverò, strattonandolo lontano da me. Liam si limitò a ridere e ad ammiccare di nuovo verso di me, facendomi roteare gli occhi. Poi si allontanò verso quella che doveva essere la sua ultima conquista. Le sorrise, seducente, e la fece arrossire, mentre cominciava a flirtare con lei.

Trovai il mio gruppo che praticamente stava spogliando con gli occhi Jake e Liam, e non mancai di notare l'espressione sognante sui loro visi. «Ehi, Kate, Sean, Sarah», cinguettai, affrettandomi verso di loro.

«Ehi, Ambs, ti sei fatta di nuovo accompagnare in macchina da Bel Culo numero uno e numero due?», mi chiese Kate, fissando mio fratello che si allontanava.

Scoppiai a ridere e scossi il capo. «No, soltanto dai soliti vecchi Jake e Liam, come sempre».

Kate sospirò. «Come diavolo fai a restare così calma di fronte a quei fighi? Insomma, sei così fortunata a vivere con Jake! Io non farei altro che fissargli quel culo perfetto tutto il giorno!», mormorò, sognante, facendosi aria al viso con le mani.

Finsi un conato di vomito. «Kate, quelli sono mio fratello e quello stronzo del suo migliore amico! Come diavolo fai a passare sopra al modo in cui si comportano? Sono degli idioti». Mi strinsi nelle spalle. Non capivo perché, ma tutte le ragazze della scuola sembravano innamorate di loro. Jake era un gran bravo ragazzo, ma trattava le ragazze come oggetti, e Liam... be', Liam era un coglione e basta.

«Sono i migliori giocatori della squadra di hockey e sembrano dèi del sesso, e mi piacerebbe poterci passare sopra», ribatté lei, in tono malizioso, sollevando le sopracciglia con un sorriso tutto denti e facendomi ridere. Mi prese a braccetto e mi portò verso la nostra prima lezione della mattinata.

La scuola andò bene, come sempre; ero abbastanza popolare, grazie al fatto che mio fratello e il suo migliore amico erano i ragazzi più desiderati di tutto l'edificio. In qualche modo mi difendevano, cioè in pratica avvertivano i ragazzi di stare lontani da me, cosa che a me stava bene, perché non volevo affatto un fidanzato. La maggior parte delle ragazze mi voleva come amica perché così si sarebbero potute avvicinare a mio fratello. Le aspiranti amiche erano facili da smascherare: di solito bastava guardare come erano vestite per capire se volessero farsi semplicemente presentare; se avevano pochi abiti addosso, di solito andavano dietro a mio fratello o a Liam.

Mi piacevano molto le lezioni che seguivo, ed ero piuttosto amata anche dai professori, perché i miei voti non scendevano mai sotto la B. Facevo sempre i compiti ed ero sveglia; ne ero orgogliosa, senza essere una secchiona. All'ora di pranzo, ero seduta con le mie amiche quando cominciai a sentire il solito coro di bisbigli e risatine. Le ragazze iniziarono a controllarsi i capelli e a sistemarsi il trucco, e capii che mio fratello e i suoi amici stavano entrando nella mensa. Sospirai, mentre Kate e Sarah cominciavano a guardarli con occhi sognanti come al solito.

«Oh oh, Bel Culo numero uno sta venendo da questa parte!», disse Sarah ridacchiando e sgomitando Kate nelle costole.

Roteai gli occhi, mentre una mano scattava da dietro le mie

spalle per rubarmi una manciata di patatine. «Ehi, Angel». Il respiro caldo di Liam mi sfiorò il collo.

Gli colpii la mano quando cercò di rubarne altre. «Liam, santo cielo! Vatti a comprare qualcosa da mangiare, spilorcio!», lo rimbeccai, infastidita.

Lui scoppiò a ridere. «E dai che alla fine sei contenta di condividere le cose con me», replicò, sedendosi accanto a me sulla panca e spingendomi di lato con un colpo d'anca.

«Liam, che cosa vuoi?», domandai con un sospiro, allontanando il piatto un po' più in là.

Lui mi gettò un braccio intorno alle spalle. «Volevo solo fare una visita alla mia ragazza, tutto qui. So che ti sono mancato, dopo che non mi hai visto per tutta la mattinata», ribatté lui, impertinente.

Le mie amiche sospirarono e lo guardarono con occhi colmi di desiderio. «Togli quel braccio da puttaniere dalle mie spalle, Liam, per l'amor del cielo; non voglio prendermi qualche malattia!», lo rimproverai, scrollandomelo di dosso.

Lui ridacchiò ancora. «Non fare così, Angel. Volevo solo farti sapere che sarò io a riaccompagnarti a casa, oggi. Tuo fratello ha un appuntamento, e così...». Non concluse la frase, facendomi invece un occhiolino.

Fantastico! Davvero fantastico! Mi avrebbe riaccompagnato a casa lui. Fantastico. Rendeva sempre il viaggio più lungo possibile per infastidirmi più che poteva. E poi insisteva per aspettare da me finché mio fratello non tornava a casa, il che significava che avrei anche dovuto cucinare per lui. Dannazione, era una tale piattola!

«Ottimo, Liam. E ora vattene, sono sicura che hai altre malattie veneree da trasmettere in giro», gli dissi, agitando una mano come per scacciarlo.

Lui rise e mi baciò sulla guancia mentre si alzava. «Fingi quanto vuoi, Angel, ma sappiamo entrambi che mi vorrai nel tuo letto, stanotte». Ammiccò con aria furba verso di me, lanciandomi quell'allusione, mentre io pregavo che nessuno la capisse davvero.

«Certo, Liam, perché sono così innamorata di te». Sospirai, alzando gli occhi al soffitto e strofinandomi la guancia che mi aveva baciato.

«Ti amo anch'io». Ammiccò e si allontanò, puntando verso la stessa ragazza di quella mattina. Le passò un braccio intorno alle spalle, e le sue labbra viziose si abbassarono verso quelle di lei. Mi accigliai e riportai lo sguardo verso le mie amiche, mentre lui la baciava spudoratamente in mezzo alla mensa.

Kate e Sarah, oltre alla metà delle ragazze nella stanza, lo stavano fissando eccitate. «Cielo, quel ragazzo è così fastidioso! Mio fratello non poteva scegliersi un migliore amico meno arrogante, egocentrico e stronzo?», borbottai, alzando le mani.

«Oh, piantala di lamentarti! Liam James ti ha appena abbracciato e baciato sulla guancia. Io darei qualunque cosa per avere quelle labbra su di me», commentò Sarah, con aria sognante, facendomi scoppiare a ridere.

«D'accordo, d'accordo. Avanti, torniamo in classe», suggerii, mentre prendevamo i vassoi ormai vuoti e ce ne andavamo.

Dopo la scuola, mi avviai con riluttanza al parcheggio, dove un Liam sorridente e trionfante se ne stava appoggiato alla macchina ad aspettarmi. «Ehi, bellezza». Ammiccò malizioso e mi aprì lo sportello.

«Ciao, Liam». Entrai in macchina, già infastidita dai suoi modi. Se Jake fosse stato lì, gli avrebbe mollato un altro schiaffo sulla nuca.

Salì in macchina accanto a me. «Allora, Angel, devo fermarmi al negozio prima di tornare a casa». Ingranò la marcia e uscì dal parcheggio.

«Fantastico», borbottai. Decisi di guardare fuori dal finestrino e ignorarlo; ero ancora arrabbiata con lui per la storia dei "dieci minuti" di quella mattina.

Lui si fermò nel parcheggio del negozio qualche minuto più tardi. «Vieni, Angel», disse, uscendo. Io restai seduta e incrociai le braccia sul petto, rifiutandomi di seguirlo. Liam aggirò l'auto e aprì lo sportello dalla mia parte. «Forza, Angel», ripeté, tendendomi una mano.

«Non serve che entriamo entrambi, Liam. Ti aspetto qui», ribattei. Lui allora si piegò in avanti e mi afferrò senza sforzo apparente, tirandomi fuori dalla macchina e sollevandomi sulla spalla, mentre rideva. Chiuse lo sportello con un calcio e prese a muoversi verso il negozio. «Mettimi giù, stronzo!», strillai, colpendolo sulla schiena.

Lui continuava a ridere ai miei miseri tentativi di liberarmi e intanto camminava. Una volta dentro, finalmente mi rimise giù. Mi guardai intorno, imbarazzata, controllando se qualcuno ci avesse visto, ma sembrava di no. Allungò una mano e mi portò dietro l'orecchio una ciocca di capelli che si era sciolta dallo chignon, con le dita che indugiavano sulla mia guancia.

Scacciai quella mano dal viso e lo fissai arrabbiata. «È stato terribilmente imbarazzante!», sibilai.

«Che problema c'è? La maggior parte delle ragazze non vorrebbe altro, da me», replicò lui, stringendosi nelle spalle e dirigendosi verso le riviste.

Battei un piede a terra, per poi arrossire, perché mi ero appena comportata come una mocciosa; grazie al cielo, Liam guardava dall'altra parte, altrimenti non avrebbe più smesso di prendermi in giro. Lo vidi afferrare una rivista di sport e una barretta di cioccolata e puntare alla cassa per pagare.

Stavo dando un'occhiata a «Teen Vogue» quando due ragazzi mi si avvicinarono. Mi irrigidii. «Ehi, ciao», fece uno dei due. Io gli rivolsi un cenno e rimisi a posto la rivista, allontanandomi rapidamente da loro per cercare Liam.

«Ehi, dove te ne vai?», chiese l'altro, afferrandomi una mano.

Il cuore prese a pulsarmi forte nel petto, mentre mi guardavo freneticamente intorno. «Sto cercando il mio ragazzo», mentii, tentando di sembrare sicura di me.

«Il tuo ragazzo? Non vedo nessun ragazzo», ribatté lui, sbuffando. «Che ne dici se invece non ce ne andiamo da qualche parte e ci conosciamo un po' meglio?», propose quello che mi teneva la mano, attirandomi appena verso di sé.

Iniziavo a sentirmi nauseata. "Oh, Dio, Liam, aiutami, ti prego!". So che sono patetica, ma odio il confronto diretto e odio che la gente mi tocchi, soprattutto gli sconosciuti.

«Ehi, Angel», intervenne Liam, passandomi un braccio intorno alle spalle e fulminando con lo sguardo i due, che mi lasciarono immediatamente, facendo un passo indietro. Mi strinsi di più a lui, premendomi così forte contro il suo fianco da farmi quasi male. «Non ci stavate provando con la mia ragazza, vero?», domandò con nonchalance, ma riuscivo a sentire la rabbia che gli covava nella voce. Liam era sempre stato protettivo con me; una volta, quando avevo sette anni, un ragazzo mi aveva spinto in una pozzanghera, e Liam era andato dritto a casa sua a prenderlo a pugni in faccia.

«No, amico, certo che no. Stavamo solo parlando, tutto qui», mentì uno dei due, sollevando le mani con aria innocente.

«Bene. Andiamo, allora, Angel, ti riporto a casa», disse Liam, guidandomi verso la porta. Una volta fuori, si girò a guardarmi. «Tutto bene?», mi chiese, guardandomi preoccupato. Stavo bene; il cuore aveva smesso di tentare di uscirmi dal petto non appena avevo sentito la sua voce.

Annuii, sorridendogli grata. «Grazie», borbottai. Lui aprì lo sportello e aspettò che salissi in macchina, prima di aggirarla per rimettersi al posto di guida. Una volta dentro, mi lanciò qualcosa sulle ginocchia. Abbassai lo guardo, notando una barretta della mia cioccolata preferita, e non potei trattenere un sorriso. «Grazie, Liam». Faceva sempre quei gesti carini nei miei confronti, come comprarmi dei dolci. Era un vero peccato che fosse un tale idiota puttaniere; altrimenti, probabilmente sarebbe stato un gran bravo ragazzo.

Appena entrata in casa, filai subito in cucina a preparare delle lasagne per cena. Liam mi restò intorno per tutto il tempo, facendomi sentire a disagio mentre mi fissava il corpo. «Santo cielo, Liam, i miei occhi sono quassù!», esclamai arrabbiata, indicandomi il viso.

Lui rise. «Wow, sei davvero di cattivo umore, oggi, eh?», mi provocò, ammiccando.

«Sì, è proprio così. Ancora non riesco a credere a quello che hai combinato stamattina. Odio fare le cose di fretta; mi sono sentita terribilmente a disagio per tutto il giorno», ribattei, acida.

«Invece a me sei sembrata sexy per tutto il giorno», replicò lui, con un'alzata di spalle.

«Ah, ma non riesci proprio a smettere di parlarmi? Non sono dell'umore giusto». Infilai la teglia in forno e cominciai a preparare l'insalata.

«Oh, d'accordo». Si strinse di nuovo nelle spalle e mi affiancò, provando a darmi una mano a tagliare le verdure. Era così vicino che potevo sentire il calore del suo corpo accanto al mio, e lo trovai stranamente rilassante.

«Devo cominciare a studiare. Quelle lasagne saranno pronte tra mezz'ora; immagino che resterai qui a cena», affermai. Non era una domanda, sapevo già che sarebbe rimasto. Non sapevo se fosse Jake a chiedergli di rimanere quando lui usciva, ma Liam lo faceva comunque ogni volta.

«Certo, visto che me l'hai chiesto così gentilmente», disse lui ammiccando.

«Non te lo stavo chiedendo», ringhiai sarcastica, girandomi per allontanarmi.

Lui mi prese per mano e mi raggiunse. Era così vicino che

gli toccavo il petto col mio, e sentivo il suo respiro sul viso. «Angel, scusami per questa mattina. Davvero, mi dispiace. Per favore, smettila di trattarmi male, non ti si addice», mormorò piano.

Feci un respiro profondo e lento. «Okay, d'accordo, dispiace anche a me. Forse sono stata un po' troppo cattiva con te», ammisi, cercando di distogliere lo sguardo da quegli stupendi occhi azzurri che sembravano sempre leggermi fin dentro l'anima.

«Allora, sono perdonato?», mi chiese, sorridendo.

Mi piaceva quel Liam, quello che si prendeva cura di me; era sempre così, quando eravamo da soli. Mi rivolse quella sua adorabile espressione da cucciolo a cui non riuscivo mai a dire di no, e la rabbia nei suoi confronti si sgretolò all'istante.

Scoppiai a ridere e roteai gli occhi. «D'accordo, d'accordo. Adesso lasciami andare a fare i compiti, prima di cena». Mi liberai dalla sua presa e mi allontanai a passi rapidi.

Era stato strano averlo così vicino; ancora riuscivo a sentire dei fremiti come di elettricità nella mano, dove lui l'aveva toccata, e ancora avvertivo il suo respiro sul viso. Non avevo idea da dove fosse venuta fuori quella strana atmosfera tra noi, lì in cucina, ma mi confondeva troppo. Scossi il capo e tirai fuori i compiti di aritmetica, provando almeno a iniziare.

Dopo aver cenato in silenzio, finii di studiare. Erano solo le otto e mezza, perciò Liam decise di mettere un film. Scelse *Final Destination* e ci mettemmo a guardarlo sul divano. Mi sentivo a disagio, per qualche motivo, ma non riuscivo a capire perché. Me ne stavo lì seduta come sempre, ma c'era qualcosa che non andava. Continuai a sbirciare furtivamente verso di lui; guardava il film, con una gamba accavallata sull'altra e un braccio posato sullo schienale, verso di me.

Nessuno dei due si mosse finché il film non finì. Soffocai uno sbadiglio. «Penso che andrò a letto, Liam, sono piuttosto stanca», mormorai, alzandomi e stiracchiandomi come un gatto. Quando lo guardai, mi resi conto che mi stava fissando. Mi schiarii la voce, perché non sembrava volerla smettere di guardarmi con quell'espressione strana sul viso.

«Oh, sì, okay. Vado a casa anch'io e torno tra una mezz'ora», disse infine, alzandosi per andarsene.

Lo seguii all'ingresso e chiusi a chiave la porta dietro di lui, un po' confusa. Perché era tutto così strano e teso, tra noi, quella sera? Forse solo perché mi ero arrabbiata così tanto con lui, quella mattina, e questo aveva contribuito a quella sensazione di disagio.

Mi infilai rapidamente una canottiera e un paio di shorts, mi lavai i denti e i capelli e mi infilai a letto. Era freddo e troppo grande, come ogni notte. Dopo una ventina di minuti, sentii la finestra che si apriva e si richiudeva. Degli abiti scivolarono sul pavimento e poi il letto si abbassò leggermente dietro di me.

«Ehi, già dormi?», sussurrò.

«No, non ancora», borbottai di rimando.

Sollevai la testa in modo che potesse farmi scivolare un braccio sotto il collo. Premette il petto contro la mia schiena e mi passò l'altro braccio intorno al busto, e una gamba sopra la mia. Lo sentii sospirare, mentre mi accoccolavo meglio contro di lui. Amavo il fatto che dormisse con me. Senza di lui, il letto non sembrava più lo stesso.

«Cosa c'è che non va?», gli chiesi, stringendomi meglio le sue braccia intorno e premendo il viso contro l'incavo del suo avambraccio, inspirando quel profumo meraviglioso e unico che emanava da lui.

«Niente, Angel. Sono solo stanco, tutto qui», borbottò contro la mia nuca, premendomi le labbra sui capelli.

«Okay. Buonanotte, Liam», bisbigliai, lasciandogli un bacio sul braccio.

«Buonanotte, Angel», replicò, baciandomi sulla nuca.

Capitolo 3

Mi svegliai come sempre alle sei in punto con la sveglia; la silenziai e tentai, senza riuscirci, di scostarmi da Liam. Avevo la testa sul suo petto e la gamba sopra il suo inguine, che, come sempre, era pieno di energie mattutine, come succedeva a tutti i ragazzi. Mi teneva una mano sul ginocchio, bloccandomi la gamba, e l'altro braccio stretto intorno al busto. Quando cercai di liberarmi, strinse la presa, mormorando qualcosa nel sonno riguardo al fatto di non voler più andare al college.

Spostai il braccio e lo toccai sulla pancia. «Sono le sei», sussurrai, spingendolo di nuovo quando vidi che non apriva gli occhi.

Mugugnò e serrò ancora di più la presa, facendomi ritrovare a cavalcioni su di lui. Sentii la sua erezione tra le gambe. Ansimai, a quella sensazione, strana ma al tempo stesso piacevole. Che diavolo mi prendeva? Era Liam, dannazione! Cercai ancora di liberarmi, ma il mio gesto finì per farci strusciare in punti che non avrei mai pensato lontanamente di far sfiorare al promiscuo migliore amico di mio fratello. Iniziai a sentire la reazione del mio corpo e non riuscii a trattenere il lieve gemito che mi sfuggì dalle labbra. Oh mio Dio, era davvero piacevole!

«Liam!», bisbigliai verso di lui, furente.

Lui aprì di scatto gli occhi e mi fissò, sconvolto. La sua espressione passò subito al solito sorriso sornione, che avrei voluto togliergli dalla faccia a suon di schiaffi. «Be', buongiorno a te, Angel. Wow, questa è la prima volta che succede una cosa del genere», gongolò, sollevando le sopracciglia e sorridendo divertito.

«Puoi lasciarmi andare, adesso, per l'amor del cielo?», bisbigliai ancora con rabbia. Lui sollevò le mani in un gesto di resa e io riuscii finalmente a togliermi da sopra di lui. «Sono le sei», mugugnai, guardandolo storto.

Lui si girò su un fianco e mi fissò. «Okay. Non mi trattare male tutto il giorno anche oggi, per favore. Non mi ero reso conto di averlo fatto, Angel, e mi dispiace, okay?», sussurrò, baciandomi sulla fronte prima di scendere velocemente dal letto e infilarsi i vestiti.

«Okay, non importa», borbottai, sistemandomi nell'avvallamento caldo che aveva lasciato nel letto.

«Ci vediamo dopo». Ammiccò e uscì dalla finestra. Rigirandomi, affondai il viso nel suo cuscino, dove ancora potevo sentire il suo odore e sentirmi calma e al sicuro. Tornai a dormire in pace per un'altra ora.

Dopo essermi preparata molto meno in fretta del giorno prima, mi infilai nelle orecchie gli auricolari dell'iPod e stavo allegramente ballando lungo il corridoio quando lo vidi mangiare di nuovo i miei cereali. Faceva così ogni maledetto giorno! Sospirai e andai a togliergli la tazza dalle mani.

«Accidenti, Liam, ci sono tipo altre quattro scatole di cereali nella credenza, e tu mangi soltanto i miei! Perché? Lo fai per farmi arrabbiare?», gli domandai, accigliata, mentre cominciavo a masticare la colazione.

«Buongiorno anche a te, Angel», mi rispose, educato, con un sorriso divertito sul volto.

«Sì, ciao». Mi sedetti a mangiare i cereali mentre Jake entrava in cucina.

«Ehi, ragazzi, quasi pronti a uscire?», chiese, lanciandoci un succo di frutta ciascuno, come sempre. Annuimmo entrambi e ci dirigemmo alla macchina di Liam.

Quando arrivai a scuola, Sean mi prese da parte per parlare. «Che succede?», gli chiesi, preoccupata. Sembrava un po' sulle spine; aveva i capelli scombinati come se se li fosse tirati o ci avesse passato troppo le mani dentro, e i suoi occhi erano stretti in un'espressione stressata.

«Ho dimenticato che domani è il compleanno di Terri e non so cosa comprarle!», strillò, disperato, passandosi con forza le dita tra i capelli e confermando i miei sospetti di poco prima.

«Calmati, hai ancora tempo. Quali sono le cose che le piacciono?», gli domandai, pensando a Terri e a quello che sapevo di lei.

«Volevo regalarle qualcosa che potesse rimanerle per sempre, ma non so cosa...». Sean chiuse gli occhi, praticamente nel panico.

«Sean, calmati. Che ne dici di un bel paio di orecchini? A lei piacciono i gioielli, no? Oppure, potresti prenderle una nuova scatola dove metterli», gli suggerii.

Si illuminò di colpo. «Sì! Ha una scatola per i gioielli vecchia e brutta, al momento. Grande idea! Oh, Dio, grazie, Amber. Ti devo un grande favore! Salterò le lezioni, stamattina, così potrò andare a comprargliela», dichiarò, sorridendo entusiasta e correndo via, gridandomi un saluto senza voltarsi. Io tornai verso la scuola e notai che non c'era quasi nessuno.

Cavolo, ero in ritardo? Mi affrettai lungo il corridoio; vidi Liam e un paio dei suoi amici venirmi incontro.

«Rallenta, Angel, o finirai per terra», esclamò, ammiccando verso di me mentre correvo verso di lui. Quando lo oltrepassai, mi fece lo sgambetto facendomi inciampare, ma prima che potessi cadere davvero, mi afferrò per la vita e mi risollevò. «Cielo, Angel, lo so che sono figo, ma non c'è bisogno di cadere ai miei piedi», mi punzecchiò, facendo ridere gli amici. Gli mollai una manata sul petto, fulminandolo con lo sguardo. «Oh, lo sai che mi piace quando le cose si fanno un po' violente», disse lui, sorridendo malizioso. Non mi aveva ancora lasciato andare, e a quel punto si avvicinò e premette il corpo contro il mio, con le mani che mi scivolavano sui glutei. «Uhm, bello», mi sussurrò all'orecchio.

Odiavo essere toccata; mi riportava alla mente i ricordi di mio padre. Annaspai, e prima di rendermene conto, sollevai un ginocchio e lo colpii all'inguine. Lui mugugnò, lasciandomi andare in tutta fretta, piegandosi in due e afferrandosi la parte dolorante.

«Tieni quelle fottute mani lontane da me!», sbottai, cercando di non scoppiare a piangere. Faticavo a respirare e mi tremavano le mani.

Mi girai per andarmene, ma lui mi prese per un polso, attirandomi a sé. «Angel... stavo solo scherzando, lo sai che non ti farei mai del male», mugolò. Aveva la voce spezzata, dolorante.

Mi fissò dritto negli occhi; vidi la sincerità nelle sue profonde iridi azzurre. Mi abbracciò e mi posò le labbra nell'incavo tra il collo e la spalla, espirando profondamente dal naso e facendomi scendere il fiato caldo sul collo e sulla schiena. Era quello che faceva sempre per calmarmi, quando finivo per singhiozzare contro la sua spalla. Era l'unica cosa che sembrava funzionare. Sentivo il suo cuore battermi forte contro il petto, e mi concentrai per imitare il ritmo del suo respiro. Annusai il suo profumo finché non mi calmai. Mi scostai da lui, che mi guardava in silenzio, dispiaciuto.

«Perdonami. Non avrei dovuto farlo, Angel. Non ci ho pensato», mormorò, in tono di scuse.

Annuii, tirando su con il naso e asciugandomi il viso sulla manica. «Scusami anche tu. Ti ho fatto male?», gli domandai, con una smorfia, ripensando a quanto forte l'avessi colpito.

Lui si strinse nelle spalle. «Sto bene, è stata colpa mia», replicò, chinandosi a guardarmi di nuovo negli occhi. Distolsi velocemente lo sguardo, sentendomi a disagio. Avevo la sensazione che quando Liam mi guardava negli occhi potesse vedere la vera me stessa, quella che cercavo di nascondere a tutti, la bambina spaventata a cui non piaceva essere toccata perché le tornavano in mente quelle domeniche. Quelle in cui mio padre mi portava sul divano e mi faceva sedere in braccio a lui. Quando qualcuno mi toccava, anche le ragazze, il cuore mi batteva all'impazzata e provavo sempre un orribile senso di nausea. Le uniche eccezioni erano mia madre, Jake e Liam. Questo era il motivo per cui non volevo ragazzi intorno. Il pensiero che qualcuno mi toccasse o mi baciasse mi faceva accapponare la pelle.

Scostai lo sguardo dal suo e notai che aveva una grossa macchia umida sulla spalla, lì dove avevo pianto contro di lui. La sfiorai, aggrottando la fronte. «Ti ho rovinato il maglione».

«Ne ho altri, Angel, non ti preoccupare», replicò con un sorriso tranquillo; non era quello scaltro e sornione che offriva agli altri, era un sorriso genuino, di quelli che di solito mi rivolgeva di notte, o quando eravamo soli.

Mi guardai intorno e mi resi conto che effettivamente eravamo soli nel corridoio. Sussultai, sorpresa. «Ma dove...?», bofonchiai, guardando su e giù lungo il passaggio, disperata.

«Sono andati in classe», rispose lui. «Vieni, non ha senso entrare in ritardo: andiamoci a prendere qualcosa da bere». Mi prese per mano, dirigendosi verso il parcheggio e la sua macchina.

«Liam, che stai dicendo? Non posso saltare la lezione!», esclamai, guardandomi di nuovo intorno per capire se qualcuno avesse visto due studenti che uscivano con nonchalance dalla scuola.

Lui scoppiò a ridere. «Avanti, Angel, è solo una lezione, non succederà niente. Sei già in ritardo di dieci minuti, comunque». Aprì lo sportello del passeggero e mi fece segno di entrare.

Sospirai, entrando, riluttante. Non mi dispiaceva di trascorrere del tempo con Liam, ma dipendeva da quale Liam avessi accanto, se quello della notte o quello del giorno. Il primo era gentile, amorevole e attento. L'altro era un idiota che ci provava con tutte le ragazze. Comunque, entrambi mi facevano sentire protetta e al sicuro. Mi girai a guardarlo, mentre guidava; aveva un leggero sorriso sulle labbra.

«Che ti succede?», gli domandai, un po' preoccupata che stesse per farmi uno scherzo o che volesse mettermi in imbarazzo.

«Che intendi dire? Non posso essere contento di passare un po' di tempo con te?», mi chiese, ammiccando malizioso. Roteai gli occhi e sbuffai. Fantastico, un'ora con il Liam di giorno. Il mio incubo peggiore.

Non stavo prestando attenzione a dove stesse andando, così restai sorpresa vedendo che parcheggiava davanti alla pista di pattinaggio sul ghiaccio. Sorrise e uscì; lo seguii, aggrottando la fronte. «Che ci facciamo, qui?», domandai, mentre mi prendeva per mano e mi conduceva all'interno. Forse avevano del buon caffè, o qualcosa del genere. Era l'unico motivo che mi veniva in mente, per essere lì.

Lui ignorò la mia domanda. «Salve. Due, per favore», disse alla donna dietro al bancone, tendendole del denaro. Spalancai la bocca: stavamo andando davvero a pattinare? Avevo pattinato qualche volta, ma non me la cavavo affatto bene.

«Vi servono i pattini?», domandò la donna, con un sorriso amichevole, mentre osservava con discrezione Liam.

«Sì, un quarantaquattro e un trentotto, per favore», replicò lui, ammiccando verso di me. Aggrottai la fronte mentre parlava, domandandomi come diavolo facesse a sapere il mio numero di scarpe.

La donna gli passò due paia di pattini e lui sorrise di nuovo, prendendomi per mano e trascinandomi verso le panche. Notai che la signora non la smetteva più di squadrarlo, mentre si allontanava, e la vidi leccarsi le labbra nel fissargli il sedere. Scoppiai a ridere e roteai gli occhi, guardandola, finché non arrossì, distogliendo lo sguardo.

«Che c'è di tanto divertente?», domandò lui, stupito.

«Hai un'altra fan», risposi, accennando alla donna. «Non riesci proprio a farci nulla, vero?», lo provocai, con un piccolo sorriso.

«Non ti preoccupare, non sono interessato a lei», replicò, fissandomi come se stesse cercando di dirmi qualcosa.

«Preoccuparmi? Liam, non ero affatto preoccupata», risposi sbuffando e alzando gli occhi.

Infilammo i pattini e andammo verso la pista. Non c'era nessun altro, probabilmente perché erano da poco passate le nove del mattino. «Perché siamo venuti qui? Lo sai che non so pattinare». Arricciai il naso, guardando verso il ghiaccio e iniziando a preoccuparmi.

Lui rise e mi trascinò sulla pista. «Lo so, me lo ricordo. Ma non temere, ti aiuterò io». Liam e mio fratello giocavano a hockey sul ghiaccio per la scuola; Jake era il portiere e lui un attaccante. Pattinavano entrambi da anni, ma io non ero mai stata capace. Mi piaceva guardare la gente che lo faceva e avrei sempre voluto imparare, ma non riuscivo a tenermi in equilibrio. Lui mi prese le mani e io scivolai lungo la pista. Liam pattinava all'indietro, guardandomi in viso. «Stai piegando leggermente le caviglie verso l'interno, Angel. Cerca di tenerle dritte. È per quello che non hai controllo», mi spiegò, guardandomi i piedi.

Mi raddrizzai, e sentii i piedi scivolare scomposti; lui mi afferrò subito per la vita e si spostò all'indietro: cademmo insieme, e gli finii addosso, con il suo corpo che mi attutiva la caduta. Ridacchiò, sotto di me; mi rialzai in ginocchio, ritrovandomi a cavalcioni su di lui, e poi gli sedetti accanto. Non sapevo rialzarmi da sola, quindi attesi che fosse Liam a farlo per primo.

«Okay, tentativo numero due». Sorrise, risollevandomi senza sforzo. «Stai dritta e tieni fermi i piedi, sarò io a portarti in giro finché non troverai l'equilibrio». Mi spinse leggermente i pattini, facendo in modo che fossero più vicini, mentre mi stringeva forte le mani.

Riuscii a restare in piedi per un po', prima di perdere di nuovo l'equilibrio. Mi afferrò di nuovo per la vita e lasciò che gli finissi addosso. «Perché continui a farlo?», gli domandai, tornando a sedermi sulla pista. Sentivo il ghiaccio che iniziava a bagnarmi il retro dei jeans, facendomi rabbrividire.

«Fare cosa?», mi chiese di rimando, guardandomi confuso.

«Ogni volta che sto per cadere, ti butti all'indietro e mi fai finire addosso a te. Finirai per farti male», spiegai, aggrottando la fronte.

Lui si strinse nelle spalle. «Meglio io che te», borbottò a mezza voce, aiutandomi a rialzarmi. Lo fissai, sconvolta. Aveva davvero pronunciato quelle parole? Forse avevo capito male. «Stai migliorando; questa volta sei riuscita a restare in equilibrio almeno un minuto», mi prese in giro, con il suo solito sorriso sornione.

Okay, adesso sembrava il Liam che conoscevo, dovevo aver capito male e basta. «Ah, ah. Be', un minuto per me è tanto. Lo sai che non sono capace», borbottai, tornando subito a cadere. Lui riuscì a reggermi in piedi, questa volta, tenendomi per i fianchi, schiacciando il corpo contro il mio e sollevandomi dal ghiaccio in modo che potessi riprendere l'equilibrio. Sentii il cuore battere più veloce, ma non per la solita paura che qualcuno mi toccasse; era una sensazione diversa, che non riuscivo a capire. Arrossii e distolsi lo sguardo mentre Liam mi rimetteva in piedi.

«Perché sei diventata tutta rossa?», mi chiese, aggrottando la fronte ma al tempo stesso con aria divertita.

«Non sono diventata tutta rossa. È solo il freddo. Ho il culo gelato, credo». Mi girai per mostrargli i jeans fradici, strofinandomi i glutei per tentare di riscaldarmi. Lo sentii inspirare profondamente e poi sospirare. Mi rigirai e lo vidi accigliato e con gli occhi chiusi; sembrava quasi che stesse male, o qualcosa del genere. «Tutto bene?», gli chiesi, continuando a massaggiarmi. Lui annuì e si tolse il maglione, restando in jeans a vita bassa e T-shirt stretta, che lasciava intravedere i muscoli. Mi mise il maglione intorno alla vita e lo legò con un nodo sul davanti. «Che fai? Prenderai freddo, così», esclamai, cercando di sciogliere quel nodo.

«Non ti preoccupare, starò benissimo. La prossima volta porterò un maglione in più per il tuo sederino delicato», replicò, prendendomi per mano e ricominciando a tirarmi con sé.

La prossima volta? Che intendeva con "la prossima volta"? Non che non mi stessi divertendo, lì con Liam, ma era strano, e imbarazzante. No, in realtà non era vero; in realtà era bello, ed era per quello che era strano.

«Ecco! Stai iniziando a capire», gongolò, cosa che ovviamente mi fece perdere di nuovo l'equilibrio. Mi staccai da lui per la terza volta, ridendo istericamente. Okay, era davvero divertente, e non faceva male. Di solito, quando ero andata a pattinare con Jake e lui aveva cercato di insegnarmi, mi faceva finire ogni volta col sedere sul ghiaccio. Nel giro di mezz'ora ero così dolorante e piena di lividi da arrendermi. «Vedi, ora ti stai divertendo», affermò con un sorriso Liam, spazzolandosi via i cristalli di ghiaccio dalla schiena e afferrandomi di nuovo. Riuscimmo a fare il giro della pista tre volte, prima che cadessi ancora. Stavo davvero migliorando.

Dopo quella che mi sembrò un'eternità, la pista iniziò a riempirsi, e il mio stomaco a brontolare. Cadevo sempre meno spesso, ma stringevo comunque le mani di Liam con tutte le forze. «Che ore sono?», domandai distrattamente, mentre ci fermavamo accanto al bordo della pista. La prima ora doveva essere per forza quasi finita, ormai.

Lui tirò fuori il cellulare dalla tasca e risucchiò l'aria tra i denti candidi, emettendo un sibilo. Okay, non sembrava un buon segno. Forse avevamo perso anche la seconda ora...

«Ehm, Angel, le lezioni finiscono tra un'ora», ammise, con una smorfia.

«COSA?», rischiai di urlare, facendolo sussultare e perdendo l'equilibrio. Lui mi afferrò e mi schiacciò contro il bordo di plastica della pista per tenermi in piedi, con il corpo premuto contro il mio e il viso a pochi centimetri dal mio. Iniziai a sentire il cuore galoppare di nuovo nel petto. Lui non si mosse. Restò lì a fissarmi negli occhi, finché non iniziai a sentirmi girare la testa. Di colpo, capii che stava succedendo perché non stavo respirando, quindi inspirai a fatica, cosa che sembrò farlo tornare di colpo al presente.

Si scostò, lasciandomi però le mani sui fianchi e tenendomi in equilibrio. «Sarà meglio andare. Se tuo fratello scopre che sono stato qui con te tutto il giorno, come minimo mi taglia le palle», commentò, fingendo un moto di orrore e facendomi ridere.

Invece di tenermi per mano per aiutarmi a uscire dalla pista, continuò a tenermi per i fianchi, pattinando all'indietro mentre mi trasportava con sé. Non sapevo dove mettere le mani, così gliele posai sulle spalle. Quando rischiai di nuovo di cadere, lui si piegò e mi accolse tra le braccia, piazzandomi uno degli avambracci sotto il sedere e facendomi stringere le cosce intorno alla sua vita con l'altra mano, come se non pesassi niente. Si girò e prese a pattinare velocemente in avanti. Fu piuttosto spaventoso, a dire il vero. Trattenni il respiro e gli strinsi le braccia intorno al collo, premendomi contro di lui con tutte le forze e probabilmente soffocandolo, ma non si lamentò. Invece di raggiungere l'uscita, come mi aspettavo, fece tutto il giro della pista un'altra volta, prima di uscire dal ghiaccio e lasciarmi cadere sulla panca.

Che diavolo era successo? «Perché l'hai fatto?», gli domandai, sentendomi un po' a disagio per essermi aggrappata in quel modo a lui. Non sapevo perché mi sembrasse così imbarazzante, tuttavia, visto che dormivamo abbracciati ogni notte.

«Fatto cosa, Angel?», chiese lui, di nuovo confuso.

Indicai il ghiaccio. «Hai fatto di nuovo il giro della pista. Perché non sei uscito e basta?», gli spiegai, accigliandomi, ma allo stesso tempo sorridendo. Quel ragazzo era così strano!

Lui sembrò lievemente a disagio, ma poi cambiò l'espressione nel solito sorriso con cui faceva sciogliere tutte le ragazze. «Mi hai rallentato tutto il tempo; volevo semplicemente godermi un giro veloce, tutto qui». E si strinse nelle spalle.

D'accordo, ora mi sentivo un po' in colpa per il fatto che lui non si fosse potuto divertire, perché aveva dovuto badare a me per tutto il tempo. «Liam, vai a pattinare un po'. Io me ne starò qui seduta, non c'è problema. Anche tu dovresti divertirti», gli suggerii, con un mezzo sorriso.

Lui sorrise ampiamente. «Mi sono divertito tantissimo, in realtà». La sua espressione sembrava sincera; si alzò e andò a prendere le nostre scarpe.

Mentre tornavamo verso la scuola, si fermò al McDrive.

«Salve, posso aiutarla?», chiese il commesso al microfono.

«Uhm, sì, vorrei un Big Mac menu con una Coca-Cola, e un menu quarter pounder con formaggio e un milkshake alla fragola. Avete anche quegli affari con il formaggio fuso?», domandò Liam.

«Sì, li abbiamo», disse il commesso, facendo crepitare il microfono.

Lui sorrise. «Perfetto, anche una confezione di quelli, allora, grazie». Lo fissai, un po' confusa; aveva appena ordinato il mio pranzo, e sapeva esattamente cosa volevo. Si girò verso di me e aggrottò la fronte. «Perché mi guardi così? Ho sbagliato qualcosa?», mi chiese, sembrando un po' preoccupato e tornando ad abbassare il finestrino, pronto a cambiare l'ordinazione.

Io scossi la testa, fissandolo sorpresa. «Come facevi a sapere cosa volevo?».

Lui rise e mi guardò come se avessi detto una cosa stupida. «Prendi sempre le stesse cose, Angel. E adori quei disgustosi cosi al formaggio, ma non ce li hanno sempre, perciò...». Lasciò cadere la frase, scrollò le spalle e si avviò con la macchina alla finestra successiva.

Okay, ora iniziava a spaventarmi. Prima avevo scoperto che sapeva il mio numero di scarpe, e ora che sapeva cosa ordinassi da McDonald's. Okay, probabilmente ci ero stata mille volte lì, con lui e Jake, ma perfino mio fratello non avrebbe saputo dire cosa ordinassi di solito, e stavo parlando di mio fratello, dannazione! Liam scoppiò di nuovo a ridere e parcheggiò in un punto tranquillo perché potessimo mangiare in pace.

Si mise a chiacchierare di un concerto che voleva andare a vedere e di un film che aveva visto la settimana prima, un film di zombie che secondo lui mi avrebbe spaventato a morte. Ero sorpresa di quanto fosse facile parlare con lui; non avevo mai trascorso tanto tempo con Liam da sola, prima di quel momento. Di solito era sempre con Jake o con altri ragazzi, o aveva qualche ragazzina appiccicata addosso, oppure dormivamo. In realtà, era davvero un ragazzo simpatico e divertente. Non potei fare a meno di chiedermi perché nascondesse quella meravigliosa personalità dietro alla sua facciata da dongiovanni maschilista e maiale; sarebbe dovuto essere più spesso come lo vedevo in quel momento, invece.

«Posso chiederti una cosa, Angel?», mi domandò, fissandomi con aria seria. Annuii, mentre finivo il mio milkshake. «Non ti fidi di me? Come hai potuto pensare che potessi farti del male, prima, a scuola? Avrei avuto tante di quelle possibilità di toccarti o costringerti a fare qualcosa, negli ultimi otto anni, no? Perché hai pensato che potessi farti del male?», mi chiese, con aria mortificata.

Feci un respiro profondo. «Mi hai colto di sorpresa, tutto qui; mi fido di te, Liam, davvero. Lo so che non mi faresti mai del male, è solo che per me è difficile... Non mi piace che la gente mi tocchi». Mi accigliai. Non avevo alcuna voglia di parlarne. Nessuno mi aveva mai chiesto cosa succedeva con mio padre, quando ero piccola. Mi ero rifiutata di andare dallo psicologo dopo che se n'era andato; mia madre e Jake avevano provato a convincermi, ma non volevo che nessuno lo sapesse. Provavo vergogna per quelle cose, e per quello che mi faceva fare. Né mia madre né mio fratello mi avevano mai costretto a parlarne, comunque, e li amavo ancora di più per questo.

Liam mi prese una mano. «So che non ti piace, ma non ti avrei mai fatto del male. Voglio che tu lo sappia», dichiarò, passandomi il pollice sul dorso della mano. Sembrava ancora ferito e dispiaciuto. Avrei voluto farlo sentire meglio, ma non sapevo come.

L'unica cosa che potevo fare era dirgli la verità. «Liam, quando qualcuno mi tocca, inizia a battermi forte il cuore e comincio a sentirmi nauseata. Non ho alcun controllo su queste reazioni. Le uniche persone con cui non succede sono la mamma, Jake e tu. Mi dispiace di averti offeso, ma non posso farci niente. Mi fido di te, sul serio».

Questo sembrò farlo sentire meglio, e il viso gli si schiarì. «Okay, d'accordo. Avanti, ora, torniamo indietro prima che tuo fratello sciolga i cani da guardia per farmeli saltare alla gola», suggerì, ridacchiando. Mi sistemai meglio sul sedile, mentre lui tornava verso la scuola. Ci fermammo nel parcheggio cinque minuti prima della campanella finale. «Ehm, Angel, forse è meglio non parlare di oggi a tuo fratello. Io non dovrei uscire con te», mormorò lui, stringendosi nelle spalle.

Non doveva uscire con me... che significava? «Perché non dovresti?», gli domandai, confusa.

Tornò a guardarmi negli occhi, facendomi battere il cuore un po' più veloce. «L'ha detto Jake. Ed è perché sono un "disgustoso puttaniere", come tu così spesso ci tieni a sottolineare. A quanto sembra, secondo Jake vorrei solo infilarmi nelle tue mutandine», ribatté lui, ammiccando. «E in effetti sarei più che felice di farlo, se tu lo volessi. Sai, per ripagarmi della lezione di pattinaggio di oggi», scherzò, rivolgendomi un sorrisetto malizioso.

Annaspai. Avevo appena trascorso tutto il giorno con quel ragazzo, mi ero divertita... e lui riusciva a rovinare tutto con una sola, maledettissima frase. «Sei davvero un maiale, certe volte, lo sai?», ringhiai, uscendo dalla macchina e sbattendo lo sportello. Mi diressi a lunghi passi nervosi verso l'edificio di matematica, dove sarei dovuta essere. Almeno, avrei potuto far sembrare che fossi stata lì, se fossi venuta dalla direzione giusta.

Vidi Jake andare verso la macchina, e gli lasciai qualche minuto di tempo, prima di raggiungerla anch'io e accomodarmi sul sedile posteriore come se niente fosse accaduto. «Ehi, Ambs, come è andata oggi?», mi chiese Jake, mentre entravo in macchina.

«Tutto bene, grazie, è stata un'ottima giornata, almeno fino alla fine, quando un idiota mi ha dato fastidio», risposi con un'alzata di spalle. Jake colpì subito Liam sulla nuca.

«Ahi, merda, per cos'era quello?», sbottò lui, massaggiandosi il punto dolorante.

«Per aver dato fastidio alla mia sorellina», rispose Jake, stringendosi nelle spalle.

«E come fai a sapere che sono stato io?», si lagnò Liam. Io ridacchiai, mentre lui mi lanciava un'occhiataccia, e presi l'iPod.

«Ambs, visto che è venerdì...», cominciò Jake, senza concludere la frase.

Mugugnai, capendo già dove voleva andare a parare. La

sua tradizione settimanale. «No! Niente feste! Avanti, Jake, ma dici sul serio? Deve essere sempre a casa nostra, ogni settimana? Non c'è neppure una partita, stasera! Dovrebbe essere una festa da dopo partita. Insomma, non si può fare da un'altra parte, per una volta, così non dovrò pulire tutto dopo che i tuoi amici idioti e ubriachi se ne saranno andati?», domandai, lanciando una nuova occhiataccia a Liam.

«Ehi, non mettermi in mezzo: ti aiuto sempre a rimettere in ordine!», esclamò Liam, sulla difensiva.

Sospirai, sentendomi sconfitta. Mio fratello organizzava una festa da noi ogni venerdì sera perché non avevamo i genitori a casa e quindi era più facile così. Sprecavo fiato a lamentarmi, perché tanto sarebbe successo comunque, che mi piacesse o no. Alzai il volume dell'iPod, per non sentire loro due che parlavano delle ragazze che si sarebbero portati a letto, e guardai fuori dal finestrino. Riuscivo a vedere Liam che tentava di catturare il mio sguardo dallo specchietto, ma lo ignorai e finsi di essere completamente persa nella musica.

Capitolo 4

Dopo cena, Jake e Liam uscirono a prendere da bere per la festa, come sempre. Colsi al volo l'occasione per concedermi un lungo e piacevole bagno, rilassandomi e rinfrescandomi. Sospirai, al pensiero di un'altra festa. Non facevano pazzie, per fortuna, non era mai niente di esagerato, ma sarebbe durata fino alle due o alle tre del mattino. E a parte la mancanza di sonno, la mattina dopo la casa sarebbe stata tutta in disordine, dentro e fuori.

Sospirai ancora e mi avvolsi in un telo. Mentre uscivo dal bagno, finii praticamente addosso a Liam. Scattò avanti con le mani per sostenermi, stringendomi all'altezza della vita in modo che non cadessi. Serrai più forte il telo intorno a me e cercai di calmarmi dopo lo spavento.

«Wow, che look intrigante», commentò lui, scherzoso, fissandomi lentamente da capo a piedi. Mi tolsi le sue mani di dosso e scappai in camera, sbattendo la porta.

Non appena si fu chiusa, lui venne a bussare. «Che c'è, Liam?», sbottai, infuriata.

«Angel, apri la porta, per favore», rispose, tentando di abbassare la maniglia.

«Liam, puoi andartene, per favore? Davvero, non mi sono ancora vestita!». Aggrottai la fronte, battendo un piede sul pavimento, per poi arrossire e ringraziare il cielo che lui fosse fuori, e non mi avesse visto farlo.

«Angel, ti prego», mi implorò.

Sospirai. Odiavo quando usava quella voce. Era la voce del

Liam di notte, e avevo grosse difficoltà a dirgli di no, quando la usava. Aprii la porta e lui sorrise ed entrò nella mia stanza. «Allora, che diavolo vuoi?», gli chiesi, andando all'armadio e prendendo la mia T-shirt preferita di Liam, che avevo trovato nella lavatrice. La infilai, stando attenta a tenermi incollato addosso anche l'asciugamano.

«Ehi, mi stavo giusto chiedendo che fine avesse fatto quella T-shirt», commentò, accennando all'indumento.

Sussultai, temendo che la rivolesse indietro. Era diventata la mia maglietta preferita. La mettevo ogni volta che mi sentivo pigra e volevo soltanto starmene comoda a casa. «Non te la restituisco, mi piace troppo», dichiarai, agitando una mano come per scacciarlo.

«D'accordo. Del resto, sta meglio a te che a me», replicò lui, con un sorrisetto, mentre mi fissava le gambe.

Sospirai, esasperata. Perché doveva sempre comportarsi così? «Davvero, cosa vuoi?», ripetei, andando alla porta e posando una mano sulla maniglia, pronta a buttarlo fuori se avesse fatto un altro commento di quel tipo.

«Volevo solo darti le mie cose. Il cambio e le cose per domani, visto che stanotte resterò qui». Si strinse nelle spalle e lasciò la borsa sul letto.

«E non potevi semplicemente passarmi tutto dalla porta, invece di entrare?», gli domandai, infastidita. Perché doveva sempre rendere tutto così difficile?

«Sì, avrei potuto farlo, ma poi avrei perso l'occasione di vedere il tuo bel culetto nella mia maglietta. Penso che sia molto sexy, quando una ragazza indossa gli abiti del suo uomo», commentò, fissandomi di nuovo e facendomi agitare, a disagio.

Spalancai la porta e lo fulminai con lo sguardo. «Non sei il mio uomo, quindi fuori di qui!», esclamai.

«Come vuoi, Angel». Ridacchiò e uscì, ma non prima di avermi lanciato un'ultima volta quel suo sguardo malizioso.

Mi asciugai i capelli, lisciandoli, e mi truccai. Non mettevo che un filo di trucco, anche alle feste, quindi mi limitai ad aggiungere un pizzico di ombretto glitter, un po' di mascara e un lucidalabbra rosa invece del solito trasparente. Indossai il reggiseno e il tanga blu notte di pizzo, e cercai nell'armadio qualcosa da mettermi. Le feste a casa nostra avvenivano sempre a una temperatura insopportabile. Jake e Liam invitavano praticamente tutta la scuola e la gente si affollava a dismisura, facendo diventare la casa orribilmente calda, quindi non volevo vestirmi troppo. Infilai un paio di shorts neri piuttosto corti e una canottiera, poi aggiunsi le mie collanine d'argento e i sandali anche loro argentati, con un po' di tacco. Mi guardai allo specchio. La mia era una figura piacevole, tonica, non troppo magra e con le curve nei punti giusti, la vita sottile e un seno appena più grande del normale. Non ero la ragazza più bella del gruppo, ma mi piacevo, e mi bastava così.

A Jake non sarebbe piaciuto il modo in cui ero vestita, però. Probabilmente metteva in mostra troppa pelle nuda per i suoi gusti, anche se ero del tutto coperta, e, a paragone delle troiette che lui e Liam di solito avevano intorno, sembravo una suora. Considerai per un attimo l'idea di cambiarmi, prima di lasciar perdere. No, faceva troppo caldo e non avrei indossato i jeans, sudando come in una sauna, solo perché a lui non piaceva che i ragazzi guardassero la sua sorellina.

Aspettai che la festa fosse nel pieno, in modo che Jake non potesse dirmi davanti a tutti di andarmi a cambiare come se fossi una bambina. Dopo circa quaranta minuti, uscii in corridoio. C'era gente ovunque, e qualcuno già barcollava. Avevano cominciato a bere da meno di un'ora... era patetico. Jake mi vide e mi lanciò l'occhiata mortale che doveva essere tipica della mia famiglia, per poi indicarmi di tornare nella mia stanza, dicendomi in labiale "cambiati". Scossi la testa e gli sorrisi con dolcezza, mischiandomi agli invitati e puntando all'altra parte del salotto, così non mi avrebbe più visto.

«Ehi, Sean», cinguettai, notando uno dei miei migliori amici.

«Ehi, bellezza. Wow, stai benissimo stasera», mi disse, lanciandomi un'occhiata, ma non nel modo malizioso tipico di tutti i ragazzi. Io e Sean eravamo amici da tanto tempo; lui stava con la stessa ragazza da un paio d'anni ed era totalmente innamorato di lei, cosa che trovavo molto dolce.

«Grazie. Anche tu stai bene», replicai, sorridendo e guardandomi intorno, in cerca delle mie amiche. «Dove sono Kate e Sarah?», chiesi, aggrottando la fronte. Non mancavano mai, in quelle occasioni, visto che per loro era una scusa per sbavare dietro a tutti i bei ragazzi della scuola, in particolare a Jake e Liam.

«Ci stanno provando con tuo fratello», ribatté lui, indicando in direzione della cucina e ridendo.

Guardai verso dove stava indicando e vidi Kate e Sarah che ridacchiavano incontrollabilmente per qualcosa che aveva detto Jake. Kate gli teneva una mano sul braccio e Sarah era schiacciata contro il suo fianco. Mio fratello non sembrava affatto interessato, ma gli piacevano quelle attenzioni, come sempre. Era abituato a quelle due che pendevano dalle sue labbra. Ogni volta che venivano a casa flirtavano con lui senza ritegno, e lui si divertiva a girare a torso nudo, ridacchiando alle loro espressioni cariche di desiderio.

Roteai gli occhi e riportai l'attenzione su Sean. «Niente Terri, stasera?», gli domandai, cercandola in giro per la stanza.

Proprio in quel momento, qualcuno mi afferrò da dietro. Strillai di spavento, prima che parlasse. Era Liam. «Sei fantastica, ma ti preferivo con l'asciugamano», mi sussurrò seducente all'orecchio.

Il suo respiro caldo mi scivolò sul collo, facendomi rabbrividire. Potevo sentire l'odore di birra nel suo alito, ma non si ubriacava mai. Jake sì, ma non Liam, che sembrava sempre quello che manteneva il controllo, in caso qualcosa potesse sfuggire di mano.

«Vai al diavolo», ringhiai, girandomi per raggiungere la cucina. Non avevo ancora bevuto nulla.

«Ehi, Angel, aspettami!», esclamò lui, prendendomi per mano mentre continuavo a zigzagare tra la folla di gente che pomiciava e si accalcava nel salotto.

Quando arrivai in cucina, vidi una ragazza sdraiata sul bancone e due ragazzi che bevevano da bicchierini posati sul suo corpo. La riconobbi subito, dai capelli rossi e dai pochi abiti che indossava. Jessica.

Strillò eccitata, quando ci vide entrare. «Liam! Vieni qui, tesoro, fatti uno shot da me», lo chiamò, in tono seducente.

Liam strinse più forte la mia mano e mi rivolse la sua espressione da cucciolo, chiedendomi aiuto. Io mi limitai a ridere, spingendolo verso di lei. «Avanti, Liam, dai a quella ragazza ciò che vuole. Sai anche tu che desideri farlo», lo provocai, ridendo istericamente alla sua espressione terrorizzata, che però si trasformò subito in un ghigno.

Mi afferrò per i fianchi e mi sollevò sul bancone, sistemandosi tra le mie gambe in modo da avvicinare il viso al mio. «In effetti, desidero farlo. Stenditi per me, Angel». Mi rivolse un sorrisetto malizioso, e poi, ovviamente, ammiccò.

«Liam James, toglimi subito di dosso quelle luride mani!», gli sussurrai infuriata, cosa che lo fece ridacchiare ancora di più. Si limitò a scuotere la testa, divertito, e si fece indietro, tirandomi via dal bancone e rimettendomi con i piedi per terra.

Presi un bicchiere di carta e lo riempii per tre quarti di vodka, per poi aggiungerci del succo d'arancia e berne un sorso mentre ancora lo stavo preparando.

«Angel, vacci piano, okay?». Mi guardò bere, scuotendo la testa preoccupato.

«Neanche per sogno. Stasera mi distruggo, e vi potete scordare di farmi rimettere in ordine la casa, domani». Gli mollai una pacca sul petto e tornai dai miei amici.

Dopo un paio d'ore, ero piuttosto ubriaca. Non mi sentivo molto stabile sulle gambe, ma continuai a ballare con gli amici. Liam chiacchierava con alcuni compagni di squadra, non molto lontano, e continuava a lanciarmi occhiate attente.

«Sul serio, Liam ti sta guardando di continuo!», mi strillò Kate nell'orecchio per la quinta volta.

«Non è vero! Non essere stupida, Kate, probabilmente si sta solo assicurando che non vomiti, visto che deve pulire lui, domani». Finii il mio drink e gettai il bicchiere di carta sul tappeto.

Ah, ah, tanto avrebbero pulito loro, la mattina dopo, non certo io! Presi a ridere istericamente, cosa che fece ridacchiare anche Kate. «Vado a prendermi un altro drink», strillai sopra la musica.

In quel momento iniziò *She is like a star* di Taio Cruz, la canzone preferita di Liam. Sentii qualcuno prendermi per mano e quando mi girai lo vidi sorridermi, con uno dei suoi sorrisi sinceri, e non potei fare a meno di ricambiarlo. «Balla con me, Angel», propose, passandomi un braccio intorno alla vita.

Ormai ero così ubriaca da non trovare nulla da ridire; lo abbracciai e gli posai la testa nell'incavo della spalla. Aveva un profumo meraviglioso, e mi domandai che sapore avrebbe avuto la sua pelle se l'avessi leccata. Un momento, avevo forse appena pensato di leccare Liam come un ghiacciolo? Scoppiai a ridere da sola a quell'idiozia. Lui si ritrasse, lanciandomi uno sguardo perplesso che rese la scena ancora più buffa. Roteò gli occhi e scosse la testa, divertito, mentre tornava a stringermi a sé. La canzone non era esattamente un lento, quindi ci muovevamo piuttosto veloci, strusciandoci uno contro l'altra. Amavo ballare, e lui era bravissimo, ci muovevamo all'unisono in modo perfetto.

Lo sentii eccitarsi, ma non mi preoccupò affatto. Lo sentivo premermi le sue erezioni addosso da quando avevo dodici anni e lui quattordici. Si svegliava così ogni mattina e spesso ci si addormentava pure. Io le ignoravo e basta. Era stato strano, la prima volta che era successo, e mi ero spaventata moltissimo. Quella sera era tornato a casa sua, così imbarazzato da scoppiare quasi a piangere, poi ne aveva parlato con il padre e la sera dopo si era ripresentato in camera mia e mi aveva spiegato che era normale per i ragazzi, e che stava crescendo, e che quella faccenda aveva qualcosa a che fare con gli ormoni che aveva in circolo. Non sapevo se fosse vero o meno, ma non avevo motivo di dubitare di lui. Restò imbarazzante per entrambi per forse un mese, poi divenne uno scherzo, e infine prendemmo a ignorarlo completamente. Si scostò per guardarmi e sorridermi sincero, e io ricambiai il gesto. Era davvero carino, quando sorrideva così, ed era buffo che me ne rendessi conto solo ora, quando lo conoscevo da sempre.

Jake si avvicinò, sbucando fuori dal nulla. «Amico, ma che diavolo fai? Quella è mia sorella!», sbottò contro Liam, prendendolo per una spalla e allontanandolo da me.

«Jake, ehi, stavo solo ballando un po' con lei, questa è la sua canzone!», protestò Liam, con aria infastidita.

«Liam, devi stare lontano da mia sorella. Ha sedici anni, cazzo. E lo sai cosa ha passato. Non ha bisogno di ragazzi come te a darle fastidio!», esclamò Jake per tutta risposta, facendosi avanti fino a trovarsi faccia a faccia con Liam. Capii che era ubriaco perché aveva le orecchie arrossate. Era sempre così, quando beveva troppo.

«Non le farei mai del male!», ringhiò Liam, il petto che quasi sfiorava quello di Jake.

«Non me ne frega un cazzo! Ho detto che le devi stare lontano!», urlò mio fratello.

Io mi limitai ad alzare le spalle e ad allontanarmi. Non c'era bisogno che rimanessi, quel litigio sarebbe finito in un paio di minuti, come sempre. Girando l'angolo per andare in cucina, sbattei contro un ragazzo che non conoscevo. Era di qualche anno più grande di me, forse della stessa età di Jake, ed era molto carino. Aveva capelli neri e piuttosto spettinati, che gli ricadevano sulla fronte, quasi a coprirgli gli occhi scuri. Sorrise e mi afferrò per la vita, evitandomi di cadere. Mi ritrassi di scatto, a quel tocco, anche se non troppo, perché tutto quell'alcol mi aveva annebbiato il cervello.

«Ehi, ciao», mi sussurrò, in tono sensuale.

«Ciao». Sorrisi; non mi aveva tolto le mani dai fianchi, perciò tentai un passo indietro per riguadagnare una certa distanza di sicurezza.

«Io sono Trent». Sorrise. Notai che, quando lo faceva, sul viso gli si formavano delle deliziose fossette.

«Amber», risposi, senza distogliere lo sguardo. Era davvero bello. Non ricordavo di averlo mai visto a scuola. «Vai alla Penn State?», gli chiesi, curiosa di scoprire come mai non lo conoscessi, se era lì alla festa.

Lui scosse la testa e sorrise. «No. In realtà sono venuto solo a prendere mia sorella, ma non riesco a trovarla».

«Davvero? E chi è tua sorella?», gli domandai, accigliandomi; una ragazza della mia scuola aveva un fratello davvero figo, ecco cosa.

«Jessica Sanders», rispose. Non riuscii a trattenere una reazione istintiva, a quel nome: arricciai il naso, cosa che lo fece scoppiare a ridere. «Non ti sta molto simpatica, eh?», domandò, ridacchiando ancora.

«Oh... ehm... scusa», borbottai, guardandolo con aria di scuse e arrossendo violentemente. Non riuscivo a credere di aver fatto quella faccia davanti a lui parlando della sorella! Che idiota!

«Non ti preoccupare; lo so che a volte è una vera stronza».

«Allora vuoi che ti aiuti a trovarla?», proposi, guardandomi in giro. Non era in cucina. Ridacchiai, rendendomi conto che lui ne era appena uscito, quindi per forza non poteva essere lì!

«Nah, uscirà fuori. Che ne dici se invece ci facciamo un drink?», suggerì, accennando al bancone.

«Sì, certo». Sorrisi, mentre lui prendeva due bicchieri di carta e una bottiglia di Jack Daniel's.

Bevemmo un paio di shot, e a quel punto mi ritrovai completamente ubriaca. Mi appoggiai con forza a lui, mentre chiacchieravamo ridendo di cose che per me non avevano in realtà molto senso. Di colpo, mi spinse contro il bancone e mi si strinse addosso. Il panico che ben conoscevo iniziò ad afferrarmi, mentre il cuore prendeva a battermi forte nel petto. Lo vidi avvicinare il viso al mio e mi sentii la gola secca. Santo Dio, voleva baciarmi! Ma a me stava bene? E se mi avesse toccato? Sentivo la testa girare, i pensieri così rapidi da non riuscire a controllarli.

Ansimai, tirando indietro il viso e sbattendo con la nuca contro la credenza alle mie spalle, abbastanza forte da farmi lacrimare gli occhi. Lui scosse il capo, guardandomi un po' sorpreso, e poi premette le labbra sulle mie. Mugolai, cercando di spingerlo via, ma sentii le sue mani bloccarmi sulla nuca, mentre mi passava la lingua sul labbro inferiore. Serrai le labbra e lo spinsi via con tutte le forze, ma non si mosse di un millimetro. Iniziai a spaventarmi; l'attacco di panico mi stava assalendo mentre il cuore mi martellava nelle orecchie.

Poi, di colpo, sparì. Alzai lo sguardo, confusa, e vidi Liam che lo schiacciava contro la parete, con un braccio contro la sua gola. Era così infuriato che mi sentii dispiaciuta per quel ragazzo, rosso in faccia per la mancanza di ossigeno.

«Non provare a toccarla, stronzo! Pensavi di entrare qui dentro come se niente fosse e baciarla contro la sua volontà?».

Iniziai a sentire la nausea, letteralmente. Scesi dal bancone della cucina e barcollai nel bagno collegato alla mia stanza, vomitando diversi litri di vodka. Mugolai, tirando lo scarico e sedendomi sul pavimento, per poi appoggiarmi alle gambe di qualcuno. Non mi spaventai, tuttavia, perché riuscivo a sentire il profumo del suo dopobarba. Sapevo che era Liam.

«Tutto bene?», mi chiese, comprensivo. Ma non riuscii a rispondere; restai appoggiata al gabinetto, per poi vomitare altra vodka. Wow, che spreco! Liam restò lì a massaggiarmi la schiena con gentilezza, tenendomi i capelli scostati dal viso. Dopo qualche minuto, iniziai a sentirmi molto meglio.

«Vuoi andare a letto?», mi chiese, guardandomi preoccupato.

Annuii. «Sì. Vorrei solo lavarmi i denti, prima». Lottai per alzarmi dal pavimento del bagno, ma ero così scoordinata che non ci riuscii un granché. Liam sorrise e si chinò, passandomi le braccia sotto le ascelle e sollevandomi come se non pesassi nulla. Mi fece sedere sul mobiletto accanto al lavandino, prese lo spazzolino e ci mise sopra il dentifricio. Sorrisi debolmente, lavandomi i denti e togliendomi il sapore di alcol dalla bocca.

«Letto?», mi chiese lui, quando ebbi finito. Annuii e mi prese in braccio come una sposa, riportandomi nella mia stanza. Aveva già scostato le coperte e stava per infilarmi sotto le lenzuola quando ricordai di avere ancora addosso i vestiti.

«Aspetta! Non voglio andare a dormire così», borbottai, abbassando lo sguardo sugli shorts e sulla canottiera. Avevo ancora addosso perfino le scarpe e i gioielli.

Lui annuì e mi rimise in piedi, ma non riuscivo a stare dritta e ondeggiai, sentendo le gambe che cedevano. Liam mi passò un braccio intorno alla vita, sostenendomi, e mi tolse le collanine. Io afferrai l'orlo della canottiera e me la sfilai, incastrandomi e scoppiando a ridere. Lo sentii sospirare, mentre mi metteva seduta sul letto e mi aiutava a liberarmi dell'indumento. Quando alzai lo sguardo, gli vidi in faccia un'espressione divertita. Mi sdraiai sul letto e sbottonai gli shorts, sollevando i fianchi e tirandoli via; Liam li afferrò e li fece scivolare lentamente sulle mie gambe, finché non mi ritrovai sdraiata sul letto in reggiseno e tanga. Poi mi tenne le gambe sollevate per sfilarmi anche i sandali.

«Sei bella», mi sussurrò, fissandomi con il suo solito sorrisetto malizioso, ma in quel momento non me ne importava niente. Restai lì sdraiata a ridacchiare, perlomeno finché non sentii lo stomaco rivoltarsi di nuovo.

«Oh, no!», annaspai, cercando di alzarmi e premendomi una mano sulla bocca. Rapido come un fulmine, lui mi riprese in braccio e mi portò in bagno, tenendomi di nuovo la fronte e carezzandomi la schiena mentre vomitavo.

Dopo essermi lavata di nuovo i denti, lo guardai togliersi la T-shirt. Me la fece indossare. «Ecco un'altra maglietta da aggiungere alla tua collezione», mi disse, sorridendo, mentre mi sollevava e mi riportava a letto. Poi si diresse alla porta. Pensai che volesse uscire e tornare alla festa, ma non lo fece. Chiuse a chiave e si tolse i jeans, scivolando sul letto accanto a me. Sentivo i rumori della festa che andava avanti senza di noi, là fuori. Liam mi abbracciò e mi attirò sul suo petto. Non riuscivo a smettere di pensare al ragazzo che mi aveva baciato in cucina. Prima di rendermene conto, cominciai a piangere.

«Che c'è, Angel?», mi chiese Liam, guardandomi preoccupato.

«Quello stronzo si è rubato il mio primo bacio!», gemetti. Liam scoppiò a ridere e mi sentii ancora peggio. Non riuscivo a credere che stesse ridendo di me! «Non c'è niente da ridere, Liam! Il primo bacio è importante, per una ragazza. Solo perché tu sei una specie di puttaniere a cui non importa, e che probabilmente neanche se lo ricorda, il suo primo bacio, non significa che queste cose non siano importanti!», sbottai, infuriata, colpendolo sul petto.

«Angel, calmati. Non ti ha rubato il primo bacio», disse lui, serio, guardandomi fisso e facendomi girare la testa, con quegli odiosi occhi azzurri e profondi da rubacuori che si ritrovava.

«Di che diavolo parli? Lo ha fatto, invece! Mi ha baciato e me l'ha rubato», gracchiai, con una lacrima che mi scivolava giù dall'angolo di un occhio. Lui la asciugò con il pollice e scosse la testa.

«Sì, è vero, ti ha baciato, ma non è stato quello, il tuo primo bacio. Lo hai dato a me, tanto tempo fa», spiegò, con un mezzo sorriso che lo fece sembrare ancora più bello. Di che diavolo stava parlando? Non lo avevo mai baciato. Aggrottai la fronte, lambiccandomi il cervello nel tentativo di ricordare. «Ti ricordi quando mi sono fatto male cadendo dall'albero nel mio giardino? Avevo tredici anni e la gamba mi faceva un male cane, e tu mi hai chiesto cosa potessi fare per farmi sentire meglio». Chiuse gli occhi e scosse la testa al ricordo, con un sorrisetto che gli danzava agli angoli delle labbra.

Sussultai. Mio Dio, aveva ragione! Mi aveva chiesto di baciarlo e io l'avevo fatto. Be', due volte, addirittura. Aveva detto che gli faceva ancora male e mi aveva chiesto di baciarlo di nuovo. E poi Jake era uscito di casa e ci aveva colto sul fatto. E aveva dato a Liam un pugno in faccia, per quello. Oh, merda, Liam si era preso il mio primo bacio! Non ero sicura di come mi sarei dovuta sentire, al tempo era stato piacevole, però. Quel giorno era stato dolcissimo, con me; si era arrampicato sull'albero per riprendermi la palla, che si era incastrata tra i rami. Immaginavo che fosse una cosa buona, alla fine, che fosse stato lui a baciarmi, e che non avessi dato il mio primo bacio a uno stronzo mentre ero ubriaca a una festa.

Gli sorrisi, e lui fece lo stesso. «È stato il primo bacio anche per me, e me lo ricordo molto bene», sussurrò, ammiccando malizioso.

«Be', da allora ne hai avuti parecchi altri», commentai, riferendomi a tutte le ragazze con cui era stato.

«Sì, ma quello è stato comunque il primo e il migliore», bisbigliò, baciandomi sui capelli e stringendomi di più a sé, in modo che potessi accoccolarmi con la testa nell'incavo della sua spalla. Restammo lì in silenzio; non sapevo cosa dire, perciò tacqui.

Dopo un po', ero ancora sveglia a causa dei rumori della festa. Era solo l'una di notte, quindi probabilmente sarebbero andati avanti almeno per un'altra ora. Mi girai e notai che Liam mi stava guardando. «Neanche tu riesci a dormire, vero?», mi chiese, sorridendo.

Scossi la testa. «Perché non torni lì a divertirti? Non ha senso che ce ne stiamo entrambi qui senza dormire». Mi scostai per permettergli di alzarsi.

Lui scosse la testa e mi attirò di nuovo contro il suo petto. «Sto bene qui».

Dopo circa un'ora, sollevai la testa e lo guardai. Si era addormentato e sembrava così tranquillo e dolce, oltre che bellissimo. Non l'avevo mai considerato in quel modo. Sapevo che era attraente e aveva un corpo perfetto, ma non mi era mai venuto in mente di pensare a lui in quel senso. Abbassai lo sguardo a osservargli il busto. Era incredibile, aveva degli addominali perfetti. Allungai un dito, tracciando il contorno dei suoi muscoli, domandandomi come fosse toccarli.

Liam rabbrividì. «Mi sento un tantino violato», commentò, facendomi sussultare e ritrarre di scatto la mano.

Ridacchiai, per essere stata scoperta. «Benvenuto nel mio mondo. Tu mi ci fai sentire sempre». Mi strinsi nelle spalle.

«Immagino di sì. Scusa», mormorò con nonchalance. Mi domandai perché non fosse sempre così. Se lo fosse stato, probabilmente sarei stata innamorata di lui come tutte le altre. «Ehi, visto che non riusciamo a dormire… perché non facciamo un gioco?», propose, entusiasta. Non era un buon segno.

Roteai gli occhi, cercando di non pensare a quale stupido gioco mi avrebbe proposto. «Non gioco con te. Come minimo stai pensando a uno spogliarello, o a qualche altra idiozia volgare che punta a vedermi nuda», borbottai, accigliandomi e imbronciandomi.

Lui rise e mi afferrò il labbro sporgente tra pollice e indice. «Non ti imbronciare, Angel, che ti vengono le rughe», scherzò, facendomi scivolare il pollice lungo il labbro. Quel movimento bastò a farmi venire l'acquolina in bocca, per qualche strano motivo. Tirai fuori la lingua, leccandogli scherzosamente il dito e aspettandomi che lo ritraesse disgustato. Ma non lo fece. Anzi, mugolò appena, roco. E quel suono fece pulsare e fremere qualcosa dentro di me, nel profondo.

Spostò il viso, avvicinandolo al mio, e poi si fermò a pochi millimetri dalle mie labbra. Non riuscivo a respirare e mi batteva forte il cuore, ma non era la mia solita paura. Volevo che mi baciasse. Lui sembrava attendere un cenno da parte mia per essere sicuro di poterlo fare. Deglutii e azzerai le distanze, premendo delicatamente le labbra contro le sue. Fu come una scossa elettrica, sentii tutto il corpo che fremeva per farsi toccare da lui. Mille farfalle sembravano aver preso il volo nel mio stomaco, e sapevo che non era a causa dell'alcol.

Reagì immediatamente, attirandomi a sé e accarezzandomi la schiena con entrambe le mani. Sollevai le braccia per chiudergliele intorno al collo, intrecciando le dita ai suoi lisci capelli castani. Aveva labbra morbide, che si adattavano alla perfezione alle mie. Mi succhiò piano il labbro inferiore e io aprii la bocca, senza sapere davvero cosa aspettarmi dal mio primo, vero bacio. Lui mi fece scivolare la lingua tra le labbra e la intrecciò con lentezza alla mia, dolcemente. Aveva un sapore fantastico, mentre mi esplorava la bocca; sentivo il corpo bruciare, desiderare di più.

Di colpo si scostò, facendomi gemere, mentre mi domandavo cosa avessi fatto di sbagliato. Sollevò di scatto la testa, voltandosi verso la porta e posandomi una mano sulle labbra per zittirmi. «Di' che è tutto okay», sussurrò. Lo guardai, confusa.

«Amber! Aprimi!», urlò Jake, bussando forte e facendo scuotere la porta.

Liam annuì verso di me e mi tolse la mano dalla bocca. Mi schiarii la gola. «Jake, sto bene. Sono stanca, vattene via!», esclamai, cercando di sembrare arrabbiata.

«Ambs, hai visto Liam?», chiese mio fratello, da dietro la porta. Io lo guardai, spaventata. Che diavolo avrei dovuto rispondergli? "Sì, certo, è qui a letto con me, mezzo nudo, e gli ho appena ficcato la lingua in bocca. Puoi andartene e smetterla di interromperci, ora?". Già, dubitavo che ne sarebbe stato felice.

«Digli che sono tornato a casa», bisbigliò Liam, annuendo incoraggiante.

«Ha detto che voleva tornare a casa, Jake. E adesso vattene», strillai, mordendomi un labbro e sperando che mi credesse. Liam chinò il capo e mi sfiorò di nuovo le labbra, scostandosi con un sospiro quando Jake riprese a urlare.

«Amber, ma stai bene? Mi sembri strana».

Ridacchiai. «Sì. Non mi sono sentita bene e sono andata a letto, tutto qui. Ma ora è tutto okay. Ci vediamo domattina. Oh, a proposito, non metterò in ordine, quindi toccherà a te, stavolta», lo ammonii, sorridendo all'idea di vederlo ripulire tutto da solo.

«Certo, Ambs, tanto lo sappiamo entrambi che mi darai una mano», replicò lui, ridendo.

Fissai Liam, che con quel suo sorriso stupendo mi baciò di nuovo, facendo tornare quel fremito all'istante. Mi passò con lentezza una mano lungo il fianco e tornò a farmi scivolare la lingua in bocca, con il suo sapore che mi esplodeva sulle papille gustative. Sfiorò il bordo della T-shirt che indossavo, la sua, e infilò sotto una mano, accarezzandomi una coscia e risalendo fino all'anca. Le sue dita tracciarono il contorno del tanga, finché non mi strinse un gluteo nel palmo della mano. Mi sembrava che la pelle bruciasse, ovunque mi toccava.

Fu in quel momento che tornai in me. Fu tutto troppo brusco. Scostai la testa indietro e gli fermai la mano per evitare che salisse ancora.

«Oh, scusami. Troppo veloce, vero?», mormorò, dispiaciuto. Annuii, cercando di riprendere fiato e calmarmi. «È tutto a posto, Angel. Cerchiamo di dormire un po'», propose con un gran sorriso. Si scostò leggermente da me e si sdraiò sulla schiena, attirandomi contro il suo fianco.

Gli posai la testa sul petto e spostai la gamba sulla sua, passandogli un braccio intorno al busto; lui mi raggiunse la mano, intrecciando le dita alle mie. Mi sfiorò i capelli con le labbra, e io chiusi gli occhi, sentendomi più felice di quanto non mi fossi sentita da molto tempo. Poco prima di addormentarmi, provai l'orribile presentimento che quello fosse stato un errore, e che l'avrei pagato il giorno dopo. Insomma, avevo appena baciato il migliore amico di mio fratello, un rubacuori che non aveva il minimo rispetto per gli altri.

Capitolo 5

Mi svegliai la mattina dopo con un terribile mal di testa. Il cellulare stava squillando, lì vicino. Allungai una mano per prenderlo, ma non ci riuscii. Mi allungai un po' di più, e finalmente mi riuscì di farlo cadere sul letto, e di rispondere.

«Pronto?», feci con uno sbadiglio.

«Amber! Dove diavolo sei? Dobbiamo allenarci!», esclamò una voce maschile e arrabbiata. Scostai il telefono dall'orecchio con una smorfia, cercando di alzarmi, ma Liam mi era praticamente sopra e mi bloccava a pancia in giù, con un braccio e una gamba su di me, oltre a usare la mia schiena come cuscino. Stranamente, era comoda.

«Justin?», gracchiai, lanciando uno sguardo alla sveglia, ma senza riuscire a distinguere i numeri sul display. Chiusi gli occhi e li riaprii, e finalmente vidi l'ora: le 8:42.

Merda!

«Già. Chi altro pensavi che fossi, eh? Dovevi essere qui alle otto e mezza, Amber. Allora, ti muovi o no?», domandò, infastidito.

«Uh, sì, certo, sto arrivando».

Liam mugugnò. «Digli che è sabato e sono stanco, Angel», mugolò contro la mia schiena, facendomi ridacchiare.

«Senti, Amber, butta fuori a calci quel figo dal tuo letto e muoviti! Abbiamo una nuova coreografia e devi impararla», disse Justin, con aria divertita. Doveva aver sentito Liam. Justin era l'unico a sapere che lui dormiva con me. Non sapeva come era cominciata tutta la storia, ma sapeva di Liam.

Era lui ad accompagnarmi ogni sabato a danza, che fosse o meno in doposbronza. I patti erano che io compravo il pranzo e non dicevo niente a mio fratello. E a me stava bene così. Jake sapeva che andavo a danza, ma non mi aveva mai visto ballare, e avevo la sensazione che se l'avesse fatto non ne sarebbe stato contento. Liam e Justin andavano molto d'accordo, il che inizialmente mi aveva sorpreso, perché non avrei mai pensato che un virile giocatore di hockey potesse diventare amico di un gay dichiarato che amava indossare qualcosa di rosa ogni giorno. Mi ero sbagliata di grosso.

«Vi raggiungo tra poco e porterò le ciambelle per farmi perdonare, okay?», offrii, in tono dolce. Non volevo che restasse arrabbiato con me per tutta la mattina; mi avrebbe fatto faticare il doppio, altrimenti.

Sospirò. «D'accordo, ma muoviti».

A fatica, riuscii a riporre il cellulare sul comodino. «Liam, Justin ha detto che dovevo prenderti a calci nel sedere e buttarti fuori dal letto, e che devo andare subito lì», annunciai ridacchiando.

Lui mugolò e mi piantò il viso nel collo. «Questi maledetti sabati sono una vera scocciatura», borbottò, scostandosi da me e rotolando sulla schiena. Mi girai a guardarlo, e mi lanciò il suo solito sguardo sornione. «La T-shirt ti è salita un po', là dietro. Vuoi che te la tiri giù?», mi chiese, guardandomi in quel punto. Abbassai di scatto le mani e mi resi conto che quella sua T-shirt che indossavo si era sollevata al punto da lasciarmi in piena vista il sedere, coperto soltanto da un misero tanga. Non avevo idea di che rapporti ci sarebbero stati tra noi dopo quanto era successo, ma mi sentivo in diritto di provocarlo almeno un po'. Del resto, mi aveva già vista in lingerie, e la sera prima mi aveva guardato abbastanza, quando mi ero sentita male ed ero rimasta solo con reggiseno e tanga addosso!

«No, grazie. Ci penso io». Scesi dal letto e mi sfilai la maglietta, lanciandogliela in faccia e restando in intimo. «Grazie per il prestito», ripresi, ammiccando e ancheggiando verso l'armadio, nel tentativo di trovare un paio di leggings o qualcosa di adatto a ballare. Lo sentii ansimare e poi lasciarsi sfuggire un basso gemito, e mi morsi un labbro per evitare di ridere. Le molle del letto cigolarono; e di colpo mi ritrovai il suo respiro caldo sul collo, e la pelle d'oca su tutto il corpo.

«Allora, oggi mi permetti di toccarti?», mi sussurrò piano.

Cielo, mi stava davvero chiedendo il permesso di farlo? Mi girai a guardarlo; era lì in piedi davanti a me, vestito solo dei boxer e bello come un dio greco.

«Uhm… non lo so… tu vorresti farlo?», gli domandai, un po' incerta. Era stato con tante ragazze, e tutte probabilmente più belle di me. Quello della sera prima era stato il mio primo vero bacio, e di sicuro avevo fatto schifo! Lui annuì, entusiasta, tenendo gli occhi fissi nei miei. Non mi stava neanche guardando, sebbene fossi quasi nuda, il che mi fece battere forte il cuore, per qualche motivo sconosciuto.

Mi irrigidii mentre sollevava le mani, lentamente, dandomi la possibilità di fermarlo, per poi posarmele sui fianchi. Quel tocco bastò a scaldarmi la pelle e a riempirmi lo stomaco di farfalle. Mi attirò contro il petto, facendomi scivolare le dita sulla schiena, finché una mano non mi afferrò delicatamente la nuca, mentre l'altra scendeva lenta più in basso. Mi sfiorò appena i glutei, una volta sola, prima di tornare su e premermi il palmo contro le reni. Una nervosa eccitazione mi fremeva dentro, mentre restavo immobile, pietrificata, senza sapere cosa fare. Era tutto così nuovo, per me, ed ero spaventata a morte, ma in un certo senso in positivo. Chinò lentamente il capo mentre sgranavo gli occhi, aspettando il contatto di quelle labbra sulle mie.

Proprio mentre stavano per unirsi, il cellulare squillò di nuovo, facendoci sobbalzare entrambi. Guardammo il telefono, mentre tornavo lentamente alla realtà, il cuore che ritrovava un ritmo normale. Liam lo guardava con odio, ed ebbi l'impressione che stesse cercando di incenerirlo con gli occhi per farlo smettere di squillare. Ridacchiai osservando la sua espressione esasperata e mi staccai da lui per rispondere. Era di nuovo Justin.

Sospirai, rispondendo. «Ho detto che sto arrivando!». Alzai gli occhi al soffitto, anche se non poteva vedermi.

«Mi stavo solo assicurando che tu e il tuo amichetto dal bel sedere non vi foste rimessi a dormire», dichiarò lui con una risatina, per poi attaccare. Chiusi la telefonata e sbirciai verso Liam; mi fissava ancora, ma nel frattempo si stava vestendo. Gli sorrisi e lui mi sorrise. Era bello. Di solito, al mattino diventava quello stronzo del Liam di giorno, e cominciava a prendermi in giro appena mi svegliavo, ma allora sembrava diverso. Non potei fare a meno di chiedermi quanto sarebbe durato. Andai all'armadio e afferrai un paio di leggings neri e una canottiera bianca che mi arrivava appena al sedere. Presi anche un cambio di lingerie e corsi in bagno a vestirmi.

Mentre lo superavo, mi prese per mano, facendomi fermare. «Lo sai che hai il sedere più sexy del mondo, vero?», mi sussurrò, prima di baciarmi lievemente sulle labbra, mandandomi quelli che sembravano fulmini lungo tutto il corpo.

Quando mi lasciò andare, lo fissai stravolta. «Sì, scommetto che lo dici a tutte le ragazze», borbottai, scuotendo la testa prima di chiudermi in bagno e prendere un respiro profondo.

Cosa mi prendeva? Perché mi stava facendo sentire così? Era Liam, santo cielo! Mi avrebbe distrutto, e sarei finita come quella troia di Jessica, a mendicare le sue attenzioni, non appena avesse ottenuto quello che voleva da me. Ma poi pensai che non sarebbe andata così. Aveva dormito con me negli ultimi otto anni. Avevo bisogno di lui per dormire e tenere lontani gli incubi. Non mi avrebbe mai fatto del male, giusto? Mi fidavo di lui, ero certa che mi avrebbe protetto, ma potevo affidargli anche il mio cuore? Sapevo che la risposta era no, ma per qualche motivo volevo fare un tentativo.

Quando uscii dal bagno, lui era sparito, ma questo non mi sorprese. Andai alla finestra per chiuderla, come sempre, e vidi una margherita sul davanzale. Guardai fuori e sorrisi. Quei fiori crescevano sotto la mia finestra, e doveva averne colto uno per me quando era uscito, lasciandolo lì perché lo vedessi quando fossi andata a chiuderla. Il mio cuore perse un battito e sorrisi, un po' confusa. Non era da Liam comportarsi così.

Sospirai e mi infilai la margherita nella coda di cavallo, per poi dirigermi in cucina, prendendo due bottigliette di succo di frutta. Lasciai un messaggio a Jake, scrivendogli che ero andata a danza, e che lo avrei aiutato a rimettere in ordine più tardi, se mi avesse permesso di invitare Kate e Sarah a vedere un film quella sera. Sapevo che avrebbe acconsentito, visto che era la solita condizione che ponevo per aiutarlo a ripulire la casa dopo le sue feste; le mie amiche sarebbero venute da noi per cena e lui avrebbe pagato la pizza e il film. Doveva soltanto tenere testa a due ragazzine innamorate che non facevano che provarci con lui e Liam per tutta la sera, visto che anche lui restava a casa con noi, se non doveva uscire con qualcuno.

Uscii di casa e mi avvicinai alla macchina di Liam, già in moto davanti alla porta. «Ehi, ti ho preso questo», cinguettai, tendendogli il succo di frutta.

«Grazie. E io ti ho preso questo», rispose, offrendomi una fetta di pane tostato.

Scoppiai a ridere. «Mi sembra uno scambio equo», dichiarai, sorridendo e prendendone un morso. «Oh, devo passare da Benny's a prendere le ciambelle, se per te va bene». Lo guardai speranzosa mentre ci immettevamo sulla sopraelevata. Lui annuì, ancora raggiante. «Come mai sei così allegro, oggi?», gli chiesi, incuriosita da quei sorrisi smaglianti. Non doveva aver dormito molto e sapevo che era stanco, lo vedevo dal suo sguardo.

«Sono stato bene, ieri sera, tutto qui. Finalmente ho conquistato una bellissima ragazza a cui andavo dietro da un po'». Ammiccò, il sorriso sincero che si trasformava nel suo stupido ghigno.

Di colpo mi sentii come se qualcuno mi avesse piantato una sega elettrica nello stomaco. Era stato con una tipa, e poi era venuto nel mio letto? Quello stupido idiota! L'avevo baciato, l'avevo baciato sul serio, e lui aveva fatto sesso con un'altra, prima! Dio, che stupido puttaniere, sapevo di non potermi aspettare altro. Mi girai per non fargli vedere quanto fossi ferita, guardando con rabbia fuori dal finestrino e lottando per non piangere. Le lacrime erano per i deboli. Non piangevo mai davanti agli altri, ma qualcuno mi aveva già visto al di là della corazza che mi ero costruita, perciò non potevo farci niente. Accostò la macchina davanti a Benny's e io saltai giù, volevo solo stargli lontano. Ordinai venti ciambelle assortite, soprattutto al cioccolato, perché erano quelle che preferivo.

Quando tornai in macchina, Liam sorrise. «Ne hai prese abbastanza?», scherzò, fissando le due enormi scatole che avevo in mano.

Mi limitai ad annuire e accesi la radio. «Mi piace questa canzone», mentii. Non sapevo neanche come si intitolasse, ma non avevo voglia di parlare con lui.

Mi lanciò uno sguardo perplesso. «Ma se ti fa schifo la musica rave», commentò, corrugando la fronte e abbassando il volume. Aveva ragione, odiavo quel genere, ma avrei preferito ascoltarlo che parlare con quel bugiardo traditore.

Parcheggiammo fuori dalla palestra dove il mio gruppo di danza si riuniva ogni sabato per provare. Eravamo un gruppo di street dance, ed eravamo anche piuttosto bravi. Avevamo fatto una sfida con dieci altri gruppi della zona ed eravamo arrivati secondi, guadagnando più di mille dollari di premio. Non che ce ne fossimo intascati chissà quanti, visto che andavano tutti allo studio, tra manutenzione, vestiti, musica e locandine. Amavo ballare, la street dance era la mia preferita e tutto quello che riguardava l'hip hop aveva la mia approvazione. Fin da bambina sognavo di avere un mio studio, e forse un giorno ci sarei riuscita, ma al momento sembrava un'ipotesi ancora lontana.

«Ehi, scusatemi, ragazzi, non ho sentito la sveglia», esordii, guardandoli tutti con aria contrita, entrando nella sala prove.

Justin mi abbracciò stretta e cercai di non scostarmi di scatto; indossava anche quel giorno qualcosa di rosa: un berretto. «Non ti preoccupare. Avrei dormito troppo anch'io, se avessi avuto quel figo nel mio letto», scherzò, ammiccando, mentre indicava Liam, dietro di me. Roteai gli occhi e posai le ciambelle sul tavolo, prendendone una al cioccolato prima che sparissero tutte. Poi andai a salutare gli altri. Eravamo otto in tutto, quattro ragazze e quattro ragazzi. Stavo chiacchierando con loro quando Justin ci chiamò tutti per cominciare. «Visto che siamo già in ritardo di quarantacinque minuti perché qualcuno non è riuscito a portare fuori le chiappe dal letto in tempo, sarà meglio che cominciamo», dichiarò, lanciandomi una finta occhiataccia e facendomi ridere.

Iniziammo a lavorare su una nuova coreografia; era difficile e complessa, e aveva anche qualche sollevamento azzardato. Il peggiore era quello in cui mi ritrovavo sulle spalle di Ricky e dovevo fare un volteggio in aria in modo da voltargli le spalle, e lui doveva prendermi al volo mentre gli finivo addosso. Subito dopo, dovevo stringergli le gambe intorno alla vita, allungarmi all'indietro toccando il pavimento con le braccia e rotolare via. Fortunatamente avevamo dei tappetini, perché mi ci volle più di un'ora per riuscire ad atterrare come dovevo, e comunque finire sulla schiena o sulla pancia faceva male anche con il tappetino, soprattutto se il muscoloso ragazzo che avrebbe dovuto prendermi al volo invece mi finiva addosso.

Dopo il ventesimo tentativo, spinsi via Ricky ridendo. Non riuscivo neanche più a rialzarmi per quanto ero stanca, con il sudore che mi scorreva lungo la schiena. «Okay, mi arrendo, per oggi. Mi fa male la testa, mi fa male la schiena, mi fa male il sedere, e perfino braccia e gambe», mi lamentai, restando sdraiata sul tappetino come una stella marina.

«D'accordo, tanto è quasi l'una. Sarà meglio che rimettiamo in ordine la sala», concesse Justin, tendendomi una mano per aiutarmi a rialzarmi in piedi.

Scossi la testa, ridendo. «Non ce la faccio. Non riesco a muovermi, davvero», borbottai, chiudendo gli occhi e cercando di riprendere fiato. Subito dopo, vidi Liam avvicinarsi e prendermi in braccio, per poi appoggiarmi su una spalla come se non pesassi niente e dirigersi verso lo spogliatoio femminile, ridendo. «Che diavolo stai facendo?», gridai, ancora infuriata con lui per quello che aveva combinato la notte precedente.

«Ti aiuto», ribatté. La sua stupida voce sensuale mi disse che stava di nuovo sorridendo sornione.

«Mettimi giù», ordinai, cercando di liberarmi, ma lui non fece che serrare la presa.

Sentii lo scroscio della doccia.

No! Non avrebbe osato!

E invece osò.

Entrò nella doccia, mettendomi sotto al getto e inzuppando entrambi. Restai lì, sconvolta. Avevo un cambio con me, quindi non aveva davvero importanza, ma lui no. Ah, stupido idiota, ora avrebbe dovuto guidare tutto bagnato!

Stava ridendo di me, quindi raccolsi dell'acqua nelle mani e gliela lanciai addosso; lui rise ancora di più e mi prese per la vita, stringendosi a me sotto la doccia. L'acqua gli scorreva sulla testa, incollandogli ciocche di capelli sul viso. Era più sexy che mai. Anche i vestiti gli si erano incollati al corpo; avrei voluto accarezzarlo, per sentire sotto le mani le linee dei muscoli. Si piegò in avanti per baciarmi, stringendomi le braccia intorno al corpo e spingendomi contro la parete. Mi succhiò delicatamente il labbro inferiore e schiusi la bocca, desiderando di assaporarlo di nuovo. Il suo sapore era ancora più invitante, quel giorno, probabilmente perché ero ancora mezza ubriaca quando ci eravamo baciati la sera prima, e quindi non ero riuscita ad apprezzarlo del tutto. Quel bacio era meraviglioso, e mi mandava brividi di desiderio in tutto il corpo.

Infine si scostò, e ci ritrovammo entrambi senza fiato. Lo guardai negli occhi e scoprii che brillavano di eccitazione; e vi trovai anche dell'altro, qualcosa che mi terrorizzò, perché non ero pronta ad affrontarlo. Vidi il suo desiderio, puro e semplice. Liam mi voleva. Ansimai e lo spinsi via, uscendo in tutta fretta dalla doccia.

«Scusa, non avrei dovuto farlo. Ho esagerato, vero?», mi chiese, uscendo anche lui e cercando di prendermi per mano.

Mi girai a guardarlo. Non potevo dargli ciò che voleva; poteva prenderselo altrove. Insomma, era Liam James, per l'amor del cielo, avrebbe potuto avere tutte le ragazze che voleva, e lo faceva! Aveva già ammesso di essere stato con un'altra, la sera prima, e poi mi aveva baciato. Era un dongiovanni, e se gli avessi concesso il mio cuore, l'avrebbe spezzato, non c'erano dubbi in merito.

«Liam, cosa vuoi da me?», domandai piano, fissandomi le scarpe bagnate.

Lui mi insinuò un dito sotto il mento e mi costrinse a sollevare il viso per guardarlo negli occhi. «Tutto», rispose, semplicemente.

Mi si fermò il cuore, e poi prese a correre all'impazzata, per la dolcezza di quello che Liam aveva appena detto. Un momento, era solo una frase per portarmi a letto! Dovevo calmarmi! «Non ti posso dare quello che mi chiedi, neanche da lontano. Vallo a chiedere a quella troia con cui sei stato ieri sera, sono certa che lei sia più che disposta a darti tutto», gli ringhiai contro, sollevando le mani per mimare il gesto delle virgolette quando pronunciai quella parola, prima di allontanarmi da lui per andare a cambiarmi. La mia borsa era già lì, probabilmente ce l'aveva messa una delle ragazze del gruppo dopo averci beccato a baciarci nella doccia. Che imbarazzo!

Mi afferrò per un polso, facendomi voltare. «Ma di che troia parli, Angel?», domandò, guardandomi confuso.

«Quella che ti sei scopato prima di baciarmi a letto! Dannazione, Liam, non eri neanche ubriaco e già te lo sei dimenticato? Wow, doveva proprio interessarti molto», ribattei, acida.

Sembrò ancora più confuso. «Non ho scopato con nessuno ieri sera, di che diavolo parli?», mi chiese, cercando di attirarmi a sé, ma io mi ribellai e mi liberai dalla sua presa. Lui non oppose resistenza. Sapeva che non mi piaceva essere trattenuta.

Lo fulminai con lo sguardo e presi l'asciugamano dalla borsa, asciugandomi i capelli gocciolanti. Mi sfilai la margherita dalla coda di cavallo e gliela tirai contro. «Liam, prima in macchina mi hai detto che sei stato con una ragazza a cui andavi dietro da un po', ed era per quello che eri così contento», ringhiai. Pensava davvero di potermi mentire, adesso?

Di colpo il suo viso si illuminò, come se avesse finalmente capito a cosa mi riferivo, e sembrò rilassarsi visibilmente. «In realtà, non ti ho detto che mi ero portato a letto una ragazza. Ho detto che finalmente ero riuscito a conquistare una bellissima ragazza a cui andavo dietro da tanto tempo», dichiarò, sorridendo e stringendosi nelle spalle, come se quelle parole chiarissero ogni cosa.

Scossi la testa, ancora arrabbiata. Il modo in cui l'aveva detto non mi interessava, era lo stesso e mi faceva sentire tradita e usata. «Scopato, conquistato, non è la stessa cosa? Sei comunque un odioso playboy, e non riesco a credere di averti permesso di baciarmi. Due volte!», esclamai. Sentivo le lacrime pronte a rigarmi le guance, quindi gli voltai di scatto le spalle.

«Non hai capito quello che intendevo!», ribatté lui, in tono quasi disperato.

Mi voltai a guardarlo. «Oh, scusa tanto! Allora spiegati, per favore», replicai, sarcastica, segnalandogli di proseguire con un gesto della mano.

«Stavo parlando di te», disse piano. Aggrottai la fronte. Di me? «Mi hai fatto impazzire dalla prima volta che ti ho vista, Angel, ma tuo fratello non mi faceva avvicinare a te. Per tutto questo tempo, ho desiderato soltanto te». Abbassò gli occhi, come un ragazzino imbarazzato. Quella confessione mi lasciò senza fiato.

Davvero l'aveva detto? Gli piacevo, ma Jake non voleva che mi stesse vicino? Come poteva essere vero? Comunque, era un playboy che faceva sesso con tre o quattro ragazze diverse a settimana. Come poteva dire che aveva desiderato soltanto me, per tutto quel tempo? Non era mai stato fidanzato, aveva avuto solo rapporti occasionali!

Mi fissò con aria implorante. Era ferito, glielo leggevo in faccia, ma non sapevo come reagire. Se l'avessi lasciato fare, mi sarei innamorata di lui, e c'era una buona possibilità che mi spezzasse il cuore in mille pezzi. Non avrei sopportato di perderlo. Era stato una costante, nella mia vita, e avevo bisogno di lui, probabilmente più di quanto avessi bisogno di Jake. Si fece avanti e mi prese il viso tra le mani, per poi chinarsi a baciarmi teneramente. Sapevo che la decisione era già stata presa; non era qualcosa su cui potevo ragionare, valutando i pro e i contro. Quando Liam mi baciava, tutto sembrava andare al posto giusto, esattamente come doveva essere. Gli restituii il bacio, aggrappandomi a lui e stringendomi contro il suo petto.

Si scostò e sorrise, guardandomi. «Che ne dici di pranzare

insieme, oggi, e lo facciamo diventare un appuntamento ufficiale?», suggerì, guardandomi con aria quasi timida. Non l'avevo mai visto timido o vulnerabile, da quando lo conoscevo. Quell'espressione tenera e implorante bastava a trasformarmi lo stomaco in un volo di migliaia di farfalle agitate.

Finsi di pensarci su per qualche secondo, e vidi la sua espressione farsi disperata. «Okay», concessi infine, sorridendo. Lui sorrise allegro, e poi mi attirò a sé per baciarmi di nuovo, facendomi sentire quasi ubriaca.

Si scostò proprio quando iniziavo a sentirmi senza fiato. «Sarà meglio che vada a prendere degli abiti asciutti in macchina, così anche tu potrai cambiarti», mormorò, guardandomi con un sorriso soddisfatto. «Non che tu non sembri dannatamente sexy, così».

Abbassai lo sguardo, notando che la canotta bianca mi si era incollata addosso, diventando trasparente. Scoppiai a ridere, imbarazzata, e mi strinsi le braccia intorno al busto, avvampando. Anche lui rise e si piegò a raccogliere la margherita caduta ai suoi piedi. Me la porse di nuovo, rivolgendomi quel suo meraviglioso sorriso.

«Grazie», sussurrai, mordendomi il labbro inferiore mentre mi sentivo bruciare il viso per l'imbarazzo.

«Non c'è di che», rispose, per poi uscire.

Capitolo 6

Mi cambiai velocemente e raggiunsi la macchina. Liam era già lì, appoggiato contro lo sportello. Chiacchierava tranquillamente con Justin e Spencer, un altro ragazzo del gruppo.

«Ehi», cinguettai, avvicinandomi.

Liam mi sorrise di nuovo. «Bene, amici, ora devo portare la mia ragazza al nostro primo vero appuntamento. Ci vediamo la settimana prossima», esclamò, salutandoli con un cenno della mano.

Justin spalancò la bocca, e il suo sguardo passò diverse volte da me a lui. «Appuntamento? Ma... insomma... cosa? Pensavo che fosse il migliore amico di tuo fratello! Non ti piace neanche; dici sempre che è uno stronzo insensibile. Ogni volta che ti dicevo quanto è figo, mi rispondevi che non gli avresti toccato quel culo pieno di malattie veneree neanche con un bastone!», esclamò, aggrottando le sopracciglia e guardandomi confuso.

Io sbuffai e chiusi gli occhi. Ero così imbarazzata che sperai che la terra mi si aprisse sotto i piedi per inghiottirmi. Come aveva potuto dire certe cose proprio davanti a Liam? Non che non gliele avessi dette in faccia più di una volta, ma mi sentivo comunque orribile. Lo sentii scoppiare a ridere, così arrischiai un'occhiata nella sua direzione. Non sembrava arrabbiato.

«Grazie, Jus», borbottai, lanciandogli un'occhiataccia in grado di incenerirlo sul posto.

Liam mi prese per mano, attirandomi al suo fianco e ridendo. «È prerogativa di una signora cambiare idea», dichiarò, ammiccando verso Justin e aprendo lo sportello della macchina per me.

«Ci vediamo la prossima settimana, ragazzi, e vi prometto che non farò tardi», assicurai, baciando i due ragazzi sulle guance prima di infilarmi in macchina. Liam scambiò con loro la classica stretta di mano con abbraccio virile e aggirò la macchina per mettersi al posto di guida. Quando avviò il motore, mi guardò con un sorriso. «Scusa», borbottai, arrossendo di nuovo.

«Non ci pensare. Non è niente che non abbia già sentito venire fuori da quelle tue labbra meravigliose», replicò con un sorriso.

Non potei fare a meno di sorridere anch'io. Mi stava riempiendo di complimenti, ma una parte di me temeva che fossero le cose che diceva a tutte le ragazze. Pensava che avremmo fatto sesso dopo un paio di uscite? Perché se era così, sarebbe rimasto molto deluso. Avevo deciso che avremmo dovuto parlarne. Insomma, che senso aveva provare a stare insieme, se voleva usarmi solo per il sesso, e io non avevo intenzione di concedergli nulla per un bel po'?

«Allora, dove vogliamo andare per pranzo?», domandò, distogliendomi da quella mia piccola discussione mentale.

«Uhm… non ho preferenze. A te cosa andrebbe di fare?», gli chiesi. Mi lanciò uno sguardo malizioso e un sorriso sghembo. Roteai gli occhi; era davvero fissato! «Per pranzo, Liam», puntualizzai, incrociando le braccia sul petto, e tentando di restare seria.

Lui rise e partì. «Che ne dici di un ristorante cinese? Ti piace, no?», propose, lanciandomi uno sguardo con la coda dell'occhio.

«Sì, adoro il cibo cinese!», esclamai allegra, sorridendo come se avessi appena vinto alla lotteria. Jake lo odiava, quindi non lo mangiavo quasi mai. Liam sorrise e si diresse verso il ristorante.

Eravamo seduti a mangiare. Avevamo chiacchierato amabilmente per quasi un'ora ed ero di nuovo sorpresa di quanto fosse facile parlare con lui. Lo conoscevo da dodici anni e non ci avevo mai davvero parlato. La sua gamba mi sfiorò sotto al tavolo, facendomi sobbalzare, non per la solita paura, bensì perché mi inviò una lieve scossa in tutto il corpo, facendomi venire la pelle d'oca e aumentare i battiti cardiaci.

Decisi che era il momento di sistemare la faccenda: c'era soltanto un'altra coppia, nel ristorante, quindi potevamo parlare liberamente. Solo che non sapevo da che parte cominciare. «Liam, credo che dovremmo parlare di una cosa», esordii, piano.

Lui piegò appena la testa di lato e mi guardò incuriosito. «Okay. Che succede?».

Feci un respiro profondo. Avevo bisogno di parlarne e capire cosa ne pensasse. «Non so davvero cosa tu voglia da me; insomma, puoi avere tutte le ragazze che vuoi. Io sono un disastro, emotivamente parlando, santo cielo… cioè… non riesco a farmi toccare da nessuno. Io… non posso darti quello che vuoi», mugugnai, accigliandomi. Wow, era uscito fuori un po' diverso da come l'avevo pensato, ma almeno ero andata dritta al punto.

«Sei preoccupata per il sesso», commentò lui, fissandomi comprensivo, e senza sembrare infastidito da quella conversazione.

Deglutii e annuii. «È solo che… non sono pronta a qualcosa del genere, quindi se è quello che vuoi, non ha senso cominciare una storia, tutto qui», mormorai piano, abbassando gli occhi sul piatto e sperando di nuovo che la terra si aprisse sotto di me e mi facesse sparire.

Lui mi insinuò la mano sotto il mento, sollevandomi il viso;

stava sorridendo, con quel suo sorriso meraviglioso. «Posso aspettare tutto il tempo che vuoi. Sono davvero pazzo di te, il sesso non c'entra niente», disse con dolcezza, facendomi battere forte il cuore.

Era serio, o mi stava ingannando, per convincermi a cedere prima? «E se ti dicessi che credo che si dovrebbe fare sesso soltanto dopo il matrimonio?», lo misi alla prova.

I suoi occhi scintillarono di divertimento, ma restò serio. «Allora ti chiederei di sposarmi appena sarai maggiorenne. A diciotto anni potresti sposarti, giusto?», mi rispose, ammiccando.

Scoppiai a ridere, ma non ero certa di cosa intendesse dire davvero. Mi mancavano due anni prima di compiere i diciotto, dunque stava dicendo che mi avrebbe aspettato per tutto quel tempo? Non ero realmente una sostenitrice del sesso solo dopo il matrimonio; volevo soltanto vedere la sua reazione. «Non è vero che ci credo, ma non so quanto tempo ci sarà da aspettare, Liam, sinceramente», spiegai, mordendomi un labbro, nervosa.

«Angel, ti ho detto che aspetterò tutto il tempo necessario. Voglio stare con te». Mi guardava negli occhi, mentre mi parlava. Non riuscivo a leggere alcuna traccia di incertezza o di falsità nel suo sguardo, e la speranza iniziò a crescere dentro di me. Era davvero così preso da volermi aspettare finché non fossi stata pronta?

«E se tra tre mesi non fossimo ancora arrivati a niente, e un'altra ragazza ti si gettasse tra le braccia? Mi aspetteresti ancora?», gli domandai, scettica.

Lui rise. «Pensi davvero che io sia una specie di playboy senza scrupoli e ossessionato dal sesso, eh?», mi chiese. Io annuii. Non lo pensavo, lo sapevo, era sempre nel letto di una ragazza diversa! «Sai perché sono stato con tutte quelle ragazze?», mi domandò, e di colpo sembrò imbarazzato e a disagio.

«Perché ci danno dentro alla grande?», chiesi, sarcastica.

Voleva davvero raccontare i dettagli della sua vita sessuale a una ragazza di cui aveva appena detto di essere pazzo, e che era terrorizzata dal sesso? Era davvero così insensibile?

Lui trattenne una risata e scosse la testa. «No, Angel. Il motivo per cui sono stato con tutte quelle ragazze è che cercavo di dimenticarmi di te. Mi sveglio accanto a te ogni mattina. E mi fai impazzire. Respiro il profumo dei tuoi capelli quando chiudo gli occhi, e immagino come sia sentire la tua mano sul mio petto. Starti così vicino ogni giorno, ma sapere che sei così dannatamente lontana, mi ha sempre ucciso», spiegò, scuotendo la testa e prendendo un respiro profondo, prima di guardarmi con aria speranzosa. «Ho pensato che se fossi stato con altre ragazze, sarei riuscito a non pensare a te, ma non ha funzionato. Non c'è niente che funzioni. Quando sono con loro, vorrei che al loro posto ci fossi tu. Quando ridono o parlano, non posso fare altro che pensare alla tua voce, alla tua risata. Ci sei sempre stata soltanto tu; e ci sarai sempre e solo tu, nel mio cuore, Angel».

Restai senza parole. Cosa potevo rispondere a una simile dichiarazione? Insomma, sapevo che era un playboy, ma... lo stavo uccidendo? Quel discorso era così adorabile! «Oh», borbottai.

Lui scoppiò a ridere. «Oh? È tutto quello che pensi di dirmi?».

Annuii, e ridacchiai anch'io. Non avevo parole adatte a rispondere a quella confessione. Mi girava ancora la testa, e se avessi detto qualcosa in quel momento, sapevo che sarebbe stato qualcosa di stupido. Mi sporsi verso di lui e gli presi una mano. Lui mi sorrise, e quello sembrò bastare.

Avevo la testa piena di pensieri; non sapevo più a cosa credere. Mi aveva appena confessato i suoi sentimenti, ma significava che non mi avrebbe tradito? In realtà, non stavamo neanche ufficialmente insieme. Liam usciva con una nuova ragazza ogni giorno; non aveva mai avuto una fidanzata, quindi tecnicamente non avevo alcun diritto su di lui. Dovevo fare attenzione; più tempo avessi passato con quel Liam così adorabile, più mi sarebbe piaciuto. Rischiavo davvero di farmi spezzare il cuore.

Il mio cellulare squillò, salvandoci da quel silenzio un po' strano. Non che ci fosse imbarazzo tra noi, era soltanto strano. Era come se lui fosse felice di tenermi la mano e guardarmi negli occhi senza aggiungere altro. Sullo schermo del telefono c'era il nome di Kate. «Ehi, Kate, ciao», la salutai, in tono allegro.

«Ciao, Amber. Ti va se porto un film, stasera?»

«Sì, certo. Niente horror però». Sorrisi e colpii la mano di Liam che cercava di rubarmi un involtino primavera dal piatto. "Che c'è?", mi fece, in labiale, fingendosi innocente. Roteai gli occhi e gli passai il piatto.

«Pensavo a *L'alba dei morti viventi*», replicò Kate.

Sussultai. Mi stava prendendo in giro? «Neanche per sogno! Io non lo vedo quel film, mi fa troppa paura!», esclamai, al solo pensiero di vedere un film di zombie. Mi spaventavano così tanto che non riuscivo più a stare sola, nei giorni successivi; dovevo perfino tenere aperta la porta del bagno quando andavo a fare pipì, dannazione!

La sentii ridacchiare. «E dai, Amby... voglio vederlo!», mi pregò, e riuscii a immaginare l'espressione da cucciolo triste che doveva avere in quel momento.

Liam mi guardava perplesso, quindi posai una mano sul microfono e sussurrai: «*L'alba dei morti viventi*».

Lui sgranò gli occhi e mi sorrise, divertito. «Niente paura, Angel, ti proteggo io», sussurrò piano, facendomi sorridere.

«Amby, per favore...», continuò Kate.

«Oh, cavolo, e va bene, porta quel maledetto film», borbottai, sconfitta.

Perlomeno, Liam sarebbe stato lì, a tenere lontani gli incubi. Sarebbe stato brutto solo quando fossi rimasta da sola, tipo sotto la doccia. Ma potevo sempre farlo stare fuori dalla porta del bagno a leggermi qualcosa, in quel caso, visto che non era la prima volta che succedeva. Lo guardai, un po' perplessa. Più ci pensavo, in realtà, e più quel Liam dolce e buffo mi tornava in mente. Spesso aveva fatto cose per me di cui prima non mi ero mai resa realmente conto. Era sempre stato dolce, con me, ma forse avevo troppi pregiudizi nei suoi confronti per accorgermene.

«Allora, che ne dici, va bene?», riprese Kate.

Tornai di colpo alla realtà. Merda, non l'avevo ascoltata per niente. «Scusami, Kate, cosa hai detto? Non ti ho sentito, perdonami. Ero nel panico per quello stupido film». Arricciai il naso al solo pensiero di doverlo vedere.

Lei sospirò. «Ho detto che i miei partiranno per il weekend, quindi magari potrei dormire da te, stasera e domani sera. Posso? Non mi va di stare da sola a casa», spiegò, timidamente. Guardai Liam e una smorfia mi contrasse il viso. Se avessi ospitato Kate, lui non avrebbe potuto dormire con me, perché lei avrebbe dormito in un sacco a pelo sul pavimento della mia stanza.

«Oh, ma certo Kate, puoi stare da noi per il weekend. A Jake non dà fastidio».

Liam mi fissò sgranando gli occhi e scosse la testa. "NO!", mimò con le labbra, disperato. Gli lanciai uno sguardo di scuse e mi strinsi nelle spalle. Non potevo rifiutarmi di ospitare Kate, era la mia migliore amica.

«Fantastico. Allora arrivo per le sette, okay?», cinguettò, entusiasta.

«Sì, perfetto. A dopo». Chiusi la telefonata e sbirciai verso Liam.

«Per tutto il weekend? Non potrò dormire con te per tutto il weekend», mugolò, non appena misi via il cellulare.

«Scusami, ma non potevo dirle di no. I suoi sono fuori per il fine settimana e non voleva restare da sola». Lo guardai, dispiaciuta.

Lui sospirò, con aria sconfitta. «Okay, capisco. Ma ti rendi conto che hai appena acconsentito a vedere un orribile film di zombie e che non sarò lì con te per due notti, vero?», soggiunse, con un sorrisetto impertinente.

Sussultai. Non ci avevo pensato! Non dormivo bene quando non c'era Liam, facevo degli incubi terribili su mio padre... e ora avrei avuto anche incubi di zombie? Da quando avevo otto anni, avevo trascorso solo poche settimane lontano da Liam, per esempio quando uno di noi andava in vacanza, oppure quando lui si era preso la varicella ed era dovuto stare lontano per qualche giorno. Ogni volta che ero da sola, avevo incubi che mi facevano svegliare urlando. Avevo chiesto a Jake di dormire con me, qualche volta, quando ero più piccola, ma non era riuscito a tenere lontani i brutti sogni, perciò avevo smesso di chiederglielo.

Sapevo che Liam non riusciva a dormire, quando non era con me. Se ne stava sdraiato a fissare il soffitto senza riuscire a trovare una posizione comoda. Diceva sempre che il letto gli sembrava strano perché non ci aveva dormito più da quando aveva dieci anni. Odiava quando le mie amiche venivano a dormire da me e se ne lamentava per tutto il giorno dopo, continuando a far capire che non era stato contento di dover dormire nel suo letto.

«Be', non so perché stai gongolando tanto; neanche tu dormirai un granché», sogghignai, facendogli una linguaccia.

«Uhm, cos'è quello, un invito?», domandò lui, sollevando un sopracciglio. Mi resi conto di colpo di cosa stava parlando: mi stava chiedendo se volessi baciarlo ancora, visto che gli mostravo la lingua. E, dannazione, sì che volevo.

«Certo», sussurrai, guardandolo con aria seducente e sapendo che non poteva raggiungermi dall'altra parte del tavolo, quindi avrebbe dovuto attendere finché non fossimo usciti dal ristorante.

Lui si alzò subito dalla sedia e si chinò su di me, prendendomi il viso tra le mani e baciandomi, senza preoccuparsi minimamente di dove fossimo o del fatto che potessero vederci. Questa volta presi l'iniziativa, e tracciai i contorni del suo labbro inferiore con la lingua. Lui schiuse le labbra e mi lasciò subito entrare. Mugolò contro la mia bocca, attirandomi a sé. Quel bacio era così avvincente da farmi girare la testa. Non provò a toccarmi in alcun modo, se non tenendomi il viso tra le mani. Ne fui sorpresa. Forse, dopotutto, non voleva soltanto portarmi a letto. Sorrisi contro le sue labbra mentre si scostava, sorridendomi anche lui.

«Grazie», sussurrò, baciandomi di nuovo, delicatamente, per poi tornare a sedersi di fronte a me come se niente fosse. Okay, non ero affatto abituata a quel suo comportamento, all'appuntamento e ai baci! «Sarà meglio andare. Devo parlare con tuo fratello», disse, accigliandosi. Sembrava preoccupato.

«Non vorrai mica dirglielo, vero?», esclamai, terrorizzata al pensiero che Jake lo sapesse e si infuriasse.

Ma lui annuì. «Certo che lo farò, Angel. Lui ha sempre saputo che mi piacevi, ma non pensava che a te piacessi, quindi devo spiegargli che ora stiamo davvero insieme». Fece una smorfia, mentre parlava. Immaginai che stesse pensando a quanto male gli avrebbe fatto Jake quando l'avesse saputo.

«Liam, perché non lasciamo le cose come stanno, per un po'? Poi, magari tra un paio di settimane, se tutto è andato per il meglio, potremo dirglielo insieme. Insomma, non sappiamo neanche se funzionerà, giusto?», gli chiesi, stringendomi nelle spalle. Non aveva senso parlare a Jake e farlo arrabbiare, quando tra noi poteva anche non funzionare. In realtà, quanto sarebbe potuto durare, una volta che avesse capito che non avevo intenzione di fare sesso con lui nel breve termine? Annoiato e frustrato, sarebbe fuggito urlando dalla prima ragazza disponibile.

Mi sembrò preoccupato. «Pensi che non possa funzionare?», domandò, in tono ferito.

«Sinceramente? Penso che tu non riuscirai ad aspettare, Liam. Quanto tempo passerà, prima che tu ne abbia abbastanza e vada a letto con un'altra?», replicai, odiando quell'espressione dispiaciuta sul suo viso.

«Ti prometto che non ti tradirò mai. Ho aspettato troppo per questa possibilità: e non la rovinerò». Mi prese la mano e vidi la sincerità nel suo sguardo: credeva sul serio che non mi avrebbe tradito. Ma era un ragazzo, dopotutto, e il suo corpo avrebbe deciso per lui, alla fine.

«Aspettiamo almeno per un po', okay?», suggerii, scostando la mano e chiamando il cameriere, che arrivò all'istante. «Ciao, puoi portarci il conto, per favore?», gli chiesi sorridendo. Lui annuì e si allontanò.

«Vado un momento al bagno. Se dovesse tornare prima di me, usa questo, okay?», mi disse Liam, passandomi il portafogli e allontanandosi rapido verso i gabinetti.

Arricciai il naso; temevo di aver davvero ferito i suoi sentimenti, con quel discorso. Dannazione, riuscivo a essere così stupida, a volte! Lo guardai allontanarsi, con gli occhi che istintivamente si concentravano sul suo fondoschiena. Wow, era davvero perfetto! Qualcuno si schiarì la gola, accanto a me, facendomi arrossire per essere stata beccata in flagrante a fissarlo. Alzai lo sguardo e vidi il cameriere con il conto.

«Oh! Scusami! Non ti avevo visto», borbottai, imbarazzata.

«Non c'è problema». Mi consegnò la ricevuta e si piegò verso di me, in modo da avere il viso alla stessa altezza del mio. Posò una mano sullo schienale della sedia e l'altra sul tavolo, di fatto intrappolandomi. Il cuore iniziò a battermi all'impazzata. Era troppo vicino. «Non ti ho mai vista da queste parti, prima di oggi. Mi sarei sicuramente ricordato di una ragazza così bella», dichiarò, fissandomi come se mi stesse immaginando senza vestiti.

Mi agitai sulla sedia. «Ehm, no, è la prima volta che vengo

qui», bofonchiai, a disagio, guardando il conto e prendendo il portafogli di Liam.

«Mi chiamo Simon». Mi tese la mano per stringerla. La guardai, deglutendo; non volevo toccarlo, perciò giocherellai col portafogli e finsi di guardare altrove. Lo sentii sfiorarmi i capelli e iniziai a provare un forte senso di nausea. «Tu come ti chiami?», mi chiese, con un sorriso malizioso.

«Si chiama Toccala di nuovo e ti spacco la faccia», ringhiò Liam, possessivo, alle mie spalle. Mi rilassai all'istante.

Il ragazzo si raddrizzò in un lampo. «Scusami, stavo solo parlando con lei, tutto qui. Non ho fatto niente di male», mormorò, in tono innocente.

«Certo», replicò Liam, infastidito. Allungò una mano verso la ricevuta e mi prese il portafogli dalle mani, per poi consegnare i soldi del conto al cameriere, mentre continuava a guardarlo storto. Non ero riuscita ancora a calmare il respiro e il cuore sembrava volermi scoppiare nel petto. Liam mi tese la mano. «Pronta, Angel?», chiese, senza staccare gli occhi dal ragazzo. Afferrai la sua mano e mi alzai, seguendolo fuori dal ristorante. Chiusa la porta, si voltò a guardarmi. «Tutto bene? Mi sembri un po' pallida». Mi si avvicinò, posandomi le labbra sul collo. Lo abbracciai stretto e mi strinsi a lui, riempiendomi i polmoni del suo profumo, e sentendo il suo respiro lungo la schiena. Mi rilassai quasi subito.

Mi scostai dopo un paio di minuti. «Ora sto bene». Gli sorrisi, rassicurante, e lui mi accarezzò una guancia. «Avanti, torniamo a casa. Devo aiutare Jake a mettere in ordine, così stasera comprerà la pizza», ridacchiai.

Lui sorrise, e mentre tornavamo alla macchina, mi prese di nuovo per mano. Non potei fare a meno di sorridere. Mi sembrava tutto giusto, per qualche motivo; la sua mano sembrava fatta per stringere la mia. Era così naturale da sembrare quasi troppo facile.

Capitolo 7

Ci volle un sacco di tempo per rimettere in ordine la casa. Qualcuno aveva vomitato in giardino, perciò mandai Jake a ripulire quello schifo, mentre io mi davo da fare in cucina, recuperando tutte le bottiglie vuote e i bicchieri di carta lasciati in giro. Sembrava che la festa fosse un po' sfuggita al controllo, dopo che io e Liam ci eravamo ritirati, e quell'idiota di mio fratello – ubriaco – non si era preoccupato di riportare un minimo all'ordine gli invitati.

«Ecco perché resto sobrio», dichiarò Liam, arricciando il naso per il disgusto quando trovò un vaso pieno di pipì sul davanzale del salotto.

«Resti sobrio per evitare che la gente faccia pipì nei vasi di mia madre?», ribattei, ridendo isterica.

Annuì. «Potrà sembrare strano, ma è così. C'è sempre qualcuno che non ha voglia di arrivare fino al bagno», scherzò lui, facendomi ridere ancora di più.

Mi sorrise, facendomi squagliare il cuore. In quel momento, entrò Jake. «Ehi, ho davvero sentito voi due che ridevate insieme? Sarebbe la prima volta», commentò, guardando il vaso che Liam teneva in mano e facendo un passo indietro, disgustato.

«Sarà meglio che mi liberi di questa roba» commentò Liam, uscendo dalla stanza. Mi rendevo conto che si sentiva un po' a disagio a nascondere la verità al suo migliore amico, ma ero sicura che attendere un paio di settimane sarebbe stato meglio per tutti. Almeno, avremmo capito se volevamo davvero stare insieme.

«Jake, Kate può restare a dormire qui, nel weekend? I suoi vanno fuori e a lei non va di restare sola a casa», spiegai, con la mia migliore faccia da cucciolo convincente.

Lui fece una smorfia. «Uh! Quella ragazza non fa altro che flirtare con me. E non mi dispiacerebbe neanche, se fosse un po' più grande, ma che diavolo, ha l'età di mia sorella! Bleah!», commentò, fingendo di rabbrividire.

«Perché, pensi che una sedicenne non dovrebbe stare con un diciottenne?», gli domandai, con finta indifferenza.

Ma non funzionò: mi fissò con aria scettica. «Non sarai mica interessata a un diciottenne, vero?», mi chiese, stringendo gli occhi. Vidi Liam tornare indietro, con la coda dell'occhio.

«No, in realtà pensavo a Kate», mentii.

Lui annuì, placandosi all'istante. «No, non penso che dovrebbe. Insomma, che razza di diciottenne potrebbe pensare certe cose di una ragazza di sedici anni?», bofonchiò, lanciando uno sguardo a Liam che passava oltre, con aria un po' intimidita.

«Sono solo due anni, Jake, non è poi così tanto. La cosa ti disturba soltanto perché è la mia età. Solo perché tu non usciresti con una ragazza della mia età non significa che tutti i ragazzi siano come te. Non è così, Liam?», ribattei, continuando a fingere indifferenza, anche se mi tremò un po' la voce, nel pronunciare il suo nome.

«Certo. Conosco un sacco di sedicenni spettacolari», replicò Liam, ammiccando verso di me all'insaputa di Jake.

«Sì, ma non puoi uscire con loro!», ringhiò mio fratello, girandosi a fissarlo e mollandogli uno schiaffo sulla nuca mentre passava. Incrociai lo sguardo di Liam, sorpresa. Wow, Jake sapeva davvero che gli piacevo, e, a quanto potevo vedere, non era affatto dell'idea che dovessimo stare insieme. La faccenda si stava rivelando più complicata del previsto.

Kate arrivò un'ora più tardi. «Ciao, Jake. Ciao, Liam», li salutò sognante, con un sorriso malizioso rivolto a entrambi. Vidi Liam ridacchiare tra sé, nel ricambiare il sorriso.

«Ciao, Kate». Jake le rivolse invece un sorriso sornione e un occhiolino. Non riusciva proprio a farne a meno. Ma se non era interessato a lei, perché la incoraggiava?

«Avanti, lasciamo da soli quei due stupidi playboy», scherzai, prendendola per mano e portandola nella mia stanza. Vidi Liam ammiccare verso di me, con la coda dell'occhio, e soffocai una risata.

«Non riesco a credere che potrò passare tutto il weekend con te e tuo fratello. Pensi che anche Liam resterà qui?», mi chiese, con occhi scintillanti.

«Non lo so, magari prova a chiederglielo». Sorrisi, un po' a disagio. Già me la immaginavo a flirtare con lui davanti a me; non sapevo come avrei reagito.

Lei posò la borsa sul pavimento e si lasciò cadere sul letto. Poi si girò sullo stomaco e prese il cuscino, aggrottando la fronte, confusa. «Amber, perché il tuo cuscino sa di profumo maschile?».

Sentii una scossa ai nervi. «Ehm... be', io... Oh! Liam l'ha preso in prestito quando è rimasto a dormire qui. Perciò deve averci lasciato sopra quell'odore», mentii, balbettando.

Lei ci affondò il viso. «Uhm, stanotte dormo con questo», dichiarò, stringendosi il cuscino al petto.

Soffocai una risata. «Come vuoi, Kate. Andiamo a mangiare, adesso. Ho una fame da lupi». Mi alzai dal letto e andai alla porta.

«Ho preso questo!», cinguettò lei, sventolandomi un DVD davanti alla faccia. Già la copertina mi terrorizzava. Alzai gli occhi al soffitto e uscii dalla stanza, sedendomi sul divano accanto a Liam. Lui posò la mano accanto alla mia, strofinando il suo mignolo contro il mio quando fu certo che nessuno ci stesse guardando.

«Hai già ordinato la pizza, Jake?», domandai, spostandomi di lato in modo da sfiorare la coscia di Liam con il ginocchio. Vidi un piccolo sorriso sollevargli gli angoli delle labbra.

«Sì, già fatto. Tra dieci minuti sarà qui», rispose mio fratello, spostandosi un po' sul divano, perché Kate gli si era praticamente piazzata in braccio.

«Liam, resti anche tu qui stanotte? Se vuoi, sarei felicissima di dividere il letto con te. Il film potrebbe farmi venire gli incubi, e forse potrei aver bisogno di qualcuno che mi tiene al sicuro», mormorò Kate, in tono seducente.

Lo sentii accostarsi di più verso di me, spostando la gamba sotto alla mia. «No, non posso. Ho da fare. Dovrete cavarvela senza di me». Si strinse nelle spalle e fissò la TV.

«Oh, d'accordo. Allora potrei dividere il letto con te, Jake, se sei interessato», miagolò lei.

Non sentii la risposta di mio fratello; mi ronzavano troppo le orecchie. Capii che ero gelosa di Liam. Era la prima volta in vita mia che provavo quella sensazione. Avrei voluto alzarmi e urlare alla mia migliore amica di stare lontana da Liam. Scoppiai a ridere e poi mi morsi un labbro per smetterla.

Mi guardarono tutti come se fossi impazzita. «Che c'è?», mi chiese Jake, confuso.

Scossi la testa, sorridendo. «Niente, mi è solo tornata in mente una battuta divertente, tutto qui», mentii, alzandomi. «Qualcuno vuole qualcosa da bere?», chiesi, tentando di cambiare velocemente discorso. Dissero tutti di sì, perciò andai a prendere quattro lattine di Pepsi in frigo. Mentre richiudevo lo sportello, Liam mi afferrò da dietro e mi fece girare a guardarlo in faccia. Era così vicino che potevo sentire il suo respiro sul viso.

«Già mi manchi», sussurrò, baciandomi con delicatezza. Gli gettai le braccia al collo e lo attirai a me, rendendo il bacio più deciso e profondo e intrecciandogli le dita tra i capelli. Lui si fece avanti, spingendomi con la schiena contro il frigorifero, e schiacciando il suo corpo contro il mio. «Credo che dovremmo parlare subito con tuo fratello», mormorò, scostandosi da me, un paio di minuti dopo.

Scossi la testa, guardandolo con aria implorante. «No, ti prego. Solo un paio di settimane, è tutto quello che ti chiedo».

Lui sorrise appena. «Okay, come vuoi. Ma puoi evitare che la tua amica flirti con me? Dille che sono già occupato».

Alle sue parole, restai senza fiato. «Che sei occupato?», ripetei, timidamente.

Liam mi baciò di nuovo, facendomi fremere e desiderare di più. «Sì, sono decisamente occupato, se mi vuoi», replicò, fissandomi negli occhi. Il mio cuore faceva capriole nel petto per la gioia, e batteva così forte che lo sentivo fin nelle orecchie, ma la razionalità mi diceva ancora di andarci cauta.

«Ti voglio, se anche tu vuoi me», sussurrai.

Lui mi sorrise dolcemente. «Certo. Quando sarai pronta, ti vorrò sempre», mi rispose, malizioso, sollevando le sopracciglia. Sussultai e lo colpii su una spalla, facendolo ridacchiare. «Oh, avanti, adesso sono autorizzato a farti certi commenti, no? Insomma, sei la mia ragazza e devo poter usare tutte le mie mosse vincenti su di te», dichiarò, fingendosi offeso.

Aveva appena detto che ero la sua ragazza? Mi sentii sciogliere il cuore nel petto, a quella parola pronunciata da lui. «Dillo di nuovo», sussurrai, attirandolo a me.

«Che sono autorizzato a fare certi commenti?», domandò lui, un po' confuso.

Scossi la testa. «No, non quello. Quello che hai detto dopo», mormorai, sfiorandogli le labbra con le mie.

«Che sei la mia ragazza?», ripeté lui. Annuii, con il respiro affannato. Soltanto sentirlo era come volare, e non riuscivo a ricordare l'ultima volta in cui mi ero sentita così felice. Lui sorrise. «Sei la mia ragazza, Angel», mormorò, seducente, baciandomi piano le labbra. «La mia ragazza». E mi baciò di nuovo. «L'unica che io desideri». Mi baciò ancora, e questa volta non gli permisi di ritrarsi. Lo trattenni contro di me e lo baciai con passione, facendolo gemere lievemente e portandolo a stringermi forte a sé. Di colpo si scostò e si spostò di lato. Lo fissai confusa. Avevo fatto qualcosa di sbagliato?

Jake entrò in cucina un attimo dopo, fissandomi infastidito. «Senti, devi dire due parole alla tua amica. Mi ha appena toccato l'uccello!», bisbigliò, furioso. Io e Liam sbottammo a ridere all'unisono. Il campanello suonò in quel momento e corsi ad aprire la porta, sentendo il bisogno di uscire da quella stanza. Non volevo stare con loro due insieme; mi faceva sentire a disagio.

Dopo aver mangiato, Kate mise su quello stupido film horror. Mi sedetti accanto a Liam, e Jake fu costretto a sistemarsi con Kate sull'altro divano, con suo grande fastidio. Il film era bruttissimo; Liam allungò con nonchalance un braccio sullo schienale del divano e prese a giocherellare con i miei capelli, cosa che lo rese almeno un minimo più sopportabile. A metà film, ero così spaventata che mi raggomitolai contro di lui nascondendogli il viso contro il petto. Sentivo Jake che ci lanciava occhiate furiose, ma non potevo farci niente.

Alla fine del film ero praticamente in braccio a lui, con suo grande piacere. Notai il rigonfiamento nei suoi jeans anche se coprì velocemente la reazione con un braccio. Arrossii appena, sapendo di essere stata io a causarlo, perché era attratto da me e gli stavo addosso. Ripensai a tutte le volte in cui l'avevo visto eccitato quando era nelle mie vicinanze, come a letto o quando ballavamo, e mi domandai quante volte fosse successo a causa di quell'attrazione. Mi morsi un labbro; forse una volta o l'altra gliel'avrei domandato.

Finalmente quello stupido horror si concluse e potei sospirare di sollievo.

«È stato fantastico», cinguettò Kate, sorridendo.

«Sì, il miglior film che mi sia capitato di vedere da parecchio», concordò Liam con un sorrisetto sornione. Sapevo che lo stava dicendo perché gli ero saltata addosso.

«Era orribile! Come potete dire il contrario? Insomma, erano morti che mangiavano i vivi trasformandoli a loro volta in morti viventi. E adesso devo andare al bagno e ho paura ad andarci da sola!», mi lamentai, alzandomi imbronciata. Perché avevo guardato quello stupido film? Lo sapevo che mi avrebbe terrorizzato!

Tutti e tre scoppiarono a ridere, ma Liam si alzò. «Vengo con te, forza. Controllerò che in bagno non ci siano spaventosi non-morti, prima di lasciarti entrare, va bene?», si offrì, indicando con un cenno del viso il bagno in corridoio e sorridendo.

«Controllerai anche la mia stanza? E il bagno nella mia stanza?», gli domandai, speranzosa. Lui scoppiò a ridere; era ovvio che pensasse stessi scherzando. «Dico sul serio, Liam».

«Come vuoi, Angel», acconsentì, sorridendo e seguendomi in corridoio. Mi fermai fuori dal bagno e aspettai che entrasse per primo. Uscì un minuto più tardi, ridacchiando tra sé. «Niente zombie», dichiarò, scuotendo la testa e sorridendomi.

«Grazie», borbottai, arrossendo e sentendomi come una bambina piccola. Entrai in bagno, senza chiudere a chiave, in caso avessi avuto bisogno di uscirne di corsa. Sapevo che era stupido, ma non potevo farci molto. Mi lavai le mani e uscii, trovando Liam appoggiato al muro ad aspettarmi, cosa che mi fece sorridere.

«Ho pensato che fosse meglio aspettarti. Non si sa mai cosa potrebbe nascondersi in corridoio», commentò, guardandosi intorno lentamente con gli occhi spalancati. Il cuore mi balzò in gola e mi lanciai tra le sue braccia, stringendolo forte e nascondendogli il viso nel collo. Lui rise. «Sì, davvero il miglior film di sempre!», dichiarò, abbracciandomi e avviandosi verso il salotto. Prima di girare l'angolo, si scostò e mi baciò delicatamente sulle labbra.

Jake rise, vedendoci tornare. «Ambs, ma sul serio l'hai fatto aspettare fuori dalla porta del bagno? Non ci posso credere… Spero che almeno tu abbia chiuso la porta a chiave, stavolta», mi prese in giro, mentre tornavo a sedermi.

Annuii. «Sì, l'ho chiusa, non pensavo che volesse sentirmi», confermai, sogghignando. «Che ne dite di giocare con la Wii?», suggerii, cercando di cambiare argomento e non parlare più della mia fobia per gli zombie. Accettarono tutti, quindi Jake avviò la console. Decisero di giocare a Wii Sports, e cominciarono Jake e Liam con la boxe. Kate si spostò, sedendosi vicino a me; i due ragazzi erano di fronte a noi, intenti a giocare.

«Uhm, non riesco a decidere chi ha il sedere più bello. Tu che ne dici?», mi chiese Kate, sottovoce, ma abbastanza forte da farsi sentire anche da loro.

«Ehi! Ma davvero, ma che ti viene in mente? Quello è mio fratello!», esclamai, rabbrividendo.

«Solo uno dei due è tuo fratello, Amber, e l'altro è davvero un figo. E secondo me ha un debole per te», bisbigliò lei, ancora una volta troppo forte, facendomi fare una smorfia. Vidi Jake lanciare un'occhiataccia a Liam, che fingeva di non sentire.

«Sì, certo», replicai, sarcastica, roteando gli occhi. «Avanti, muovetevi, voglio giocare anch'io», esclamai, cercando di cambiare argomento. Kate non aveva davvero idea di quanto fosse andata vicina alla verità.

«Ecco, Angel, fai pure. Sarà meglio che vada, piuttosto. È quasi mezzanotte, i miei inizieranno a chiedersi dove sia finito», dichiarò Liam, tendendomi il Wiimote. Kate saltò su e lo afferrò, ammiccando e guardando mio fratello per fargli capire che voleva giocare con lui.

«Liam, potresti controllare la mia stanza, prima di andare?», gli chiesi, sentendomi patetica e terrorizzata come una bambinetta.

Lui sorrise, ma non mi prese in giro, cosa che trovai bizzarra.

«Oh, certo!». Finse di sospirare, con lo sguardo divertito. In realtà, sembrava contento che glielo avessi chiesto. Forse gli piaceva sentirsi protettivo, o qualcosa del genere; forse questo lo faceva sentire necessario. Si avviò verso la mia stanza, e io mi alzai e lo seguii dopo qualche secondo. Chiusi la porta senza rumore e mi appoggiai al battente. Lo osservai mentre faceva davvero il giro della stanza, guardando sotto il letto e nell'armadio, prima di andare a ispezionare il bagno. Tornato indietro, mi fissò. Dall'espressione sorpresa che gli comparve sul viso, capii che non si era accorto di me fino a quel momento. Che tenero: il mio ragazzo aveva davvero controllato la mia camera in cerca di zombie.

«Ciao», sussurrai dolcemente, andandomi a sedere sul letto.

«Ciao», replicò, con un piccolo sorriso. Non si avvicinò; pensai che non volesse esagerare, correndo troppo. Posai una mano sul letto, accanto a me, segnalandogli di raggiungermi, e lui lo fece all'istante, sedendosi.

«Grazie per aver controllato la stanza», sussurrai, giochereIlando con lo scollo della sua T-shirt e passando un dito sulla sua pelle.

«Quando vuoi. Mi dispiace soltanto di non poter restare qui stanotte. Cerca di non fare troppi incubi, okay?». Mi fissò, dispiaciuto; sapevamo entrambi che ne avrei avuti, con lui lontano.

Mi sollevai in ginocchio e mi avvicinai a lui, alzando una gamba per sedermi a cavalcioni sulle sue cosce. Gli gettai le braccia al collo e lo guardai in quegli splendidi occhi azzurri. Sembrava sorpreso, ma lo sguardo gli scintillava per l'eccitazione.

«Mi dispiace di aver dovuto invitare Kate. Mi mancherà il tuo modo di schiacciarmi quasi a morte durante la notte», scherzai. Ma in realtà, mi sarebbe mancato davvero, quella notte.

«Be', e a me mancherà davvero poterti schiacciare quasi a morte», scherzò lui di rimando, carezzandomi la schiena.

«Cerca di dormire almeno un po', stanotte, okay?», lo pregai. Odiavo vederlo dopo una notte in bianco, e mi sentivo in colpa perché aveva iniziato a dormire con me per confortarmi, e ora non sapeva più farne a meno.

«Ci proverò».

Di colpo provai il desiderio di baciarlo, e magari di provocarlo un po', ma avevo anche paura a farlo. "Okay, Amber", mi dissi, "fallo e basta. Cosa può succedere di tanto terribile? È Liam; si fermerà se glielo chiedi".

«Forse dovrei darti qualcosa da sognare. Pensi che ti aiuterebbe?», sussurrai, mordendomi un labbro e sollevando le sopracciglia. Lui mi guardò, con un'espressione un po' incerta sul viso; non si aspettava certo chissà quale contatto fisico tra noi, a quel punto. Dalla protuberanza nei jeans che premeva tra le mie gambe, si capiva che desiderava quel contatto fisico, ma sapevo anche che mi avrebbe lasciato compiere i primi passi senza forzarmi la mano.

«Sì, potrebbe essermi d'aiuto», concordò, la voce bassa e roca, facendomi fremere e scaldare. Mi piegai in avanti, baciandolo con passione. Lui mugolò appena, facendomi scivolare la lingua in bocca. Gli passai le dita tra i capelli, apprezzandone la morbidezza. Liam non fece nulla, si limitò a baciarmi, ma ero io a desiderare qualcosa di più, perciò lo spinsi a sdraiarsi sotto di me. Passai le mani sul suo petto e le lasciai scivolare sotto la T-shirt, accarezzando gli addominali scolpiti e facendolo rabbrividire lievemente.

Con un colpo di reni, invertì le posizioni, facendomi trovare sotto di lui, e poi si staccò dal bacio, guardandomi intensamente negli occhi, mentre entrambi cercavamo di regolarizzare il respiro. Gli afferrai la T-shirt e gliela sfilai del tutto. Per un attimo, sembrò smettere di respirare. Abbassai lo sguardo sul suo busto. Era davvero bellissimo; lo accarezzai con la punta delle dita, domandandomi come fosse possibile che quel ragazzo volesse stare proprio con me. Non si era ancora mosso, se ne stava lì, sopra di me, come incerto sul da farsi, quindi tornai a gettargli le braccia al collo e lo attirai in un nuovo bacio, a cui rispose con foga. La tensione stava salendo; smise di baciarmi solo per posarmi le labbra sulla guancia e poi sul collo, scendendo più in basso. Spostò con lentezza una mano verso il mio stomaco, e la insinuò sotto la mia maglia, facendo scorrere le dita sulla pelle. Continuò a scendere con le labbra, lungo la maglia, finché non mi raggiunse la pancia, per poi arrivare alla pelle nuda e cominciare a baciarla. Scese con la lingua appena sotto il mio ombelico, strappandomi un gemito. La sensazione che provavo dentro era una sorta di tensione calda e quasi dolorosa, ma cercai di non pensarci, perché mi spaventava a morte.

Liam mi sollevò appena la maglia, e lo sentii baciare il tessuto alla base del reggiseno. Non mi stava dando problemi; anzi, mi piaceva più di quanto avessi mai pensato possibile. Volevo dargli qualcosa da sognare, ma adesso iniziavo a credere che anch'io avrei avuto lui nei miei sogni, quella notte. La maglia si sollevò ancora di più, e lo sentii mugolare appena, quando notò il reggiseno ormai totalmente esposto. Risalì con la mano lungo il mio stomaco, per poi sfiorarmi un seno, solo una volta, e scostarsi come se si aspettasse di essere fermato. Quando non protestai, tornò a sfiorarmi, e infine mi chiuse la mano a coppa sul seno. Mugolai ancora. Sentirlo toccarmi era bellissimo; tornò a baciarmi, teneramente, mentre continuava ad accarezzarmi piano.

Sentivo la sua erezione premermi contro una coscia e iniziai a sentirmi a disagio. La tensione era troppa, ed era salita troppo in fretta. Oh, Dio, dovevo fermarmi! Mi staccai dal bacio. «Liam», sussurrai, senza fiato. Lui spalancò gli occhi nei miei e si scostò quasi di scatto, risollevandosi dal mio corpo in modo da non toccarmi, a parte le gambe intrecciate alle mie.

«Ci fermiamo?», mi chiese, in tono roco e colmo di desiderio. Deglutii, annuendo. Lui si scostò subito da me, tornando a sedersi sul bordo del letto e infilandosi la T-shirt.

Anch'io tornai seduta, arrossendo e sentendomi stupida e piccola. Cielo, non ero riuscita neanche a farmi togliere la maglietta! «Scusa», borbottai, senza guardarlo.

«Angel, non hai niente di cui scusarti. Non dovevamo neanche arrivare a tanto. Te l'ho già detto, faremo come vuoi tu. Ma non ti dirò che non mi è piaciuto, perché ti mentirei. È stata la situazione più sexy che mi sia mai capitata», ammise, stringendosi nelle spalle.

Ridacchiai. «La situazione più sexy che ti sia mai capitata? Sì, certo. Probabilmente sei stato con cento ragazze diverse e con loro hai fatto chissà cosa, per non parlare delle cose che avrai fatto loro… e a me non sei riuscito neanche a togliere la maglietta prima che ti fermassi», commentai sarcastica, sentendomi un'idiota. Non c'era bisogno che mi mentisse per farmi sentire meglio.

«Angel, fidati di me, è stata davvero la cosa più sensuale che mi sia mai successa. Si tratta di te, tu fai sembrare tutto diverso. Anche baciarti è diverso, è mille volte meglio di qualsiasi bacio abbia mai dato. Mi fai bruciare la pelle ovunque mi tocchi. Non so come spiegartelo». Si accigliò e scosse la testa, infastidito per non essere riuscito a trovare le parole giuste.

«So cosa intendi», sorrisi, baciandolo piano sulle labbra.

Lui mi sorrise. «E questo dovrebbe essere il momento in cui mi dici che anche per te è stata la situazione più sexy in cui ti sia mai trovata», scherzò, sapendo che avevo baciato soltanto lui e quell'idiota che mi aveva costretta alla festa della sera prima.

Finsi di pensarci su per qualche istante. «Ho avuto di meglio».

Lui scoppiò a ridere. «Sì, ci credo», replicò, scuotendo la testa, divertito. Gli sorrisi, e lui sospirò. «Ora sarà meglio che vada. Grazie, per oggi; sono stato benissimo con te. Dormi bene, okay? Oh, a proposito, quella cosa che avrebbe dovuto aiutarmi a dormire, ecco, non credo che avrà l'effetto desiderato. Piuttosto, temo che mi farà restare sveglio a pensarci», commentò, sfiorandomi la guancia con la punta dell'indice.

Ridacchiai. «Temo che sarà lo stesso per me», ammisi, facendolo ridere a sua volta.

Si alzò e mi tese la mano. Io la presi e mi risollevai, dopodiché uscimmo insieme in corridoio, mano nella mano. Si fermò all'angolo per baciarmi sulla fronte, prima di sospirare e lasciarmi andare. «Bene, gente, io vado. Ci vediamo domani», salutò, mentre si avviava alla porta.

«Sì, a domani», risposero in coro Jake e Kate, ancora impegnati a giocare a tennis davanti alla TV. Liam mi sorrise dalla porta, ma fu un sorriso forzato, che faceva capire quanto gli dispiacesse andarsene. Gli sorrisi di rimando e chiusi la porta. Non appena sentii lo scatto, mi sprofondò il cuore. Il pensiero di dover passare due notti da sola senza di lui mi faceva sentire male; sarebbe stato orribile anche senza essere la sua ragazza, ma a quel punto mi sembrava proprio una tortura. Sospirai e tornai ad accoccolarmi sul divano, guardando Jake che batteva sonoramente Kate alla Wii.

La notte fu terribile, come previsto. Andai a letto suggestionata da quel film di zombie e, anche quando riuscii ad addormentarmi, cominciai a fare incubi su mio padre. Erano più di cinque mesi che non mi succedeva. L'ultima volta era successo quando Kate e Sarah erano state da me per il compleanno di Sarah. Ovviamente, io e Liam non avevamo potuto dormire insieme, e avevo svegliato tutti con le mie urla.

Il sogno di quella notte fu orribile. Jake aveva undici anni e io nove. Stavamo giocando in giardino, perché mio padre voleva vedere una partita di football in TV. Aveva bevuto per tutto il pomeriggio, cosa che l'aveva reso ancora più nervoso. Io e Jake stavamo giocando con il nuovo pallone da calcio che aveva ricevuto in regalo per il compleanno, qualche settimana prima. Non avremmo dovuto giocarci in giardino, soltanto al parco, ma Jake voleva mostrarmi una nuova mossa che aveva imparato.

Stava palleggiando su un ginocchio e io ridevo e contavo quanti palleggi sarebbe riuscito a fare prima che la palla toccasse terra. Ero così orgogliosa del mio fratellone. Ma a quel punto lui perse il controllo e invece di farla cadere, la fece rimbalzare in aria colpendola con un piede. La palla finì contro una finestra. Fortunatamente, il vetro non si ruppe, ma fece un gran rumore. Ci girammo entrambi verso la porta, in attesa.

Dieci secondi dopo, il battente si spalancò, e mio padre ci segnalò di rientrare. «Portate la palla», sibilò. Aveva un'espressione infuriata che mi gelò il sangue nelle vene. Jake mi prese per mano e mi tenne dietro di sé mentre entravamo, tenendo il pallone nella mano libera.

Mio padre sbatté la porta, facendomi sussultare e piagnucolare. Jake mi strinse più forte la mano. «Chi ha fatto finire la palla contro il vetro?», chiese mio padre con rabbia.

«Sono stato io. Mi dispiace, papà, è stato un incidente», sussurrò Jake, guardandolo dispiaciuto.

Mio padre gli strappò via di mano il pallone e lo posò sul bancone, per poi colpirlo così forte nello stomaco da sollevarlo in aria. Mi premetti le mani sulle labbra per soffocare il grido che rischiava di sfuggirmi. Lui alzò il pugno per colpirlo ancora, e gli afferrai la mano per fermarlo. Si girò e mi schiaffeggiò forte, mandandomi contro il muro. Sbattei la testa e sentii qualcosa che mi colava sul viso, mentre la vista mi si appannava.

Tornò a voltarsi verso Jake e riprese a picchiarlo. Non lo colpì una volta sola, ma continuò a martellarlo di pugni nello stomaco e sulle cosce finché Jake non crollò sul pavimento, scosso dai singhiozzi. Io lo implorai di fermarsi, ma mi prese per un braccio, rimettendomi in piedi e afferrando un coltello dal bancone della cucina. Non riuscivo a respirare. Jake urlò di lasciarmi stare e si rialzò in piedi, il dolore chiaro sul suo volto per i colpi che aveva appena ricevuto.

Mio padre lo centrò con un pugno sulla mascella, facendolo cadere di nuovo. «Non importa. Fammi male, fai quello che vuoi. Ma non toccare più Jake, per favore!», lo pregai, piangendo e guardandolo implorante.

Invece, lui mi mise in mano il coltello. Avrei voluto piantarglielo nel petto, ma mi stringeva il polso, impedendomi di muovermi. Prese il pallone di Jake e lo tenne fermo. «Bucalo», ordinò. Scossi la testa. Mio fratello adorava quel pallone, era stato il mio regalo di compleanno, non avevo speso un soldo delle mie paghette per due mesi per poterglielo comprare. «Bucalo», ripeté, freddo. Sentivo l'odore di alcol nel suo alito, e mi rivoltò lo stomaco.

Mi strinse il polso e mi costrinse ad affondare il coltello nel cuoio del pallone. Singhiozzai. Poi mi lasciò la mano, gettando con violenza il coltello nel lavandino prima di tornare in soggiorno per guardare la fine della partita come se nulla fosse accaduto. Guardai Jake; era seduto sul pavimento, e respirava a fatica. Aveva un aspetto orribile.

Corsi da lui e lo vidi raddrizzarsi, afferrando uno strofinaccio per premerlo contro la mia testa, dove l'avevo sbattuta, mentre si mordeva un labbro per smettere di piangere. «Ambs, mi dispiace tanto. Stai bene?», gracchiò, la voce appena udibile. Quell'idiota faticava a respirare e chiedeva a me se stavo bene? Santo cielo, avevo davvero il miglior fratello del mondo!

Sussultai, svegliandomi. Stavo piangendo così forte da non riuscire a respirare. Mi asciugai le lacrime con le mani che tremavano, lanciando uno sguardo all'orologio: erano quasi le quattro e mezza del mattino. Cercai Liam per abbracciarlo, ma non era lì. Era a casa sua. Dio, quanto avevo bisogno di lui! Presi il cellulare e uscii in silenzio dalla stanza, raggiungendo il salotto.

"6 sveglio?". Digitai il messaggio e lo inviai. Speravo che dormisse e non lo sentisse, in realtà. Non volevo svegliarlo, se era riuscito ad addormentarsi.

Quasi subito, il cellulare squillò. «Angel, tutto bene?», mi chiese, appena risposi. Stavo ancora piangendo, non riuscivo a calmare il ritmo del respiro e mi tremavano le mani.

«No», ansimai.

«Vengo da te. Posso passare dall'ingresso?». Lo sentii aprire la finestra, mentre la brezza notturna faceva frusciare il ricevitore.

«Sì», singhiozzai. Andai all'ingresso e aprii la porta, aspettandolo. Passarono solo pochi secondi prima che girasse l'angolo di corsa e mi abbracciasse, sollevandomi da terra mentre entrava in casa. Gli allacciai le gambe intorno ai fianchi e gli strinsi le braccia al collo. Lui mi premette subito le labbra sul collo, facendomi sentire il suo respiro caldo sulla schiena e sulle spalle finché non mi rilassai. Si sedette sul bordo del divano, in salotto, stringendomi ancora a sé e mantenendomi le labbra sul collo. Quando mi calmai, fui io stessa a scostarmi, per guardare la sua espressione preoccupata.

«Zombie?», mi chiese, quasi speranzoso. Scossi il capo e lui si fece serio, dapprima triste e poi infuriato, così tanto che una vena prese a pulsargli sulla fronte come se volesse scoppiare. Lo abbracciai ancora senza parlare; sapeva che avevo sognato mio padre, non aveva bisogno di chiedermelo. «Ne vuoi parlare?», mi domandò, qualche minuto dopo, accarezzandomi dolcemente la schiena.

«No». Avevo la voce rauca, dopo aver pianto così tanto. Lui annuì e continuò ad accarezzarmi la schiena. «Ti ho svegliato?», gli chiesi, sentendomi in colpa per averlo fatto venire fin lì alle quattro e mezza del mattino.

«No, Angel. Non riuscivo a dormire», rispose piano.

Ridacchiai. «Allora il bacio non ti ha aiutato?», scherzai, sentendomi meglio, ora che lui era lì con me.

«No, te l'ho detto che avrebbe avuto l'effetto opposto», replicò, sorridendo.

Gli sorrisi malinconica. «Ti va di restare qui con me per un po'? Potrei mettere la sveglia sul cellulare. Possiamo dormire qui sul divano», suggerii. Lui sorrise e si distese al mio fianco; io presi il cellulare e cercai la sveglia tra le varie funzioni. «A che ora la metto?», sussurrai, mordendomi un labbro e chiedendomi a che ora si sarebbe alzato Jake. Probabilmente non prima delle dieci, essendo domenica.

«Che ne dici delle sette e mezza?», rispose lui, attirandomi a sé. Misi la sveglia e posai il cellulare sul pavimento, dove avrei potuto raggiungerlo facilmente. Lui passò una gamba sulla mia e mi abbracciò stretta. I nostri nasi quasi si toccavano.

Sorrisi e lo baciai appena. «Buonanotte, Liam». Chiusi gli occhi e sospirai, soddisfatta, sentendomi al sicuro tra le sue braccia.

«Buonanotte, mia stupenda ragazza», sussurrò lui, baciandomi sul naso. Sorrisi alla sua dolcezza e scivolai finalmente in un sonno senza sogni.

Capitolo 8

La sveglia del cellulare mi destò di colpo. Mi guardai intorno, chiedendomi perché fossi in salotto, e poi ricordai del sogno. Liam era ancora addormentato; come al solito, mi stringeva tra braccia e gambe, bloccandomi con il suo peso. Sorrisi e lo guardai per un po', prima di decidere che per una volta l'avrei svegliato dolcemente. Di solito, lo pungolavo con un gomito o lo spingevo via, ma quella mattina sarei stata un po' più creativa. E a lui sarebbe piaciuto, ne ero certa.

Mi spostai in avanti, spingendolo contro la spalla. Lui si rigirò sulla schiena, senza togliermi le braccia di dosso e attirandomi contro il suo fianco. Mi sollevai sulle mani e sulle ginocchia e mi misi a cavalcioni su di lui, prima di appoggiarmi contro il suo corpo, delicatamente. Gli accarezzai quel viso avvenente un paio di volte, e poi premetti le labbra sulle sue. Sospirò appena nel sonno, così lo baciai di nuovo, con più decisione. Iniziò a eccitarsi, e io trattenni una risatina. Okay, potevo anche essere nuova a quel genere di cose, ma sembrava che a quel ragazzo piacessi davvero molto! Era un po' imbarazzante, ma allo stesso tempo mi fece sentire desiderata e attraente. Lo baciai ancora e gli accarezzai il petto. Iniziò a muoversi, con le braccia che si stringevano intorno a me, serrandomi contro di lui anche se non era ancora sveglio. Al successivo bacio, tracciai con la punta della lingua il contorno delle sue labbra. Quello lo svegliò: aprì gli occhi e mi fissò, sconvolto, ma quasi subito un sorriso gli sollevò gli angoli della bocca.

«Spero che mi sveglierai sempre così, da ora in avanti», sussurrò, con voce rauca e assonnata.

«Forse, se sarai fortunato», scherzai. Mi portò una mano alla nuca e mi attirò a sé, per baciarlo di nuovo. Mi mordicchiò il labbro inferiore, cercando di approfondire il contatto, ma mi scostai, facendolo mugolare. «Devi andartene, ora, Liam». Scivolai via dal suo abbraccio e mi rimisi seduta, sebbene ancora a cavalcioni su di lui. Sentivo la sua erezione tra le gambe, che me lo faceva desiderare in modi mai immaginati prima.

Liam sorrise e mi posò le mani sulle ginocchia, guardandomi senza parlare. Aveva gli occhi così colmi di desiderio da farmi pensare che si stesse trattenendo a stento dall'implorarmi di fare subito sesso. Non si mosse di un millimetro; restò semplicemente sdraiato lì con un gran sorriso soddisfatto sulle labbra. Non era la posizione ideale, per me; sentirlo in quel modo sotto di me mi stava eccitando non poco, al punto da farmi quasi impazzire. Mi domandai come sarebbe stato farmi toccare da lui, sentire le sue mani sul corpo; mi morsi un labbro, mentre un'ondata di desiderio mi afferrava, inaspettata. Quelle sensazioni erano così strane, così aliene, per me. Non avevo mai desiderato di baciare qualcuno, prima di quel momento, e tanto meno avevo fatto pensieri simili a quelli che iniziavano a passarmi per la testa.

«Cosa mi stai facendo?», sussurrai, confusa. Non riuscivo a credere di potermi sentire così, di desiderare davvero qualcuno, quando di solito rifuggivo il contatto fisico per quello che mio padre mi aveva costretto a fare.

«Che intendi?», mi chiese lui, a sua volta piuttosto confuso. Scossi la testa; non avrei saputo spiegarglielo, soprattutto non a lui. Avevo bisogno che mi aspettasse, e se gli avessi detto come mi sentivo, forse si sarebbe sentito in diritto di andare oltre, rovinando tutto. «Dimmi cosa intendevi, Angel. Per favore», mi pregò, con quella faccia da cucciolo a cui non sapevo resistere. E, dannazione, lui lo sapeva benissimo!

«Non voglio, Liam». Mi scostai da lui, sdraiandomi al suo fianco.

«Ti prego», sussurrò, guardandomi implorante.

Sospirai. «Non so cosa mi sta succedendo. Il giorno prima non sopporto che nessuno mi tocchi, e il giorno dopo...». Non continuai. Non sapevo come concludere quel discorso senza dargli un'impressione sbagliata.

«Il giorno dopo, cosa?», mi chiese, sollevandosi su un gomito in modo da potermi guardare negli occhi.

«Il giorno dopo, mi fai eccitare così tanto da non riuscire a resisterti», ammisi, avvampando.

Lui rise piano, ghignando soddisfatto. «Anche tu mi ecciti».

«Sì, ed è parte del problema», dichiarai, abbassando lo sguardo al cavallo dei pantaloni del suo pigiama, decisamente sollevato, al momento. Arrossii ancora di più, rendendomi conto di averlo fissato in quel punto, e che lui mi aveva visto farlo. Oh, merda, era così imbarazzante!

«Scusami se il fatto che mi eccito eccita anche te». Ammiccò, e io continuai ad arrossire, agitandomi per l'imbarazzo che provavo. Lo colpii sul petto e ridacchiai, a disagio; lui mi prese la mano e la strinse dolcemente, guardandomi negli occhi.

«Mi fa paura», ammisi, sentendomi stupida e immatura.

«Lo so, ma non ti farei mai del male. Se dovesse sembrarti che andiamo troppo in fretta, me lo dirai e mi fermerò. Promesso». Non potevo dubitare della sua sincerità; la verità gli si leggeva in faccia.

Mi piegai in avanti e lo baciai dolcemente, prima di staccarmi. «Ora dovresti davvero andare. Sono quasi le otto».

Liam sospirò e giocherellò con le mie dita. «Odio la tua amica, è tutta colpa sua se devo andarmene», borbottò, fingendosi infastidito. Risi e mi alzai dal divano, tirandolo in piedi.

«Forse dovresti calmarti un po', prima di andare. Che

penseranno i vicini se ti vedranno uscire da casa mia così?», scherzai, accennando verso il basso e poi arrossendo, perché lo sguardo mi era di nuovo caduto laggiù.

Lui rise. «Penseranno che ho una ragazza stupenda che mi ha appena buttato fuori dal suo letto», dichiarò, stringendosi nelle spalle con noncuranza. Sorrisi, mentre lui si sistemava meglio i calzoni del pigiama in modo da nascondere un minimo l'erezione, prima di baciarmi ancora e uscire.

Tornai in camera. Kate dormiva ancora, quindi mi rimisi a letto, ma non cercai di riaddormentarmi. Mandai un messaggio a Liam, invece.

"Sono felice che tu abbia potuto dormire almeno 3 ore, stanotte". Silenziai il telefono, in modo che la notifica della risposta non svegliasse Kate.

"Anch'io. Quel divano è incredibilmente comodo, meglio del mio letto, ma probabilmente è solo perché c'eri tu", replicò, facendomi sorridere.

"Potresti dormire sul divano, stasera. E io potrei raggiungerti dopo che Kate si addormenterà", gli risposi.

"Ottima idea! Che fai oggi? Vogliamo uscire?", mi chiese.

"Non lo so, devo passare la giornata con Kate, visto che è qui", replicai.

"Quella ragazza sta rovinando tutto, prima non posso restare la notte, ora non posso stare con te neanche di giorno. La odio sempre di più", mi rispose, facendomi ridacchiare.

Continuammo a scambiarci messaggi per circa un'ora e fu un bene che avessi scelto un contratto con gli SMS illimitati, altrimenti mi sarebbe costato una fortuna.

Mi alzai un paio d'ore dopo, mi vestii e mi diressi in cucina. Liam era già lì. Non me ne sarei dovuta stupire, in realtà; non stava quasi mai a casa sua. Trascorreva da noi gran parte del tempo, quando non era a scuola, andandosene verso le nove, solo per tornare da me passando dalla finestra intorno alle dieci e mezza. Gli sorrisi, ma distolsi subito lo sguardo, perché era seduto accanto a Jake.

«'Giorno, Ambs. Dov'è Kate? Le hai detto che non mi deve toccare?», mi chiese Jake, facendomi ridere con l'espressione seria e corrucciata che aveva sul viso.

«È sotto la doccia. E comunque, dovresti essere lusingato dalle sue attenzioni, anche se forse oggi si dedicherà a Liam», commentai, ammiccando verso di lui.

Lui mugugnò. «Neanche per sogno! Io sono impegnato», dichiarò, sicuro. Io arrossii lievemente e spostai il peso da un piede all'altro, a disagio, perché l'aveva appena detto di fronte a Jake.

E ovviamente, mio fratello portò all'istante l'attenzione su di lui. «Sei impegnato? Cioè, davvero? Ma tu non sei per le relazioni stabili», commentò, aggrottando la fronte e guardandolo incredulo.

«Sono pazzo di lei», replicò Liam, stringendosi nelle spalle. Io andai a prendere il latte per i cereali dal frigo, fingendo di non essere lì. Sentivo il cuore scoppiarmi nel petto. Oh, Dio, stava per farlo! Voleva dirlo a Jake!

«Sei pazzo di lei? Cioè, stai dicendo che non vuoi tradirla? Deve essere davvero stupenda, allora», commentò Jake, ammiccando e battendogli una pacca sulla spalla, orgoglioso. Io rischiai di soffocare con un sorso di succo d'arancia.

«Non ci sono andato a letto. Vuole fare sesso solo dopo il matrimonio», dichiarò Liam.

Jake sembrò sul punto di svenire per la sorpresa. Fissò Liam come se avesse due teste. «Tu... lei... cosa?», balbettò, scuotendo la testa con forza.

Liam rise. «Quindi, al momento non sono disponibile. Angel, spiega alla tua amica che sono impegnato», mi disse, girandosi verso di me e ammiccando.

«Lo farò. Wow, quindi sto parlando con un playboy pentito... Forse c'è una speranza anche per te, dopotutto, Jake», commentai ridendo e lanciandogli un chicco di riso soffiato.

«Ma figurati... Dammi una settimana e vedremo Liam tornare il solito di sempre, pronto a portarsi a letto qualunque cosa si muova», dichiarò Jake, in tono sicuro.

«Non saprei, Jake; mi sembra piuttosto serio, stavolta», ribattei, finendo la colazione. Liam mi sorrise, contento delle mie parole, perché rivelavano che mi fidavo di lui.

«Finalmente hai imparato a usare la testa che hai attaccata al collo», scherzò Jake, facendomi sussultare alle sue parole.

«Penso che sia una cosa carina, Liam. È una ragazza fortunata; spero che non le spezzerai il cuore», borbottai, fissando la scodella vuota e sperando che non mi facesse soffrire.

«No, non lo farò», dichiarò lui, deciso. Sorrisi, mentre tornavo in camera da Kate. Sentii Jake che faceva il terzo grado a Liam, e non volevo essere lì presente mentre succedeva.

«Allora, che facciamo oggi?», chiesi a Kate, mentre lei si metteva la solita tonnellata di trucco.

«Uhmm, vediamo, che ne dici di andare a giocare a bowling? Potrei chiamare anche Sarah e Sean. E potremmo chiedere anche a tuo fratello e a Liam di venire», cinguettò entusiasta. Non mi piaceva molto il bowling, ma gli altri miei amici lo adoravano. Più o meno finivamo per andarci una volta al mese.

«Certo, li chiamo subito». Presi il cellulare e telefonai a Sarah.

«Io andrò a chiederlo ai due dèi del sesso». Kate sorrise, uscendo dalla mia camera.

La seguii, mentre Sarah mi rispondeva. «Ehi, Sarah, ti va di venire al bowling?», le chiesi allegramente, mentre Kate si sedeva praticamente in braccio a Jake sul divano.

«Sì, certo. A che ora?», mi chiese lei, altrettanto allegra.

«Ci vediamo da me tra un'ora?», suggerii, guardando l'orologio. Erano passate da poco le dieci, quindi poteva andare bene.

«Okay. Chiamo Sean. Lo passo a prendere io», propose.

Sorrisi, perché nel frattempo Kate stava flirtando senza ritegno con Jake. «Okay, perfetto. Ci vediamo dopo». Chiusi la chiamata e mi appoggiai al muro, fissando la mia migliore amica che ci provava con mio fratello.

«E dai, vieni con noi? Così ti farò vedere come sono brava con le palle», lo pregò lei, sbattendo le ciglia. Liam soffocò una risata, fingendo di tossire, mentre Kate si rivolgeva a lui. «Avanti, Liam, ne vale la pena. So che giochi bene, perché non mi insegni qualche trucco?», gli propose, in tono provocante, avvicinandosi. Ma lui sembrava a disagio di fronte a quelle avances. Quanto a me, mi stavo divertendo a vederlo così in imbarazzo. Di solito, si divertiva a flirtare con lei, ma quel giorno sembrava sul punto di scappare a gambe levate.

Decisi di dargli una mano. «Kate, lascialo stare. Non mi va che quel playboy di mio fratello, e quel playboy pentito del suo migliore amico, vengano con noi, se devi stare appiccicata a loro per tutto il giorno», sbuffai, fingendo un conato di vomito. In realtà mi stava dando molto fastidio che continuasse a guardare Liam come se volesse mangiarselo. Liam mi lanciò uno sguardo grato, cosa che mi fece tremare il cuore nel petto.

Kate mi sorrise, divertita. «Uhmm, e allora dov'è il divertimento?», chiese, ammiccando e facendomi ridacchiare.

«In ogni caso, andiamo al bowling tra un'ora. Se vi va di venire, siete i benvenuti. Verranno anche Sarah e Sean e forse Terri». Mi strinsi nelle spalle, sedendomi sul pavimento non lontano dai piedi di Liam e appoggiandomi alle sue gambe. Vidi Kate che mi fissava con gli occhi spalancati, perciò mi spostai rapidamente, arrossendo.

«A me non dispiacerebbe. Che ne dici, Jake, facciamo il culo a strisce alle ragazze?».

Kate annuì allegramente. «A me l'idea piace», dichiarò con entusiasmo. I due la ignorarono.

«Okay, d'accordo. In fondo mi piace il bowling. Ehi, Liam, perché non dici alla tua ragazza di venire? O hai paura che mi veda e pensi di aver fatto uno sbaglio, scaricandoti subito per avere qualcosa di meglio?», scherzò Jake.

«La mia ragazza non ti guarderebbe neanche se fossi l'ultimo uomo sulla Terra, Jake, quindi non ho niente di cui preoccuparmi», ribatté Liam in tono sicuro; riconobbi il divertimento nella sua voce. E non potei non arrossire ancora di più, mentre cercavo di sparire tra i cuscini del divano.

«Hai la ragazza, Liam?», chiese Kate, aggrottando le sopracciglia. Sembrava intenta a risolvere un complesso problema di matematica, con quell'espressione concentrata sul viso.

«Sì, esatto. Una ragazza misteriosa di cui dice di essere pazzo», sbuffò Jake, roteando gli occhi.

Kate mi cercò con lo sguardo, per qualche motivo. Mi fissò con tale intensità da farmi sentire a disagio. Deglutii a vuoto e mi voltai; non volevo mentire alla mia migliore amica. Lei ansimò, guardandomi con gli occhi spalancati, per poi fissare Liam e tornare a guardare me, chiedendomi in silenzio se fossi io. Santo cielo, sapeva leggere nel pensiero, per caso? Annuii lentamente, cercando di non renderlo troppo ovvio, e facendola sussultare di nuovo e ridacchiare entusiasta.

«Andiamo, Amber, torniamo in camera e finiamo di prepararci!», esclamò, saltando in piedi. Era così eccitata che cominciò a battere le mani come una bambina. Imprecai silenziosamente: fantastico, ora sarebbero arrivate le sue mille domande.

«Sono già pronta». Scossi la testa, scoccandole un'occhiata di avvertimento.

«Ho bisogno che mi aiuti con una cosa!», sibilò lei, guardandomi di rimando come se volesse uccidermi in caso non mi fossi alzata subito. Mi tirai su dal divano e sentii Liam ridacchiare. Lo fulminai con lo sguardo; a volte aveva davvero la bocca larga! Però... era anche una bocca irresistibile.

Seguii Kate in camera; lei chiuse la porta e mi prese per le spalle. «Lo sapevo! Quel ragazzo ti stava dietro da anni!», esclamò, saltando su e giù. Scoppiai a ridere a quel suo entusiasmo; sembrava felice come se fosse lei la nuova fidanzata di Liam.

«Non è vero!». Sorrisi.

Lei mi trascinò verso il letto. «Oh, sta' zitta! Ti è sempre venuto dietro. Ha sempre trovato ogni sorta di scuse per toccarti. Flirta con te senza ritegno e non fa che dire quanto sei bella». Sospirò, sognante. «Allora, signorina, quando pensavi di farlo sapere a me, la tua migliore amica?», mi rimproverò scherzosamente.

«Ehm, ecco, vorremmo tenerlo per noi ancora per un paio di settimane. A Jake la cosa non piacerà molto». Arricciai il naso al pensiero dello sguardo di avvertimento che gli avevo visto lanciare a Liam quando stavamo mettendo in ordine la casa; non gli stava sicuramente bene l'idea che stessi con lui.

«Wow, certo, non ci avevo pensato. Jake si arrabbierà moltissimo!», ammise, sgranando gli occhi. Io annuii, torcendomi le mani in grembo. «Allora, quando è successo? Eravate insieme alla festa, vero? Non ha fatto che fissarti per tutta la sera, ed è saltato addosso al fratello di Jessica per averti baciato».

Spalancai la bocca, sorpresa. «Gli è saltato addosso?», ripetei. Ricordavo di averlo visto mentre lo schiacciava contro il muro, ma poi ero corsa via per vomitare.

«Sì. Gli ha urlato di tenere le sue luride mani lontane da te, e che tu non volevi baciarlo. Ti aveva visto spingerlo via, a quanto pare. L'ha colpito un paio di volte, prima che li dividessero. Poi è sparito, e Jake ha detto che era tornato a casa». Mi lanciò un'occhiata curiosa. Sapevo di essere arrossita, e sapevo di essere un disastro, quando si trattava di mentire. «Non è tornato a casa, vero?». Ammiccò, con aria consapevole.

Inspirai profondamente e scossi la testa. Lei strillò, e anche forte. Due secondi dopo, Jake e Liam entrarono di corsa nella stanza.

«COSA È STATO?», sbottò Jake, guardandosi intorno come se temesse di vedere un principio di incendio o qualcosa del genere.

«Ehm... ehm, è stato... ehm», balbettai, cercando disperatamente una scusa.

«Un ragno», intervenne Kate, indicando in direzione del bagno.

Jake sospirò e vi entrò, scuotendo la testa con aria di disapprovazione. «Sul serio, tutto quel rumore per un ragno? Sembrava che qualcuno vi stesse uccidendo, qui dentro!», ci rimproverò.

Kate ammiccò verso me e Liam. Lui sembrava divertito al vedermi così a disagio. Mi fece l'occhiolino, e la mia migliore amica ridacchiò. Gli risposi con una linguaccia e lui sollevò le sopracciglia con aria maliziosa, facendo ridere ancora di più Kate.

Jake uscì dal bagno, aggrottando la fronte e scuotendo la testa. «Non ho visto nulla, lì dentro».

«Oh, magari non era davvero un ragno; forse era solo un mucchietto di polvere, o qualcosa del genere», suggerì Kate, agitando una mano per mandarli via.

Jake roteò gli occhi. «Cielo, Kate, sei proprio strana», borbottò, uscendo dalla stanza e chiudendosi la porta alle spalle.

Lei si girò verso di me, eccitatissima. «Non riesco a crederci: hai perso la verginità con Liam James! È stato bello? Scommetto di sì, vero? È così figo! E sono così invidiosa!», tubò, già persa nel mondo dei sogni.

«Non ho fatto sesso con lui», la corressi in tutta fretta.

Lei sgranò gli occhi. «Ah, no? E perché? Se fossi stata io, gli sarei saltata addosso senza pensarci su due volte».

Ridacchiai e mi strinsi nelle spalle. «Sì, lo so che l'avresti fatto, ma io non sono fatta così».

«Okay, okay, lo so». Sospirò, con aria un minimo sconfitta. Ma di colpo le si illuminò di nuovo il viso. «Cosa avete fatto, allora?»

«Ci siamo solo baciati, Kate, tutto qui», risposi, sincera. Non eravamo andati molto oltre, in realtà, quindi non era una vera e propria bugia.

«Che fortuna che hai. Stai con il ragazzo più figo della scuola e il secondo più figo è tuo fratello. Insomma, è troppo!», commentò, agitandomi contro un indice scherzosamente accusatore. «Ha detto che sei la sua ragazza! Ti ha chiesto di uscire, quindi? Nel senso, ufficialmente, come una coppia?», mi chiese, fissandomi con aria sognante.

Annuii, prima di fare una smorfia. «Sì, l'ha fatto, e sì, stiamo ufficialmente insieme. Ma in realtà non so davvero se funzionerà. Insomma, lo sai: è un vero rubacuori, e ho un po' paura di innamorarmi di lui. Sai, nel caso mi tradisse, o mi mollasse...», ammisi a mezza voce, fissando il pavimento mentre i dubbi tornavano ad assalirmi.

Lei mi strinse in un abbraccio, cosa che mi fece subito sentire a disagio. Sentii il cuore martellare nel petto, soltanto perché mi aveva toccato. Sapevo che voleva soltanto confortarmi, ma non potevo evitare quella reazione istintiva. «Non penso che lo farà. Insomma, non ha mai avuto una ragazza fissa, prima, quindi non hai nessun precedente su cui basare la tua teoria. Tecnicamente, non ha mai tradito nessuna ragazza, prima d'ora». Mi sorrise, incoraggiante. Non potei fare a meno di ridere, al suo tentativo di risollevarmi il morale. In effetti, era vero: il fatto che volesse avere una storia seria faceva capire che ci teneva.

«Comunque, sarà meglio che andiamo; Sarah e Sean saranno già qui fuori ad aspettarci. Oh, e… Kate, non dire niente a nessuno, okay? Neanche a Sarah. Voglio vedere come andrà, per un paio di settimane, prima di farlo sapere a Jake», spiegai.

«Okay, te lo prometto», rispose lei, facendosi la croce sul cuore. «Ma dimmi, è bravo a baciare?», mi sussurrò, mentre uscivamo in corridoio.

«È incredibile», replicai, entrando in salotto.

«Cavolo! Che stronza fortunata!», bisbigliò piano, facendomi ridacchiare.

Capitolo 9

«Allora, venite o no?», domandai a Jake e Liam, che se ne stavano ancora seduti sul divano.

«Sì, okay», sospirò Jake. Era ovvio che non avesse voglia di venire, e che Liam l'avesse costretto. Prese le chiavi e andò alla porta. «Vado a tirare fuori la macchina dal garage. Ci vediamo qui davanti».

«Oh, merda, ho dimenticato la borsa», esclamò Kate, tornando di corsa in camera mia.

Liam ne approfittò subito per baciarmi, spingendomi delicatamente contro il muro. Gli allacciai le braccia al collo, passandogli le dita tra i capelli. «Uhm, mi sei mancata», sussurrò contro le mie labbra.

«Davvero? Non l'avevo capito. Potresti renderlo un po' più ovvio?», scherzai, facendolo ridacchiare.

Mi baciò di nuovo, succhiandomi il labbro inferiore e facendomi schiudere le labbra. Aprii la bocca, desiderosa di approfondire quel bacio; sentii la sua lingua cercarmi, esplorarmi, riempiendomi lo stomaco di farfalle agitate. Qualcuno si schiarì la gola, e ci staccammo di colpo, temendo fosse Jake. Fortunatamente, invece, era Kate.

Aveva un sorriso da un orecchio all'altro. «Siete bellissimi insieme», dichiarò, ammiccando verso di me.

Liam rise e mi passò un braccio intorno alle spalle. «Angel è sempre bella». Sorrise e mi baciò su una guancia, con dolcezza.

«Ahh, che carino!», tubò Kate, posandosi la mano sul cuore e guardandolo con aria adorante.

Io alzai gli occhi al soffitto. «Oh, avanti! Andiamo o faremo tardi». Presi per mano la mia amica e la trascinai fuori. Mi girai e lanciai le chiavi a Liam, che chiuse la porta. Mentre me le restituiva, mi accarezzò di proposito la mano, facendomi sospirare lievemente.

«Ehi, Liam, non ti spiace stare dietro con Amber, vero? A me va di stare davanti», esclamò Kate, già alla macchina, facendomi l'occhiolino.

Vidi Jake scuotere la testa verso Liam, in cerca d'aiuto. Lui gli lanciò un sorrisetto sornione. «No. Per me va bene se vuoi stare davanti». Mi scoccò un'occhiata di sottecchi. Sorrisi di nascosto a Kate. Volevo un gran bene alla mia migliore amica; aveva capito tutto, e cercava di farmi stare con lui il più possibile.

Mi sistemai sul retro con Liam, che scivolò accanto a me, premendo il ginocchio contro il mio. Intrecciai le mani in grembo e sorrisi. Lui allungò una mano a prendere la mia, stringendola forte e portandola sul sedile in mezzo a noi, per poi spostare una gamba in modo da nasconderla alla vista di Jake, se si fosse girato. Non c'erano molte possibilità che lo facesse, comunque, visto che stava guidando. Ma meglio non rischiare. Il tocco delicato di Liam mi mandava scintille di elettricità pura lungo il braccio. Mi morsi un labbro e guardai fuori dal finestrino, lottando contro il desiderio di prenderlo e baciarlo fino a perdere il respiro. Dopo il più lungo e straziante viaggio in auto che mi fosse mai capitato, raggiungemmo il bowling. Okay, forse era un'esagerazione, visto che ci vollero circa dieci minuti, ma per tutto il tempo dovetti faticare per evitare di saltargli addosso.

Eravamo in otto, alla fine: io, Liam, Jake, Kate, Sarah, Sean, la sua ragazza Terri e anche suo fratello Mark, tornato in città dal college. Liam, per qualche motivo, sembrava non sopportarlo dal primo momento in cui l'aveva visto. Era un ragazzo apparentemente gentile, ma aveva un sorriso che non sembrava in grado di coinvolgere il suo sguardo. Comunque, mi stavo divertendo, anche se stavo perdendo la partita. Ero davvero incapace a bowling, e l'unico motivo per cui ci giocavo era per stare con i miei amici. Il bello, in realtà, era guardare Liam che giocava. Ogni volta che si piegava per lanciare la palla, avevo una visuale perfetta del suo perfetto didietro, e faticavo a contenere la soddisfazione.

«Non sei esattamente un asso a bowling, eh?», scherzò Mark, sorridendo e sedendosi accanto a me.

Io scoppiai a ridere. «No, non sono mai riuscita a imparare», ammisi, scuotendo la testa e fingendo un moto di orrore.

«Posso insegnarti, se vuoi. È tutto nella posizione», mormorò, ammiccando.

Deglutii, nervosamente, ma cercai di restare calma. «Nella posizione? Secondo te è per questo che non ho mai combinato niente, per tutti questi anni?». Sorrisi, un po' a disagio, ma alla fine non mi dispiaceva flirtare, perlomeno finché i ragazzi non si facevano un'idea sbagliata e cominciavano a toccarmi.

«Sì, credimi, sono un esperto di posizioni. Se vuoi, posso darti qualche lezione», continuò lui, avvicinandosi e costringendomi a scostarmi per ritrovare un minimo di distanza di sicurezza.

«Be', ora è il mio turno. Cosa suggerisci di fare?», domandai, alzandomi e scegliendo la palla.

Si alzò anche lui e si posizionò dietro di me. «Ti suggerirei innanzitutto di muovere i fianchi insieme alla palla. Forse dovresti allargare un po' di più le gambe, per avere più equilibrio», spiegò, sollevando le sopracciglia.

Ridacchiai, era così spudoratamente ovvio in quel suo provarci con me! «Bene, grazie dei consigli; vediamo che succede». Risi e andai sulla pista. La palla finì come al solito di lato e colpì un solo birillo. La seconda neanche uno. «Uhmm, Mark, temo che tu debba lavorare sui tuoi consigli. Mi ci avevi fatto sperare, e ora mi sento molto delusa», scherzai, mettendo il broncio.

Lui rise. «Wow, non mi era mai capitato prima di deludere una ragazza», commentò, sorridendo con orgoglio.

«Siamo un po' impertinenti, da queste parti, eh?», domandai, ridendo.

«Vuoi scoprire se esagero?», mi provocò.

«Uhmm, fammi pensare...». Strinsi gli occhi e lo guardai da capo a piedi, lentamente, assicurandomi di mordicchiarmi un labbro con fare sensuale. Lui sorrideva apertamente. «Puoi girarti, per favore?», gli chiesi, cercando di trattenere una risata.

«Vuoi che mi giri?», ripeté lui, ammiccando.

Annuii. «Sì, devo vedere anche il retro, insomma, non sono sicura di voler accettare la tua offerta», risposi con noncuranza. Lui ammiccò di nuovo e si girò, pensando di aver fatto colpo. Mi morsi il labbro per evitare di ridere e pronunciai in labiale "Che idiota!" verso Kate e Sarah, che ridacchiavano istericamente come due pazze. «Okay, puoi rigirarti, ora», dichiarai, dopo qualche secondo.

Lui si girò e mi guardò. «Allora, ti piace quello che hai visto?», mi chiese, con un sorrisetto sicuro.

Mi sporsi verso di lui. «No, in realtà no. Non fai per me, ma grazie comunque dell'offerta», ribattei, ammiccando e sorridendogli divertita, mentre tornavo a sedermi. Sentii le mie amiche scoppiare a ridere, mentre Sarah batteva il cinque a Kate. Mark mi fissò a bocca aperta, evidentemente poco abituato a ricevere un aperto rifiuto. Lanciai uno sguardo a Liam, che sembrava offeso e infastidito.

Oh, merda. Che avevo combinato? Stavo solo scherzando, non avrei mai fatto nulla! Cercai di nuovo il suo sguardo, ma lui fissò il tabellone, ignorandomi. Mi sentii sprofondare il cuore nel petto.

Jake andò a prendere qualcosa da bere tra una partita e

l'altra, e ne approfittai per parlare con Liam; non mi aveva più guardato da quando avevo flirtato scherzosamente con Mark. «Ehi», sussurrai, sedendomi accanto a lui.

«Ehi», borbottò in risposta, fissando la gente che giocava davanti a noi.

«Non mi vuoi parlare?», sussurrai, preoccupata.

Sospirò. «Perché l'hai fatto?», mi chiese con tristezza, scuotendo la testa e continuando a guardare fisso davanti a sé.

Lo presi per mano e lo trascinai verso i bagni. Entrati in quelli delle donne, chiusi la porta a chiave. «Scusami. Non mi sono resa conto di darti fastidio. Non intendevo farlo. Ci stava provando con me e io scherzavo, tutto qui», spiegai, cercando di farmi guardare negli occhi. Ma lui serrò le palpebre per un secondo, prima di farlo.

«Angel, è stato difficile starti a guardare». Mi attirò a sé, fissandomi in viso; mi resi conto di averlo davvero ferito.

«Mi dispiace, Liam. Davvero, non intendevo offenderti, stavo solo scherzando. La gente non sa che stiamo insieme e non potevo dire: "Mark, smettila di flirtare con me, il mio ragazzo ci sta guardando!", no?», gli chiesi, allacciandogli le braccia intorno al collo.

Lui sospirò. «Già, penso di no». Sembrava ancora offeso e mi dispiaceva moltissimo di averlo fatto arrabbiare.

«Però devi fidarti di me; non farei mai nulla per ferirti di proposito. Mi dispiace». Lo attirai a me e lo baciai dolcemente.

Lui rispose all'istante, stringendomi maggiormente a sé. Portò una mano sul mio gluteo, cosa che non mi fece reagire, non nei soliti modi negativi. Mi piaceva, e desideravo che facesse di più. Gli afferrai l'altra mano e me la portai al seno. Lui si ritrasse, fissandomi sorpreso; gli sorrisi e lo attirai di nuovo a me. Mi baciò avidamente, accarezzandomi i seni. Le sue labbra mi raggiunsero il collo, facendomi rabbrividire di piacere. Infilai una mano sotto la sua T-shirt, tracciando con le dita le linee dei pettorali e facendolo gemere rauco. Spostò lentamente la mano verso il bordo della mia maglietta, per poi farla scivolare sotto il tessuto, risalendo lungo la pelle fino al seno, dove riprese ad accarezzarmi sopra al reggiseno, facendomi ansimare più forte.

Dopo qualche minuto, si ritrasse, sorridendo, gli occhi che scintillavano di eccitazione. Premette la fronte contro la mia. Eravamo entrambi senza fiato. «Scusami. Non volevo sembrarti possessivo», mormorò, baciandomi sulla punta del naso.

«Non devi scusarti per quello, scemo. È la prima volta per entrambi, quindi dovremo trovare un equilibrio». Lo baciai di nuovo, teneramente, assaporando la sensazione delle sue labbra morbide sulle mie.

Lui sospirò. «Credo che dovremmo tornare, ora, prima che tutti si rendano conto della nostra sparizione».

«Un altro minuto non farà male a nessuno», sussurrai, con un sorriso malizioso. Lui ridacchiò e tornò a baciarmi.

Quella sera eravamo tutti nel nostro salotto. Sean aveva portato *Avatar* e nessuno di noi l'aveva visto, quindi eravamo tutti lì seduti a mangiare cibo di McDonald's e dopo cena ci saremmo visti il film. Ero appoggiata alle gambe di Liam, e Jake non aveva battuto ciglio, cosa che ci sembrò un buon segno.

Mark si alzò dal divano. «Vieni, Sarah, siediti qui, io mi sistemerò sul pavimento», dichiarò, lasciandosi cadere accanto a me con un sorrisetto malizioso. Mi spostai, a disagio, mettendo più distanza tra noi. Sentii Liam irrigidirsi, perciò gli posai una mano sul piede, accarezzandolo gentilmente con il pollice per calmarlo. «Allora, Amber, cosa ti piace fare nel tempo libero?», indagò.

«Un sacco di cose. Mi piace ballare e andare al cinema. Sai, no? Le cose che piace fare a tutte le ragazze delle scuole superiori», replicai, calcando sulle ultime due parole.

Lui scoppiò a ridere. «Ah, quindi sei una tipa a cui piace divertirsi, eh?», commentò, scuotendo la testa.

«Non sai quanto», borbottai, girandomi e fingendo di guardare la TV.

«Non ti va di parlare con me?», mi chiese, fingendosi offeso.

Esalai un sospiro esagerato. «Sto solo cercando di seguire quello che succede sullo schermo».

Lui lanciò un'occhiata alla TV e rise. «Quella pubblicità di divani?».

Guardai meglio quello che c'era in TV. Una pubblicità, in effetti. Dannazione. «Oh, sì, mi piacciono molto i divani. Non se ne hanno mai abbastanza», scherzai.

«Sei simpatica», disse lui ridendo e facendosi più vicino.

«Grazie, e tu sei troppo vecchio per me», ribattei, sorridendo con dolcezza.

«Ho solo diciannove anni», dichiarò, fissandomi con aria di sfida.

Annuii. «Sì, ma diciotto è il mio limite massimo, quindi niente da fare, amico», replicai. Sentii Liam ridacchiare, dietro di me.

«Potrei provare a farti cambiare idea», affermò Mark, sicuro di sé.

Risi, senza alcun divertimento. «Sai, scommetto venti dollari che non c'è niente che mi possa interessare, in te», continuai con altrettanta sicurezza.

Lui ridacchiò cupamente. «Accetto la scommessa, ma dovremo aspettare che tuo fratello non ci guardi». E lanciò un'occhiatina nervosa a Jake.

Sospirai. «Cosa pensi che possa interessarmi? Hai un micetto in tasca? O magari delle caramelle? O forse le risposte del compito in classe di matematica che dovrò affrontare domani?», scherzai, facendolo ridere di nuovo.

«No. Ti bacerò, e ti farà impazzire». Si strinse nelle spalle, ammiccando.

Sentii le gambe di Liam guizzare, dietro di me, mentre

faceva per alzarsi. Spinsi la schiena contro di lui, tornando ad accarezzargli il piede. «Davvero? Se ci provi, ti mollerò un calcio nelle palle». E gli sorrisi, innocente.

«Pensi che questo possa tenermi lontano da una ragazza carina come te?», mi chiese, fissandomi lentamente e facendomi accapponare la pelle.

«Era solo un avvertimento amichevole». Mi strinsi nelle spalle e tornai a fissare lo schermo del televisore, che, grazie al cielo, adesso mostrava il film, e non una pubblicità.

«Sono piuttosto sicuro di vincere la scommessa. Non ho mai avuto reclami, finora», mi sussurrò lui all'orecchio, facendomi irrigidire per l'eccessiva vicinanza.

«Uhmm, be', c'è una prima volta per tutto», ringhiai a denti stretti, ancora massaggiando il piede di Liam.

Quando il film finì, Liam tornò a casa per far sapere ai suoi che sarebbe rimasto a dormire da noi, e per prendere un cambio di vestiti. Aveva già dei vestiti di ricambio nella mia stanza, ma non potevamo certo dirlo a nessuno. Jake e Kate erano andati a fare altri popcorn in cucina. Avevamo deciso di mettere su *Terminator: Salvation*; la maggior parte di noi non l'aveva ancora visto. Andai in bagno. Quando uscii, qualcuno mi afferrò e mi spinse contro il muro. Inizialmente pensai fosse Liam, ma poi mi resi conto che la statura non corrispondeva. Il cuore iniziò a pulsarmi nelle tempie, il terrore che mi chiudeva lo stomaco in una morsa. Mark rise e mi baciò sulle labbra, con violenza, bloccandomi il viso tra le mani per impedirmi di sfuggirgli. Cercai di spingerlo via, ma non si mosse. Mi mordicchiò un labbro, tentando di approfondire il bacio, ma serrai le labbra e sollevai un ginocchio con tutta la forza che avevo, colpendolo all'inguine. Mi mollò all'istante, piegandosi in avanti con un grugnito di dolore.

«Te l'avevo detto. Mi devi venti dollari», sussurrai con dolcezza, allontanandomi da lui e tornando in salotto con un sorriso di trionfo sulle labbra.

Liam era di nuovo sul divano, così mi affrettai a raggiungerlo prima che qualcuno mi rubasse il posto accanto a lui. «Tutto okay?», mi chiese sorridendo.

«Sì», dichiarai, allegramente.

Lui sorrise. «Che c'è di tanto divertente?»

«Mark», replicai, ridacchiando. In quel momento, lui entrò in salotto, zoppicando appena, con una mano premuta tra le gambe e un'espressione dolorante sul viso. Mi lasciò cadere una banconota da venti dollari sulle ginocchia e si andò a sedere dall'altra parte della stanza.

Liam scoppiò a ridere. «Brava ragazza», bisbigliò, facendomi sorridere.

Quando tutti se ne furono andati, era quasi mezzanotte. Io e Kate andammo a dormire, lasciando Liam e Jake in salotto. Ammiccai a Liam mentre mi allontanavo, e decisi di indossare il pigiama più striminzito che avevo, in modo da poter sentire la sua pelle sulla mia. Mi infilai un paio di shorts rosa con un giro di pizzo viola sui bordi, e una canotta coordinata, sempre rosa, con un po' di pizzo viola sul davanti. Mi guardai allo specchio e mi sentii improvvisamente a disagio. Forse avrei dovuto cambiarmi: gli avrei dato un'impressione sbagliata? Mi morsi un labbro. No, era tutto a posto. Mi aveva già visto con quel pigiama, quindi l'avrei tenuto.

Tornai in camera e Kate fischiò tra i denti, osservandomi. «Wow, Amber, dovresti andare in cucina a prendere un bicchiere d'acqua, o qualcosa del genere. Dai a Liam qualcosa su cui sognare, no?», suggerì, guardandomi da capo a piedi.

In effetti, non era una cattiva idea; altrimenti, non avrebbe potuto vedermi fino alla mattina dopo. «Dici?», mormorai, nervosamente. Lei annuì, convinta, così decisi di farlo prima che mi passasse il coraggio. «Okay», dichiarai, ridacchiando, mentre aprivo la porta.

«Vai! Fagli prendere un colpo!». Mi segnalò entusiasta di muovermi, quando esitai sulla soglia.

Feci un respiro profondo e avanzai decisa lungo il corridoio. Dovevo passare dal salotto, per raggiungere la cucina. Entrai nella stanza, sfoggiando il mio pigiama decisamente ristretto. «Qualcuno vuole qualcosa da bere?», chiesi, in tono innocente, oltrepassando Jake e Liam, che se ne stavano sul divano a guardare un canale sportivo.

«No, grazie», rispose mio fratello, senza neanche guardarmi.

Lo sguardo di Liam, invece, si puntò su di me, e seguì letteralmente ogni mia mossa, con le labbra dischiuse e gli occhi sgranati. Mi morsi un labbro per non scoppiare a ridere. Oh, sì, ne era valsa davvero la pena!

Presi due bicchieri d'acqua e tornai in salotto, con Liam che mi spogliava con gli occhi di quel poco che indossavo. Jake lo beccò a guardarmi e gli mollò il solito schiaffo sulla testa. «Ehi, smettila di guardare in quel modo la mia sorellina! Hai la ragazza, ricordi?», borbottò, infastidito.

Liam si massaggiò la nuca. «Sì, giusto, la ragazza», mugugnò, sorridendo.

Tornai in camera, ridendo a crepapelle. «È stato divertentissimo», annunciai a Kate, seduta sul letto ad aspettarmi.

Prese a ridere anche lei. «Gli è piaciuto?», domandò, sollevando le sopracciglia.

«Sì», confermai, divertita. Mi sedetti sul letto, continuando a sorridere.

Poco dopo, sentii Jake che andava in camera sua, quindi capii che Liam era da solo. «Kate, vado da Liam per un po'», spiegai, dopo che fui certa che mio fratello stesse dormendo.

«Ah sì? Vuoi fargli vedere meglio il tuo pigiama sexy?», scherzò lei, sorridendo.

Ridacchiai. «Una cosa del genere. Non mi aspettare, potrei metterci un po'». Ammiccai e scesi dal letto, prendendo il cellulare per poter usare la sveglia.

«Divertiti, e non fare niente che io non farei», disse lei ridendo. A dire il vero, non c'era molto che Kate non avrebbe fatto. Aveva avuto più di un ragazzo e non era più vergine. Ridacchiai e scivolai fuori dalla stanza, attraversando il corridoio in punta di piedi e raggiungendo il soggiorno, dove Liam se ne stava sdraiato sul divano sotto al piumino degli ospiti. Misi la sveglia alle sei, il solito orario in cui "defenestravo" Liam durante la settimana, e posai il cellulare sul pavimento.

«Ehi, Angel», sussurrò lui, sorridendomi e scostando la coperta per farmi sdraiare accanto a lui. Mi sistemai lì e mi strinsi a lui, soddisfatta. Lui sospirò felice e mi strinse le braccia intorno alla vita. «Non è stato giusto, comunque, prima», borbottò, mentre mi baciava sulla fronte.

Sorrisi, maliziosa. «Davvero? Non ti è piaciuto il mio pigiama?», gli chiesi, in tono innocente.

«Lo adoro, ma sei stata crudele a sfilare così davanti a me con quel tuo sederino sexy, quando c'era tuo fratello a guardarmi», mugugnò.

«Pensi che il mio sedere sia sexy?», lo provocai.

«Uhmm, non me lo ricordo, posso controllare?», ribatté lui, con voce roca. Ridacchiai e mi girai sulla pancia, sistemando le mani sotto il mento.

Lui sospirò deliziato e mi fece scorrere lentamente le dita lungo la schiena, raggiungendo i glutei e scendendo su una coscia, per poi risalire lungo l'altra. Si fermò di nuovo sui glutei, seguendo i contorni del bordo di pizzo e facendomi rabbrividire di piacere. Cielo, cosa mi stava succedendo? Desideravo davvero che mi toccasse. Se l'avesse fatto, non l'avrei fermato. Si chinò a baciarmi una spalla, prima di scendere con le labbra lungo la schiena e i fianchi. Raggiunse il bordo dei pantaloncini e passò la lingua sulla pelle, nel punto in cui la natica si univa alla coscia. Ansimai, irrigidendomi.

Si scostò di colpo. «Scusa, scusa, mi sono lasciato trasportare», mormorò, dispiaciuto.

Arrossii violentemente. «Mi stava piacendo, Liam», mormorai in tono basso e rauco, la voce che mi tremava appena per il desiderio che mi aveva assalito.

«Davvero?», mormorò lui, sorpreso.

«Oh, diavolo, sì», ammisi, senza fiato, e arrossendo ancora di più. Wow, l'avevo detto davvero? Che imbarazzo!

Lui mugolò appena e chinò il capo, tornando a passare la lingua lungo il bordo di pizzo degli shorts. Questa volta non riuscii a evitare che un lieve gemito mi sfuggisse dalle labbra. Quel suono sembrò incoraggiarlo, perché lo fece ancora, accarezzandomi una coscia, per poi risalire sul gluteo e lungo la schiena. Mi baciò sulla schiena, sollevando il tessuto della canottiera per poter premere le labbra sulla pelle nuda. Mi girai per poterlo guardare in faccia e lo baciai, attirandolo a me in modo da avere tutto il suo corpo contro il mio. Sentivo la sua pelle contro la mia, e fui contenta di aver scelto quel pigiama striminzito. Si stava eccitando di nuovo; sentivo la sua erezione premermi contro una coscia, ma non avevo paura, questa volta. Anzi, volevo che continuasse. Sollevò le mani a stringermi i seni; sospirai di piacere, sentendo quel calore delizioso attraverso il tessuto leggero della canottiera, senza l'ulteriore schermo di un reggiseno. Gemette di piacere, strofinandomi i capezzoli con i pollici fino a renderli turgidi. Indossava solo un paio di shorts, quindi potei accarezzargli il petto e l'addome, sorprendendomi una volta di più di quanto fosse meravigliosa la sensazione dei muscoli saldi sotto le dita.

Mi baciò sul collo, scendendo poi sul seno, baciandomi sopra la canottiera. Intrecciai le dita ai morbidi capelli castani mentre spostava le labbra sul mio addome, stringendo il bordo della canottiera tra i denti e tirandola su lentamente, fino a esporre la pelle nuda. Mugolai, quando lo sentii posare le labbra sulla mia pelle, leccandola e respirandovi sopra, facendomi vibrare tutto il corpo per l'eccitazione. Fece scivolare una mano sotto la canottiera, risalendo lentamente verso il seno, e accarezzandolo in punta di dita mentre continuava a baciarmi sull'addome, avanzando piano anche con le labbra, mentre il mio respiro accelerava, al pensiero che arrivasse a baciarmi i seni.

Oh, Dio, stavamo andando troppo veloci! «Scusa... Liam... fermati, ti prego», ansimai.

Lui si ritrasse all'istante e mi sorrise con dolcezza. «Non devi scusarti, Angel». Si chinò a baciarmi piano sulle labbra. Gli sorrisi, grata, mentre si girava su un fianco, attirandomi a sé, accarezzandomi i capelli, e mi guardava con affetto. «Sei così bella», sussurrò, baciandomi sulla punta del naso e risistemandomi la canottiera. Ridacchiai e scossi la testa. Ci sapeva fare, con le parole! Forse era così che riusciva a portarsi a letto tutte quelle ragazze. Sorrise anche lui, ma sembrava un po' offeso. «Non mi credi, vero?», borbottò.

«A quante ragazze l'hai detto, Liam?», sussurrai, non molto sicura del tono che avrebbe preso la mia voce se avessi parlato normalmente.

Lui sospirò, con aria sconfitta. «Non posso cambiare il passato, Angel, ma credimi, vorrei poterlo fare. Non ho mai provato alcun sentimento per nessun'altra, te lo giuro. Non ho mai detto a nessuna che era bella, prima di dirlo a te. Nessuna è come te», mi disse, guardandomi intensamente negli occhi e sperando di farmi capire come si sentiva. Mi si fermò il respiro, a quelle parole. Mi strinsi a lui e premetti il viso contro il suo petto, inspirando il suo profumo. Lui sospirò, soddisfatto, e mi strinse forte a sé, baciandomi sulla fronte. «Buonanotte, Angel», bisbigliò.

«Buonanotte, Liam», risposi, contro la sua pelle.

Avevo le sensazione che il mio piano di andarci cauta prima di consegnargli il mio cuore fosse andato al diavolo. Potevo solo sperare che non me lo spezzasse, ormai. Mi strinsi di più a lui, appoggiandogli la testa sul petto e addormentandomi subito dopo. E mentre scivolavo nel sonno, mi sembrò di sentirlo mormorare qualcosa che sembrava "ti amo". Ma Liam non avrebbe mai detto simili parole. Dovevo aver capito male.

Capitolo 10

«CHE CAZZO SIGNIFICA QUESTO?», sentii ruggire Jake, lì vicino. Spalancai gli occhi e lo guardai. Aveva il viso rosso di rabbia.

«Jake, mi farai sanguinare le orecchie, se urli così! Che succede?», borbottai, rialzandomi a sedere. Ma non appena mi mossi, mi resi conto di cosa era successo. Ero ancora sul divano con Liam. Oh, no! Saltai in piedi e lo guardai. Lui aveva la bocca aperta e sembrava sconvolto. Okay, dovevo salvare la situazione, e subito. «Dannazione, Liam! Che schifo! Mi hai messo le mani addosso?», sbottai, fingendo di rabbrividire per l'orrore. Jake mi fissò, ancora arrabbiato, ma ora sembrava anche confuso.

«Io… ehm… non… cosa?», balbettò Liam.

«Che diavolo stavi facendo con lui, Amber?», ringhiò mio fratello, indicando Liam che a quel punto sembrava semplicemente stordito.

«Devo essermi addormentata». Aggrottai la fronte, scuotendo la testa come se fossi confusa anch'io.

«Addormentata? Be', e che ci facevi qui con lui, tanto per cominciare?», incalzò Jake, scoccando a Liam un'occhiata di fuoco, prima di tornare a guardarmi. Okay, dovevo pensare, e anche in fretta. Oh, ecco: avevo un motivo che non poteva rifiutarsi di accettare.

«Ho fatto un brutto sogno, Jake», borbottai, abbassando lo sguardo e fingendomi triste.

Lui sussultò e venne ad abbracciarmi all'istante, posandomi il mento sulla testa. «Oh, merda, Amber. Ho capito. Mi dispiace», mormorò, cullandomi piano.

«Ero angosciata e ho pensato che fossi ancora qui in salotto, ma non c'eri. Liam mi ha confortato, tutto qui. E poi dobbiamo esserci addormentati», sussurrai, sentendomi in colpa per avergli mentito. Ma non ero ancora pronta a dirglielo, soprattutto dopo aver visto come stava guardando Liam.

«Mi dispiace, ho pensato... okay, non importa», borbottò Jake, scostandosi per guardarmi in faccia. «Stai bene, ora?». Annuii, mordendomi un labbro per cercare di scacciare il rimorso che provavo. Mio fratello guardò Liam. «Scusami, sono balzato alle conclusioni e... ehm, ecco, grazie per esserti preso cura di lei».

Liam sembrava molto a disagio, e mi lanciò uno sguardo; risposi con un'espressione implorante, pregandolo con gli occhi di non dire nulla. «Nessun problema, figurati». Si strinse nelle spalle, passandosi una mano tra i capelli scompigliati.

Mi scostai da Jake. «Vado a cambiarmi per la scuola. Che ora è, comunque?», domandai, cercando in giro il cellulare. Perché quella stupida sveglia non aveva suonato?

«Non sono ancora le sei, Amber. Mi sono svegliato presto», rispose Jake, con un'alzata di spalle.

«Okay, allora farò colazione prima di farmi la doccia. Ehm... Liam, grazie per stanotte», mormorai, arrossendo e sorridendogli lievemente.

«È stato un vero piacere, Angel». Ammiccò, con un gran sorriso.

Jake gli mollò uno schiaffo sulla nuca, facendogli fare una smorfia. «È mia sorella!», esclamò, alzando gli occhi al soffitto e dirigendosi a grandi passi in cucina, lasciando me e Liam in salotto.

Quando mio fratello si fu allontanato, Liam mi fissò. «Non mi piace dovergli mentire, Angel», sussurrò, accigliandosi.

«Lo so, ma è solo per un paio di settimane. Ti prego...»,

mormorai, baciandolo rapidamente sulle labbra e facendo per correre via in cucina. Lui mi prese per mano e mi attirò a sé, baciandomi di nuovo, prima di rivolgermi uno dei suoi meravigliosi sorrisi. Entrai in cucina quasi saltellando, per quanto ero felice. Jake si stava facendo un toast, così preparai due tazze dei miei cereali preferiti, una per me e una per Liam, e le portai in salotto, dandogliene una, per poi sedermi sul pavimento accanto al divano.

«Ehm… grazie, Angel, ma non mi piace il riso soffiato al cioccolato», disse lui, arricciando il naso alla vista della tazza.

Aggrottai la fronte, confusa. Non faceva che rubarmi i cereali. Li mangiava ogni mattina. «Ma certo che ti piace, lo mangi ogni giorno». Lo fissai come se fosse impazzito: mi credeva stupida o cosa?

Lui scoppiò a ridere e scosse la testa. «No, invece. Ne preparo una tazza ogni mattina e fingo di mangiarli, prima che tu venga a prenderteli, strappandomeli di mano», spiegò, con quel sorriso sensuale sulle labbra e gli occhi che scintillavano di divertimento.

«E perché diavolo lo fai? Ti piace infastidirmi?», domandai, offesa.

«No, Angel. Mi piace prepararti la colazione», spiegò lui, con semplicità.

Spalancai gli occhi a quella rivelazione. Lo faceva per me? «Davvero? E me li preparavi ogni giorno?», domandai, a bocca aperta, sorpresa dalla sua gentilezza, a cui non avevo mai fatto caso. Ogni giorno entravo in cucina e gli rivolgevo commenti stizziti sul fatto che avrebbe dovuto fare colazione a casa sua e non toccare i miei cereali, e invece lui li aveva sempre preparati per me? Cielo, era così dolce! Lui si strinse nelle spalle, come se niente fosse. Per tutto quel tempo avevo pensato che fosse un idiota, e invece non faceva che essere gentile con me! Jake entrò in salotto, perciò non potei dirgli nulla. Presi la mia colazione e corsi in camera a mandargli un messaggio, visto che non potevo parlargli: "Grazie, che pensiero gentile! Non l'avevo mai capito. Ti ringrazierò meglio dopo! Baci!", gli inviai. Sorrisi tra me e me, e andai a farmi una doccia.

Uscendo dalla macchina di Liam, davanti alla scuola, ci ritrovammo in mezzo alla solita orda di ragazze che cercavano di avvicinarsi a Jake e Liam. Roteai gli occhi, vedendo Jessica che si faceva avanti, posando le mani sui fianchi del mio ragazzo e fissandolo con occhi colmi di desiderio.

«Jessica, sul serio, la devi piantare», dichiarò seccamente Liam, liberandosi dalla sua presa e scostandosi da lei.

«Liam, tesoro, che ne dici se saltiamo la prima ora e ce ne andiamo a divertirci da qualche parte?», gli propose, in tono malizioso, sfiorandogli il petto con una mano.

Oh, mio Dio, ero così gelosa da sentirmi male!

Mi girai e mi allontanai più velocemente che mi riuscì, desiderando solo di non vedere più quella scena. Dopo un minuto, sentii Kate che mi correva dietro. Mi prese per mano e mi fermò. «Per favore, non sono dell'umore giusto», rischiai di gridare, girandomi verso di lei. Ma non era Kate. Era Liam.

«Ehi, volevo solo accompagnarti in classe». Aggrottò la fronte, guardandomi dispiaciuto.

«Oh... okay... ehm... scusa. Pensavo fossi con Jessica a divertirti», ribattei, sarcastica, e imbarazzata per avergli quasi urlato contro.

Lui scosse la testa e mi si avvicinò. «No, non sono con lei. Sono con te», dichiarò, con dolcezza, sorridendomi e facendomi battere forte il cuore.

«Sì, certo. Scusami. È solo che... non lo so...». Non terminai la frase, avvampando in viso.

«Eri gelosa», dichiarò lui, e ne sembrò soddisfatto. Annuii, riluttante, senza volerlo davvero ammettere. «Bene, ho aspettato dodici anni di poterti vedere gelosa di me», dichiarò, sorridendo come un matto.

Scoppiai a ridere. «Davvero? Be', ecco qui, finalmente è successo». Presi a calci la ghiaia del cortile, cercando di distrarmi da quella gelosia che ancora mi scorreva nelle vene. A quanto pareva, avrei dovuto abituarmici, visto che le ragazze non facevano che stargli addosso. Era Liam James, dannazione; non c'era una sola ragazza che non gli andasse dietro, sperando di attirare la sua attenzione.

«Ricordi quello che ci siamo detti ieri sulla fiducia? Be', funziona in entrambi i sensi, sai? Non ti farei mai del male, ma devi credermi anche tu». Mi insinuò un dito sotto il mento, facendomi sollevare il viso per guardarlo negli occhi.

Sospirai; sì, era vero, era quello che avevo detto, in fondo. «Io mi fido di te, solo è stato difficile starti a guardare, prima», replicai, sorridendo e ripetendo le parole che aveva pronunciato al bowling.

Lui rise. «Sì, be', ormai inizia a spargersi la voce che sono impegnato, quindi in teoria dovrebbero finirla di flirtare così spudoratamente con me», dichiarò, in tono sicuro, accarezzandomi i capelli e scostandomeli dal viso.

«Hai detto a tutti che hai la ragazza?», domandai, sorpresa. Okay, wow... forse era più serio di quanto pensassi, riguardo alla nostra relazione.

«Sì, certo. Del resto, ho la ragazza. Ho la ragazza più sexy e bella del mondo, che deve ancora ringraziarmi come mi ha promesso stamattina con un messaggio». Sorrise, sensuale, facendomi sentire le farfalle nello stomaco.

Ridacchiai e mi sporsi in avanti, con le labbra che quasi toccavano le sue. «A chi sa attendere, il tempo apre ogni porta», scherzai, per poi ammiccare e allontanarmi.

Lui mugugnò e mi seguì. «Non pensi che dodici anni di attesa siano stati abbastanza?», mi domandò, fingendosi sconvolto e facendomi ridacchiare.

«Uhmm, no, non direi. Penso che ti farò aspettare ancora un po'». Gli soffiai un bacio ed entrai nell'aula di storia. Lo sentii protestare ancora, ma quando mi voltai a guardarlo stava sorridendo e mi fissava mentre mi allontanavo. Ancheggiai di proposito, cercando di sembrare sexy; doveva aver funzionato, perché tre ragazzi del mio corso di storia mi rivolsero fischi di incoraggiamento e commenti salaci. Roteai gli occhi. Ragazzi!

Non riuscii a parlare molto con Liam a pranzo, perché pur stando allo stesso tavolo, tutti volevano parlare con lui. «Allora, hai davvero una fidanzata segreta?», gli domandò Tim, uno dei suoi amici, fissandolo incredulo.

«Sì», confermò Liam, tutto soddisfatto. Ogni volta che mi guardava, finivo per arrossire, e temevo che qualcuno potesse accorgersene.

«Deve essere davvero una bella ragazza, per essere riuscita a domare la bestia», disse ridacchiando Rick.

Liam sorrise, portando per un attimo lo sguardo su di me. «È la ragazza più sexy della Terra, amico», dichiarò, convinto.

«Davvero? E com'è a letto?», chiese ancora Rick, dando un morso al suo sandwich.

«Amico, spiacente, ma non rispondo a certe domande sulla mia ragazza», ribatté Liam, ammiccando.

«Scommetto che sarei capace di fare meglio di lei», disse Rochelle, passandogli la mano su un braccio.

Lui scoppiò a ridere. «E invece non avresti una sola possibilità. La mia ragazza è stupenda, sia fuori che dentro». Liam si strinse nelle spalle, scostando il braccio e sogghignando. Tutte le ragazze sedute al tavolo si lasciarono andare a gridolini sorpresi. Sorrisi e cercai di finire il pranzo. Mi sentivo gli occhi di Kate addosso, così la guardai. Sorrideva da un orecchio all'altro. Roteai gli occhi, ridacchiando.

«Non è stato a letto con lei, perché lei non vuole fare sesso prima del matrimonio», intervenne Jake, ammiccando. Trattenni a stento una risata. Mio fratello gli aveva creduto davvero, quando gli aveva rifilato quella balla? Tutti fissarono Liam a bocca aperta. Lui sorrideva divertito.

«Non ci credo! Non sei andato a letto con lei?», sbottò Rick, scettico.

«No, non ci sono andato, ma questi non sono affari vostri, ragazzi». Liam scosse la testa, sorridendo. «Ora devo andare. Devo parlare con l'allenatore». Si strinse nelle spalle e si alzò. Anche la metà dei ragazzi al tavolo fece lo stesso, seguendolo.

Non appena fu uscito, le ragazze cominciarono a discutere e a escogitare piani. Dovevano scoprire chi fosse quella misteriosa ragazza, e l'avrebbero fatto a tutti i costi. Poi tirarono fuori venti dollari ciascuna, piazzandoli al centro del tavolo. Le fissai, confusa.

«La prossima che lo inchioda vince il jackpot», dichiarò Jessica, ammiccando.

Spalancai la bocca. «Ma che dici? Ha appena detto che è impegnato e non gli interessa, e voi state scommettendo su chi se lo porterà a letto? E se sarà la sua ragazza a farlo, invece?», domandai, sconvolta. Non riuscivo a credere che volessero davvero scommettere su chi di loro avrebbe fatto sesso con qualcuno! Non sarebbe dovuta essere una gara!

«Be', se avrà messo anche lei i suoi venti dollari su questo tavolo, vorrà dire che sarà lei a vincere, ma è ovvio che non gli sta dando quello che vuole. Alla fine Liam si stancherà. La prossima che se lo porta a letto vince, ma vi garantisco che non sarà la sua ragazza a farlo. Lui non potrà aspettarla. Niente sesso prima del matrimonio? Sì, certo! Stiamo parlando di Liam James!». Roteò gli occhi sogghignando. Era certa di vincere, a quanto pareva.

Poi mi venne un'idea. Tirai fuori una banconota da venti dollari e la misi sopra al mucchio. «La prossima che se lo porta a letto, eh?», domandai, faticando a contenere il ghigno che mi danzava sulle labbra.

«Sì, certo! Come se tu avessi una sola possibilità, ragazzina emo!», ribatté Jessica, in tono antipatico.

«Allora, quanto vince la fortunata?», domandai, divertita, ignorando il suo ringhio.

Lei contò i soldi. «Bene, ci sono duecentoquaranta dollari, qui, al momento, ma quando si spargerà la voce... non lo so. L'ultima volta che l'abbiamo fatto era stato con Chris. Il jackpot è arrivato a seicentoventi dollari, ma con Liam è un'altra faccenda: è più figo, e, da quello che dice, anche intoccabile. Almeno per il momento». Jessica rise, ripiegando le banconote e mettendosele in tasca, per poi scrivere su un foglio i nomi di chi aveva partecipato alla scommessa. Scoppiai a ridere: wow, sarebbe stato un guadagno facile. Kate stava piangendo dal ridere.

«Volete partecipare anche voi?», chiese Jessica a Kate e Sarah.

Sarah le passò venti dollari. «Io ci sto. Chi potrebbe dire di no alla possibilità di vincere tutti quei soldi e di andare a letto con Liam James», dichiarò, sognante. Io presi sottobraccio le mie due amiche e le trascinai fuori dalla mensa per tornare in classe.

Dopo scuola, dovetti attendere Jake e Liam che finivano gli allenamenti di hockey. Andai alla pista di pattinaggio e mi nascosi sul fondo per non farmi vedere. Non era consentito entrare lì durante gli allenamenti, perché l'allenatore diceva che le ragazze distraevano troppo i giocatori. A me piaceva moltissimo assistere alle loro partite; c'era qualcosa di affascinante nel modo in cui si muovevano così veloci e agili sul ghiaccio. Al momento si stavano allenando sugli scatti, pattinando da un punto all'altro più velocemente che potevano, per poi fare lo slalom in mezzo a una fila di coni e infine provare dei tiri in porta, mentre mio fratello cercava il più possibile di deviare i dischi. Era un ottimo portiere, ma giocava solo per divertimento. Invece a Liam era stata offerta una borsa di studio in uno dei migliori college del paese.

Sperava di diventare un giocatore professionista, obiettivo che sembrava nelle sue possibilità, visto che i talent scout non facevano che notarlo di continuo.

Mi ritrovai a guardarlo mentre pattinava. L'avevo osservato centinaia, se non migliaia di volte, ma c'era sempre qualcosa di spettacolare, in quel suo modo di muoversi. Mi toglieva il respiro. Osservai il modo in cui spostava i piedi, e come i suoi capelli scomposti e castani ondeggiavano mentre pattinava, e il modo in cui il ghiaccio spruzzava di lato quando si fermava. E, naturalmente, non potei fare a meno di notare quanto fosse sexy nella sua divisa.

Scivolai fuori dall'edificio quando l'allenamento finì, e aspettai accanto alla macchina di Liam nel parcheggio, mentre loro facevano la doccia. Sarah mi si avvicinò. «Ehi», cinguettò, saltellando eccitata.

«Ehi, Sarah. Che succede? Non ti sarai messa a sniffare di nuovo quelle erbe, vero?», scherzai. Era una battuta che le facevo spesso. Aveva comprato delle "erbe" da una sua amica e le aveva bruciate in camera sua per ripulirsi l'aura, o qualcosa del genere. Ma alla fine si era scoperto che si trattava di marijuana, e lei si era sballata, correndo in strada mezza nuda e chiamando tutti al cellulare perché l'andassero a vedere. Ancora se ne vergognava.

«Ah, ah. No, ho appena parlato con Ashley, e mi ha detto che il jackpot della scommessa di Liam è arrivato a 1860 dollari. Ci pensi? Quindi voglio provarci con lui quando uscirà dagli allenamenti», dichiarò, saltellando sul posto e guardandosi intorno.

Rischiai di soffocare. 1860 dollari? Era uno scherzo? Santo cielo! Significava che più di novanta ragazze stavano per saltare addosso in tutti i modi al mio ragazzo, offrendoglisi su un piatto d'argento, e io avevo paura di lasciarmi toccare da lui. Forse non sarebbe stato divertente come avevo immaginato all'inizio.

Circa cinque minuti più tardi, i ragazzi uscirono. «Ciao, Liam. Wow, come profumi», esclamò Sarah, con fare seducente, avvicinandosi a lui.

Liam la guardò, con un'espressione sorpresa sul viso. Io mi morsi un labbro per non scoppiare a ridere. «Ciao, Sarah. Senti, forse non hai ancora saputo che sono impegnato, quindi...», non concluse la frase e si strinse nelle spalle.

«Nessun problema, sono per la condivisione, io», dichiarò Sarah, posandogli una mano sul petto in modo che le si fermasse davanti.

Lui sembrò infastidito. «Sarah, davvero, non sono interessato, okay?». Le scostò la mano ed entrò in macchina, aggrottando la fronte.

Sorrisi con aria di scuse alla mia amica, che sembrava delusa. «Ecco venti dollari che non rivedrò mai più», mugugnò, imbronciandosi.

Scoppiai a ridere. «Ehi, quando vincerò te li restituirò». Ammiccai divertita, facendola ridere, mentre entravo in macchina.

Quello era uno dei giorni in cui Jake lavorava, perciò Liam lo lasciava alla palestra dove faceva i turni il lunedì e il mercoledì sera. Poi di solito mi riaccompagnava a casa. «Dannazione, amico, mi sembra che oggi ci abbiano provato con me più di quanto non sia mai successo prima. Che diavolo succede? Dico in giro che ho la ragazza, e per tutto il pomeriggio le ragazze praticamente mi implorano di sc...». Si bloccò di colpo, guardandomi dallo specchietto retrovisore come se avesse detto troppo. Io ridacchiai. Poverino, non sapeva che quasi un centinaio di ragazze eccitate avevano scommesso di portarselo a letto! «Che c'è di tanto divertente, Angel?», domandò, sollevando le sopracciglia.

«Vuoi sapere perché hai ricevuto tutte queste attenzioni, oggi?», gli domandai, sogghignando.

«Sì», rispose lui, un po' preoccupato.

Jake si girò a guardarmi dal sedile anteriore. Sorrisi. «Be', le ragazze hanno fatto una scommessa per vedere chi riesce a portarti a letto per prima. La prima che ce la farà vincerà il jackpot. E sono parecchi soldi», dichiarai, senza smettere di sorridere. Jake scoppiò a ridere, e Liam rischiò di far finire la macchina sull'altra corsia, per la sorpresa.

«Cosa stanno facendo? Non lo sanno che ho la ragazza?», esclamò, decisamente infastidito. Il suo tono oltraggiato fece ridere Jake ancora di più.

Annuii. «Sì, è per questo che lo stanno facendo. Non sono contente di saperti impegnato, visto che sei un gran playboy, e quindi vogliono tutte portarti a letto e farti desistere». Alzai le spalle con noncuranza, fingendo di non essere interessata alla faccenda, quando in realtà mi spaventava da morire. Per quanto sarebbe riuscito a resistere a tutte le loro attenzioni?

«Quant'è il jackpot?», chiese Jake, con un'espressione divertita in faccia.

«Più di milleottocento dollari», risposi ridendo. Liam rischiò di nuovo di uscire di strada e Jake spalancò la bocca. Fissò Liam con un lampo di orgoglio negli occhi. «Sì, venti dollari ogni ragazza. Quindi sono più di novanta quelle che vogliono essere la prossima a fare sesso con te». Gli sorrisi, dallo specchietto. Sembrava sconvolto, e perfino un po' spaventato.

«Dannazione, amico! Lo sai che potresti sceglierne una, fartela e dividere i soldi?», esclamò Jake, eccitato. Liam lo guardò disgustato, come se gli avesse appena proposto di scuoiare un cucciolo, o qualcosa del genere. Jake sollevò le mani, in segno di scusa. «Sto solo scherzando. Diavolo! Sto scherzando, ho detto!», bofonchiò in tutta fretta, ma dalla sua espressione ero sicura che invece avesse parlato sul serio.

«Allora è per quello che Sarah ci ha provato con me, prima! Quali altre ragazze hanno accettato la scommessa, Angel?», chiese Liam, sempre più infastidito.

«Be', l'idea è stata di Jessica. Poi ci sono tutte le cheerleader, la maggior parte delle studentesse dell'ultimo anno, io, Ashley, Nadine...», replicai, facendo l'elenco delle persone che conoscevo. Ma Liam mi fermò.

«Tu?», domandò, sgranando gli occhi.

Annuii, ridendo. «Be', sì, milleottocento dollari sono tanti. In realtà, erano solo duecentoquaranta quando ho aggiunto la mia quota, ma comunque mi piace il gioco d'azzardo», scherzai, rivolgendogli un sorriso sensuale dallo specchietto.

Jake sembrava sul punto di esplodere. «Tu? Non scherziamo! Che diavolo ti sei messa in testa?», urlò, facendomi sussultare. Odiavo vedere mio fratello arrabbiato.

«Jake, ho solo pensato che sono tanti soldi e che sarebbe stato divertente. Non si sa mai, potrei sempre perdere la verginità con il famoso Liam James», scherzai, inarcando le sopracciglia.

Jake scoppiò a ridere, sollevato; pensava ovviamente che stessi scherzando. Io sorrisi e guardai fuori dal finestrino; non ero brava a mentire, e se mi avesse chiesto se stavo giocando, avrei finito per raccontargli tutta la verità. «Cavolo, Ambs, mi hai fatto prendere un colpo! Pensavo facessi sul serio!». Jake rise e batté una pacca sulla spalla a Liam, orgoglioso. «Milleottocento dollari. È fantastico, Liam. Mi chiedo quante ragazze riusciresti a portarti a letto in una sola notte, se tutte pensassero di essere le vincitrici della scommessa».

Spalancai la bocca. Oh, merda! Grazie, Jake, era proprio quello che Liam doveva mettersi in testa, visto che la sua ragazza non aveva intenzione di cedere facilmente! «Dannazione, Jake, ho la ragazza!», sbottò Liam, esasperato.

«Sì, lo so, ma lo sai che quelle ragazze potrebbero arrivare a tutto, pur di vincere... scommetto che potresti portarle a fare qualunque cosa», ridacchiò Jake, sollevando le sopracciglia.

«Jake, piantala. Non voglio nessun'altra; sono pazzo di questa ragazza. E non voglio rovinare la storia con lei», dichiarò fieramente Liam. Mi sorrise nello specchietto, e iniziai a calmarmi, il panico cominciava a sparire. Fiducia. Dovevo riuscire a fidarmi di lui, e smettere di pensare tutte le volte al peggio.

Lasciammo Jake in palestra e Liam tornò verso casa. «Hai scommesso venti dollari che saresti stata la prossima a fare sesso con me?», mi chiese, sorridendo divertito.

«A dire il vero, no: la scommessa la vincerà la prossima che ti inchioda». Mi strinsi nelle spalle, ridacchiando.

Lui rise e mi prese per mano, mentre guidava. «Non riesco a crederci. Pensavo che mi avrebbero lasciato in pace, se avessi detto loro che non ero interessato, non di ritrovarmi addosso ancora più ragazze! Mi dispiace tanto». Aggrottò la fronte e mi baciò il dorso della mano.

«Non ti preoccupare, non è colpa tua. Immagino che tutta la storia della fiducia ci servirà molto più di prima, adesso, eh?», scherzai, con un mezzo sorriso, fingendo di non essere preoccupata per tutte le ragazze che gli sarebbero saltate addosso nel prossimo futuro.

Arrivammo a casa, e lui parcheggiò nel suo vialetto. «Ehi, vuoi entrare? Possiamo dire ai miei che stiamo insieme. Ho detto loro che ho la ragazza e a mia madre per poco non è venuto un colpo, giuro», dichiarò, ridacchiando e accennando alla propria casa con un'espressione speranzosa sul viso.

«Wow, già vuoi farmi conoscere i tuoi?», scherzai, fingendomi spaventata. «Insomma, e se non dovessi piacergli?», domandai, abbracciandolo all'altezza della vita e posandogli una guancia sul petto, come se fossi terrorizzata. Ridemmo entrambi. L'idea che ai genitori di Liam non potessi piacere era davvero assurda. Già mi consideravano come una figlia. Liam era figlio unico, perché sua madre aveva avuto dei problemi nel metterlo al mondo, e quindi non aveva potuto avere altri figli. Mi voleva bene e diceva sempre che io e Jake facevamo parte della loro famiglia. Anch'io volevo bene a lei e al padre di Liam: erano bravissime persone, gentili, simpatiche e piene di attenzioni. In effetti, proprio come Liam, solo che ci avevo messo parecchio a capirlo, e a guardare oltre la facciata di spavalderia che lui mostrava al mondo.

Capitolo 11

Mi fece entrare in casa, tenendomi per mano e sorridendo entusiasta. «Mamma? Papà? Siete a casa?», esclamò, entrando nel salotto vuoto.

Sentii delle voci provenienti dalla cucina. «Sì, tesoro. Siamo qui», rispose Pat.

Liam sorrise e mi trascinò in cucina. Pat stava preparando dei biscotti, e Rick stava cercando di rubare un assaggio dell'impasto direttamente dalla scodella, facendo ridere la moglie e prendendosi un colpetto sulla mano con il cucchiaio di legno. Ridacchiai, di fronte a quella scena. Erano sempre così: lei era una perfetta casalinga e madre di famiglia, e lui la amava quanto adorava il figlio, cosa che trovavo dolcissima.

«Ciao, Amber. Era un bel po' che non ti facevi vedere da queste parti», esordì Rick, salutandomi con un abbraccio che purtroppo mi mise addosso la solita ansia.

«Ciao, Rick. Ciao, Pat. Come state?», domandai allegramente.

«Tutto bene! Ti abbraccerei, tesoro, ma come vedi sono coperta di impasto di biscotti». Pat si accigliò, mostrandomi le mani.

«Sì, lo vedo! Che profumino!», commentai, occhieggiando quelli già pronti nel vassoio appoggiato sul bancone della cucina. Lei me lo passò e ne presi uno, sorridendo. «Grazie».

«Ehi! Hai detto che non potevo ancora mangiarli perché si stavano raffreddando!», si lamentò Rick, fingendo di imbronciarsi e facendomi ridere; lei prese un biscotto e glielo lanciò, ammiccando.

«Mamma, papà, volevo farvi conoscere la mia ragazza. Anzi, che ne direste se la invitassi a cena, stasera?».

Sul viso di Pat si allargò un sorriso soddisfatto. Sembrava felicissima, e mi sembrò perfino che stesse cercando di non commuoversi. «Oh, Liam! Sarei così felice di conoscerla! Non riesco ancora a credere che tu abbia finalmente una fidanzata. Hai passato tutti questi anni a dire che c'era solo una ragazza per te, e finalmente sei riuscito a fidanzarti!», gongolò, praticamente scoppiando di entusiasmo e orgoglio.

«Sì, okay, mamma, ma ora calmati, d'accordo?», borbottò lui, roteando gli occhi.

«Allora, quando arriva? Amber, tu l'hai già conosciuta? È carina?», mi chiese Pat, sorridendomi raggiante. Io sbirciai verso Liam, senza sapere cosa dire. La situazione era abbastanza buffa. E aveva davvero detto che Liam ripeteva da anni di avere in mente solo una ragazza?

«In realtà, mamma, è già qui », dichiarò Liam con orgoglio, accarezzandomi la schiena e sorridendomi. Mi guardò negli occhi, facendomi sentire di colpo più caldo. Pat trasalì e si pulì le mani su uno strofinaccio, sistemandosi freneticamente i capelli, prima di lanciarsi in corridoio. Che stranezza! «Mamma, che stai facendo?», le chiese Liam, ridendo. Notai invece che Rick aveva notato la mano del figlio sulla mia schiena e stava sorridendo divertito.

«Be', sta parcheggiando la macchina qui fuori o cosa?», domandò Pat, sbirciando verso Liam e poi fissando di nuovo la porta. Lui rise ancora di più, e io e Rick ci ritrovammo a fargli eco.

«Mamma, è lei la mia ragazza. Si chiama Amber Walker». Liam mi sorrise raggiante, mentre io mi stringevo di più a lui.

Pat mi fissò, sorpresa. Lentamente, l'espressione che aveva sul viso si fece dapprima contenta e poi del tutto deliziata. Scoppiò a ridere e mi corse incontro, stringendo sia me che il figlio in un grande abbraccio. «Oh, mio Dio! Finalmente, voi due insieme? Finalmente!», esclamò, saltando su e giù sul posto.

Liam mi strinse un braccio intorno alla vita e mi tenne vicinissima a lui. «Sì, finalmente», confermò, alzando gli occhi al soffitto, ma al tempo stesso sembrando divertito. Rick tese la mano al figlio. Si strinsero la mano come due adulti, e poi il padre lo attirò in un forte abbraccio.

Dopo che l'eccitazione si fu calmata, cenammo insieme. Era bellissimo stare con loro, e non la smettevano più di sorridere. Ogni volta che io e Liam ci sfioravamo, Pat sospirava di felicità, guardandoci raggiante.

«Bene, voi uomini potete sparecchiare!», ordinò Pat, prendendomi per un braccio e portandomi in salotto. «Sono così felice per voi due. Liam ti ha detto che era innamorato di te da anni, vero?», mi disse. Mi si fermò il respiro in gola, al sentire le parole che aveva scelto. Pensava che il figlio fosse innamorato di me? Non era così, giusto? Mi aveva davvero sussurrato quel "ti amo", la sera prima, mentre mi addormentavo?

«Ehm, mi ha detto che gli piacevo da molto tempo, sì», balbettai, un po' a disagio.

Lei alzò gli occhi al soffitto. «Che gli piacevi? Cielo, quel ragazzo è cotto di te dalla prima volta che ti ha visto! Insomma, ti chiama ancora Angel!».

La guardai, confusa. «Che c'entra questo con tutto il resto?», domandai, accigliandomi. Volevo molto bene a Pat, ma a volte pensavo che esagerasse un po'.

«Non ti ha mai raccontato perché ti chiama così?», mi chiese, sorridendo divertita. Scossi la testa, e lei ridacchiò piano. «La prima volta che ti abbiamo visto è stato al compleanno dei sei anni di Liam. Vi eravate trasferiti qui accanto da poco e pensavamo che fosse una cosa carina invitare i vicini alla festa», cominciò, annuendo con entusiasmo.

«Sì, me lo ricordo. C'erano tanti palloncini e quel clown che faceva i numeri di magia». Sorrisi. I James facevano sempre le feste migliori, anche quelle dei bambini.

«Esatto. Comunque, tu e tuo fratello siete venuti alla festa, e appena sei entrata, Liam ti ha fissato. Non riusciva più a staccarti gli occhi di dosso. Hai sorriso e gli hai augurato buon compleanno, ma non riusciva neanche a parlarti, quindi te ne sei andata a ballare. Lui si è girato verso di me, e sai cosa mi ha detto?», mi chiese, con gli occhi che si riempivano di lacrime. Scossi la testa. Che diavolo stava per rivelarmi? Mi stavo quasi spaventando! «Ha detto, tutto serio: "Mamma, sono morto?". E io gli ho risposto: "Ma no, tesoro, certo che no", e lui ha scosso la testa, confuso. Poi ha indicato te che ballavi e ha detto: "Se non sono morto, perché c'è un angelo a casa nostra?"». E a quel punto si strinse le mani al petto e sorrise, raggiante.

La guardai a bocca aperta. Santo cielo! Era per quello che mi chiamava Angel? Il cuore mi batteva fortissimo e avevo i palmi sudati. Liam doveva davvero essere innamorato di me, ma io ero innamorata di lui? Non credevo di esserlo, o perlomeno non ancora. Ma potevo sicuramente immaginarmi innamorata di lui.

«È per quello che mi chiama così? Davvero?», domandai, chiedendomi se non stesse scherzando.

«Davvero. Chiedilo a lui, se non mi credi, ma dal primo momento in cui ti ha visto si è innamorato di te, e si capisce perfettamente da come ti guarda. Mi sorprende che tu non te ne sia mai accorta».

Scosse la testa, ridacchiando.

«Non me ne sono mai accorta perché era sempre così antipatico, con me. Mi spingeva, mi tirava i capelli e mi prendeva sempre in giro». Aggrottai la fronte. Perché si era sempre comportato così, se era innamorato di me?

«Tuo fratello non voleva che ti stesse intorno. Dopo quel primo compleanno l'ha picchiato e gli ha detto di stare lontano da te», spiegò lei, ridendo e scuotendo la testa. «Tuo fratello è molto protettivo nei tuoi confronti», commentò, con un sorriso comprensivo.

«Sì, lo so. Io e Liam ne abbiamo parlato e abbiamo deciso di non dirlo a Jake per un paio di settimane, solo finché le cose non si saranno sistemate. Apprezzerei molto che non gli diceste niente, se dovesse capitare il discorso». Arricciai il naso, all'idea di Liam e Jake che litigavano. Volevo evitare quella situazione quanto più a lungo possibile.

«Non dirò nulla, ma non credo che dovreste aspettare troppo. Diventerà più difficile dirglielo».

Le sorrisi, grata. «Sì, solo un paio di settimane».

Di colpo, Liam saltò fuori da dietro il divano e si piazzò accanto a me, passandomi un braccio intorno alle spalle e attirandomi a sé. Quando mi girai a sorridergli, mi baciò, mordicchiandomi un labbro e cercando di insinuarmi la lingua in bocca. Cielo, ma si era dimenticato che sua madre era lì con noi?

Mi scostai rapidamente, strappandogli un gemito di protesta. «Angel, non ti ho vista per tutto il giorno», si lamentò, imbronciandosi come un bimbetto. Io risi, a quel soprannome; davvero mi chiamava così perché aveva pensato che fossi un angelo, quando aveva sei anni? «Perché ridi, bellezza?», mi chiese, accarezzandomi una guancia con il dorso di un dito.

Mi morsi un labbro per smetterla e scossi la testa. «Non è nulla», mentii, sorridendogli. Lui si piegò in avanti e mi baciò di nuovo, cercando da subito di approfondire il contatto. Mi scostai di nuovo. «Liam, sul serio, tua madre ci sta guardando», bisbigliai, vedendo la sua espressione da cucciolo ferito. Sbirciammo entrambi verso Pat, che ci fissava con un gran sorriso sul viso, come se stesse guardando lo spettacolo più dolce del mondo.

Liam si alzò e mi tese una mano. «Andiamo a sentire un po' di musica in camera mia». Si accigliò lievemente guardando sua madre, che ancora ci fissava, felice.

Gli afferrai la mano e mi lasciai trascinare nella sua stanza. Erano anni che non ci entravo. Probabilmente l'ultima volta era stata circa due anni prima, quando ero venuta a cambiarmi dopo una grande battaglia di gavettoni in cui ero rimasta chiusa fuori casa. La sua stanza non era cambiata molto, da allora, ma ora le pareti erano meno vuote. Per esempio, c'era la maglietta da hockey firmata da un campione che i suoi gli avevano regalato all'ultimo compleanno, e i suoi trofei, tutti allineati su alcuni scaffali.

Mise su un po' di musica a basso volume, e io mi avvicinai alla libreria, notando due foto incorniciate. In una c'eravamo io, lui e Jake al parco, dove eravamo stati per un picnic, da piccoli. Avevo probabilmente undici o dodici anni. L'altra foto era una di quelle che erano state scattate al mio gruppo di street dance durante una gara. La presi e la guardai incuriosita.

«Adoro quella foto», commentò Liam, sorridendo e fermandosi accanto a me.

Gliela porsi. «Quando l'hai scattata?»

«Circa due mesi fa, al club di Richmond. Hai vinto il primo premio e saltellavi ovunque, tutta entusiasta». Sorrise e passò un pollice sulla foto, prima di riporla.

Andai a sedermi sul suo letto. «Wow, il tuo letto è davvero scomodo! Non mi stupisce che tu voglia dormire nel mio», scherzai, passando una mano sulla trapunta. Lui rise e venne a sedersi accanto a me. Non potei fare a meno di notare che era bellissimo, quando rideva. Lo spinsi sul letto e mi spostai a cavalcioni su di lui, posandogli le braccia accanto alla testa e piegandomi in modo da avere il viso vicinissimo al suo. «Liam, voglio che tu mi dica una cosa», sussurrai, accarezzandogli i capelli.

«Ti posso baciare, prima? Poi risponderò a qualsiasi tua domanda». Spostò lo sguardo sulle mie labbra, per un attimo, prima di tornare a guardarmi negli occhi.

Lo baciai con forza. Lo sentii chiudermi all'istante le braccia intorno alla vita, attirandomi a sé, intrecciando le dita ai miei capelli. Seguì lentamente il contorno del mio labbro inferiore con la lingua, e questa volta non mi ritrassi, aprendo la bocca e accogliendolo. Il suo sapore mi esplose tra le labbra mentre la sua lingua massaggiava la mia con passione e facendomi gemere. Quei baci sembravano migliorare ogni volta. Bruciavo dalla voglia di sentirmi toccare da lui, ma sapevo anche che i suoi erano a pochi metri di distanza, e che sapevano di noi due chiusi in quella stanza. Mi scostai dopo qualche minuto. Eravamo entrambi senza fiato. Mi stava passando lentamente le mani lungo tutto il corpo, dalla testa giù fino alla vita, e poi di nuovo su, mentre mi guardava con affetto.

Restai sorpresa dalla sua espressione. Quello che aveva detto sua madre era vero. Era sul serio innamorato di me; glielo leggevo negli occhi.

«Allora, cosa volevi sapere da me, Angel?», mi chiese, stringendomi i glutei tra le mani, con una leggera pressione. Riuscì quasi a distrarmi, con quel tocco; insomma, se fosse sceso appena un po' di più, spostandosi appena più al centro, sarebbe stato esattamente il punto in cui il mio corpo desiderava che fosse. Scossi il capo per togliermi dalla testa quei pensieri poco casti, e gli sorrisi, guardando il suo volto avvenente.

«Voglio sapere perché mi chiami Angel».

Lui mi guardò a bocca aperta e arrossì appena. Gli sorrisi, rassicurante. Lui mugugnò e scosse la testa. «No, non posso risponderti», gemette, con quella faccia da cucciolo a cui non riuscivo a resistere.

«Avanti, mi hai detto che avresti risposto a qualsiasi mia domanda», lo incoraggiai. Lui si accigliò e scosse di nuovo la testa. Okay, avrei tentato con un'altra tattica. «Per favore…», lo pregai, baciandolo sulle labbra. «Per favore…», ripetei, baciandolo ancora. «Ti prego…».

Lui mugolò e prese un profondo respiro, mentre lo baciavo sul collo. «Ti chiamo così perché credo che Dio abbia mandato un angelo sulla Terra solo per me», ammise, prendendomi il viso tra le mani e costringendomi a guardarlo negli occhi. Feci un respiro tremante. Quello che aveva detto Pat era vero. Sentii il cuore galoppare nel petto, mentre continuava: «La prima volta che ti ho visto ho pensato fossi un angelo del paradiso. Eri così bella che mi hai tolto il respiro. E continui a farlo, ogni giorno».

«Questa è la cosa più dolce che io abbia mai sentito, Liam», mormorai, baciandolo teneramente. Lui mi baciò di rimando, per poi spostarsi in modo che fossi sotto di lui. «Potrei baciarti per tutto il giorno», mormorai, mentre lui mi sfiorava il collo con le labbra, mordicchiandomi la pelle e facendomi gemere, senza fiato.

«Uhm, mi sembra un ottimo piano», mormorò contro la mia pelle. Gli avvolsi le gambe intorno alla vita e lo attirai più vicino, baciandolo con tutta la passione che provavo. Lui mi fermò le braccia sopra la testa e mi baciò di nuovo, prima di sfiorarmi con le labbra dalla guancia all'orecchio. «Ti amo, Angel», sussurrò.

Il cuore mi si fermò per un attimo e il corpo prese a fremere come dopo una scossa, ma non sapevo cosa dire. «Io… io… Liam, io…».

Lui mi baciò di nuovo, impedendomi di parlare. Sentii la presa sui polsi allentarsi e ne approfittai per allacciargli le braccia intorno al collo, attirandolo contro di me. «Non devi dirmi nulla. Provo questo sentimento da anni, ma tu hai smesso da pochi giorni di considerarmi l'amico idiota di tuo fratello. Volevo soltanto che lo sapessi, tutto qui. Ho atteso così tanto tempo, per potertelo dire», mormorò, spostandomi una ciocca di capelli dal viso. Gli strinsi forte le braccia intorno al collo e lo baciai su tutto il viso, prima di fermarmi infine su quelle labbra perfette.

Capitolo 12

Dovevamo esserci addormentati, perché mi svegliai con Liam aggrappato a me. Guardai il suo orologio. Santo cielo, erano già passate le nove! Jake doveva già essere a casa. Lo pungolai per svegliarlo. «Ehi, devo andare, sono passate le nove», gli dissi, cercando di liberarmi in tutta fretta.

Lui mugolò. «Altri dieci minuti, Angel», borbottò, assonnato.

Scoppiai a ridere; era così carino, quando era ancora mezzo addormentato. Ridacchiai, facendogli il solletico. «Liam, non è mattina, è ancora sera, ma devo andare. Jake si starà chiedendo dove sono finita!», spiegai, riuscendo finalmente a spostarlo e a rimettermi in piedi. Lui mugolò e cercò di attirarmi di nuovo a sé, stringendomi con tutte le forze e sorridendo assonnato. Ridacchiai. «Smettila! Devo andare», ripetei, ridendo mentre mi mordicchiava il lobo di un orecchio.

Liam scosse la testa. «No, non voglio che tu vada», mugugnò, baciandomi sul collo. Lo spinsi via, e lui borbottò. «Ma mi mancherai», si lamentò, facendomi ridere ancora di più.

«Ci vediamo tra un'ora. E comunque, ho dei compiti da fare», dichiarai, con un'alzata di spalle.

Lui sospirò, sconfitto. «Sì, anch'io», ammise, imbronciandosi. Mi rialzai e andai alla porta. «Ehi, un momento. Ti accompagno fuori». Mi prese per mano e attraversammo il corridoio.

Feci capolino in soggiorno. «Ciao, Pat. Ciao, Rick», salutai.

«A presto, tesoro», replicò Rick, senza distogliere lo sguardo dalla TV.

Pat mi sorrise. «Ciao, Amber. Vi siete divertiti?», mi chiese, ammiccando. Avvampai e annuii, dubitando del tono della mia voce, se avessi provato a parlare. Liam roteò gli occhi e mi portò verso l'ingresso, dove mi spinse delicatamente contro la porta per baciarmi finché non cominciò a girarmi la testa.

«Ci vediamo alle dieci e mezza, okay?», mi sussurrò, accarezzandomi una guancia.

Corsi subito a casa, girandomi a sorridere a Liam mentre entravo. Era lì sulla veranda, a controllare che arrivassi sana e salva a casa, a una decina di metri da lui.

Jake era seduto sul divano ad aspettarmi. Quando entrai mi guardò, gli occhi stretti per la rabbia. «Dove sei stata? Mi hai fatto preoccupare! Potevi lasciarmi almeno un biglietto, no?», esordì, scuotendo la testa con aria di rimprovero.

«Scusami, ero da Liam. Pat mi ha invitato a cena e ho pensato di accettare, visto che tu non eri a casa, così non sarei stata da sola», spiegai, con un'alzata di spalle.

«Adoro le cene di Pat!», mugolò lui, mentre la sua espressione si distendeva, passando dalla rabbia all'invidia.

«Be', e te ne sei persa anche una molto buona: ha fatto un pasticcio delizioso e molto altro ancora», lo provocai, sorridendo divertita mentre lui borbottava.

«Be', io mi sono goduto il mio formaggio grigliato», scherzò, facendomi ridere.

«Vado a fare i compiti». Mi girai e imboccai il corridoio per tornare nella mia stanza.

«Ambs, aspetta un attimo. Devo parlarti di una cosa», mi fermò lui, posando una mano sul divano per invitarmi a sedere.

Mi sistemai accanto a lui. «Che succede, Jake?», domandai, preoccupata. Sembrava teso.

Lui fece un profondo respiro. «Ho parlato con la mamma, stasera».

Sorrisi. «Sì? E sta bene? Sta tornando a casa?», chiesi, entusiasta, sperando di rivederla prima di un paio di settimane dalla sua partenza. Mi mancava molto, e i giorni che trascorreva con noi sembravano sempre troppo pochi.

Lui scosse la testa. «Mi ha detto una cosa, ma non voglio spaventarti. Non c'è niente di cui preoccuparsi, te lo giuro». Mi prese una mano e mi guardò con un sorriso triste.

Oh, merda, doveva essere una cosa brutta! «Di che si tratta?», domandai, immaginando già il peggio. Come minimo, ci saremmo dovuti trasferire in Cina. Oppure la mamma aveva perso il lavoro. O si stava per risposare, anche se questa non doveva per forza essere una brutta notizia, a meno che il suo fidanzato non fosse un idiota. Mi passarono nella mente mille pensieri diversi, ma l'ultima cosa che mi aspettavo fu quella che mi disse Jake.

«Papà l'ha contattata. Dice che vorrebbe vederci e farsi perdonare per quello che ha fatto», rispose infine, con un ringhio tra i denti, mentre la tristezza che mostrava si trasformava in una rabbia cieca.

Restai senza fiato. I miei polmoni si rifiutarono semplicemente di fare il loro dovere, mentre il cuore sembrava volermi esplodere nel petto. Cominciai a tremare. Quell'uomo voleva tornare a casa. Voleva rivederci. L'ultima volta che l'avevo visto, mi aveva strappato l'uniforme della scuola di dosso e mi aveva schiacciato sul pavimento mentre si slacciava i pantaloni. Stava per stuprarmi quando Jake e Liam erano arrivati e l'avevano riempito di botte. Oh, Dio, voleva tornare. Ripensai a tutte le volte in cui aveva picchiato me e Jake, a tutte le volte che mi aveva toccato quando eravamo da soli, alle parole che mi sussurrava, ai suoi sorrisi in segreto. Mi si annebbiò la vista e cominciai a iperventilare. Stavo per morire, lo sentivo; il mio corpo si stava spegnendo come per un blackout, incapace di sopportare i ricordi e il dolore.

Mi resi conto vagamente di qualcuno che urlava. «Lasciala andare. La posso aiutare!», gridò una voce che conoscevo.
«Chiama il 911, cazzo! Non respira!», sbottò Jake.
«Jake, lasciala! Ci penso io, promesso», ripeté l'altra voce, con urgenza.
Mi sentii spostare leggermente, e poi due braccia forti mi strinsero, attirandomi contro un petto muscoloso. Sentii un profumo inconfondibile, e riconobbi Liam.
Oh, grazie a Dio, Liam era lì! Il cuore iniziò a calmarsi mentre sentivo le sue labbra sul collo e il suo respiro che scendeva calmo e lento sulla mia schiena. Cercai di seguire quel ritmo anch'io. Mi concentrai sulla sensazione del suo battito regolare contro il petto, e i punti neri che avevo davanti agli occhi iniziarono a sparire. Dopo qualche minuto, ripresi il controllo delle braccia e le strinsi forte intorno alla sua vita, afferrandomi a lui come se fosse l'unica cosa che mi impedisse di sparire dal mondo. Mio padre stava tornando, ma c'era Liam, e non avrebbe permesso che mi accadesse nulla di male. Lo sapevo. Iniziai a sentirmi al sicuro, tra le sue braccia. Dopo un tempo che parve infinito, riuscii finalmente a scostarmi per guardarlo.
«Va meglio, ora?», mi chiese, prendendomi il viso tra le mani e premendo la fronte contro la mia.
Annuii, leccandomi le labbra, che per qualche motivo sapevano di sale. Poi capii che stavo piangendo. Mi asciugai il viso con le mani e tirai su con il naso. Lentamente, tornai a rendermi conto di ciò che avevo intorno; ero ancora in salotto. Vidi Jake seduto sul divano, sconvolto, che fissava me e Liam. Mi fissava a bocca aperta, con gli occhi spalancati. Pensai di scostarmi, ma non ci riuscii. Non potevo allontanarmi da Liam, lui era la mia sicurezza; era l'unico di cui avessi bisogno, l'unico che mi avrebbe permesso di restare calma e di non perdere la ragione in tutta quella situazione.

Jake si avvicinò e mi staccò dalle braccia di Liam, facendomi lamentare. Mi strinse in un forte abbraccio. «Dannazione, Amber. Non farlo mai più! Ho pensato che stessi morendo! Merda, mi hai terrorizzato», borbottò, cullandomi piano avanti e indietro.

«Ora sto bene», mormorai piano. Guardai di nuovo Liam per sentirmi rassicurata e vidi che non era più lì. Il panico riprese a salirmi nel petto e il respiro tornò a farsi rapido e superficiale. «Dov'è Liam?», ansimai, riprendendo a piangere. Oh, Dio, mi aveva lasciato sola!

Jake mi strinse più forte. «Shh, va tutto bene. Respira e basta. Shh», mormorò, ma non ci riuscivo, i polmoni erano stretti di nuovo in una morsa. «Merda!», sbottò mio fratello, guardandomi. «Liam, torna qui!», gridò.

Liam tornò correndo in salotto, con un bicchiere d'acqua che lasciò in tutta fretta sul tavolo, versandone la metà, prima di abbracciarmi di nuovo. «Va tutto bene, Angel», mi sussurrò, posandomi di nuovo le labbra sul collo.

Dopo un paio di minuti, quando riuscii a scostarmi, gli sorrisi, grata.

Jake sembrava arrabbiato. «Ma che diavolo significa? Voi due non state insieme, vero?», ruggì.

Liam sollevò una mano per fermarlo. «Senti, Jake, ne parleremo, ma non è questo il momento giusto, dopo quello che è successo. Devo assicurarmi che stia bene», dichiarò, serio in volto, mettendo fine al discorso.

Jake mi guardò dispiaciuto e annuì. «Scusami, Amber. Dovevo dirtelo, per essere sicuro che lo sapessi. Ma ti prometto che non permetterò mai che ti faccia del male. Non devi preoccuparti di nulla. Lo ucciderò, prima che possa toccarti», dichiarò, prendendomi una mano.

Sorrisi, ma probabilmente sembrò più una smorfia. «Lo so, Jake. Mi dispiace di averti fatto spaventare». Sollevai una mano tremante per asciugarmi di nuovo le lacrime.

«Non preoccuparti. Solo… non farlo di nuovo», mormorò, sorridendomi. Risi sommessamente e annuii.

Liam mi passò il bicchiere d'acqua che aveva portato e lo vuotai, grata. Notai che Jake controllava ogni mossa dell'amico, e lo guardava infastidito. «Smettila di guardarlo in quel modo, Jake, non ha fatto nulla di male», lo rimproverai, accigliandomi.

Lui scosse la testa, serrando la mascella e facendo un profondo respiro, nell'ovvio tentativo di calmarsi, prima di parlare. «Voi due state insieme», disse semplicemente, guardandoci entrambi per avere conferma di quanto aveva appena dichiarato. Mi agitai, a disagio. Okay, tanti saluti a quelle due settimane che speravo di avere.

«Sì», rispose Liam, annuendo. Serrò un braccio intorno alle mie spalle e io mi rifugiai contro di lui, desiderando che fosse tutto un incubo, e di potermi svegliare. Quel mostro di mio padre stava tornando, e mio fratello stava per picchiare il mio ragazzo.

«Da quanto tempo?», volle sapere Jake. Aveva le mascelle serrate, ma sembrava in grado di controllarsi.

«Da venerdì», replicò piano Liam. Sembrava sentirsi davvero in colpa, e sapevo che ero stata io a creare quella situazione, chiedendogli di non parlarne con Jake.

«Jake, lui voleva dirtelo subito, ma io gli ho chiesto di aspettare. Non voglio che voi due litighiate o peggio. Ti prego», lo implorai, guardandolo con un viso da cucciolo bastonato.

«Gli vuoi bene, Amber?», mi chiese Jake, chiudendo gli occhi, con aria triste e delusa.

«Sì», ammisi, pregandolo ancora con lo sguardo di accettare la cosa e di non arrabbiarsi, né incolpare Liam per quello. Ci sarei stata troppo male, se la loro amicizia fosse finita per colpa mia.

Lui annuì, ma non riaprì gli occhi. «Cos'era quella cosa che hai fatto, Liam? Come sei riuscito a calmarla così?», chiese poi, riaprendo gli occhi e guardandolo grato.

«Non lo so. È solo una cosa che la calma, tutto qui. L'ho sempre fatto», rispose Liam, stringendosi nelle spalle.

«L'hai sempre fatto? Cioè, l'avevi già fatto prima?», chiese ancora Jake, confuso.

«Sì, mi è capitato di doverla calmare, qualche volta», replicò Liam, tristemente. Pensai a quello che intendeva, a tutte le volte che mi aveva visto piangere, probabilmente ogni notte fino ai quattordici anni.

«Cosa? Quando? Io non ti ho mai visto farlo», protestò Jake, scuotendo la testa, ancora più perplesso. Feci un respiro tremante. Ora avrebbe scoperto che Liam dormiva nella mia stanza. Incrociai le dita e pregai che andasse tutto bene, e che non si infuriasse troppo con il suo migliore amico. Liam mi guardò, chiedendomi silenziosamente il permesso di dirglielo, io annuii e mi morsi un labbro, sapendo che prima o poi gliene avremmo dovuto parlare.

«Jake, ti prego, non ti arrabbiare», lo implorai, spostandomi in modo da mettermi di fronte a Liam, se mio fratello avesse deciso di saltargli addosso, o qualcosa del genere. Se c'ero io, forse avrebbe evitato di picchiare il mio ragazzo.

«Jake, ti giuro che non è mai successo niente», esordì Liam. Jake lo fissò, sempre più confuso. «Quando avevo dieci anni, l'ho vista piangere sul letto dalla finestra della mia camera. Allora sono andato da lei per capire se stesse bene, e mi sono addormentato nel letto con lei». Jake lo guardò come se volesse ucciderlo all'istante. «Poi è successo di nuovo la notte seguente, e quella dopo ancora. Lei piangeva, e allora andavo a consolarla, entrando dalla finestra. Dopo un po', è diventata un'abitudine», raccontò Liam, accigliandosi appena.

Jake saltò in piedi con i pugni serrati. Fissò Liam con gli occhi stretti e pieni di rabbia. In un lampo, lui mi prese per un braccio e mi mise dietro di sé, con tutta l'intenzione di proteggermi. Jake sgranò gli occhi, e poi la sua espressione si calmò. «Perché l'hai fatto?», domandò, sospirando e fissando Liam con attenzione.

«Fatto cosa?», chiese lui, perplesso, tenendomi ancora dietro di lui.

«Hai spostato mia sorella dietro di te», gli disse Jake, ora completamente calmo.

Liam scosse la testa, come se non avesse capito la domanda. «L'ho fatto perché non volevo che si facesse male, tutto qui».

Jake tornò a sedersi e si passò una mano tra i capelli biondi. «Vuoi davvero bene a mia sorella?», gli domandò, abbassando lo sguardo.

«Jake, io tua sorella la amo, e tu lo sai». Liam si sedette a sua volta sul divano e mi attirò a sé.

Mio fratello annuì. «E hai dormito nel suo letto, quando eravamo bambini», riprese, come se volesse assicurarsi di aver capito bene.

«Non solo quando eravamo bambini, è questo che volevo spiegarti. Lei continuava a piangere, e io a consolarla ogni sera. È diventata un'abitudine, finché non siamo più riusciti a dormire da soli», spiegò Liam, aggrottando la fronte.

Jake rialzò di scatto la testa. «Dormi ancora nella sua stanza? Ogni notte, da quando avevi dieci anni? Dannazione, Liam! Merda! Brutto stronzo idiota!», sbottò Jake, faticando quasi a pronunciare ogni parola, mentre faceva un passo verso di lui, con i pugni nuovamente serrati. Strinsi i denti. Oh, Dio, stava succedendo davvero!

Alzai le mani, cercando di fermarlo. «Jake, ti ricordi quando mi svegliavo urlando ogni notte?», gli chiesi, in tono disperato. Dovevo farlo ragionare in fretta, prima che finissero a picchiarsi.

Lui annuì, con una smorfia. «Sì, ma poi hai smesso di farlo verso gli otto anni».

Annuii. «Esatto, avevo otto anni. Ed è stato quando Liam ha cominciato a dormire con me. Non ho più gli incubi, grazie a lui», mormorai, sorridendo e stringendogli la mano.

«Invece sì! A volte ho dovuto dormire con te», protestò Jake.

«È vero, ma continuavo ad averli anche quando eri lì con me», ribattei. Jake sussultò e annuì, probabilmente al ricordo delle mie urla nel suo letto. «Da allora mi è successo poche volte di avere gli incubi, e succede solo quando Liam non c'è. Come quando è in vacanza, o cose del genere», spiegai, guardando mio fratello negli occhi e vedendo nel suo sguardo un lampo di comprensione. Restammo tutti in silenzio, per un po'. Liam mi accarezzava il dorso della mano; Jake fissava il pavimento.

Dopo quella che sembrò un'eternità, mio fratello guardò Liam. «Se fai soffrire mia sorella, migliore amico o meno, io ti ammazzo», lo avvertì. E capii che faceva sul serio.

«Non succederà, te lo prometto», disse Liam, sorridendogli rassicurante.

«D'accordo, okay. Io vado a letto. Ci vediamo domattina. Chiudete la porta a chiave, prima di andare a dormire», disse infine mio fratello, alzandosi e lasciandoci lì sul divano, sconvolti.

Guardai Liam; sembrava stordito quanto me. «Wow, è stato più semplice del previsto», commentò, sorridendomi e prendendomi il viso tra le mani.

Sorrisi, felice di non dover più nascondere nulla. «Andiamo a letto, Liam? Non me la sento di fare i compiti, voglio dormire e basta». Avevo bisogno di stringermi a lui nel letto, almeno per un po'.

Lui annuì, baciandomi sul naso. «Sì, devo soltanto tornare a casa per un po'. Jake mi ha chiamato e ha detto che avevi un attacco di panico, quindi sono corso qui senza neanche avvertire i miei». Mi accarezzò il viso con i pollici, dolcemente, per poi guardarmi con un sorriso dispiaciuto.

«Okay. Intanto andrò a letto e ti aspetterò lì», risposi, alzandomi e accompagnandolo alla porta.

«Ehi, dici che posso usare la porta, ora che Jake lo sa?», chiese sorridendo.

Risi al suo entusiasmo, ma poi scossi la testa. «No, i tuoi potrebbero vederti... a meno che tu non dica loro che dormirai qui».

Lui sorrise. «Mi piacerebbe troppo entrare dalla porta di casa tua, per una volta, e infilarmi nel tuo letto; non è mai successo prima».

Presi le chiavi e gliele porsi. «Ricordati di chiudere, quando rientri, okay?». Lo baciai su una guancia e mi allontanai verso la mia stanza.

Erano quasi le dieci, ma ero così esausta per le emozioni drammatiche che avevo provato da sentirmi come se non avessi dormito da giorni. Mi tolsi i vestiti, infilai la mia T-shirt preferita, quella che apparteneva a Liam, e mi addormentai all'istante. Un paio di minuti dopo, sentii due braccia stringermi all'altezza della vita e una gamba muscolosa posarsi sulla mia. Sorrisi, accoccolandomi contro di lui. Il mio ragazzo. Colui di cui avevo bisogno quando qualcosa andava male.

Quando Jake mi aveva allontanato da lui, quella sera, mi ero sentita strana, come se avessi perso il cuore. Fino a quel momento, non mi ero resa conto di quanto forte fosse il legame che avevo con Liam. Lui era tutto, per me. Quando poco prima avevo sentito il suo abbraccio, mi era sembrato di essere finalmente a casa, e il panico era svanito subito. Avevo la certezza che, finché fosse rimasto con me, sarei stata bene.

Mi raggomitolai contro di lui e lo sentii mormorare: «Ti amo», subito prima di scivolare nuovamente in un sonno profondo e senza sogni; questa volta, non dubitai delle sue parole.

Capitolo 13

Mi svegliai alle sei, con la sveglia. Mugolai, rendendomi conto di aver dimenticato di toglierla. A quanto pareva, non dovevo più buttare fuori Liam dal mio letto troppo presto. Mi girai e lo abbracciai. Lui, come al solito, non aveva sentito la sveglia. Probabilmente, avrebbe continuato a dormire anche in mezzo a un terremoto. Lo scrollai leggermente, decidendo di fargli uno scherzo.

«Sono le sei», gli sussurrai, scuotendolo di nuovo.

Lui mugugnò qualcosa e si alzò, ancora mezzo addormentato. «Okay, Angel. Ti amo. Ci vediamo più tardi». Mi baciò sulla fronte e si alzò dal letto, con gli occhi ancora mezzi chiusi. Non riuscii più a trattenermi e scoppiai a ridere. Lui mi fissò, confuso. «Shh! Perché stai ridendo?», domandò, aggrottando la fronte e infilandosi i jeans.

«Per quello che stai facendo», dichiarai, sorridendo divertita.

«Io? E cosa ho fatto?», sussurrò, tornando sul letto e scivolandomi addosso. Premette il corpo contro ogni centimetro del mio, ma senza pesarmi addosso. Mi guardò negli occhi, sorridendo soddisfatto per un po', e poi un lampo di comprensione gli passò sul viso. «Merda! Tuo fratello lo sa! E allora perché diavolo mi hai svegliato, Angel? Non devo andarmene», bofonchiò.

Gli strinsi le braccia intorno al collo e lo attirai a me per un lungo bacio. «Volevo solo farti uno scherzo. Ho dimenticato di togliere la sveglia e ho pensato che avremmo potuto sfruttare questo tempo in più per stare insieme».

Lui sorrise. «Vuoi stare con me?», mi provocò, baciandomi sul collo. Ansimai quando raggiunse il punto sensibile vicino alla clavicola.

«Uhm», mormorai, accarezzandogli la schiena e facendogli sentire il tocco lieve delle unghie. Gemette di piacere e scivolò sotto le coperte, baciandomi teneramente e tenendomi stretta a sé. Nient'altro, e mi fece sentire benissimo. Era davvero adorabile.

Uscimmo dalla mia stanza dopo le sette e mezza. Liam mi fece sedere su uno degli sgabelli della cucina e sorrise tra sé, sornione come un gatto che ha appena trovato un bocconcino prelibato. «Ehi, finalmente riuscirò a prepararti la colazione senza che mi rimproveri, oggi», gongolò.

Scoppiai a ridere e lo guardai prepararmi una tazza di cereali; sorrise e me la mise davanti, prima di farsi un toast. «Non mangi i cereali?», gli domandai, guardandolo divorare il pane tostato.

Lui scosse la testa, arricciando il naso. «Non mi piacciono. Sono umidi e mollicci». Finse un brivido, e imitò un conato di vomito.

Risi di nuovo. «Sei davvero strano, Liam», scherzai, sorridendo.

«Sai, mi sembra così strano essere trattato in modo gentile da te a colazione», disse sorridendo.

«Se vuoi posso essere antipatica», proposi, stringendomi nelle spalle.

Liam rise e scosse la testa. «No, grazie. Alla fine mi ci abituerò». Si sistemò al mio fianco. Mi girai a guardarlo mentre mi scostava dal viso una ciocca di capelli, indugiando con le dita sulla guancia e facendomi arrossire. «Sei davvero la ragazza più bella del mondo», sussurrò.

Il mio cuore perse un battito, per la sincerità che avvertivo nella sua voce, e per quei suoi occhi azzurri che scintillavano, nel fissarmi, facendomi sentire l'unica ragazza al mondo.

«Piantala! Ti ho dato il permesso di stare con mia sorella, ma non è che adesso devo vederti fare certe cose a colazione!», ringhiò Jake, entrando in cucina per prendere i cereali. Mollò il solito schiaffo sulla nuca di Liam, mentre passava.

Scoppiammo tutti a ridere, e Liam si portò alle mie spalle, abbracciandomi all'altezza della vita e posandomi la testa sulla spalla. «Grazie, Jake. So che mi avevi detto di starle lontano, ma...». Non concluse la frase, guardando mio fratello con gratitudine.

«Non c'è problema, Liam. Va tutto bene. Ma non voglio che ci siano guai, okay?», replicò Jake, sorridendo amichevolmente.

Liam mi strinse le braccia intorno al corpo. «No. Non succederà». Mi baciò piano una spalla e Jake finse di vomitare, facendomi ridere.

«Okay, piccioncini, sarà meglio arrivare a scuola un po' prima del solito, così potrete annunciare a tutti il lieto evento», commentò poi, alzando gli occhi al soffitto.

Liam sorrise e annuì. Io spalancai la bocca, scuotendo la testa. «Non ci penso neanche! Non possiamo farlo», sbottai, guardandolo. Lui mi sembrò di colpo ferito.

«Perché no?», mi chiese, prendendomi per mano e guardandomi, confuso.

Io lanciai uno sguardo a Jake; sapevo che non gli sarebbe piaciuto. «Be', ecco... c'è una scommessa in atto, giusto? La prossima che ti porterà a letto vincerà il jackpot. E quel denaro potrebbe esserci molto utile». Sbirciai verso Liam, a disagio, ma lui scoppiò a ridere.

Jake rischiò di soffocare con il succo di frutta. «Non dirlo neanche per scherzo! Non puoi farlo!», esclamò, scuotendo con forza il capo. «Non voglio che voi due facciate sesso! Neanche per sogno!».

Scoppiai a ridere, di fronte alla sua espressione infastidita e disgustata. «Jake, non facciamo sesso». Mi strinsi nelle spalle, facendolo calmare almeno un po'. «Ma quando succederà, voglio essere io a vincere quei soldi. Non ci riuscirò, se tutti dovessero sapere subito che sono la sua ragazza». Guardai Liam, incerta se avrebbe appoggiato o meno quel piano.

«Angel, non voglio che tu stia con me per una scommessa», dichiarò, aggrottando la fronte, un po' offeso.

Io gli sorrisi, seducente. «Pensi che sia quello il motivo per cui voglio stare con te? Credimi, playboy: non avrà niente a che fare con i soldi. Quello sarà soltanto un piccolo premio in più».

Lui si piegò in avanti e mi sussurrò all'orecchio: «Allora qual è il vero motivo?». Il suo respiro caldo mi mandò un brivido lungo la spina dorsale.

Mi morsi un labbro. «Uhmm, non ne sono sicura, ma penso che avrà qualcosa a che fare con te che mi implori in ginocchio», scherzai, ammiccando.

Lui scoppiò a ridere e mi baciò, stringendomi a sé e facendomi scorrere fremiti di desiderio nelle vene. Si scostò per guardarmi, e gli lessi lo stesso desiderio negli occhi. «Sai benissimo che potrei implorarti anche adesso».

Gli posai una mano sul petto e mi scostai, prima di rischiare di trascinarlo di nuovo in camera e strappargli di dosso i jeans e la camicia scura che indossava. «Oh, lo so, tesoro», dissi ridendo, cercando di riprendere fiato.

Sbirciai verso Jake, che ci fissava con gli occhi e la bocca spalancati per lo shock. «Ragazzi, non posso sopportare queste smancerie, davvero», bofonchiò, facendo una smorfia e scuotendo la testa.

«Okay, smancerie finite. Vorrei solo che non si sapesse ancora per un po' che stiamo insieme. Perché non guadagnare un po' da un fatto che comunque alla fine succederà? È così che la vedo io», ammisi, stringendomi nelle spalle.

Liam e Jake si guardarono. «Probabilmente è così. Ma ce la

farai a vincere? Voglio dire, la scommessa era di farmi lasciare con la mia ragazza, o qualcosa del genere?», domandò Liam, aggrottando la fronte.

Ridacchiai e scossi la testa. «No, me ne sono assicurata prima di partecipare. Si tratta della prima che riuscirà a "inchiodarti", per usare l'eloquente espressione di Jessica».

Liam scosse la testa, vagamente disgustato. «Non riesco a credere che le ragazze possano fare cose del genere».

Jake scoppiò a ridere. «Sai cosa? Potrei annunciare anch'io che sono impegnato. E poi potrei portarmi a letto una tipa a caso e dividere la vincita con lei», commentò allegramente, come se parlasse sul serio.

Liam mi prese per mano, conducendomi verso la porta. «Avanti, andiamo, prima che a tuo fratello vengano in mente altre idee geniali». Rise, scuotendo la testa verso Jake.

Liam mi fece l'occhiolino, mentre parcheggiavamo davanti alla scuola. C'erano più ragazze del solito, ad aspettare lui e mio fratello. Si lanciarono tutte su di lui, appena aprì lo sportello. Come al solito, Jessica era in prima linea.

Ridacchiai. «In bocca al lupo, tesoro», gli sussurrai, ammiccando, prima di allontanarmi, ancheggiando di proposito. Sapevo che mi stava guardando. Quando arrivai all'entrata, mi guardai indietro e lo vidi staccarsi una ragazza da un braccio, con un'espressione disgustata sul viso. Dovevano esserci almeno venticinque ragazze intorno a lui, che aveva un'aria quanto mai infastidita. Risi e andai a cercare i miei amici; come sempre, erano intorno agli armadietti.

«Ehi, gente», cinguettai, raggiungendoli.

«Wow, qualcuno è di buonumore, oggi! C'è un motivo in particolare?», chiese Sean, sorpreso, vedendomi così allegra.

«No, nessuno. Ho solo visto Liam assalito da qualcosa come venticinque ragazze. Sembra infastidito, e la cosa mi ha divertito parecchio», spiegai, sogghignando. Proprio in quel momento, mi oltrepassò insieme a Jake. Aveva ai fianchi due ragazze che flirtavano con lui, e forse un'altra decina dietro. Scoppiai a ridere e lui mi lanciò un'occhiataccia, facendomi ridere ancora di più.

«Non mi sorprende che gli vadano tutte dietro. Sai a quanto è salito il jackpot, ora?», mi chiese Kate, ammiccando.

Annuii. «Sì, lo so. Sarah mi ha detto che ha superato i milleottocento dollari. Non riesco a crederci». Scossi la testa, con aria di disapprovazione, cercando di non immaginare come sarebbe stato vincere tutti quei soldi.

Kate, Sarah e Sean si scambiarono uno sguardo, prima di scoppiare a ridere. «Quello era il totale di ieri. Oggi è arrivato a quattromiladuecento», dichiarò Kate. Impallidii, mentre il cuore mi sprofondava nel petto. Santo cielo! Non riuscivo neanche a calcolare quante ragazze dovevano aver partecipato alla scommessa. Qualcosa come duecento, e tutte volevano andare a letto con il mio ragazzo!

«Oh, mio Dio. Veramente?», chiesi, cercando di inghiottire il nodo che mi si stava formando in gola. Il pensiero di tutte quelle ragazze che provocavano Liam mi fece sentire male. Kate annuì, comprensiva, come se mi avesse letto nel pensiero. Sarah e Sean invece sembravano solo divertiti, perché non sapevano che io e Liam stavamo insieme. Fortunatamente, la campanella suonò, e ci avviammo tutti in classe.

All'ora di pranzo, decisi di cominciare a fingere anch'io di correre dietro a Liam. Insomma, le altre ragazze dovevano credere che ci stessi almeno provando. Non potevo annunciare da un giorno all'altro che ero stata a letto con lui, quindi serviva che mi vedessero prendere parte alla competizione. Non ne avevo parlato con lui, ma flirtarci un minimo a pranzo non mi sembrava un grosso problema. Portando il vassoio al solito tavolo, mi voltai verso i miei amici.

«Ragazzi, voglio provarci anch'io con Liam, per quella scommessa. Andiamo a sederci con mio fratello, okay?».

Kate mi lanciò uno sguardo consapevole e ammiccò, mentre ci dirigevamo tutti al tavolo designato. Che era pieno di ragazze, tutte intente a flirtare senza ritegno con Liam. Sorrisi, vedendo la sua espressione; sembrava ancora più infastidito di prima. Osservai la ragazza che gli sedeva accanto; aveva già finito di pranzare e lo guardava intensamente, con un'espressione maliziosa sul viso.

«Ehi, Sally. Ho sentito che qualcuno ti ha ammaccato la macchina nel parcheggio. Spero non siano stati danni gravi», esordii, con aria innocente.

Lei spalancò gli occhi e scattò in piedi. «Merda! È la macchina di mia madre!», esclamò, girandosi e correndo fuori dalla mensa. Sentii i miei amici scoppiare a ridere, alle mie spalle, mentre si sistemavano più giù, lungo il tavolo.

«Ciao, Liam». Sorrisi e mi sistemai accanto a lui.

«Ciao, Angel», replicò, sorridendomi. Mi guardai intorno e notai le occhiatacce delle altre ragazze al tavolo, dovute al fatto che lui mi avesse già sorriso. «Qualcuno ha ammaccato la macchina di Sally?», chiese, dando un morso al suo sandwich al tonno.

Mi strinsi nelle spalle e scossi la testa. «Nah. Volevo solo sedermi qui».

Lui scoppiò a ridere. «Lo sapevo che mi desideravi», mi provocò, facendomi l'occhiolino.

«Be', e chi non ti desidera?», risposi, sorridendo divertita e guardandomi intorno, mentre le altre ragazze mi lanciavano occhiate omicide. Presi la bottiglia d'acqua e finsi di non riuscire ad aprirla. «Liam, per favore, puoi aprirla per me?», gli domandai, sporgendo appena il labbro inferiore.

«Angel, non fare smorfie», scherzò lui, sogghignando e prendendo la bottiglia. La aprì senza problemi e me la restituì.

«Grazie», sorrisi. «Wow, non mi ero mai resa conto di quanto fossi forte. Devi allenarti un sacco, eh?», commentai, facendogli scorrere un dito lungo il bicipite, e mordendomi maliziosamente un labbro. Lui mi fissò la bocca con occhi carichi di desiderio. Dall'espressione che aveva sul viso, capii che stava facendo uno sforzo eroico per evitare di baciarmi. Non rispose. «Allora? Non ti alleni un sacco? Perché credo proprio che tu lo faccia, insomma, il tuo corpo è... uhm...». Non conclusi la frase, fissandolo da capo a piedi, lentamente.

Lui deglutì. «Ehm, sì, be', un po'», borbottò, continuando a fissarmi sconvolto e confuso.

Non volevo esagerare, stavo solo cercando di rendere più credibile la mia vittoria, quando fosse arrivato il momento. Distolsi lo sguardo e iniziai a mangiare, lentamente, lasciando la forchetta in bocca più del necessario. «Oh, Dio», mugolai, chiudendo gli occhi e masticando piano. «Che buono», ansimai. Lo sentii gemere piano accanto a me, e capii che aveva sentito quei miei piccoli versi di piacere. Sbirciai verso di lui. «Liam, prova questo», lo provocai, in tono seducente. Aveva un'espressione quasi dolorante sul viso, mentre mi fissava con le labbra dischiuse. Scosse piano la testa, come a scacciare un pensiero persistente, e trattenni una risatina. Oh, merda, me l'avrebbe fatta pagare per tutto questo, più tardi.

«Ehm... okay», rispose infine. Io sorrisi e presi una forchettata di pasta per imboccarlo.

Un maccherone gli finì sui jeans. «Oops, scusami!». Lo guardai, con una smorfia dispiaciuta.

«Non c'è problema, Angel». Sorrise e si pulì con una mano.

Okay, potevo usare quell'inconveniente a mio vantaggio! Presi un fazzoletto, iniziando a pulirgli i jeans. La macchia era a metà coscia, quindi mi assicurai di risalire leggermente, fissandolo da sotto le ciglia. Lo sentii deglutire forte, mentre una lieve protuberanza cominciava a formarsi all'altezza dell'inguine. Si affrettò a coprirla con un braccio.

«Ecco fatto», sussurrai, maliziosa.

«Ehm... grazie», borbottò lui, chiudendo gli occhi e sospirando.

Sorrisi, trionfante. Ah! Beccatevi questa, ragazze! Mi guardai intorno e notai che mi stavano guardando tutti. Le ragazze avevano sul viso un'espressione sconvolta o furiosa. Ridacchiai e ammiccai a Jessica, che era rossa di rabbia.

«Sarà meglio che vada. Devo parlare con la professoressa Francis del mio progetto di scienze», dichiarai, alzandomi e sorridendo da un orecchio all'altro.

Liam mi prese per mano e mi costrinse a sedermi di nuovo. «Che pensavi di fare?», bisbigliò, confuso.

Mi strinsi nelle spalle e sorrisi, divertita. «Non posso essere amichevole con te, Liam? Insomma, dopotutto sei il migliore amico di mio fratello, no? Sei sempre a casa mia... quindi ho pensato di essere gentile».

«Gentile. Certo», replicò, sogghignando malizioso.

Gli feci l'occhiolino e mi alzai per raggiungere i miei amici. Mentre oltrepassavo Jessica e le cheerleader, mi chinai a sussurrarle all'orecchio: «Prova a fare di meglio». Poi scoppiai a ridere.

Presi Kate per mano e la allontanai un po' da Sarah e Sean, che chiacchieravano di una galleria d'arte che lei voleva andare a visitare nel weekend. Sarah era appassionata d'arte. «Kate, credo che dovrei iniziare a prendere la pillola. La prescrivono ancora in quel consultorio familiare su Rose Street?», le domandai. Lei annuì di rimando. Sapevo che poteva darmi quell'informazione. Aveva avuto un piccolo incidente, un mese prima, con un preservativo rotto, ed era andata lì per farsi prescrivere la pillola del giorno dopo.

«Sì, ricevono dalle quattro alle otto», replicò, lanciandosi uno sguardo alle spalle per assicurarsi che nessuno potesse sentirci. «Allora, hai deciso, eh? Sono così contenta per te. E fai bene a scegliere di prendere la pillola. Vuoi che ti accompagni?», mi chiese, con nonchalance. Sapevo che voleva aiutarmi: era la migliore amica che si potesse avere.

«Non sono ancora pronta, ma non voglio avere sorprese.

Insomma, serve un po' di tempo perché funzioni, giusto? Non ti dispiace accompagnarmi, allora? Ne sarei davvero felice», ammisi, rivolgendole uno sguardo grato. Ero un po' preoccupata di andarci da sola, e non mi sembrava giusto chiedere a Liam di accompagnarmi. Non era proprio una cosa da maschi.

«Ma certo che no! Tu mi ci hai accompagnato tante volte». Mi prese a braccetto. «Ho anche la macchina, oggi, quindi non dovremo andarci a piedi».

Sorrisi. «Grazie, Kate». Sospirai soddisfatta e andammo agli armadietti. Presi i libri per le lezioni del pomeriggio, infilandoli nello zaino. «Devo soltanto dire a Jake che ci vediamo direttamente a casa. Poi ti raggiungo in classe», spiegai, girandomi verso l'armadietto di mio fratello. Lo vidi lì con Liam e altri amici della squadra di hockey. «Ciao, ragazzi», cinguettai, raggiungendoli. Mi fissarono tutti. Sapevo di piacere ad alcuni di loro: era ovvio, dal modo in cui mi guardavano. Ma nessuno ci aveva mai provato con me, probabilmente per via di Jake.

«Ciao, Amber. Come va?», mi chiese Casey, fissandomi da capo a piedi.

«Bene, grazie, e tu?», risposi, gentile.

«Ora che ti ho vista, molto meglio», replicò lui, con un sorrisetto malizioso.

Jake gli mollò un pugno sul braccio, facendomi ridere. «Amico, è mia sorella!», esclamò con rabbia.

«Jake, volevo dirti che non tornerò a casa con te, oggi pomeriggio. Kate mi ha chiesto di accompagnarla da una parte, dopo la scuola. Ci vediamo a casa, appena ho finito», gli dissi, sorridendo. Lo vidi aggrottare la fronte, un po' deluso.

«Be', stasera lavoro, quindi doveva essere Liam ad accompagnarti a casa», replicò, stringendosi nelle spalle con noncuranza.

Guardai Liam e sorrisi. «Sì, giusto. L'avevo dimenticato. Mi dispiace di non poter venire con te». Mi sorrise di rimando, e il mio cuore perse un battito. Era così bello! Mi voltai per andarmene, ma poi mi fermai di nuovo, mentre mi veniva in mente un'idea. Mi girai e lo guardai maliziosamente. «Oh, a proposito, Liam... il jackpot è arrivato a oltre quattromila dollari, ormai. Sono più di duecento ragazze».

Sgranò gli occhi. «Stai dicendo sul serio?», domandò, sconvolto, e anche un po' spaventato. Jake scoppiò a ridere e gli altri ragazzi ci guardarono come se fossimo impazziti.

«Sto dicendo sul serio», confermai, ammiccando a Liam e allontanandomi, mentre ridacchiavo della sua espressione disgustata.

Dopo la scuola, Kate mi accompagnò al consultorio familiare. Presi il numero all'ingresso e, non essendo mai stata lì prima d'allora, dovetti riempire una tonnellata di moduli con i miei dati personali, la mia attuale vita sessuale e i miei precedenti medici. Dopo circa un'ora di attesa, mi fecero entrare in un piccolo ambulatorio, dove una signora mi stava aspettando.

«Buonasera, Amber. Entra pure», mi disse, sorridendo e indicando una sedia.

«Salve», risposi, un po' nervosa, sedendomi davanti a lei.

«Non devi preoccuparti, non mordo mica!», esclamò ridacchiando lei. Sorrisi, senza riuscire a placare la tensione. «Allora, cosa posso fare per te?», mi chiese, controllando i moduli che avevo riempito.

«Ecco, io e il mio fidanzato abbiamo una relazione piuttosto seria e iniziavamo a pensare di voler fare sesso, quindi vorrei iniziare a prendere la pillola. Posso farlo qui, o devo andare dal mio medico?», domandai, torcendomi le mani e arrossendo.

La donna sorrise gentilmente. «Puoi farlo qui senza problemi. Vedo che sei ancora vergine», mi disse, controllando ancora i moduli.

«Ehm, sì, infatti». Arrossii ancora di più, desiderando che il pavimento mi inghiottisse.

«Non devi sentirti imbarazzata, Amber. Penso che sia una bella cosa. Vedo così tante ragazze della tua età che non pensano alla pillola finché non è troppo tardi. È bello sapere che ci sono anche giovani donne responsabili come te», dichiarò, posando una mano sulla mia. Sospirai di sollievo e sorrisi. Pensavo che mi avrebbe fatto un lungo discorso sull'inopportunità di fare sesso alla mia età e che avrei dovuto aspettare di più. «Okay, mi servono solo alcune informazioni in più, come la pressione sanguigna, il peso e simili. Poi possiamo parlare della pillola che potrebbe andare meglio per te, d'accordo?».

Dopo che la dottoressa mi ebbe controllato la pressione e il peso ed ebbe calcolato il mio indice di massa corporea, tornammo a sederci alla scrivania. «Molto bene, ti consiglierei la pillola combinata. Si prende ogni giorno, alla stessa ora, per tre settimane, e poi si sospende per una settimana, in cui avrai il ciclo. È molto efficace ed è adatta alle donne giovani», spiegò sorridendo.

Annuii e le sorrisi di rimando, perché tutto sembrava semplice e chiaro. «Mi sembra perfetto».

La dottoressa prese il ricettario e annotò la prescrizione. «Puoi prendere le confezioni nello studio accanto a questo. Ti ho fatto una prescrizione per tre mesi, così poi tornerai per un controllo e vedremo come procede. La prossima volta, se sarà tutto a posto, la continuerai a prendere per sei mesi», mi spiegò.

«D'accordo, grazie». Le sorrisi, grata, perché mi aveva reso tutto più facile di quanto avessi pensato.

«Ti lascerò un libretto da leggere, ma le cose importanti sono queste: devi ricordarti di prenderla ogni giorno alla stessa ora, e dovrai prenderla sempre tranne nella settimana di pausa». Sorrise e mi passò la prescrizione. «Assicurati di leggere tutto, così saprai cosa fare se per caso ne dimentichi una, o se dovessi vomitare dopo averla presa, perché in questi casi potrebbe non essere più efficace. Inoltre, ti lascio questi, così sarai protetta mentre il tuo corpo si abitua alla pillola, okay?». Prese una manciata di preservativi e li mise in una busta di carta, per poi porgermela.

«Oh, grazie» borbottai, prendendoli con uno sguardo di gratitudine.

«Grazie a te per essere venuta, Amber. Ci vediamo tra tre mesi». Si alzò e mi tese la mano, facendomi capire che la visita era conclusa.

Le strinsi la mano, sorridendo. «Grazie ancora». Uscii dall'ambulatorio, sorridendo da un orecchio all'altro. Wow, era stato più facile del previsto!

«Allora, come è andata?», mi chiese Kate, alzandosi dalla sedia nella sala d'aspetto.

«Tutto bene. Devo portare la prescrizione in quello studio, e poi abbiamo finito». La presi a braccetto, portandola con me verso la porta.

«Wow, non riesco a credere che farai sesso con Liam James!», pigolò, eccitata.

«Non ancora, Kate. Devo capire se è davvero deciso ad aspettarmi. Io non sono ancora pronta», ammisi, con sincerità.

«Ti aspetterà. Sembra davvero pazzo di te». Kate mi sorrise e io sospirai. Speravo che avesse ragione. Recuperai le pillole e lei mi accompagnò a casa. Jake era ancora al lavoro, così mi preparai un sandwich e mi misi a studiare. Una volta finito, lanciai uno sguardo all'orologio. Erano soltanto le otto e mezza; avevo ancora un'ora, prima che mio fratello tornasse a casa.

Sorrisi e presi il cellulare, chiamando Liam, quasi incapace di contenere l'entusiasmo. «Ehi, Angel», mi rispose, sembrando anche lui felicissimo.

«Ciao. Ti va di venire?», gli chiesi, mordicchiandomi il labbro, eccitata.

«Certo che sì. Arrivo subito», rispose, per poi chiudere la telefonata. Corsi in camera a sistemarmi i capelli. Ridacchiai, rendendomi conto di essere diventata una di quelle ragazze che vogliono sempre essere perfette per il loro fidanzato. Tornai in salotto, proprio mentre lui entrava dalla porta d'ingresso.

«Ciao». Gli sorrisi.

Mi prese tra le braccia e mi baciò con passione, facendomi scalpitare il cuore e riempiendomi lo stomaco di farfalle. Poi si scostò. «Ciao», sussurrò, e provai un fremito di pura felicità. «Dove sei stata? Mi sei mancata», soggiunse, affondandomi il viso tra i capelli e inspirando il mio profumo.

Ridacchiai, scostandomi. «Wow, cosa sei, una specie di inquietante feticista dei capelli?», scherzai, prendendolo per mano e tirandolo sul divano, dove ci sedemmo entrambi.

Rise e mi prese per la vita, attirandomi sulle sue ginocchia in modo che gli restassi a cavalcioni. «Mi sei mancata moltissimo, oggi. Non sopporto di vederti senza poterti toccare. E poi che diavolo hai combinato, a pranzo? Ti diverti a provocarmi fino a farmi impazzire?», mi chiese, serio.

Gli passai le dita tra i morbidi capelli scuri e ridacchiai, sentendomi in colpa. «Devo fare in modo che la mia vittoria sembri credibile. Non posso andare da Jessica e dirle semplicemente: "Sì, ho vinto la scommessa", no?», gli domandai, in tono innocente.

Lui scosse la testa, ancora accigliato. «Ma hai esagerato. Insomma, sai quanto è stata dura non saltarti addosso?», scherzò.

Annuii e mi morsi un labbro per non ridere. «Oh, sì, l'ho visto quant'era duro», scherzai, sollevando le sopracciglia con fare malizioso e facendolo ridacchiare.

«Uhm, certo. Dove sei stata, comunque? Speravo di passare

un po' di tempo con te, stasera». Mi attirò a sé e mi baciò sul collo, facendomi mordere le labbra e provocandomi brividi meravigliosi.

Mi scostai e mi alzai in piedi, andando a prendere dallo zaino la busta marrone del consultorio. Tornai a sedermi sulle sue ginocchia, e gli porsi la busta. Lui mi fissò, confuso, per poi guardarci dentro. Dalla perplessità iniziale, la sua espressione si fece dapprima seria, poi felice, e infine infastidita. Come? Infastidita? Perché diavolo doveva arrabbiarsi con me?

«Sei andata a fare queste cose da sola?», mi chiese, accigliandosi.

Scossi la testa, confusa dalla sua reazione. «Non sono andata da sola, mi sono fatta accompagnare da Kate», spiegai, allacciandogli di nuovo le braccia al collo.

«Perché non me l'hai detto? Sarei venuto con te», mi disse, stringendomi a sé, ancora infastidito.

«Liam, ho solo pensato che… ecco… non è un posto dove portare il proprio ragazzo. Volevo prendere la pillola e Kate si è offerta di accompagnarmi». Mi strinsi nelle spalle. Non riuscivo a capire perché ci fosse rimasto così male.

«Angel, io ti amo, e sarei venuto con te. Avrei preferito che me lo dicessi», mormorò, con tristezza.

«Che differenza fa? Non pensavo tu volessi venire», borbottai, confusa. Perché diavolo reagiva in quel modo? Ero soltanto andata a farmi prescrivere la pillola, in modo da poter fare sesso con lui! Non sarebbe dovuto esserne contento?

«Non pensavi che sarei voluto venire? Angel, questa faccenda riguarda anche me. Vorrei che facessimo tutto insieme. Siamo una coppia, una squadra. Mi dispiace che tu abbia pensato che non sarei venuto con te», mi spiegò, baciandomi sulla fronte.

«Liam, mi dispiace, davvero. Non ci avevo pensato. Credevo che ai ragazzi questa cosa non potesse interessare. Pensavo che saresti stato contento che avessi preso l'iniziativa», risposi, guardandolo dispiaciuta e pregandolo con lo sguardo di capire che non era stata mia intenzione ferirlo.

«Sono contento che tu abbia preso l'iniziativa, ma io non sono come gli altri ragazzi. Io ti amo. E gli altri ragazzi non amano le loro fidanzate come io amo te. Questa tua decisione è stata importante, e sarei voluto essere al tuo fianco per incoraggiarti», dichiarò, baciandomi teneramente.

Feci un respiro profondo, provando un rimorso enorme per quello che era successo. Non ci avevo davvero pensato. «Mi dispiace di non avertelo detto o di non averti chiesto di accompagnarmi. Dovrò tornarci tra tre mesi per un controllo... Vuoi venire con me?», gli chiesi, sorridendo e premendo la fronte contro la sua.

Lui scoppiò a ridere. «Nah... non ci tengo proprio», scherzò, arricciando il naso e alzando le spalle.

Risi e lo colpii scherzosamente sulla spalla. «Stronzo», borbottai in tono scherzoso, facendolo ridere ancora di più. Lo spinsi giù sul divano e mi sdraiai su di lui, baciandolo. Quando mi scostai, eravamo entrambi senza fiato. Mi stava guardando con gli occhi pieni di desiderio e sentivo la sua erezione attraverso i jeans. «Liam, solo perché ora inizierò a prendere la pillola... non vuol dire che mi senta pronta ad andare oltre. Questo lo sai, vero?», sussurrai, con una smorfia, sperando di non aver alimentato le sue speranze, e che ora non si aspettasse che gli concedessi subito un rapporto completo.

Lui sorrise e mi scostò una ciocca di capelli dal viso, sistemandomela dietro un orecchio. «Angel, lo so. E non c'è problema. Accetterò i tuoi tempi. Basta che tu mi permetta di fare questo». Mi attirò di nuovo a sé, baciandomi. Sorrisi contro le sue labbra e mi sentii felice, più di quanto non mi sentissi da anni. Era così dolce! Pregai soltanto di riuscire a essere pronta al più presto per compiere quel passo in avanti con lui, prima che si stancasse o fosse così frustrato da tornare da quella sgualdrina di Jessica.

Dopo esserci coccolati per quasi un'ora, sentimmo una macchina fermarsi sul vialetto. «Dannazione, deve essere Jake», sussurrai, cercando di scostarmi da Liam. Mi risollevai a sedere, sistemandomi i capelli e sperando che non si vedesse cosa avevamo fatto per tutta l'ora precedente.

Liam scoppiò a ridere e mi attirò a sé sul divano. «Jake non avrà problemi. Avanti, dovrà pure abituarcisi, prima o poi. Ci vedrà mentre ci baciamo, di tanto in tanto», commentò, ridacchiando contro il mio collo. Sorrisi, e mentre gli intrecciavo le dita tra i capelli sentii la porta d'ingresso aprirsi, e Liam alzò di scatto la testa per dare un'occhiata, con un sorrisetto sulle labbra. A quanto pareva, gli piaceva prendere in giro Jake.

«Oh, avanti, ragazzi! Cosa vi avevo detto stamattina riguardo alle smancerie?», mugugnò mio fratello, lasciando le chiavi sul tavolo.

Liam sbuffò, roteando gli occhi, e si risollevò, attirandomi seduta accanto a lui. «Meglio?», gli chiese, sogghignando maliziosamente.

Jake sospirò e roteò gli occhi a sua volta. «Immagino che mi ci abituerò», borbottò. Liam mi sorrise e non potei fare a meno di sorridergli anch'io. Mi passò un braccio intorno alle spalle e mi tenne la mano nella sua, intrecciando le dita alle mie.

Jake si sedette sul divano di fronte al nostro, guardandoci con aria seccata. Ridacchiai a quell'espressione e mi alzai. «Vado a fare i compiti. Voi potete fare a meno di me per un po', giusto?». Ammiccai a entrambi. Avevo la sensazione che avessero bisogno di un po' di tempo soltanto per loro, dopo tutte le rivelazioni del giorno prima. Del resto, erano migliori amici.

«Sì, certo. Ti va di giocare ad Halo, Jake?», propose Liam con entusiasmo. Jake si alzò subito per accendere l'Xbox e io sorrisi, soddisfatta. Sì, sembrava tutto tornato alla normalità. Presi la busta marrone e mi avviai verso la mia stanza, ridacchiando quando Liam mi mollò una pacca sul sedere, rivolgendomi un fischio di ammirazione. Avevo già finito i compiti, quindi decisi di godermi un bel bagno caldo. Riempii la vasca, aggiunsi tanto bagnoschiuma e poi presi un libro e mi immersi, rilassandomi. Mi persi nella storia.

Ero così presa dal romanzo che stavo leggendo, da non accorgermi della porta del bagno che si apriva. «Questa sì che è una scena sexy», mi sussurrò Liam, con voce sensuale, proprio lì accanto.

Strillai, rischiando di far cadere il libro nell'acqua. «Merda! Mi hai spaventato a morte, Liam!», esclamai, cercando di placare il cuore che mi batteva all'impazzata. Mi portai le ginocchia al petto e cercai di coprirmi il più possibile, in modo che non vedesse niente di inappropriato. Fortunatamente per me, c'era ancora tanta schiuma a darmi una mano.

Lui scoppiò a ridere. «Scusami. Ehi, posso entrare?», mi chiese, per poi inginocchiarsi accanto alla vasca e infilare le dita nell'acqua. Le tirò fuori all'istante, scuotendo la testa. «Non importa. È gelata!». Si asciugò la mano, accigliandosi.

«Liam, per favore, potresti uscire di qui? Non è divertente!», esclamai, arrossendo.

Mi sorrise impertinente e si piegò a baciarmi sulle labbra, prima di girarsi e uscire. «Stavo solo scherzando. In realtà non mi ero accorto che fossi qui. Comunque dovresti uscire, quell'acqua è davvero fredda. Quanto tempo ci sei rimasta dentro?», mi chiese, scuotendo la testa.

«Sì, è un po' fredda», ammisi. Ero così presa dalla storia che stavo leggendo da non essermi resa conto che l'acqua era diventata fredda e che avevo ormai la pelle d'oca. Liam mi sorrise e si voltò per tornare alla mia stanza, chiudendosi la porta del bagno alle spalle per darmi un po' di privacy. Tolsi il tappo alla vasca e posai il libro sul bordo, alzandomi. Presi il telo e me lo avvolsi intorno al corpo. A quel punto mi resi conto che non avevo portato in bagno un cambio. Adesso iniziavo davvero a sentire freddo, e mi battevano i denti. Non potevo starmene lì tutta la notte, dovevo andarmi a infilare il pigiama. Non era un grosso problema; Liam mi aveva già visto con soltanto un telo addosso, prima di quel momento.

Entrando nella mia stanza, lo vidi sdraiato sul letto. «Ehi», borbottai, sentendomi un po' a disagio, mentre mi infilavo un paio di shorts sotto all'asciugamano.

«Cielo, Angel, potevi finire in ipotermia, o qualcosa di simile», mi rimproverò, guardandomi preoccupato. Mi prese per mano e mi attirò sul letto, facendomi sedere sul bordo mentre entrava in bagno, uscendone con un altro asciugamano. Mi strofinò le braccia e le spalle, asciugandomi rapidamente.

Ero felice di non essermi lavata i capelli, sollevandoli in un disordinato chignon, altrimenti avrei avuto ancora più freddo. Mi strinse a sé, chiudendo le labbra su ognuno dei miei polpastrelli, che somigliavano ormai a prugne secche, scaldandoli uno alla volta. Era una cosa decisamente sensuale. Piegai la testa di lato e lo baciai, cogliendolo quasi di sorpresa. Dopo un secondo o due, reagì, baciandomi a sua volta. Gli succhiai piano il labbro inferiore, e lui aprì la bocca, permettendomi di scivolare al suo interno con la lingua. Gemette, rauco, e io gli allacciai le braccia al collo, stringendogli i capelli tra le dita e strattonandoli appena. Mi strinse a sé, approfondendo il bacio. Dopo quella che sembrò un'eternità, eppure al tempo stesso non abbastanza, si scostò, respirando affannosamente. Ma le sue labbra non si staccarono da me. Mi baciò sul collo, succhiando la pelle vicino alla clavicola e facendomi mugolare e agitare tra le sue braccia.

Avevo ancora freddo e i denti ripresero a battermi, rovinando il momento. Lui si ritrasse, ridendo. «Andiamo sotto le coperte, così potrai scaldarti». Si tolse la T-shirt con un unico movimento fluido e non potei fare a meno di ammirare il suo petto scolpito. Sentii un movimento, e tutto divenne buio per qualche secondo, togliendomi quella vista meravigliosa. Sorrisi, rendendomi conto che mi aveva tirato la maglietta in testa.

«Liam, se volevi farmi scaldare, ti sarebbe bastato spogliarti», mormorai, mordendomi un labbro e tornando ad ammirare pettorali e addominali, con la voglia improvvisa di passarci sopra la lingua.

Lui rise e mi abbracciò. «Angel, non potresti mai essere più calda di così, fidati. Sarebbe illegale», replicò scherzoso, baciandomi sulle labbra. Mi tolsi di dosso il telo umido, lasciandolo scivolare a terra, poi mi prese tra le braccia. Gli avvolsi le gambe intorno alla vita mentre mi portava all'estremità del letto e scostava le coperte, con me ancora aggrappata a lui come una scimmietta. Si infilò sotto, coprendo completamente entrambi, e si scostò per parlarmi nella semioscurità. «Mi sei mancata, stasera. Perché non sei rimasta a giocare con noi?», mi chiese a mezza voce.

«Ho pensato che tu e Jake aveste bisogno di un po' di tempo da trascorrere insieme. Non avete più parlato da soli da quando ha saputo di noi. È il tuo migliore amico, quindi dovrai trovare un equilibrio. Non puoi passare tutto il tempo a cercare di entrare nelle mie mutandine, lo sai», scherzai.

«Ma io adoro tentare di entrarti nelle mutandine», si lamentò lui, in tono giocoso e rivolgendomi la sua migliore espressione da cucciolo, facendomi ridacchiare. Mi stavo scaldando, finalmente. Il calore del suo corpo contro il mio e il nostro respiro tiepido sotto alle coperte faceva sembrare quell'alcova di lenzuola in cui ci eravamo rifugiati quasi una sauna. O forse era la passione che provavo a farmi sentire così caldo. «Immagino che tu abbia ragione. Jake era contento, stasera, mi ha detto anche che è bello vederti felice, e io me ne sono preso tutto il merito, ovviamente», commentò, impertinente.

«Tutto il merito? Wow, abbiamo un ego un po' troppo gonfio, qui», scherzai, sorridendo al doppio senso riferito anche alla sua erezione, che premeva contro di me da sotto i jeans. Lui rise e mi accarezzò una guancia con il dorso delle dita.

«Sarà meglio che tu non sia nudo con mia sorella, James!», ringhiò Jake in tono di avvertimento, dalla soglia.

Liam spinse via le coperte da sopra le nostre teste, con un sorrisetto contrito. «Jake, amico, avvertire un po' prima sarebbe meglio».

«Oh, Jake, piantala! Che vuoi? E non hai mai sentito parlare di bussare?», domandai, spingendo le coperte ancora più giù, in modo che vedesse che avevo addosso una T-shirt.

«Ho bussato. Ma non mi avete sentito, tutti presi dalle vostre smancerie», replicò lui, con un ghigno sornione. Ridemmo tutti, e lui scosse la testa. «Comunque, Amber, volevo solo dirti che mamma torna a casa domenica».

Sorrisi, soddisfatta. Non la vedevo da tre settimane. «Davvero? Fantastico!», esclamai, contenta.

Jake annuì, sorridendo almeno quanto me. «Sì. Okay, allora vado a letto. Evitate di fare troppo rumore. Non voglio sentire niente».

Risi, e non riuscii a fare a meno di provocarlo ancora un po'. «Jake, se vuoi ti presto il mio iPod, visto che ci stiamo scaldando per vincere la scommessa», scherzai, ammiccando.

Liam scoppiò a ridere e Jake mi lanciò un'occhiataccia, scuotendo la testa con aria di rimprovero e chiudendosi la porta alle spalle. «Angel, sei troppo forte», commentò Liam, baciandomi sul collo.

«Sta' zitto, James», replicai, imitando scherzosamente il tono di Jake.

Capitolo 14

Mi svegliai felice. Il sole splendeva, gli uccelli cantavano e io ero accanto al ragazzo più sexy del mondo che, guarda caso, era innamorato di me. Sorrisi contro il suo braccio, sul quale ero distesa, e mi spostai all'indietro, sentendo il suo torace tonico premere sulla mia schiena.

«Liam?», sussurrai, girando la testa nella sua direzione.

Le sue braccia si strinsero attorno a me mentre, lentamente, apriva gli occhi. «Ehi», bofonchiò, sollevando la testa per potermi baciare. «Wow, amo svegliarmi sapendo che finalmente sei mia». Riappoggiò la testa e sospirò soddisfatto. «Allora, oggi possiamo dire a tutti che stiamo insieme?», chiese felice, con un sorriso che andava da un orecchio all'altro.

«Uhmm... no. Non oggi. Ho ancora bisogno di lavorarci un po' su», replicai, facendo scorrere una mano sul suo petto, seguendo il profilo dei suoi muscoli.

Gemette. «Per "lavorarci un po' su" non vorrai dire flirtare con me e farmi eccitare da matti come ieri, vero?», domandò con aria supplichevole.

«Ti tocca aspettare e vedere, sai? Oh, e ti do il permesso di toccarmi un po' oggi, se vuoi», concessi in tono casuale. Mi girai dalla sua parte, reggendomi su un gomito per poterlo guardare meglio.

«Uhm... toccarti così?», disse come se stesse facendo le fusa. Le sue dita mi percorsero lentamente il corpo, dal viso, giù sul collo, sul seno e il ventre, per poi posarsi proprio sull'interno della mia coscia. Aveva la mano così vicina al mio nucleo pulsante che non riuscii a trattenere il piccolo gemito che mi sfuggì dalle labbra.

Passò la punta delle dita lungo la mia gamba, facendomi mugolare. Dannazione, lo volevo da morire ma non potevo, non ancora. «No, Liam», implorai. Dissi quelle parole ma mossi i fianchi inconsciamente, cercando di avvicinarmi alla sua mano.

Lui rise, protendendo le labbra così che quasi toccavano le mie. «Prometti che oggi a scuola non mi stuzzicherai troppo. Non rendermi la vita dura», mormorò a fior di labbra mentre spostava la mano sull'esterno della mia coscia.

«Non ti stuzzicherò troppo. Ma forse non sarà la tua vita a essere dura», scherzai usando le sue stesse parole.

Accostò con forza le labbra alle mie e sentii che sorrideva. «Sei una tale civetta! Penso che neanche ti rendi conto di quello che mi stai facendo», brontolò, baciandomi con dolcezza il collo. Gesù, sapevo esattamente che effetto avevo su di lui, lo sentivo bene!

Ricambiai con passione il suo bacio e lui si staccò da me dopo un paio di minuti, proprio sul più bello. «Sarà meglio che vada». Mi baciò di nuovo mentre scendeva giù dal letto.

«Okay. Ci vediamo tra un po'», risposi, guardandolo vestirsi. Mi strizzò l'occhio mentre usciva dalla finestra per tornarsene a casa sua. Anche se Jake lo sapeva, Liam aveva ancora bisogno di conservare le apparenze per i suoi genitori. Non poteva farsi vedere mentre usciva dalla nostra porta d'ingresso mentre avrebbe dovuto essere nel suo letto.

Scesi dal letto e andai in bagno a fare una doccia. Una volta asciutta, rimasi a guardare nell'armadio per un sacco di tempo. Mi serviva qualcosa di diverso da indossare quel giorno. La mia intenzione era fare in modo che Liam rendesse palese davanti a tutti quanto mi desiderava, perché non volevo continuare a mentire sulla nostra relazione. Tirai fuori una minigonna di jeans e una semplice maglietta nera a V con le maniche corte. Sarebbe andato benissimo. Mi vestii e mi guardai allo specchio: la gonna era corta ma non troppo da farmi sembrare una facile, e la maglia abbastanza aderente, quel tanto che bastava per lasciar immaginare quel che c'era sotto. Sorrisi e misi un paio di ballerine per completare il tutto.

Presi la busta che avevo riportato dal consultorio familiare e tirai fuori la confezione di pillole. Dando un'occhiata alla scatola, trovai la prima e la buttai giù alla svelta, sorridendo tra me. Andai in cucina. Liam stava chiacchierando con Jake e mi dava le spalle; sul bancone c'era già una scodella di cereali che mi aspettava. Sentii il cuore sciogliersi un pochino per quella sua premura.

«Buongiorno», cinguettai. Liam stava bevendo un bicchiere d'acqua e quando si voltò per poco non si strozzò. Jake gli diede una manata sulla schiena e io mi misi a ridere. Sì, era quello l'effetto che volevo! I suoi occhi erano sgranati e famelici mentre mi squadravano lentamente, facendomi arrossire mentre immaginavo i pensieri che stava facendo sul mio corpo. Non aveva ancora detto una parola. «Liam, vuoi scattare una foto? Durerà di più», scherzai, mentre mangiavo i cereali.

Questo parve riscuoterlo dalla sua fantasia privata. «Non ti vestirai così oggi, vero?», chiese, leggermente accigliato.

Abbassai lo sguardo sui miei abiti chiedendomi cosa volesse dire. Non sembravo una facile. «Sì, perché?», domandai confusa. Pensavo che gli piacesse; di sicuro aveva dato quell'impressione!

Si avvicinò e mi abbracciò da dietro. «Angel, come diavolo faccio a restare concentrato tutto il giorno sapendo che la mia bellissima ragazza assomiglia a una dea del sesso? Lo fai apposta a torturarmi?», si lagnò, baciandomi su un lato del collo e passando le mani sulla porzione di cosce scoperte.

Ridacchiai e gli diedi una gomitata nello stomaco. «Be',

allora dovrai esercitare il tuo autocontrollo, sai?», lo stuzzicai, scostandomi dopo essermi sfregata con discrezione contro la sua erezione.

Gemette e andò a mettersi dietro al bancone, probabilmente per impedire a Jake di vedere quanto fosse eccitato. «Stai giocando sporco», frignò.

Mi limitai a ridere e afferrai la borsa. «Pronto per andare, Jake?», dissi, sorridendo a mio fratello che sembrava sforzarsi di ignorare il nostro piccolo scambio, ma fallendo miseramente.

«Sì, ma penso che Liam abbia bisogno di un altro minuto per sbollire», dichiarò ridendo. Liam roteò gli occhi. La sua espressione mi strappò una risatina. Jake mi prese per le spalle e mi spinse fuori dalla porta. Stavo ancora ridendo rivolta a Liam.

La mattinata volò e finalmente arrivò l'ora di pranzo. Ero così eccitata all'idea di vedere Liam che non riuscivo a smettere di sorridere. «Che diavolo hai?», chiese Sean, guardandomi come se fossi fuori di testa.

«Niente, ho avuto una bella giornata. E poi ho fame e adesso stiamo andando a mangiare», mentii con disinvoltura.

«Hai intenzione di fare un'altra mossa con Liam?», mi chiese Kate, sorridendo con aria d'intesa.

Mi misi a ridere. «Oh, cavolo, sì. Guarda la faccia di Jessica. Voglio farmi desiderare da lui tutti i giorni». Ghignai tutta felice. Sarebbe stato grandioso e Jessica mi avrebbe odiato ogni istante.

«Sono sicura che ci riuscirai», convenne Kate, ridendo.

«Oh, allora è a questo che serve la gonna!», esclamò Sean. Mi guardò complice.

Risi e feci di sì con la testa. «Credi che funzionerà?», gli chiesi, seriamente interessata alla sua opinione.

Lui annuì. «Oh, sì che funzionerà. Oggi tutti i ragazzi della scuola hanno parlato delle tue gambe da urlo. Devo ammettere che perfino io, che sono assolutamente innamorato della mia ragazza, ti ho dato un'occhiata», ammise facendo spallucce.

Gli diedi una scherzosa manata sulla spalla. «Ehi! Ma è disgustoso. Tu sei uno dei miei migliori amici! I migliori amici non sbavano l'uno per l'altro!», affermai, fingendo di rabbrividire.

«A dire la verità ti ho dato una sbirciata anch'io», scherzò Kate.

«E io pure», aggiunse Sarah, facendoci ridere ancora di più.

Entrando in mensa, mi accorsi degli sguardi di alcuni ragazzi. Adesso che Sean ne aveva parlato, mi resi conto che stavo attirando molta più attenzione maschile del solito.

Comprammo da mangiare. «Torno subito, ragazzi», dissi con un sorriso mentre mi avviavo al tavolo dov'erano seduti gli atleti. I miei amici andarono tutti a sedersi al nostro solito tavolo, osservandomi incuriositi. Guardai Liam mentre mi avvicinavo. Come al solito c'erano almeno dieci ragazze che gli ronzavano intorno, flirtando spudoratamente. Sembrava davvero infastidito.

«Sul serio, Rebecca, se mi tocchi un'altra volta, andrò a parlarne con qualcuno. Siamo al limite della molestia sessuale», ringhiò fulminandola con lo sguardo e spingendole via la mano che gli aveva messo sulla coscia. Lei sembrò estremamente contrariata quando si alzò e andò via come una furia. Le altre sorrisero compiaciute alle sue spalle. Dalle loro facce si capiva chiaramente cosa stavano pensando: una in meno in competizione. Soffocai una risatina e mi sedetti al tavolo. Jake non c'era, così decisi di approfittarne e di spingermi oltre.

«Ciao, Liam», dissi come se stessi facendo le fusa. Gli sorrisi seducente.

Il suo viso si illuminò quando mi vide. «Ciao. Passato una

bella giornata?», mi chiese allegro. Misi il broncio e scossi la testa. La sua espressione si incupì e mi mise un braccio attorno alle spalle, guardandomi preoccupato. «Cosa c'è, Angel?».

Mi alzai e mi misi seduta sul tavolo davanti a lui, appoggiando un piede sulla panca in mezzo alle sue gambe, così da toccargli quasi l'inguine. Non parve notarlo, tuttavia. Mi stava ancora guardando, preoccupato. «Mi sono fatta male alla gamba a ginnastica. Mi fa male davvero. Ho un livido?», chiesi. Aprii leggermente le gambe e indicai l'interno coscia. Abbassò immediatamente gli occhi sulle mie gambe. Scommetto che ebbe una chiara visuale dei miei slip perché sul viso gli passò un'espressione sofferta e famelica. Mi sentii un po' cagna per averlo fatto, ma almeno nessun altro poteva vedere quello che vedeva lui, altrimenti non ci avrei provato.

Mi mise una mano sul polpaccio e la fece scivolare su per la gamba, fino all'interno della coscia, gemendo sommessamente. «No, nessun livido», dichiarò con la sua voce sexy, facendomi ardere di desiderio mentre mi massaggiava la coscia.

«Uhmm, davvero? Mi fa così male», mentii con un sorriso. Sorrideva anche lui e la sua espressione mi fece capire che sapeva che mi stava facendo impazzire. «Che ne dici di guarirmi con un bacio?», proposi, inarcando le sopracciglia e cercando di essere sexy. Sentii i versi di alcuni ragazzi che stavano evidentemente osservando la scena. Il desiderio si dipinse sul viso di Liam mentre annuiva con un sorrisetto sexy e piegava la testa verso le mie gambe. Un attimo prima che le sue labbra mi toccassero la pelle, allontanai la gamba. «Ripensandoci, sarà meglio che tu non lo faccia. Pensavo che avessi una ragazza», lo stuzzicai.

Rise e fece di no con la testa, socchiudendo gli occhi, palesemente deluso per non essere riuscito a baciarmi la gamba di fronte a tutta la scuola. «Ho una ragazza. La amo più di ogni altra cosa», disse. La sua voce era carica di sincerità.

Sorrisi mentre il cuore mi si scioglieva. «Be', allora non dovresti fare questo, no?», scherzai. Gli sorrisi e scesi giù dal tavolo. Presi il mio vassoio del pranzo. «Sembra che vada meglio adesso. Magari, se più tardi riprende a farmi male, ti chiamo», flirtai.

Gemette quando gli strizzai l'occhio e me ne andai al tavolo dei miei amici. Sentii i ragazzi fare commenti sguaiati alle mie spalle su quanto era stato eccitante, sul fatto che mi avrebbero sicuramente "dato un colpetto", e le ragazze che dicevano che razza di puttana ero. Ridacchiai e mi sedetti tranquilla al nostro tavolo. Kate mi sorrise complice, mentre Sarah e Sean mi guardavano a bocca aperta.

«Ci hai dato dentro, eh?! Penso davvero che potresti vincere la scommessa», disse Sarah guardandomi ammirata.

Non potei fare a meno di riderle in faccia: mi stava guardando come se fossi una specie di dea. «Mi farebbero comodo quei soldi», ammisi ridendo. Speravo solo che Jessica pagasse, una volta che si fosse scoperto che ero io la ragazza di Liam.

Finito di mangiare, stavo camminando con il mio gruppo di amici quando qualcuno mi afferrò per la mano fermandomi bruscamente. Lanciai un urletto, un po' scioccata, e, girandomi, vidi Liam che ghignava mentre mi trascinava nell'aula vuota più vicina. Ridacchiai vedendo i miei amici allontanarsi senza di me, senza neanche accorgersi che non ero più dietro di loro. Chiuse la porta e mi guardò, cercando di fingere di essere arrabbiato con me. Non ci sarei mai cascata: si stava divertendo, da quello che vedevo.

«Angel, è stato davvero troppo», disse mentre si avvicinava.

Mi feci indietro e andai a sbattere contro la parete. «Troppo? Pensavo che fosse proprio perfetto», ribattei scherzosamente.

Rise e premette il corpo contro il mio. «Tu sei proprio perfetta». Mi scostò delicatamente i capelli dal viso e mi guardò con tenerezza. Lo circondai con le braccia e lo attirai a me;

poi abbassai le mani per stringergli il sedere. Mi scoccò quel sorrisetto sexy e accostò dolcemente le labbra alle mie; mugolai piano e lo strinsi più forte, desiderando di più.

Si allontanò per baciarmi sul collo, mentre le sue mani vagavano sul mio corpo, sulle mie gambe. Una mi scivolò sotto la gonna, solleticandomi i glutei con le dita. Lo sentii succhiarmi delicatamente il collo. «Liam, mi stai facendo un succhiotto?», chiesi ridacchiando.

Smise per un istante di succhiare e allontanò la bocca dalla mia pelle. «Uhm, ti sto marchiando», mormorò, prima di riprendere a succhiare lo stesso punto. Dopo qualche secondo si scostò per esaminare la sua opera. Sembrava estremamente fiero di sé e il suo sorriso andava da un orecchio all'altro.

«Bene, e io posso marchiare te?», scherzai.

«Sicuro, se vuoi», acconsentì. Fece spallucce ma sembrava sperarci. Voleva davvero che lo marchiassi? Premette di nuovo le labbra sulle mie, come se volesse incendiarmi il corpo. Gesù, come diavolo ci riusciva? Era l'unico ragazzo che avevo baciato, accidenti. Eppure eccomi lì che gli lasciavo toccarmi il sedere! Sorrisi mentre piegava la testa da un lato, dandomi accesso al suo collo. Proprio quando con le labbra gli toccai la pelle, la campanella suonò.

Si allontanò con un gemito deluso e mi guardò di nuovo con la faccia da cucciolo. «Vieni via con me», implorò con un leggero broncio.

Andarmene con lui? Oh, merda, odiavo saltare la scuola, non era da me! «Ehm, Liam, non posso». Ero combattuta, volevo davvero passare del tempo con lui, ma non sopportavo il pensiero che i miei insegnanti sapessero che avevo saltato una lezione senza motivo.

«Per favore», mi pregò, piegando le ginocchia così che fossimo alla stessa altezza.

I suoi occhi azzurri mi stavano uccidendo. Non riuscii a dirgli di no. Feci un grosso sospiro. «Se mi beccano, sarai in grossi guai», lo avvertii. Se mi fossi presa una punizione, avrei fatto in modo che ne avesse una anche lui.

Si mise a ridere; un bellissimo sorriso si allargò sul suo viso mentre tirava fuori il cellulare e chiamava Jake per dirgli che non mi sentivo bene e che mi stava riportando a casa. «Sì, è tutto a posto. No, dice che ha un po' di vertigini, tutto qui. No, no, ho capito. Okay, grande. Ci vediamo», disse al telefono. Sorrise e mi fece l'occhiolino. Infilò di nuovo in tasca il telefono e, afferratami la mano, mi trascinò fuori dall'aula per portarmi alla sua auto. «Jake chiederà un passaggio per andare al lavoro. Quindi, se ti riporto a casa entro le nove, neanche saprà che abbiamo saltato le lezioni insieme per andarcene in giro», disse tutto felice.

Alzai gli occhi al cielo. «Non dirmi che pensi sul serio che Jake abbia creduto che sto male! Lo sa benissimo che stiamo bigiando». Scossi la testa ridendo. Jake non era uno stupido, ma non voleva dire niente.

«Allora, Angel, che facciamo?», chiese Liam, affrettandosi a uscire dal parcheggio prima che qualcuno ci vedesse andare via.

Mi strinsi nelle spalle. «Non mi interessa. Quello che ti pare». A me bastava passare un po' di tempo con lui, e qualsiasi cosa sarebbe andata bene.

Sorrise. «Vuoi che ti porti di nuovo a pattinare?», propose.

«Sicuro, perché no? Prima devo cambiarmi, però. Altrimenti mi congelerò le chiappe». Risi mentre i suoi occhi si posavano immediatamente sulle mie gambe. Mandai un SMS a Kate per dirle che bigiavo e le chiesi di prendere appunti e compiti che mi sarei persa.

Quando ci fermammo davanti alle nostre case, Liam disse che gli serviva una cosa e io corsi dentro a infilarmi un paio di jeans. Diedi un colpo di spazzola ai capelli e aggiunsi una veloce passata di mascara. Uscendo dalla mia camera, agguantai una maglia per non prendere freddo.

Tornai di corsa all'auto, ansiosa di poter passare un po' di tempo da sola con lui. Sorrisi mentre salivo a bordo. «Ehi, ti ho portato questa», disse, porgendomi una delle sue felpe.

La guardai perplessa, sapendo di averne una delle mie. Perché me l'aveva portata? «Ehm… grazie».

«È per il tuo fantastico culetto. Te l'avevo detto che ne avrei portata una, così non ti saresti raffreddata e bagnata come l'ultima volta. Ma sono più che sicuro che pattinerai da sola entro la fine della lezione», si vantò con un sorriso.

«Be', non sono sicura di voler pattinare se non mi toccherai», feci le fusa allusiva.

Sorrise. «Uhmm, non ci avevo pensato. Allora spero che non impari troppo in fretta». Mosse su e giù le sopracciglia, strappandomi una risata.

Pattinare fu uno spasso. Aveva ragione, ero stata molto più brava questa volta. Probabilmente dipendeva dal fatto che era un insegnante così bravo e che l'ultima volta avevamo passato quasi tutto il giorno sulla pista. Era così divertente stare con lui. Pattinava all'indietro proprio come aveva già fatto, tenendomi le mani, facendo battute e chiacchierando. Persi l'equilibrio solo qualche volta mentre pattinavamo, e ogni volta impediva la mia caduta o mi aiutava a rimettermi in piedi. Era così bello, gentile e paziente. Sentivo che mi stavo innamorando di lui. Sapevo che ben presto sarei stata cotta.

«Ehi, che ne dici di metterti un po' in mostra? Amo guardarti pattinare», proposi. Mi aggrappai ben salda alla ringhiera così che lui potesse lasciarmi.

Mi baciò prima di mettersi a pattinare all'indietro; poi si girò all'improvviso e scattò in avanti così veloce che mi spaventai. Il cuore mi martellava nel petto solo a guardarlo. Se fosse caduto pattinando così, si sarebbe fatto male sul serio. Il pensiero di lui ferito mi terrorizzava. Fece qualche giro, mostrandomi quello che sapeva fare, come saltare e pattinare su un piede solo. Avevo sempre amato guardarlo pattinare. Sembrava così bello e aggraziato, ma non avevo mai sbavato per lui, fino a questo momento. Era così sexy mentre pattinava, così potente e abile.

Liam voleva giocare a hockey da professionista, le grandi squadre l'avevano sempre tenuto d'occhio, ma doveva entrare al college prima di poter firmare un contratto. Gli avevano offerto una borsa di studio completa per l'atletica in un'ottima scuola di Boston; questo significava che, finita la scuola, di lì a qualche mese, avrebbe dovuto trasferirsi. Il tempo passato lontani mi avrebbe uccisa. Avrei avuto gli incubi ogni notte senza di lui, per non parlare del crepacuore nel vederlo partire. Odiavo il fatto che sarebbe stato così lontano e che le ragazze sarebbero tutte cadute ai suoi piedi. Sospirai, rifiutandomi di pensarci. Avevo bisogno di fidarmi. E così era, mi fidavo di lui assolutamente, credevo nel fatto che mi amasse e che non volesse farmi del male.

Quando tornò da me, si fermò slittando e mandò uno spruzzo di ghiaccio oltre il bordo. «Me la sono tirata abbastanza?». Mi mise le braccia attorno alla vita e mi baciò teneramente.

«Oh, sì. Il mio uomo è proprio bravo a pattinare», confermai con un sorriso.

«Uhm, dillo di nuovo. Mi piace», ringhiò, con una voce roca e sexy che mi fece tremare dentro.

Gli avvolsi le braccia attorno al collo e lo attirai a me. «Il mio uomo sa pattinare», dissi in tono seducente guardandolo negli occhi. Sentivo la passione bruciante tra di noi. Piegò le ginocchia perché fossimo allo stesso livello, mi strinse forte e poi si rialzò, sollevandomi da terra. Iniziò a pattinare adagio intorno alla pista. Gli misi le gambe attorno alla vita mentre lui pattinava, facendo di tanto in tanto dei piccoli giri per andare all'indietro. I suoi occhi non lasciarono mai i miei. Era la cosa più erotica e sexy che mi fosse mai accaduta e tutto il mio corpo si struggeva per lui.

«Ti amo così tanto, Angel», sussurrò.

Sorrisi. Dentro ero tutta un ribollire di felicità e passione. Mi stava facendo impazzire; lo volevo e avevo bisogno di lui. Guardando nei suoi bellissimi occhi azzurri, vedevo trasparire tutto il suo amore per me e questo mi faceva battere il cuore all'impazzata. All'improvviso, un pensiero mi investì come un TIR: lo amavo anch'io. Forse l'avevo sempre amato, non lo sapevo. In qualche modo si era intrufolato oltre le mie difese, scavandosi la strada fino al mio cuore, ma mi ero sempre rifiutata di guardarlo in quel modo. Mi faceva sentire al sicuro, desiderata, necessaria e speciale; non avrei mai voluto lasciarlo andare. Lo amavo da pazzi, più di tutto, era l'unica cosa che volevo dalla vita.

Aprii la bocca per dirgli che lo amavo anch'io, ma lui parlò per primo interrompendomi. «Andiamo a mangiare», propose, uscendo dalla pista e mettendomi a sedere su una panca. Si inginocchiò per togliermi i pattini. Lo guardai mentre lo faceva, incapace di togliermi il sorriso dalla faccia. Era davvero mio quel ragazzo? Come mi era capitata quella fortuna?

Dopo esserci rimessi le scarpe, andammo in un piccolo ristorante italiano che secondo lui faceva le seconde migliori lasagne del mondo. «Le seconde?», chiesi ridendo.

«Sì. Le tue lasagne sono uno sballo», dichiarò, tenendomi strettamente per mano mentre seguivamo il cameriere al tavolo.

«Sai, adesso che sono tua, puoi anche smetterla con i complimenti», lo presi in giro. Lui sorrise e scosse la testa, roteando gli occhi come se fossi una sciocca.

Il cibo era buono e il ristorante molto carino; c'erano candele su ciascun tavolo ed era parecchio romantico. Liam era uno spasso e non ci fu un solo silenzio imbarazzante. Non potei fare a meno di chiedermi come fosse possibile che, prima di metterci insieme, non sapessi niente di lui. Immaginai che fosse perché l'unica personalità che mi aveva sempre mostrato era quella più immatura. Cosa che, in realtà, sembrava non appartenergli affatto.

«Liam, posso farti una domanda?». Ero troppo curiosa per non chiederglielo.

«Come no. Quello che vuoi». Si strinse nelle spalle e bevve un sorso.

«Perché sei sempre stato un tale idiota con me? Se ti sono sempre piaciuta per tutto questo tempo, perché non facevi che buttarmi a terra quando eravamo piccoli e facevi l'imbecille con me? Lo sai che ti odiavo, vero?». Inarcai le sopracciglia, scusandomi con lo sguardo.

Si mise a ridere. «Sai, c'è una linea sottile tra amore e odio. Forse mi amavi e non te ne rendevi conto», propose ghignando. Sorrisi, pensando che fosse esattamente quello che avevo immaginato prima.

«No, Liam. Eri un vero stronzo con me. Ma era quasi tutta scena, vero? Quindi, perché lo facevi?». Avevo bisogno della risposta, mi stava uccidendo perché proprio non capivo.

«Jake». Si strinse nelle spalle.

«Jake? Non capisco». Gli rivolsi la mia migliore espressione perplessa.

Fece un sorriso triste. «Jake non mi voleva vicino a te. Mi ha pestato a sangue un paio di volte quando eravamo ragazzini per questo motivo. È molto protettivo nei tuoi confronti. Era più facile per me starti lontano se tu non volevi stare con me. Pensavo che se fossi riuscito a farti desiderare di starmi lontana, allora non avrei dovuto sforzarmi tanto», disse accigliato.

Un momento, fingeva di essere un verme così non avrei voluto stare con lui per via di Jake? Dannazione a quel ragazzo!

«Tutti quegli anni, Liam, mi sembra un tale spreco». Sospirai e scossi la testa. Se me l'avesse detto allora, forse avremmo potuto stare insieme da più tempo. «Sai, ho sempre pensato che tu avessi una doppia personalità», dissi ridendo.

Rise anche lui. «Davvero? Perché?»

«Be', ho sempre pensato a te come al Liam di giorno, una testa di cazzo, un idiota e un puttaniere. Poi c'era il Liam notturno, che era adorabile, dolce e premuroso. Mi è sempre piaciuto il Liam notturno», dissi con sincerità.

Sorrise felice. «Be', la notte è quando smettevo di cercare di respingerti. Avevo deciso che, visto che Jake non lo sapeva, potevo essere me stesso e godermi il tempo passato con te. Così, giusto perché tu lo sappia, ma le mie due personalità ti amano da sempre». Si strinse nelle spalle e mi sorrise.

Ahh, era incredibilmente dolce! Gli presi una mano e la strinsi forte. «Vorrei che me l'avessi detto prima, a volte ti ho odiato così tanto», ammisi imbarazzata, cosa che lo fece ridere.

«Davvero? Come la volta che ho tagliato la testa al tuo orsacchiotto e l'ho gettato nella spazzatura?», chiese ridendo. Emisi un rantolo a quel ricordo, l'avevo dimenticato! Jake aveva tirato fuori l'orsacchiotto dal bidone, gli aveva riattaccato la testa e l'aveva rimesso sul letto per me.

«Sì, razza di idiota!», lo sgridai, reprimendo un sorriso.

«Sai che non l'avevo fatto davvero? Finsi di tagliargli la testa e me lo nascosi sotto al maglione, per poi rimetterlo sul tuo letto un paio di ore dopo», disse, continuando a ridacchiare.

«Neanche per sogno! Jake mi disse che l'aveva recuperato per me!», esclamai ridendo.

Liam scosse la testa. «No. Quella è stata una delle volte in cui mi ha preso a botte. Mi beccò mentre mi infilavo nella tua stanza. Gli dissi che stavo andando in bagno».

«Non riesco a credere che mio fratello te le abbia suonate. È davvero uno spasso».

«Sono contento che non mi abbia ucciso per il fatto che stiamo insieme. Me la cavo a fare a botte, ma Jake diventa un dannato psicopatico quando si tratta di te». Liam aggrottò la fronte, scuotendo adagio la testa. Un sorriso gli tirava in su gli angoli della bocca.

«Già, be', farai meglio a trattarmi bene, allora, giusto?», scherzai.

Fece di sì con la testa. «Non ti farei mai del male, mai». Mi strinse piano la mano mentre mi guardava negli occhi. Dal suo atteggiamento traspariva la verità di quelle parole.

Gli credevo, non pensavo che mi avrebbe mai fatto male di proposito, ma sapevo che prima o poi mi avrebbe spezzato il cuore. Una volta andato al college, una volta lontani, anche se non mi avesse tradita, sarebbe stato comunque molto doloroso. Sarebbe stato orribile stare senza di lui anche se non fossimo stati una coppia, ma per come si erano messe le cose tra noi sarebbe stata una vera tortura. Scacciai quel pensiero dalla mente. Non potevo pensarci, non fino a quando non fosse accaduto e, anche allora, potevamo superarlo. Lo amavo abbastanza per aspettarlo. Speravo solo che la pensasse così anche lui quando, di lì a quattro mesi, tutte le troiette del college gli si sarebbero gettate addosso e sarei stata a tre ore di macchina da lì.

«Allora, pronta per andare?», mi chiese Liam dopo che ebbi mangiato un enorme pezzo di torta al cioccolato tutta da sola. Annuii e lui lasciò del denaro sul tavolo. Tese la mano per aiutarmi ad alzarmi.

«Sai che ti stai rivelando il miglior fidanzato del mondo?», dissi tutta felice.

«Amo quando mi chiami così». Sorrise e mi avvolse la sua felpa attorno alle spalle mentre uscivamo nell'aria fredda.

Gli tenni stretta la mano, non volendo lasciarla andare. Arrivati all'auto, mi aprì addirittura lo sportello. «Che gentiluomo, Liam», lo presi in giro.

Lo guardai fare il giro per andare al lato guida. Era così bello, ed era mio, che non potei fare a meno di sorridere per quella consapevolezza. Mai mi sarei sognata di vivere un'esperienza del genere con un ragazzo. Quando pensavo agli appuntamenti, la cosa mi spaventava a morte perché non riuscivo a lasciare che gli altri mi toccassero, e per tutto il tempo avevo avuto il ragazzo perfetto che era innamorato di me, che mi teneva stretta e al sicuro ogni notte, e io neanche lo sapevo. Come avevo potuto essere tanto stupida?

Quando tornammo da me erano solo le otto. Jake non sarebbe arrivato prima di un'ora, quindi avevamo la casa tutta per noi. «Vieni qui, voglio parlarti», dissi, tirandolo verso il divano. Parve un po' preoccupato e nervoso. Lo feci sedere accanto a me. Sentivo la passione crescere e sapevo che non sarebbe passato molto prima di essere pronta ad andare oltre con lui. Non avevo mai provato niente del genere prima e, anche se stavamo insieme solo da cinque giorni, lo conoscevo da sempre. Mi fidavo di lui come di nessun altro e sapevo che non mi avrebbe fatto del male. Non avevo paura che non fosse in grado di aspettarmi: vedevo nel suo sguardo che avrebbe aspettato quanto volevo e quella consapevolezza mi spronava. Se avessi avuto dubbi, allora mai e poi mai mi sarei sentita così. Gli afferrai con forza la mano mentre lo guardavo, cercando di trovare le parole giuste per esprimere i miei sentimenti per lui.

«Cosa c'è che non va, Angel?», chiese in tono sommesso mentre, con la fronte aggrottata, disegnava cerchi sul dorso della mia mano.

Oh, merda, potevo dirlo? Ero così in imbarazzo; non avevo mai detto niente del genere a nessuno.

Feci un profondo respiro e imposi alla mia voce di non tradire l'agitazione che provavo. «Ti amo, Liam», dissi sinceramente. Lui mi guardò, chiaramente scioccato. Aveva la bocca spalancata, gli occhi sgranati mentre digeriva quello che gli avevo detto. Non riuscii a trattenere una risata. «Okay, non è così che immaginavo la tua reazione». Rabbrividii nell'attesa che dicesse qualcosa.

Mi spinse giù sulla schiena, rotolandosi su di me. «Tu mi ami? Sul serio?», mi chiese, mentre lo shock abbandonava la sua faccia per essere sostituito dall'eccitazione.

Feci di sì con la testa e sentii un leggero calore nelle guance. «Sì, ti amo».

Rise e mi baciò con passione. Quando si staccò, i suoi occhi brillavano di felicità. «Grazie a Dio! Pensavo che volessi scaricarmi o qualcosa del genere. Sembravi così seria che ho pensato che non volessi stare con me», disse, scuotendo la testa e sorridendo.

«Davvero? Era per quello che sembravi così nervoso?», chiesi ridacchiando.

«Dillo di nuovo», sussurrò.

Gli avvolsi le braccia attorno al collo e lo attirai a me. La sua bocca era a un centimetro dalla mia. «Ti amo, Liam James», sussurrai.

«Ti amo anch'io, Amber Walker». Mi baciò, forte, e non potei fare a meno di ricambiare con la stessa intensità. Gli passai le mani sulla schiena, afferrai il bordo della sua T-shirt e gliela sfilai dalla testa. Gli sfiorai il petto con le dita, meravigliandomi di quanto fosse perfetto. Le sue mani vagavano fameliche su tutto il mio corpo. Prese l'orlo della mia maglia e iniziò a sollevarla lentamente, come se aspettasse una qualche reazione. Sentii il mio amore per lui crescere ancora di più per quanto era premuroso e paziente con me. Gli sorrisi a fior di labbra e lui si allontanò, guardandomi incuriosito.

«Tutto bene?». La sua voce aveva un'ombra di preoccupazione.

Feci di sì con la testa e lo spinsi via per mettermi a sedere. Mi sfilai la maglia con decisione e la gettai a terra. Lui si limitò a guardarmi sbalordito. Lo attirai di nuovo a me e lo baciai profondamente. Le sue mani erano ovunque mentre ci baciavamo, ma non fece nulla che io non volessi. Fu perfetto e dolce. La conclusione incredibile di un appuntamento incredibile. Dopo poco, si staccò e si distese accanto a me. Parlammo spensierati per un po'.

Alle nove, sospirò. «Jake sarà a casa tra poco, forse dovremmo rivestirci», propose. Sembrava un tantino riluttante mentre faceva scorrere le dita sul mio reggiseno e la pancia.

Annuii. «Già, non credo che sarebbe felicissimo se tornando a casa scoprisse che mi hai visto senza maglietta, James», dissi con finto orrore. Lui rise e si mise a sedere. Prese da terra la mia maglia e me la passò, baciandomi di nuovo con tenerezza.

Quando fummo nuovamente vestiti, ci sedemmo a guardare la TV fino al ritorno di Jake. Non riuscivo a togliermi il sorriso dalla faccia: Liam mi amava, io lo amavo e tutto era perfetto. Jake tornò a casa e insieme giocarono alla Wii mentre io facevo i compiti, sforzandomi inutilmente di non guardare il sedere di Liam, in piedi davanti a me. Alle dieci tornò a casa sua per cambiarsi e vedere i genitori per mezz'ora, prima di entrare nuovamente dalla mia finestra quella notte. Riuscivo a stento a contenere l'eccitazione di ritrovarmi di nuovo con lui.

«Allora, come va tra voi due?», volle sapere Jake quando fummo da soli.

Gli rivolsi un sorriso felice. «Molto bene, a dire la verità. Grazie per non aver dato di matto e non avergli fatto male o cose del genere». Feci una smorfia di dolore al solo pensiero.

Lui sorrise tristemente. «È tutto a posto. Solo, sta' attenta, è uno che si dà da fare. Non voglio che tu soffra». Mi guardò preoccupato. Era sempre iperprotettivo ma, immaginai che, dopo essere cresciuto a quel modo, sentisse sempre il bisogno di proteggermi da nostro padre. In effetti quel bisogno non l'aveva mai lasciato, neanche dopo che lo fece nostro padre.

Sorrisi e scossi la testa. «Non mi farà del male», affermai con sicurezza.

«Tutta questa fiducia in un tipo che non è mai riuscito a tenersi una ragazza», rifletté pensieroso.

«Jake, Liam è un ragazzo fantastico. Non mi farà del male. Lui mi ama».

Sospirò e annuì. «Lo so che è così». Assunse un'aria critica mentre lo diceva. Non credo che Jake avrebbe mai approvato chiunque avessi portato a casa, era così dannatamente iperprotettivo. Era sempre stato il miglior fratello maggiore che una ragazza potesse chiedere. «Allora, hai bisogno di chiedermi qualcosa su papà o altro?». Fece una smorfia mentre diceva la parola "papà".

Chiusi gli occhi; avevo evitato anche solo di pensare al ritorno di quell'uomo. «Non voglio vederlo», dissi piano.

Mi strinse in un abbraccio. «Okay, allora non lo vedremo». Mi accarezzò la schiena con fare confortante e mi guardò preoccupato, come se pensasse che potessi avere un altro attacco di panico, cosa che era accaduta l'ultima volta che ne avevamo parlato.

«Tu puoi vederlo se ti va di farlo», dissi, sentendomi un po' in colpa. Non volevo impedire a Jake di vederlo se a lui andava.

Rise senza allegria. «In realtà, ho bisogno di vederlo». Fece spallucce e sentii il mio cuore sprofondare. Non volevo Jake vicino a quella testa di cazzo.

«Okay, be', se è quello che vuoi...». Mi mancarono le parole e cercai di non mettermi a piangere.

Jake si divincolò dall'abbraccio e mi guardò con aria triste. «Non voglio vederlo, Amber, voglio ucciderlo», dichiarò e alzò disinvolto le spalle, facendomi ridere. Gli diedi una manata sulla spalla e rise anche lui. «Ho promesso che non gli lascerò farti del male, mai più». Mi baciò dolcemente su una tempia e avvertii tutta la sua tensione. Sapevo che Jake si sentiva in colpa. Credevo che si sarebbe perdonato un giorno, ma la sua era una convinzione irrazionale, perché non era mai stata colpa sua, eppure si detestava per non aver fatto cessare la cosa prima. Doveva aver dimenticato di esserci passato anche lui; si preoccupava sempre e solo per me. Non parlava mai del fatto che probabilmente il suo dolore fosse il doppio del mio perché non faceva che proteggermi di continuo. Sembrava sempre dimenticare che all'epoca era un bambino anche lui, che non avrebbe potuto fare niente perché non era abbastanza forte.

«Sai che sei il fratello migliore del mondo, vero?», gli dissi con un sorriso felice.

Annuì compiaciuto. «Sì, lo so», rispose pieno di sé, facendoci scoppiare a ridere un'altra volta.

Sospirai, sentendo la stanchezza prendere il sopravvento. «Me ne vado a letto. 'notte, Jake». Gli diedi un bacio sulla testa e me ne andai nella mia stanza, chiudendo per abitudine la porta a chiave.

Mi misi il pigiama e, proprio mentre ero sul punto di addormentarmi, sentii la finestra aprirsi. Sorrisi felice mentre Liam si infilava nel letto dietro di me, prendendomi tra le braccia. «Ehi, tu», bofonchiai assonnata.

Mi baciò dolcemente la nuca. «Ehi, tu», rispose, mentre mi raggomitolavo contro di lui.

«Ti amo, Liam». Sorrisi mentre lo dicevo; dirlo diventava ogni volta più facile.

«Io ti amo di più, Angel».

Sospirai e chiusi gli occhi, scivolando nel sonno, sicura e al caldo, avvolta nel suo abbraccio.

Capitolo 15

Liam

Ormai stavo con Amber da una settimana e, sul serio, era stata la settimana migliore della mia vita – della vita di chiunque, probabilmente. Lei era proprio perfetta. Era così tanto che la desideravo che temevo che, se mai l'avessi avuta, non sarebbe stata all'altezza delle mie aspettative. L'avevo messa su un piedistallo tanto alto che ero sorpreso che non le mancasse l'ossigeno per respirare. Ma stare con lei era meglio di quanto avrei potuto immaginare.

Non vedevo l'ora che arrivasse quella sera. Come al solito, c'era una festa a casa di Jake: i festeggiamenti del dopo partita. Avevo seriamente intenzione di ballare con la mia ragazza. Mi misi un paio di jeans strappati e una camicia bianca e andai a casa loro. Ero così ansioso di vederla che avrei potuto mettermi a cantare da un momento all'altro. Ancora non riuscivo a credere che uno come me fosse tanto fortunato da essere ricambiato da una come lei. Poteva avere tutti i ragazzi che voleva; era bellissima, intelligente, divertente e gentile. Praticamente ogni ragazzo a scuola le sbavava dietro, e non li biasimavo; il suo corpo era fuori dal mondo, con tutta quella danza…

Era una fatica guardare le sue lezioni di danza ogni sabato: mi eccitava da pazzi vederla saltare e scuotere il sedere. Mi faceva venire l'acquolina tanto la desideravo. E l'indomani sarebbe stato ancora peggio, dato che ora avevo messo le mani su quel suo culetto sfacciato.

Andai dritto in cucina, aiutando Jake con cibo e bevande come al solito. Amber era probabilmente nella sua stanza a farsi incredibilmente bella, giusto per farmi morire dal desiderio. Aveva continuato a sventolarmi sotto il naso quel bel culetto tutti i giorni a scuola, per quella stupida scommessa. Ogni giorno diventava sempre peggio dal momento che alzava man mano il tiro. Acquisiva sempre più sicurezza; sapeva esattamente che effetto aveva su di me e lo usava a proprio vantaggio. Non che mi dispiacesse: si divertiva a farlo e vederla divertirsi mi rendeva felice.

Amber si era fatta coinvolgere sempre più nella nostra relazione da quando mi aveva detto che mi amava, spingendo le cose sempre oltre. All'inizio ero un po' preoccupato. Non volevo che pensasse che era il sesso ciò che volevo da lei, le avevo detto che avrei aspettato tutto il tempo che le serviva. L'amavo davvero più di ogni altra cosa al mondo. Se avessi pensato che potesse dirmi di sì, le avrei chiesto di sposarmi subito, ma non volevo metterle fretta né farle pressione in nessun caso. Avevamo tutto il tempo del mondo.

Anche Jake era stato fantastico fino a quel momento. Sembrava gli piacesse il fatto che Amber fosse felice perciò non mi dava troppo il tormento perché uscivo con lei. Il giorno dopo averlo scoperto, avevamo avuto una piccola conversazione, ma non l'avrei mai detto a Amber. Praticamente erano solo minacce di decapitazione e castrazione, e sapevo che faceva sul serio. Non che avesse importanza: non avrei mai potuto ferirla o mettere fine alla nostra relazione. Non volevo altro che prendermi cura di lei e renderla felice.

Un'ora dopo, la gente iniziò ad arrivare alla festa. Tenni d'occhio il corridoio, aspettandola. Di solito non usciva dalla sua stanza fino a quando la festa non era in pieno svolgimento, perciò sapevo di averne ancora per un po'. Scorsi Jessica mentre entrava, così afferrai Casey e lo tirai davanti a me per non farmi vedere. Mi aveva rotto le scatole per tutta la settimana facendo la civetta, be', tutte quante lo avevano fatto. Non riuscivo a credere che le ragazze facessero certe cose e, accidenti se erano sfacciate: lo facevano praticamente ovunque, in qualunque momento ed erano pronte a darmi qualsiasi cosa avessi desiderato. Non volevo neanche pensare a quello che mi aveva proposto Jessica, quella puttanella. Il mio subconscio vagò a quel paio di volte in cui eravamo usciti e avevamo fatto sesso e rabbrividii a quel pensiero.

Casey si stava scompisciando dalle risate. «Insomma, Liam, fai l'uomo, scopati qualcuna e non pensarci più», disse ridendo.

Alzai gli occhi al cielo per il suo stupido commento. «L'unica con cui starò è la mia ragazza. Non mi interessa nessuna di queste troiette». Agitai la mano con indifferenza in direzione di un paio di ragazze che mi occhieggiavano dall'altra parte della stanza. Qualcuno mi afferrò per un braccio, dandogli una strizzatina per avere la mia attenzione. Oh, insomma, perché non si toglievano dalle scatole? «Ascolta, non sono interessato! Ho la ragazza!», ringhiai rabbioso mentre mi giravo.

Mi si mozzò il fiato in gola. Amber era lì, con un vestitino nero che le aderiva al corpo tornito arrivandole a metà coscia. Teneva i capelli in parte raccolti e arricciati e gli occhi le brillavano divertiti. Non riuscivo a respirare. Era tanto bella da sembrare irreale. Non potevo fare altro che stare lì a fissarla come un idiota. Oh, merda, la stavo fissando! Mi sforzai di dirle qualcosa.

Qualsiasi qualcosa.

"Liam di' una cavolo di COSA!", pensai.

«Uhm... ciao, Angel», bofonchiai. La mia voce sembrava tesa. Wow, un vero duro, Liam! Dio, ero un tale coglione! Ero talmente eccitato che la cosa non doveva essere sfuggita a nessuno.

Lei sorrise e le si illuminò il viso. «Ciao, Liam», fece le fusa con quella sua voce sexy. “Okay, ecco che arriva, alla fine mi ucciderà”, gemetti mentalmente. Non sarei riuscito a resistere alle sue manovre quella sera.

«Sei bellissima», le dissi sinceramente, squadrandola ancora una volta.

Lei sorrise e fece una piccola giravolta, che le sollevò un po' il vestito. Il cuore prese a battermi più forte. «Ti piace?», chiese mordendosi un labbro. Se mi piaceva? Mi stava prendendo in giro?

Feci di sì con la testa e mi avvicinai. Sentii il suo profumo darmi alla testa. «Lo adoro», confermai.

Ridacchiò e azzerò la distanza, premendo il petto contro il mio. Non potei fare a meno di metterle le mani sui fianchi, sentendo sotto le dita la stoffa setosa. «Sai una cosa? Penso che quello che c'è sotto ti piacerà ancora di più», mi bisbigliò all'orecchio.

Aumentai la presa su di lei mentre cercava di farsi indietro. La tenni stretta a me, non volevo che si allontanasse. «Non stuzzicarmi stasera, Angel. Davvero, sei troppo eccitante, non ce la faccio», la supplicai.

Rise e mi afferrò il davanti della camicia, attirandomi più che mai a sé. La guardai negli occhi, e sentii di sprofondarci dentro. «Non ti sto prendendo in giro, Liam. A proposito, i tuoi vestiti sono così sexy addosso a te, ma ho la sensazione che staranno ancora meglio sul pavimento della mia camera più tardi», disse piano, strappandomi un mugolio. Chiusi gli occhi. Sul serio, mi stava uccidendo. Mi baciò sulla guancia e si allontanò in fretta, addentrandosi nella folla e lasciandomi nel bel mezzo della cucina con un'accidenti di erezione come al solito.

Mi girai verso Casey; anche lui stava guardando Amber. «Dannazione, è sexy stasera. Quasi quasi vado a vedere se riesco a farmi quel culetto», disse, agitando le sopracciglia mentre faceva per andarle dietro.

Lo afferrai per un braccio e scossi la testa con uno sguardo ammonitore. «Neanche per sogno, Casey. Stalle lontano, è occupata».

Mi guardò incuriosito e poi sgranò gli occhi. «Lei non è la tua...». Si interruppe, guardandomi scioccato.

Oh, merda. Oops, be', adesso lo sapeva. «Sì», confermai. Non riuscii a trattenere il ghigno orgoglioso che si allargò sulla mia faccia al pensiero che finalmente qualcuno sapeva di noi.

Scoppiò a ridere, scuotendo la testa. «Jake ti taglierà le palle quando lo scoprirà. Sul serio, ti aprirà un nuovo buco del culo».

Ghignai e gli assestai una manata sulla spalla. «Lo sa già». Alzai le spalle mentre la sua espressione tornava a essere scioccata.

«Non ci credo! Ti ha spezzato le ossa?», volle sapere.

«Ti sembra che mi abbia spezzato le ossa?», ridacchiai, indicando il mio corpo.

Tutt'a un tratto parve incazzarsi. «Tutto questo cavolo di tempo non le ho chiesto di uscire perché pensavo che Jake mi avrebbe tagliato le palle e invece lui non ha fatto niente? Dannazione, lo sapevo che dovevo chiederle di uscire!», brontolò seccato.

«Troppo tardi ormai», lo presi in giro. Gli diedi un'altra pacca sulla spalla mentre andavo a prendermi da bere. Presi due shot di vodka e andai a cercarla per dirle che Casey lo sapeva. Non mi presi il disturbo di dirgli di tenere la bocca chiusa: volevo che la cosa diventasse pubblica. Non mi interessava dei soldi. Nel giro di un paio d'anni, quando avrei giocato a hockey da professionista, sarebbero sembrati noccioline e avrei potuto darle tutto ciò che voleva.

La scorsi che ballava con Kate e Sean un po' in disparte. Sorrisi e le avvolsi le braccia attorno alla vita, facendola sussultare. «Ehi, fidanzata», le sussurrai all'orecchio. Mi sorrise da sopra alla spalla, mentre sfregava il sedere contro il mio inguine, facendomi nuovamente struggere per lei. La attirai ancora di più a me e mi misi a ballare dietro di lei. Le porsi uno dei bicchierini.

«Grazie». Mi sorrise riconoscente mentre lo vuotava facendo una smorfia.

«Allora, ho una cosa da dirti», ammisi imbarazzato.

Si girò a guardarmi. «Cosa c'è?», mi chiese con un sorriso. La sua espressione eccitata diceva che evidentemente si aspettava qualcosa di bello.

«Casey sa che sei la mia ragazza», dissi piano, piegandomi verso di lei in modo che nessuno potesse sentire.

Rimase interdetta. «Lo sa? E come?», domandò, chiaramente scioccata, mentre si guardava attorno sospettosa.

«Gliel'ho detto io, è stato un incidente. Voleva provarci con te e gli ho detto di starti alla larga», ammisi, sorridendo rammaricato. Sperai che non mi sbranasse per averle rovinato i piani con Jessica e la scommessa.

Alzò gli occhi al cielo e si avvicinò. «Bocca larga», mi rimproverò in tono scherzoso. Mi mise le braccia attorno al collo e riprese a ballare. La tirai verso di me e la tenni stretta, amando la sensazione del suo corpo contro il mio. Mi sorrise allegramente. «Be', Liam, se la gente dovrà venire a saperlo, tanto vale offrire una dimostrazione», flirtò, inarcando scherzosamente un sopracciglio.

Cosa diavolo voleva dire? Ridacchiò e mi prese il viso, abbassandolo verso il suo. Mi baciò con decisione. Sentì i versi di sorpresa della gente, che si mise a parlare a raffica attorno a noi, ma non mi importava. Stavo baciando la ragazza dei miei sogni e lei mi amava. La strinsi forte e le passai la lingua sulle labbra, desiderando di più. Dopo circa un minuto, mi staccai dal bacio e scesi lungo il collo, strappandole un gemito sommesso. Sorrisi contro la sua pelle perché sapevo che ci stavano guardando. Finalmente, basta fingere, basta ascoltare i ragazzi che parlavano di lei e desiderare di pestarli a sangue. Mi scostai per guardarla; lei mi stava sorridendo, talmente eccitante da sembrare incredibile.

«Ti amo, Liam», disse, con gli occhi fissi nei miei. Sentii che intorno a noi erano rimasti tutti senza fiato.

«Ti amo anch'io, Angel», replicai immediatamente.

Sapevo che la gente stava parlando di noi e che avevamo letteralmente gli occhi di tutta la stanza addosso, ma non mi importava. Riuscivo a concentrarmi solo sui suoi bellissimi occhi e a quanto guardassero profondamente nei miei, facendomi impazzire. Strinsi ancora di più le braccia attorno a lei, desiderando che quel momento non avesse fine. Amavo il modo in cui il suo fantastico corpo ondeggiava contro il mio, eccitandomi tanto da diventare quasi insostenibile. Ballammo per un'ora. Adesso che tutti sapevano di noi, non lasciai il suo fianco, desiderando passare più tempo con lei. Non ci riuscivo mai alle feste: di solito ero troppo occupato a fare in modo che non accadesse niente alla loro casa perché Jake era sempre completamente sbronzo, o me la facevo con qualche ragazza sul retro.

Quella era la festa migliore di sempre, solo perché l'avevo presa per mano e l'avevo baciata. Anche le ragazze mi lasciarono in pace, un bel cambiamento. Mi trattenni con lei e i suoi amici. Kate era davvero simpatica, non avevo mai parlato davvero con lei prima di allora. Di solito, le uniche volte in cui mi parlava era per flirtare, perciò fu strano avere una vera conversazione.

Poco dopo mezzanotte, Amber si premette contro di me. «Sono stanca, Liam. Ti va di portarmi a letto?». Inarcò ironicamente le sopracciglia. Oh, merda, pensavo che tutto quel flirtare e punzecchiare sarebbero finiti adesso che la gente sapeva!

Risi e roteai gli occhi. «Come no, Angel». Avrei adorato avvolgere le braccia attorno al suo corpo sexy in quel preciso momento. Lei sorrise e fece per avviarsi; le misi le mani sui fianchi mentre la seguivo nella calca fino alla sua camera. Non appena superata la soglia, si girò verso di me e dalla sua aria giocosa capii che i dispetti non erano finiti. Mi lasciai sfuggire un gemito. Gesù, amavo quella ragazza più di ogni cosa, ma mi stava facendo impazzire!

Chiuse a chiave la porta e venne vicino a me, premendo il corpo tonico contro il mio. Fece scivolare le mani sul mio petto, lentamente, facendomelo diventare così dannatamente duro da essere imbarazzante. Ma non sarei dovuto essere immune al suo fascino, ormai? Voglio dire, ero innamorato di quella ragazza da dodici anni, come diavolo riusciva a farmi eccitare così? Mai nessuna era paragonabile alla mia Angel, era praticamente la ragazza più perfetta del mondo.

Abbassai la testa per baciarla, passando la lingua sul suo labbro morbido e pieno, con la voglia di approfondire il bacio. Mi infilò le mani tra i capelli e non potei fare a meno di bloccarla contro la parete, premendo ogni centimetro del mio corpo contro il suo. Emise un gemito profondo e sentire che amava baciarmi tanto quanto io amavo baciare lei provocò un'esplosione di bollicine di felicità dentro di me.

Piegai le ginocchia e la strinsi più forte tra le braccia mentre mi rialzavo, sollevandola da terra. Mi avvolse con le lunghe gambe e iniziò lentamente a sbottonarmi la camicia. Con le dita indugiava sulla mia pelle, facendomi fremere. Ogni singolo tocco di Amber era qualcosa che non avevo mai provato prima. Tutte quelle ragazze con cui ero stato a letto solo per cercare di dimenticarla erano niente in confronto a lei. Desiderai con tutto il cuore aver aspettato e che lei fosse la mia prima volta, ma con lei ogni cosa sembrava come nuova. Ogni tocco era dieci volte migliore di qualsiasi cosa avessi mai provato prima; ogni punto in cui la sua pelle toccava la mia sembrava avvampare, ma era piacevole. Mi rendeva anche molto nervoso. Non volevo fare niente che lei non volesse, ma temevo anche di non essere in grado di darle piacere e non volevo rovinare tutto. Mi scostai appena, dandole una serie di piccoli baci sul collo, passando anche sul succhiotto che le avevo fatto di recente per renderlo più scuro. Amavo quel segno su di lei. Sapere che era mia mi faceva impazzire. Mi avvicinai al letto, la feci sdraiare e mi misi sopra di lei mentre le accarezzavo il corpo. Quando arrivai all'orlo del vestito, infilai una mano e la feci scorrere sotto la coscia tonica, sempre più in alto fino a stringerle il sedere. Non riuscii a trattenere un gemito. Sapere che ero l'unico che aveva lasciato avvicinare in quel modo mi faceva sentire il ragazzo più fortunato del mondo.

Mi fece scivolare la camicia lungo le spalle e fece scorrere le mani sul mio petto. Quando arrivò ai jeans, iniziò a sbottonare immediatamente anche quelli. Mi irrigidii leggermente. Che diavolo stava facendo? Mi fece girare sulla schiena e si mise a cavalcioni su di me, talmente sexy da sembrare irreale. Si morse il labbro, sembrava un po' agitata per qualcosa.

«Tutto bene?», le chiesi, sfiorandola sulle cosce in modo rassicurante. Cos'era che la rendeva nervosa? Fece di sì con la testa e, preso l'orlo del vestito, se lo sfilò dalla testa. Scrollò i capelli che ricaddero sciolti attorno al suo bellissimo viso. La guardai nel suo reggiseno di pizzo senza spalline e perizoma abbinato e mille pensieri lussuriosi mi bombardarono all'improvviso il cervello. La desideravo alla follia. Non ci eravamo mai spinti così oltre, l'avevo vista senza maglietta ma mai quasi nuda. Era incredibile. Si piegò e mi baciò con trasporto, poi si tirò indietro per guardarmi, con l'aria ancora un po' nervosa ma anche eccitata.

«Mi vuoi, Liam?», domandò.

Merda, era una specie di scherzo o cosa? «Angel, ti ho sempre voluta».

Sorrise e il mio cuore batté più velocemente. «Fa' l'amore con me», sussurrò e mi baciò dolcemente.

Il cuore mi si fermò. Mi aveva appena chiesto di… no, neanche per sogno, aveva detto qualcos'altro. Che coglione, dovevo aver capito male!

«Cosa?», chiesi debolmente, portandole i capelli dietro l'orecchio.

«Sono pronta adesso; voglio che tu faccia l'amore con me». Arrossì leggermente, sembrando ancora più adorabile per quanto era dolce e innocente.

La feci distendere sulla schiena. Pensava di doversi dare a me? Gesù, non mi aveva creduto quando le avevo detto che l'avrei aspettata? «Angel, ti aspetterò per tutto il tempo che vorrai. Ti assicuro che posso aspettare», le giurai, sperando con tutto me stesso che mi credesse. Non avrei mai più toccato un'altra donna, non mi interessavano, non mi erano mai interessate.

Lei rise. «Be', mi dispiace, Liam, ma sono io a non poterti più aspettare. Ho bisogno che tu sia pronto adesso», mi prese in giro, stringendomi una natica.

Mi fece ridere, era così divertente. «Oh, non puoi aspettarmi, è così? Be', non è molto giusto. Mi stai facendo venire l'ansia da prestazione», scherzai. Il cuore mi stava tornando al ritmo normale adesso che avevo capito che stava solo scherzando. Lei sorrise e mi passò di nuovo le mani sul petto. Quando arrivò ai jeans, vi fece scivolare una mano dentro, accarezzandomi attraverso i boxer. Ma che diavolo succedeva? Merda, allora non stava scherzando?

«Angel, che stai facendo?», le chiesi senza fiato. Accidenti, che sensazione fantastica.

«Liam, basta parlare», sussurrò, attirandomi a sé mentre mi tirava giù i jeans.

Okay, ci sarei stato fino a quando non mi avesse detto di fermarmi; sapevo che si sentiva abbastanza sicura da chiedermelo. Una cosa che amavo. Amavo la sua fiducia nel fatto che non le avrei messo fretta né fatto pressione. La baciai famelico, sfiorandole il reggiseno, adorando la sensazione del pizzo. Lo sganciai e glielo sfilai, lentamente, aspettando che mi fermasse. Ero così nervoso che le mani mi tremavano un po'. I suoi seni erano perfetti. Piegai la testa per baciarli, facendole inarcare la schiena e facendola gemere senza fiato. Okay, quella era una prima volta, non ero mai andato così oltre con lei! Scalciai via i jeans che ormai erano arrivati alle ginocchia e le accarezzai il corpo, fermandomi quando arrivai agli slip. Vi passai sopra le mani delicatamente e lei spinse in alto i fianchi, desiderando di più. Sorrisi e presi a sfregarla attraverso le mutandine, facendola gemere. La sua mano libera mi strinse forte la spalla.

Aveva gli occhi fissi nei miei. «Fa' l'amore con me, Liam», sussurrò.

Merda, faceva sul serio! Mi fermai e mi scostai un poco, senza staccare gli occhi dai suoi. Non c'era traccia di indecisione; era sicura. Sul suo viso non vedevo altro che amore, felicità e bisogno, e avrei scommesso qualsiasi cosa che la mia faccia aveva esattamente la stessa espressione.

«Angel, posso aspettare», le ripetei.

«Lo so che puoi, ma io sono pronta adesso». Annuì guardandomi con dolcezza.

«Ma la tua prima volta non dovrebbe essere speciale? Un bell'albergo o qualcosa del genere, con petali di rosa e candele tutt'intorno?», chiesi corrucciato. Potevo prenotarne uno per l'indomani sera se era davvero pronta.

Lei scosse la testa. «Sarà speciale, Liam. Sarà la nostra prima volta. È abbastanza speciale per me. Per favore», mi pregò, facendomi scorrere le mani sulla schiena.

Tutto il mio corpo esultava al pensiero di stare con Angel, ma la mia testa sapeva che dovevo essere sicuro che lei non lo stesse facendo per le ragioni sbagliate; non mi sarei mai perdonato se la mattina seguente se ne fosse pentita. «Non è per via della scommessa, vero?», le chiesi.

Fece di no con la testa e rise. «Non potrebbe importarmene meno di quella scommessa. Mi fido di te, ti amo, voglio che tu faccia l'amore con me».

Il mio cuore saltò un battito mentre sentivo l'eccitazione e il nervosismo crescere così tanto che, giuro, mi avrebbero ucciso. «Ti amo anch'io, Angel, più di qualsiasi cosa». Mi piegai per baciarla dolcemente, sapendo di doverci andare piano e con delicatezza. Pregai Dio che non fosse troppo doloroso per lei.

La accarezzai su tutto il corpo, amando la sensazione della sua pelle morbida sotto le mani mentre la baciavo con passione, dimostrandole quanto la amavo e la desideravo. Infilai i pollici nei suoi slip e li tirai giù lentamente, stuzzicandola, vendicandomi. Mi stava conficcando le unghie nella schiena e il suo respiro accelerò per l'eccitazione, cosa che mi fece andare ancora più su di giri. Le baciai il corpo, facendole scorrere la lingua sui seni, fin giù sulla pancia, fermandomi per mordicchiarla appena sotto l'ombelico. Lei rimase senza fiato e sollevò i fianchi. Mi misi a sedere, le sfilai del tutto gli slip e restai a guardarla. Era pura e completa perfezione, lì distesa, nuda e vulnerabile. Sapevo che non sarei più riuscito a guardare una ragazza senza paragonarla alla visione della mia Angel, distesa sul letto con il viso arrossato. Era evidentemente imbarazzata per il fatto che la vedevo nuda per la prima volta.

«Sei così bella, Angel», sussurrai. Lei sorrise e mi afferrò la nuca, guidando nuovamente la mia bocca sulla sua. Mi sentii gonfiare il cuore mentre la baciavo con passione, dimostrandole quanto la amavo e adoravo, prima di prepararmi a fare l'amore con lei per la prima volta.

Le scostai i capelli dalla fronte sudata. Mi stava sorridendo e sembrava così felice che il mio cuore saltò un battito. «Ti amo, Angel». Restammo lì distesi, cercando di rallentare l'eccitazione dei nostri cuori. Le accostai la faccia all'incavo del collo e la baciai, sentendo sotto le labbra il suo battito accelerato. Mi sentivo più felice di quanto non mi fossi mai sentito in tutta la vita. Dopo un po', mi staccai da lei e mi misi su un fianco. La presi tra le braccia e la strinsi a me, percorrendole con le dita il corpo nudo e sudato, soffermandomi sul suo seno. «Scusa se ti ho fatto male», dissi piano. Stavo male al pensiero di essere stato io a provocarle quel dolore, ma immagino che tutte le ragazze debbano passarci la prima volta.

«Liam, ne è valsa assolutamente la pena», mi assicurò ridendo, premendosi contro di me e raggomitolandosi tra le mie braccia.

«Be', sono contento che ti sia piaciuto», dissi con un sorriso compiaciuto. Non avevo mai ricevuto lamentele, ma neanche mi interessava veramente se le ragazze erano state bene con me. Di solito facevo quello che volevo; non mi ero mai preso il tempo per pensarci... buffo quanto fosse diverso con la mia Angel. L'unica cosa che mi importava era lei; i miei sentimenti venivano dopo i suoi.

«Altroché se mi è piaciuto. Ma, a te? Voglio dire, non sapevo cosa fare o altro, avrei dovuto fare qualcosa di diverso?», mi chiese, mordendosi il labbro e guardandomi preoccupata.

Mi misi a ridere e la baciai sulla fronte. «Angel, è stata la cosa migliore che mi sia mai accaduta. È stato perfetto, tu sei perfetta e io ti amo tantissimo», le assicurai.

Si rannicchiò contro di me e, dopo avermi preso la mano, intrecciammo le nostre dita. Sospirò soddisfatta e chiuse gli occhi. «Ti amo anch'io, Liam», sussurrò, dandomi un lieve bacio sul petto. Non riuscii a frenare la reazione del mio corpo: mi stavo eccitando di nuovo. Lei era così vicina e adesso che l'avevo avuta una volta, non riuscivo a saziarmi. Mossi i fianchi all'indietro perché non si accorgesse di quello che stava succedendo. Quella era stata la sua prima volta; doveva sicuramente sentire dolore e non aveva bisogno di conoscere le depravate reazioni del mio corpo al suo. Ma ero stato troppo lento, doveva averlo notato. Alzò la testa e guardò in basso. Poi guardò me un po' scioccata. Sorrisi con aria di scusa e lei ridacchiò. «Sul serio? Di già?», mi prese in giro, mentre mi faceva fremere passandomi le dita lungo il petto.

«Mi dispiace; se ne andrà tra un minuto. È solo che sei così dannatamente sexy. Dovresti riposare, sarai indolenzita», dissi un po' imbarazzato. Lei inarcò le sopracciglia e un lento sorriso le si aprì sul viso mentre mi faceva distendere sulla schiena e si metteva a cavalcioni, simile a una pazzesca dea del sesso seduta su di me.

«Sto alla grande. Stavolta voglio fare una prova, dimmi se sbaglio qualcosa», disse e prese a baciarmi appassionatamente.

Per la miseria, quella ragazza era assolutamente fantastica.

Il mattino seguente mi svegliai presto. Amber aveva lezione di danza alle otto e mezza ed erano da poco passate le sette. Non riuscivo a togliermi il sorriso dalla faccia. La sera prima era stata incredibile, la migliore di sempre. Sentirla gemere il mio nome era il suono migliore in assoluto. Era piaciuto anche a lei e questo l'aveva reso ancora più speciale. Non le aveva fatto troppo male, o almeno così aveva detto. Non poteva essere stato così doloroso perché dopo aveva voluto che facessi di nuovo l'amore con lei. La strinsi forte tra le braccia, amando la sensazione della sua pelle nuda contro la mia. Rimasi lì disteso a guardarla dormire fino a quando la sua sveglia non suonò. Era così maledettamente bella; era esattamente come avrei immaginato un angelo.

Si raggomitolò contro di me mentre apriva gli occhi e, guardandomi, un pigro sorriso le si allargò sul viso. «Ciao, fidanzato».

Non potei fare a meno di ricambiare il suo saluto. «Ciao, fidanzata». Mi strinse forte tra le braccia e sospirò soddisfatta. «Come ti senti?», le chiesi passandole le dita tra i capelli arruffati dal sesso.

Sorrise. «Sto bene, un po' indolenzita ma estremamente felice», dichiarò con una risatina.

Mi rotolai su di lei, premendo il corpo contro il suo. «Un po' indolenzita, eh? Potrei guarirti con un bacio», flirtai.

Lei annuì sorridendo maliziosa. «Oh, sì». La guardai compiaciuto prima di baciarla lungo tutto il corpo, quasi incapace di contenere la mia eccitazione.

Capitolo 16

Amber

Dopo essermi finalmente staccata da Liam sabato mattina, non riuscivo a togliermi il sorriso dalla faccia. Lui era stato così incredibile e tutto era andato meglio di quanto pensassi. Era stato così dolce, paziente e tenero con me, facendo le cose con calma e lentamente. Non potevo chiedere un ragazzo più amorevole.

«Coraggio, Romeo, andiamo», ordinai. Mi misi un paio di pantaloni della tuta e una canotta rossa, pronta per la lezione di danza.

Mi afferrò per la vita e mi baciò la nuca. «Okay, ma cerca di non scuotermi sotto il naso quel tuo bel culetto o potrei strapparti di dosso i pantaloni e prenderti davanti a tutto il gruppo», ringhiò, mordicchiandomi sul collo.

Non potei fare a meno di ridere alle sue parole. Ero arrossita come un peperone, non mi aveva mai detto niente del genere prima. Gli diedi una manata sulla spalla. «Fuori dalla mia stanza, gigolò», scherzai, spingendolo via. Mi afferrò una mano e mi costrinse a seguirlo, tutto felice e sorridente. Era impossibile non fissargli il sedere mentre camminava davanti a me lungo il corridoio. Cavoli, mi aveva trasformato in una pervertita!

La lezione di danza andò alla grande. Sembrava che avessi imparato ad azzeccare i tempi del sollevamento che mi aveva dato problemi la settimana prima, così almeno mi ero risparmiata un bel po' di cadute sul sedere. Alla fine della lezione ero stanca e sudata. Liam era rimasto pazientemente seduto a guardarmi come al solito, scambiando battute con Justin. Sembrava più sorridente del normale. Immaginai che fosse stata dura per lui, aspettare un'intera settimana per il sesso. Scommetto che non gli era mai successo in tutta la vita. Probabilmente era contento di averlo fatto la notte prima, dopo il modo in cui l'avevo continuamente stuzzicato.

Un momento, stavamo insieme solo da una settimana? Risi tra me… cavoli, ero una sgualdrina. Ero andata a letto con un ragazzo con cui uscivo da una settimana; mai avrei pensato di dire una cosa del genere! Sembrava che stessimo insieme da sempre perché tutto era così facile e lo conoscevo da tantissimo tempo.

Finita la lezione, andammo in una piccola caffetteria a comprare dei panini e li mangiammo al parco. Liam si sedette all'ombra di un albero, con le gambe aperte perché mi ci sedessi in mezzo. Proprio mentre stavo per farlo, mi fermò. «Aspetta, Angel». Si sfilò la felpa e la posò a terra.

«Grazie». Gli sorrisi riconoscente. Mi sedetti appoggiandomi al suo petto e mangiai il panino. Come al solito, Liam spazzolò il suo e mi avvolse tra le braccia, dondolandomi piano mentre finivo di mangiare. Mai avrei pensato di stare così con un ragazzo. Ogni volta che pensavo a una relazione, mi spaventavo a morte perché non avrei mai voluto che un uomo mi toccasse in quel modo. Dopo tutti i palpeggiamenti di mio padre, in effetti ero un po' scottata. Per tutto il tempo in cui avevo pensato di non volere un ragazzo, non mi ero resa conto di avere già il ragazzo perfetto, che era dolce, gentile e mi teneva al sicuro ogni notte.

«Potrei restare qui per sempre», mormorai. Chiusi gli occhi e sospirai soddisfatta.

Mi baciò su una tempia. «Non sei pentita di essere venuta a letto con me, allora?».

Mi girai per guardarlo, fingendo di pensarci sopra. «Dipende. Hai intenzione di lasciarmi adesso che te l'ho data?», scherzai.

Mi rivolse un sorriso malizioso. «Uhmm, potrei», rispose e mi baciò dolcemente.

Sorrisi contro le sue labbra. «Be', magari dovrei fare io la prima mossa e scaricare quel tuo sedere sexy. Così mi risparmio l'imbarazzo», proposi. Lo guardai con una smorfia compiaciuta.

Ridendo, si stese sulla schiena e mi tirò sopra di lui, tenendomi stretta. «Se mi scarichi, ti pregherò fino al giorno in cui morirò di riprendermi con te», dichiarò mentre mi accarezzava la schiena.

«In ginocchio?», domandai ridendo.

Fece di sì con la testa, guardandomi con aria solenne. «Sì, tutto il necessario. Ovunque andrai, ti seguirò, implorando un'altra possibilità. Diventerò uno stalker ossessivo», scherzò, rotolandosi in modo che fossi sotto di lui.

«Decisamente un rompipalle. Forse è meglio che ti tenga, allora». Gli sorrisi.

Fece di sì con la testa. «Ottima strategia», convenne e mise fine alla conversazione con un bacio appassionato.

Dopo un'ora al parco, tornammo a casa per dare una ripulita. Come al solito, era una baraonda. Jake aveva già cominciato. Ci toccava fare un bel lavoro stavolta perché mia madre sarebbe ritornata l'indomani. Non immaginava che ci fosse una festa selvaggia in casa sua ogni settimana. Incastrai perfino Kate per darci una mano con le pulizie ma, a dire la verità, dopo il suo arrivo nessuna delle due combinò granché. Mi tampinava, ansiosa di conoscere ogni singolo dettaglio della notte prima: com'era lui, com'era stato e ogni altro particolare immaginabile. Mi rifiutai di rispondere alle domande più personali, tipo quanto era durato e quanto ce l'aveva grande.

Alla fine ripulimmo tutto quanto e ci rimettemmo in sesto con una pizza e un DVD. «Allora, adesso che questi due sono accoppiati, Jake, restiamo solo tu e io», disse Kate a mio fratello, rivolgendogli un sorriso seducente.

Lui fece un sorrisetto. «Sei troppo una brava ragazza per me, Kate», le disse con un ghigno malizioso.

Kate si mise a ridere. «E chi te l'ha detto che sono una brava ragazza? Comunque, anche se fosse, potresti corrompermi». Inarcò le sopracciglia e lo squadrò lentamente.

Mi schiarii teatralmente la voce per ottenere la loro attenzione. «Basta. C'è il film. Non si flirta durante gli horror, è la regola, lo sapete tutti e due», li sgridai, cercando di assumere un tono severo. Jake mi scoccò un sorriso di ringraziamento. Alzai gli occhi al cielo. Non riusciva proprio a trattenersi; c'era cascato con tutti e due i piedi. Se non voleva che lei ci provasse, allora perché darle la possibilità di farlo?

Mi rannicchiai contro Liam, guardando il resto del film. Quando finalmente finì, Liam tornò come al solito a casa sua per conservare le apparenze con i genitori. Con il ritorno di mia madre previsto per l'indomani, dovevamo dare l'impressione che lui stesse a casa sua. Non pensavo che a mia madre sarebbe piaciuto venire a sapere che il ragazzo della porta accanto dormiva con sua figlia ogni notte. Lo baciai famelica sulla porta, prima di andarmene in camera mia. Decisi di fare un lungo bagno. Ero un po' indolenzita dopo il sesso e per di più ballare per ore quella mattina mi aveva irrigidito i muscoli. Mi infilai nella vasca e chiusi gli occhi, beata e felice.

«Ehi, tu», disse Liam dalla soglia qualche tempo dopo.

«Ehi», lo salutai senza aprire gli occhi.

«Un altro bagno freddo?», domandò ridendo. Feci di no con la testa e gli diedi un'occhiata. Era appoggiato allo stipite, le gambe mollemente incrociate, le braccia conserte e un sorrisetto sulla faccia. Sexy da morire.

«In realtà è caldo stavolta. Vuoi entrare?», gli proposi.

Parve un po' scioccato. «Sul serio?». Raddrizzò la schiena, assumendo un'aria assurdamente ansiosa.

Risi e feci di sì con la testa. «Sul serio».

Più in fretta di quanto pensassi possibile, si spogliò e si sedette nella vasca dietro di me, avvolgendomi tra le sue braccia.

La domenica volò a una velocità incredibile. Ero davvero eccitata di vedere mia madre; non la vedevo da più di due settimane. Non era previsto che tornasse fino al weekend successivo ma aveva voluto tornare prima. Erano passate da poco le sei e ormai sarebbe arrivata da un momento all'altro. Ero in salotto, seduta in grembo a Liam, fremendo letteralmente per l'agitazione. Quando sentii la sua auto accostare all'esterno, corsi alla porta, strillando di gioia.

Jake balzò su contemporaneamente e mi afferrò per la vita, ridendo mentre mi gettava sul divano. «Prima io, nanerottola», disse mentre correva alla porta precedendomi.

Lo seguii fuori e travolsi mia madre con un abbraccio. «Ehi, Jake! Ehi, Amber!», cinguettò, stringendoci forte. Liam andò dritto al portabagagli per tirare fuori le valigie. Quando si districò dall'abbraccio, mia madre sorrideva con le lacrime agli occhi. «Mi siete mancati, ragazzi», disse e ci baciò gioiosamente. «Ehi, Liam. Ce l'hai un abbraccio per me?», gli disse sorridente.

Lui rise e fece di sì con la testa. «Sempre, Margaret», rispose e andò ad abbracciarla.

«Sei diventato più bello», dichiarò dandogli un affettuoso buffetto sulla guancia.

«Questo non lo so», disse lui ridendo e scuotendo la testa.

Mi morsi il labbro: era davvero più bello, secondo me. Mia madre adorava Liam, lo aveva sempre adorato. Passava un sacco di tempo da noi e da quando mio padre se n'era andato, una volta "libera" di socializzare, mia madre aveva legato parecchio con Pat e Rick.

«Allora, cosa mi sono persa?», chiese prendendomi sottobraccio mentre ci avviavamo alla porta. Avevamo lasciato indietro i ragazzi a occuparsi dei bagagli.

Ghignai, sapendo che sarebbe impazzita quando le avrei detto di Liam. «Uhm, non molto. Mi sono innamorata», dissi allegramente.

Emise un verso di sorpresa e mi costrinse a fermarmi tirandomi il braccio. Mi guardò così scioccata che non potei fare a meno di ridere. «Tu... tu cosa?», balbettò allibita.

Sorrisi e, dopo averla fatta entrare in casa, la tirai in cucina. «Ho un ragazzo», confermai con un ampio sorriso ebete.

«Oh, Amber, non credevo ci saresti mai riuscita! Sono così fiera di te, tesoro. So quant'è difficile per te lasciare avvicinare gli altri», disse teneramente. Mi strinse forte a sé, con gli occhi di nuovo lucidi. Entrarono Liam e Jake ed entrambi si appoggiarono al bancone della cucina; Liam mi strizzò l'occhio e io ricambiai con un sorriso. «Allora, come si chiama? Lo conoscerò mentre sarò qui? Oh, aspetta, Jake lo sa?», chiese. Sussurrò l'ultima parte, probabilmente perché pensava di mettermi nei guai con il mio iperprotettivo fratello maggiore.

Risi e guardai Jake, nuovamente impegnato a fulminare con gli occhi Liam. «Sì, mamma, Jake lo sa», confermai ridacchiando.

«Allora, chi è? Com'è?», chiese, sorridendo raggiante.

«Be', per lo più è una spina nel fianco. È presuntuoso e fin troppo sicuro di sé. Ma uno dei suoi pregi è che è un figo assoluto», affermai, guardando la faccia di Liam che si sforzava di non mettersi a ridere.

«La bellezza non dura a lungo, Amber! Non dovresti basare una relazione sull'aspetto fisico», mi sgridò, corrugando la fronte con aria di disapprovazione.

Non riuscii a trattenermi dal ridere. «Non temere, mamma, lo scaricherò quando la sua bellezza svanirà», scherzai.

«Sarà meglio che tu non lo faccia!», mi ammonì Liam. Si avvicinò e mi mise le braccia attorno alla vita.

Mia madre guardò prima me poi lui un paio di volte, allibita. I suoi occhi guizzarono su Jake; aveva un'espressione sconcertata e confusa. Jake annuì con riluttanza. Tutt'a un tratto, scoppiò a ridere scuotendo la testa. «Avrei dovuto saperlo! I dispetti e tutto il resto... non mi ero accorta che si trattava di tensione sessuale», disse ridendo mentre Jake sbuffava rabbiosamente.

«Io non voglio saperlo!», ruggì e si coprì le orecchie, scrollando la testa mentre tutti noi ridevamo.

Mia madre mi attirò in un altro abbraccio. «Sono così contenta per te, Amber. È così un bravo ragazzo», sussurrò.

«Lo so», convenni quando mi lasciò andare. Presi Liam per mano e mi misi al suo fianco. Avrei voluto portarlo nella mia stanza e sentire di nuovo le sue mani su tutto il corpo. Non stavo con lui da quella mattina e mi sembrava un'eternità.

«Congratulazioni, ragazzi», disse allegramente. Liam mi strinse la mano e il suo sorriso gioioso mi fece sciogliere il cuore.

Mia madre sorrise un po' mestamente guardando prima Jake e poi me. «Ragazzi, ho bisogno di parlarvi di una cosa. C'è un motivo per cui sono tornata una settimana prima», ammise, in tono serio.

Jake si irrigidì e assunse un'espressione dura. «Non vogliamo vederlo, se è quello che stai per dire», dichiarò risoluto e venne a mettersi accanto a me con fare protettivo.

Mia madre scosse la testa. «Non è così semplice. Non vorrei essere costretta a dirlo, ma mi ha messo in una posizione così difficile e mi dispiace», continuò in tono pacato. Senza pensarci, Liam e Jake si avvicinarono ancora di più a me e adesso ero praticamente incastrata tra loro due. Gesù, ma perché diavolo si preoccupavano tanto? Lui non era lì!

«Di cosa parli, mamma? Non lascerò che quella testa di cazzo si avvicini a Amber», ringhiò Jake.

Lei si mise a piangere e io, spingendo via i ragazzi, andai ad abbracciarla. Merda, la situazione doveva essere brutta. Di qualunque cosa si trattasse, l'aveva davvero sconvolta. «Cosa c'è?», sussurrai, sforzandomi di non piangere anch'io. Odiavo vedere mia madre così, lei era sempre quella forte.

«Ho bisogno di sedermi», disse piano. Si sfregò la faccia, asciugandosi le lacrime mentre faceva un profondo respiro. La seguii in salotto, dove andai a sedermi sul divano, quasi incapace di respirare. Immaginare loro due che ritornavano insieme, lui che voleva tornare a casa, che pretendeva di vederci, che addirittura chiedeva la nostra custodia... tutti questi pensieri mi sfrecciavano così veloci nella mente da farmi stare male. Liam si sedette accanto a me e mi strinse forte. In cerca di sostegno, mi premetti contro di lui e aspettai che mia madre parlasse.

«Vostro padre si è trasferito in città», disse pacatamente.

Jake balzò in piedi. «Porca puttana! Gli avevo detto di stare lontano!», gridò pieno di rabbia. Sembrava sul punto di fare a pezzi qualcosa.

Mia madre annuì. «Jake, dice che vuole ricominciare daccapo con voi. Dice che gli dispiace e che è cambiato. Vuole che gli diate un'altra possibilità».

«Cioè vuole un'altra possibilità per tentare di violentare Amber?», urlò Jake. I ricordi che tornavano con prepotenza mi fecero trasalire. Il braccio di Liam mi strinse più forte e le sue mani si chiusero a pugno.

Mia madre scosse la testa e lo guardò implorante. «Jake, questa cosa non piace neanche a me, perciò smettila di urlarmi addosso. Odio dover essere io a dirvelo, ma non è colpa mia». Stava piangendo di nuovo.

Sospirando, Jake andò a mettersi in ginocchio davanti a lei e la strinse in un abbraccio. «Mi dispiace. Non dovevo prendermela con te». Il suo tono era ancora rabbioso. Premetti il viso contro la spalla di Liam, aspirando il suo odore. Sentii le sue labbra sulla nuca e mi concentrai sulla sensazione del suo respiro rassicurante sulla mia schiena, cercando disperatamente di non impazzire. Dopo un minuto di silenzio, Jake parlò. «Perché è tornato? Perché non gli hai semplicemente detto che non volevamo vederlo?».

Lei chiuse gli occhi e fece un sorriso triste. «Si è risposato. Ha un bambino di un anno, è il vostro fratellastro. Pare che la donna che ha sposato abbia già un figlio, di diciassette anni. Vostro padre vuole che conosciate la sua nuova famiglia», rispose, storcendo la bocca nel dire "nuova famiglia".

Porca miseria, avevo un fratellastro?

Jake saltò su. «Dovevano castrarlo quel bastardo! Non dovevano permettergli di avere altri figli», esclamò mettendosi le mani tra i capelli.

«Avevo bisogno di tornare a casa oggi e parlare con voi perché il ragazzo più grande, Johnny, domani inizierà nella vostra scuola. Sa di voi due». Mi rivolse uno sguardo di scusa.

Jake sferrò un calcio al tavolino, facendolo volare via. Liam balzò in piedi e si mise davanti a me come per proteggermi dalla scena di Jake che urlava oscenità e continuava a prendere a calci il tavolino, facendosi probabilmente male al piede. Mi alzai e spinsi via Liam, divincolandomi mentre cercava di impedirmi di avvicinarmi a mio fratello. Afferrai Jake per un braccio e lo costrinsi a fermarsi e a guardarmi. Aveva i lineamenti contorti dalla rabbia e pensai che se mio padre fosse stato lì, sarebbe morto. Quell'uomo doveva tenersi più alla larga possibile da Jake. Lo strinsi forte tra le braccia, sapendo che dovevo farlo calmare prima che si ferisse. L'unico modo per calmare Jake quando impazziva a quel modo era fargli credere che ero sconvolta. Quello di solito lo riscuoteva dalla sua rabbia abbastanza in fretta.

«Jake, smettila. Mi stai spaventando. Ti prego», sussurrai, stringendolo con tutte le mie forze.

Tremava di rabbia quando mi abbracciò. «Va tutto bene. Shh, è tutto a posto. Mi dispiace», mormorò. Mi accarezzò la schiena, soccombendo alla sua natura iperprotettiva.

«Mi dispiace», disse mia madre, singhiozzando dietro di noi.

Mi districai dalle braccia di Jake e andai a sedermi accanto a lei. «È tutto Okay, mamma. Non è colpa tua. Risolveremo tutto. Né Jake né io vogliamo vederlo, perciò non lo vedremo e basta», affermai, fingendo che sarebbe stato così facile.

«E questo ragazzo, Johnny? Sarà nella vostra scuola domani. Sa chi siete, ma non sa cosa è successo all'epoca. Vostro padre mi ha detto che la sua nuova famiglia pensa che non vogliate vederlo per via della fine del matrimonio, nient'altro», disse sconsolata.

Jake rise senza allegria. «Già, perché mai quel bastardo senza spina dorsale dovrebbe dire alla nuova moglie che pestava a sangue la sua vecchia famiglia e che ha cercato di stuprare la figlia? Non è una cosa da tirare fuori durante una normale conversazione, no?», sentenziò in tono malevolo. Trasalii nuovamente. Odiavo la parola "stupro", era disgustosa.

«Jake! La smetti di dirlo, cazzo?», gridò Liam, guardandolo torvo mentre si sedeva davanti a me e mi prendeva una mano.

«Scusa, Ambs, non ci pensavo», bofonchiò Jake contrito.

Scossi la testa e finsi un sorriso. «Va tutto bene, Jake, non preoccuparti». Agitai la mano per minimizzare la cosa, fingendo di non essere toccata da tutta quella faccenda. «Come si chiama il bambino?», chiesi a mia madre. Volevo sapere del fratellino che adesso avevo.

«Matt», rispose con un sorriso triste.

Sorrisi. Matt. Era carino, mi piaceva. Avvertii però l'arrivo di una crisi isterica e capii di aver bisogno di starmene per conto mio. «Be', non c'è molto che possiamo fare adesso. Domani ci toccherà vedere com'è questo Johnny. Ma non voglio mai più avere niente a che fare con quell'uomo», affermai impassibile mentre mi alzavo. «Vado a stendermi. Ho mal di testa». Feci per andarmene. Avevo bisogno di uscire di lì prima di avere un crollo davanti a Jake: l'avrebbe mandato nuovamente fuori di testa.

Liam mi afferrò la mano. «Ti va un po' di compagnia?», mi chiese piano con quello sguardo da cucciolo. Quel dannato ragazzo sapeva che non riuscivo a dire di no a quell'espressione.

«Sì, va bene». Feci di sì con la testa e mi avviai verso la mia camera.

«Arrivo tra un minuto. Aiuto Jake col tavolino», disse Liam, indicando con la testa l'ammasso di legno rotto che un tempo era il nostro tavolino da caffè.

Annuii e mi affrettai a uscire. Li sentii bisbigliare alle mie spalle, sapendo che stavano parlando di me, ma non mi importava. Mi raggomitolai sul letto e piansi mentre ci pensavo. Mio padre era in città e voleva ricominciare. Aveva una nuova famiglia. Non potei fare a meno di chiedermi se fosse gentile con loro e se li amasse. Perché diavolo non aveva potuto essere così con noi? Perché non ci aveva amati?

Qualche minuto dopo entrò Liam e mi abbracciò stretta, lasciandomi singhiozzare sul suo petto fino a che non mi addormentai. Lo sapevo che nella mia vita era tutto troppo perfetto, questa fu l'ultima cosa che mi passò per la mente. Lo sapevo che non dovevo sperare in un lieto fine. Non avrei mai avuto un lieto fine.

Liam

«Come si chiama il bambino?», chiese Amber a sua madre. Era così calma. Sapevo che probabilmente la stava uccidendo dentro, ma fingeva per via di Jake. Aveva uno sguardo teso e mi stringeva la mano un po' troppo forte per stare bene.

«Matt», rispose Margaret con aria triste.

Amber sorrise. «Be', non c'è molto che possiamo fare adesso. Domani ci toccherà vedere com'è questo Johnny. Ma non voglio mai più avere niente a che fare con quell'uomo», disse come se non avesse importanza il fatto che l'uomo che la picchiava, che l'aveva molestata sessualmente per anni, per poi cercare di stuprarla, fosse tornato e volesse rivederla. Si alzò e mi lasciò la mano. Istintivamente balzai in piedi anch'io. Jake era ancora molto arrabbiato, sapevo che non avrebbe fatto male a Amber di proposito, ma se partiva per la tangente, c'era il pericolo che accadesse. Perciò dovevo essere lì per ogni evenienza. «Vado a stendermi. Ho mal di testa», bofonchiò Amber, avviandosi senza neanche una lacrima. Brutta storia. Avrebbe dato di matto da un momento all'altro, lo capivo da come teneva leggermente ingobbite le spalle.

Le afferrai la mano. «Ti va un po' di compagnia?», le chiesi, pregando che non volesse escludermi.

«Sì, va bene». Fece di sì con la testa e se ne andò senza aspettarmi.

Avevo bisogno di parlare prima con Jake, assicurarmi che non avesse intenzione di andarci senza di me o cose del genere. «Arrivo tra un minuto. Aiuto Jake con il tavolino», mentii, indicando con la testa le schegge di legno sparse a terra. Lei annuì e si avviò. La guardai sparire nel corridoio e poi mi rivolsi a Jake. «Non osare andarci per conto tuo, Jake. Se vuoi farlo, allora io verrò con te», lo avvertii sottovoce.

Si accigliò, ma annuì senza convinzione. «Non ho intenzione di andarci a meno che non sia costretto a farlo. Se non si fa vivo, non voglio avere niente a che fare con lui. Ma se si avvicina a lei, lo ucciderò», ringhiò.

Annuii, sapevo che l'avrebbe fatto, lo capivo dalla sua faccia. Stephen Walker era nella merda fino al collo, perché se Jake non lo uccideva, allora l'avrei fatto io se si fosse avvicinato alla mia Angel. «Ascolta, devo andare a vedere se lei sta bene. Parleremo di questa cosa più tardi. Non fare niente di avventato, Jake», dissi in tono severo. Annuì e io feci il corridoio di corsa per andare da Amber. Entrai nella sua stanza; lei era raggomitolata sul letto, scossa dai singhiozzi. Odiavo vederla in quello stato; mi riportava alla mente i ricordi di quando, dall'età di otto anni, la vedevo così ogni notte. Quella scena mi spezzava il cuore.

Mi stesi davanti a lei e la presi tra le braccia, avvolgendola con le mie gambe, tenendola stretta mentre appoggiavo il mento sulla sua testa. Se l'avesse toccata un'altra volta, l'avrei ucciso. Non avrei lasciato che vivesse nel terrore di un uomo. Non mi importava di finire dentro per quello: mi bastava solo che lei fosse al sicuro.

Dopo mezz'ora di singhiozzi isterici, il suo respiro si fece più profondo. Mi staccai lentamente e la guardai. Dormiva. Aveva il viso gonfio e arrossato, rigato di lacrime, ma era comunque la ragazza più bella del mondo. La baciai piano sulla fronte e le asciugai le lacrime, districandomi da lei il più delicatamente possibile.

Sgusciai fuori dalla sua stanza e trovai Jake seduto sul divano; sua madre era in cucina a preparare la cena. Mi sedetti accanto a lui e lasciai vagare lo sguardo sul suo viso. Sembrava tesissimo, non lo vedevo così da un paio d'anni. L'ultima volta era stata quando suo padre si era messo in contatto con lui, circa due anni prima, appunto. Avevamo sedici anni. Era passato un anno da quando l'avevamo riempito di botte e cacciato via di casa. A quanto pareva, Stephen voleva vederli per fare ammenda, o così aveva detto. Jake aveva dato di matto, proprio come era successo poco prima, e in termini inequivocabili aveva detto al padre che se si fosse riavvicinato a Amber, lo avrebbe fatto a pezzi. Era una fortuna che la conversazione si fosse svolta al telefono, altrimenti la testa di cazzo sarebbe stata a marcire in qualche tomba senza nome.

«A posto, Jake?». Gli misi una mano sulla spalla e la strinsi affettuosamente.

Fece un sospiro e annuì. «Lei sta bene?».

Scossi la testa. «No», ammisi tristemente. Feci una smorfia quando vidi la sua espressione indurirsi; odiavo vedere Jake così arrabbiato. «Ma adesso si è addormentata».

«Devi aiutarmi, Liam», mormorò, tenendo gli occhi chiusi.

«Certo», mi affrettai ad annuire. Avrei fatto qualsiasi cosa per tenere la mia Angel al sicuro, qualsiasi cosa al mondo.

«Non voglio che lei stia da sola. Uno di noi deve stare sempre con lei. Puoi farlo tu mentre io sono al lavoro durante la settimana?», mi chiese speranzoso.

Sorrisi sentendomi un po' in colpa. «Lo faccio sempre, Jake. Non preoccuparti. Andrà tutto bene. Lei starà bene», lo rassicurai. Non avrei mai più permesso a niente e nessuno di farle del male. Avevo lasciato che accadesse quando eravamo piccoli e non mi ero mai perdonato per questo. Cioè, se avessi detto qualcosa a mia madre o a mio padre, forse sarebbe finita prima di degenerare.

«Sì, lo so. Ascolta, riguardo a domani, non so che reazione avrà con questo Johnny. So che lui non sa niente, ma come la mettiamo se inizia a chiederle perché non ci vediamo? Potrebbe turbarla a scuola. Non lo sopporterebbe. Ne avrà per anni adesso», disse tristemente.

«Jake, possiamo solo aspettare e vedere come si metteranno le cose». Feci un profondo respiro e decisi di dirgli cosa avevo pensato da quando sua madre aveva detto che il verme era tornato in città. Non ero però sicuro di come Jake avrebbe reagito alla mia proposta; speravo che la vedesse come una premura nei confronti di Amber. «Sai che tra un paio di mesi partirò per il college. Be', avevo intenzione di rifiutare la borsa di studio per Boston e andare a un college più vicino per poter stare ancora con lei, ma se le cose si mettono male, la porterò con me a Boston. Potrebbe cambiare scuola», proposi. Mi strinsi nelle spalle aspettando la sua risposta.

Ci avevo pensato un sacco durante gli ultimi mesi, da quando avevo ricevuto la lettera di ammissione. Quel college era un'incredibile opportunità per la mia carriera, ma non volevo andarci. Non volevo lasciare Amber ancora prima che ci mettessimo insieme, ma non credevo che sarei sopravvissuto adesso che finalmente era mia. Stavo pensando di frequentare un college locale o di chiederle di venire con me a Boston. Il problema era che Amber aveva solo sedici anni, perciò ero sicuro che avrei scelto la prima opzione e sarei rimasto qui con lei. Ma adesso che si era presentata questa situazione, ero tornato all'idea di chiederle di venire con me. Potevo portarla via da tutto quanto, potevamo ricominciare in un posto dove niente le avrebbe ricordato suo padre tutti i giorni, dove non avrebbe dovuto preoccuparsi di imbattersi in lui ogni volta che usciva di casa.

Mi aspettavo che Jake si infuriasse anche solo per avergli proposto di portarla via da lui, perciò rimasi sorpreso quando non lo fece. Si limitò a fare di sì con la testa. «Grazie, amico», disse con voce triste.

«Vado a chiedere a tua madre se posso restare stanotte». Mi alzai e mi diressi in cucina. Margaret era ancora turbata e aveva gli occhi rossi per il pianto.

Mi rivolse un sorriso triste quando mi vide. «Sta bene, Liam?». Guardò in direzione del corridoio come se si aspettasse di vederla arrivare.

«È scombussolata, ma adesso dorme. Margaret, pensi che potrei restare con Angel stanotte? Non faremo niente, lo giuro. È solo che voglio esserci per lei quando si sveglierà», la pregai. Avrei dormito nella sua stanza comunque; ma pensavo che avrebbe reso le cose più facili se tutti sapevano della mia presenza.

Venne da me e mi abbracciò. «Sei un bravo ragazzo, Liam. Lo sei sempre stato», disse con gli occhi lucidi.

«È un "sì, puoi dividere il letto con mia figlia, Liam"?»,

scherzai, nel tentativo di alleggerire l'atmosfera. Funzionò. Si mise a ridere.

«Sì, d'accordo». Alzò gli occhi al cielo e tirò su col naso.

Le diedi un bacio sulla guancia. «Andrà tutto bene. Jake e io ci prenderemo cura di voi», le promisi mentre la stringevo forte a me.

«So che lo farai. Ti chiedo solo di tenere d'occhio Jake per me. Ho la sensazione che possa fare qualcosa di avventato e mettersi nei guai», disse preoccupata.

«Lo terrò d'occhio. Sta' tranquilla». Sorrisi e le accarezzai la schiena. «Vado da me a prendermi un cambio. Non ci metterò molto». Andai di corsa a casa, cercando di fare più in fretta che potevo.

Mia madre stava stirando in salotto. «Ciao, mamma. Dormo da Angel stanotte», la informai mentre le passavo davanti come un fulmine senza aspettare la sua risposta. Ficcai in una borsa vestiti puliti e i libri di scuola prima di tornare a salutare mia madre. Non la vedevo dal venerdì mattina, quando come al solito ero uscito dalla mia stanza fingendo di avervi passato la notte.

«Come va tra te e Amber?», mi chiese allegra.

Sorrisi pensando a come andasse alla grande un'ora prima, quando non era ancora accaduto niente. «A meraviglia. Davvero», ammisi.

Mi guardò raggiante. «Ci state attenti, vero?», chiese scoccandomi un'occhiata ammonitrice.

«Sì, mamma, Angel prende la pillola», risposi roteando gli occhi. Non aveva mai fatto domande sulla mia vita sessuale e adesso, d'improvviso, le interessava? «Ascolta, adesso devo andare. Margaret è tornata e sta preparando la cena. Sono venuto solo a prendere dei vestiti». Mi gettai la sacca in spalla e guardai bramoso in direzione della porta. Volevo tornare lì il prima possibile nel caso si fosse svegliata.

Mia madre mi guardò incuriosita. «Margaret è tornata e ti

lascia stare con Amber?», mi chiese, un tantino scioccata. Sorrisi, consapevole che in circostanze normali Margaret mi avrebbe preso a calci solo per averlo chiesto, ma con tutto quello che stava succedendo non sembrava le dispiacesse.

«Sì, ha detto che andava bene». La baciai sulla guancia. «Ci vediamo domani sera verso le nove, quando Jake torna a casa dal lavoro, okay?», dissi da sopra alla spalla mentre mi avviavo alla porta.

Lei fece un sospiro teatrale. «È stato bello vederti, Liam», esclamò in tono sarcastico.

«Ti voglio bene, mamma», dissi ridendo.

«Ti voglio bene anch'io», rispose proprio mentre chiudevo la porta.

Corsi più veloce che potevo a casa di Amber e lei dormiva ancora nella stessa posizione. Erano solo le sette e mezza, forse avrebbe dormito tutta la notte. Mi stesi di nuovo accanto a lei, limitandomi a osservarla. Subito si accoccolò contro di me, proprio come faceva ogni notte. La avvolsi nelle mie braccia e chiusi gli occhi, cercando di pensare a qualsiasi cosa non fosse il peggior ricordo della mia vita. E cioè quando avevo sorpreso suo padre mentre cercava di prenderla con la forza e lei era distesa, ricoperta di lividi e sanguinante, sulla moquette del salotto. Dopo che se n'era andato, Amber mi aveva confessato che il padre la toccava da quando aveva cinque anni. Dopo quella volta, non ne aveva mai più parlato. Pensai che l'avesse seppellito così profondamente dentro di sé da fingere che non fosse mai accaduto. Una sorta di negazione. Se ne vedevano gli effetti solo quando le persone la toccavano e lei andava nel panico.

Poco dopo, Jake portò due piatti di cibo. Guardò Amber con un'espressione sofferta. «Pensi che dovremmo svegliarla per farla mangiare?», bisbigliò.

Scossi la testa. «No, lasciamola dormire. Se si sveglia affamata, allora le preparerò qualcosa», dissi sottovoce mentre iniziavo a divorare la mia pasta. Si sedette per un po' ai piedi del letto a guardarla dormire. «Starà bene, Jake», gli assicurai.

Sospirò e fece di sì con la testa. «Sì, lo so. 'notte, Liam». Mi fece un sorriso mesto mentre prendeva il mio piatto vuoto e quello intatto di Amber e usciva silenziosamente dalla stanza. Tornai ad abbracciarla e la guardai dormire fino a che non riuscii più a tenere gli occhi aperti.

Capitolo 17

Amber

Quando la mattina mi svegliai, la testa mi martellava. Gemetti. Non avevo proprio bisogno di un mal di testa in aggiunta a tutto quello che già andava storto. Liam dormiva ancora, così scivolai silenziosamente giù dal letto, cercando di non svegliarlo. Andai nel mio bagno per fare una doccia. Rimasi sotto il getto, sforzandomi disperatamente di non piangere mentre pensavo a mio padre e alla sua "nuova famiglia". Cosa diavolo avrei detto a questo Johnny? Sospirando, uscii dalla doccia e mi avvolsi in un asciugamano.

Cercai di convincermi che questo Johnny probabilmente non avrebbe neanche voluto parlare con me e che mi stavo agitando per niente. Non aveva colpa se mio padre aveva sposato sua madre e li aveva costretti a trasferirsi qui. Diamine, probabilmente in questo momento aveva bisogno di un amico, visto che si era lasciato dietro tutto e tutti quelli che conosceva.

Mi avvicinai e guardai Liam. Sembrava così in pace che quasi non volevo svegliarlo. Mi sedetti sul bordo del letto e gli presi una mano, sapendo che dovevamo entrambi prepararci per la scuola. «Liam?», sussurrai. Si svegliò quasi immediatamente, cosa insolita per lui, visto che ci metteva un'eternità a svegliarsi la mattina.

«Ehi». Si mise a sedere e mi guardò con aria mesta.

Lo rassicurai con un sorriso, vedevo bene che era preoccupato per me. «Ciao», risposi, mettendomi a letto con lui e tirandolo verso di me. «Sto bene. Smettila di agitarti», gli assicurai, spianandogli le rughe di preoccupazione sulla fronte.

«Ci sono se vuoi parlare con me. Lo sai, vero?», mi chiese con uno sguardo intenso.

Era davvero troppo adorabile con me certe volte, non me lo meritavo. «Lo so, Liam. Ma sto bene. Non pensiamoci più e vediamo cosa dirà oggi questo ragazzo», proposi, scrollando le spalle. Lui abbassò la testa e baciò ogni centimetro della mia faccia facendomi ridacchiare, prima di staccarsi da me per andare a fare una doccia.

Quando, un'ora dopo, entrammo nel parcheggio della scuola, Kate si precipitò all'auto con un sorriso enorme sulla faccia e spalancò il mio sportello. «Sono ufficialmente innamorata!», mi annunciò orgogliosa.

Risi. «Davvero? Okay, be'... congratulazioni», risposi sarcastica mentre alzavo gli occhi al cielo.

«Dico sul serio. C'è un ragazzo nuovo, comincia oggi, ed è un figo!». Si sventolò teatralmente la faccia. Rimasi paralizzata: era lui, ci avrei scommesso. Il mio nuovo fratellastro. Be', davvero perfetto, adesso Kate si era presa una cotta per lui e sarei stata costretta a frequentarlo. Grandioso, proprio grandioso, accidenti.

«Un ragazzo nuovo?», chiesi con calma. Liam mi sfregò una mano sulla schiena.

«Oh, cavoli, sì! Dovresti vederlo, è da sballo. Ma tu hai Liam perciò ho la precedenza», disse, saltellando accanto a me. «Non so ancora come si chiama, ma Figo da Paura gli si addice». Agitò allusivamente le sopracciglia, strappandomi una risata.

Jake le gettò un braccio attorno alle spalle. «Sai, non sono abituato a non essere l'oggetto del tuo desiderio, Kate. Non sono sicuro che mi piaccia questo nuovo comportamento», affermò, scoccandole il suo sorriso da seduttore.

Lei fece un sospiro sognante. «Ti vorrò sempre, Jake, è solo che c'è della carne fresca su cui sbavare. Immagino che da ora in poi dovrai sgobbare per ottenere la mia attenzione», lo canzonò. Strizzandogli l'occhio, si scrollò di dosso il suo braccio. Jake sembrava sinceramente sconvolto, e anche un po' seccato. «Allora, devo scoprire tutto di lui, ti va di aiutarmi?», chiese prendendomi sottobraccio.

Diavolo, no che non mi andava. «Si chiama Johnny», le dissi. Avevo deciso di tentare la carta della disinvoltura.

Si mise a ridere. «Sei sensitiva? Sei appena arrivata, come fai a sapere che si chiama Johnny?». Scosse la testa perplessa.

«È il mio fratellastro».

Smise di camminare e mi guardò scioccata. «Mi prendi in giro», disse senza fiato e con gli occhi sgranati.

Feci di no con la testa. «Pare che mio padre si sia risposato e sua moglie aveva già un figlio. Se è lui quello che hai visto, allora ha diciassette anni e si chiama Johnny», dissi, scrollando le spalle come se non avesse affatto importanza.

Lanciò uno strillo e mi prese sottobraccio elettrizzata. «Ma è fantastico! Puoi presentarmi e io avrò un vantaggio sulle troiette». Il sorriso le andava da un orecchio all'altro.

«Non lo conosco, non posso presentartelo», risposi con calma. Non volevo affatto che si prendesse una cotta per lui; volevo tenermi a distanza da qualsiasi cosa anche vagamente legata a mio padre.

«Sei così dannatamente avida, Amber! Insomma, il più figo come fidanzato, il secondo più figo come fratello e il terzo, di pochissimo, è il tuo dannato fratellastro?», esclamò fingendosi arrabbiata.

Stavo per risponderle quando Jessica e tre dei suoi piccoli cloni si avvicinarono, guardando fameliche Liam. Non potei fare a meno di sorridere quando lui mi mise un braccio attorno alla vita. «Ehi, Jessica. Ce li hai i miei soldi?», chiesi con un ghigno.

Jessica storse la bocca. «Sì, giusto. Come se fosse possibile, ragazza emo». Si rivolse a Liam con un sorriso seducente. Lui aumentò la presa sulla mia vita. «Non sei andato a letto con lei, vero, baby?», tubò sicura di sé.

Sentii Jake brontolare dietro di me. «Non ce la faccio a sentire. Vado al mio armadietto, Ambs. Se hai bisogno di me, chiamami, lascerò il cellulare acceso», disse mentre si allontanava alla svelta.

«Allora, baby?», insisté Jessica, mettendo una mano sul braccio di Liam.

Lui sorrise e si strinse nelle spalle. «Un gentiluomo non lo dice», affermò e mi baciò sulla tempia.

Risi. «Questo non aiuta con la faccenda dei soldi, Romeo», lo stuzzicai.

Lui tirò un sospiro teatrale. «Bene. Jessica, devi a Angel quattromila dollari», disse, rivolgendomi uno sguardo pieno di amore.

Lei batté un piede a terra e io non potei trattenere una risata. «Come diavolo hai potuto farmi questo?», gridò a Liam. «Noi due dovevamo stare insieme! Non puoi andare a letto con una puttanella!». La gente si stava fermando a guardare adesso che la sua faccia diventava sempre più rossa. Forse aveva dimenticato di respirare.

«Jessica, siamo usciti, tipo, due volte», calcolò Liam a disagio.

«Non mi interessa quante volte siamo usciti! Io sono la capo cheerleader! Noi dovremmo stare insieme. Non dovresti stare con un mostriciattolo con i capelli marroni e gli occhi grigi», disse stridula, agitando disgustata le mani nella mia direzione.

Non riuscii a non ridere. Mostriciattolo con i capelli marroni e gli occhi grigi? Come diavolo le era venuto? «Wow, Jessica, fa' attenzione, arriverà un branco di cani se alzi ancora un po' la voce», la presi in giro.

Rivolse la sua ira su di me. «Tu! Tu mi hai rubato il ragazzo! Ero la sua ragazza segreta e tu sei andata a letto con il mio uomo», urlò, puntandomi addosso un dito accusatore.

Accanto a me, Kate scoppiò a ridere. Oh, no, non ci potevo credere!

Mi avvicinai a Jessica e la guardai minacciosa. «Sì, l'ho fatto e, wow, è stato grande. Accetto contanti, o un assegno con la garanzia della banca, com'è più facile per te. Oh, Jessica, se mi urli di nuovo addosso a quel modo, ti rompo il muso. Capito?», ringhiai rabbiosa.

Ebbe un leggero sussulto; afferrai la mano di Liam e lo trascinai dentro la scuola, con Kate che continuava a saltellare accanto a me, ridendo a crepapelle. «Dovevi prenderla a schiaffi. Mi sarebbe piaciuto da matti», cinguettò allegramente.

Sarah e Sean arrivarono di corsa. «Hai vinto la scommessa?», esclamò Sarah sgranando gli occhi.

Cavoli, le notizie viaggiavano veloci in quella scuola! Liam rise e mi baciò, infilandomi le dita nei capelli. «Sarà meglio che vada. Ti lascio un po' di tempo per spettegolare su di me prima delle lezioni», disse guardandomi con aria compiaciuta. «Ti amo, Angel». Mi baciò dolcemente ancora una volta prima di avviarsi in direzione del suo armadietto.

Mi soffermai ad aggiornare i miei amici sulla nostra relazione segreta. Sì, avevo vinto la scommessa. Dubitavo comunque che avrei avuto i soldi. Kate aprì la sua boccaccia e disse loro che il "nuovo ragazzo figo" era il mio fratellastro. Fui segretamente sollevata quando la campanella suonò, dandomi la possibilità di fuggire in classe. Non volevo continuare a parlare di Johnny. Non l'avevo ancora neanche conosciuto e già era una parte troppo ingombrante della mia vita.

Mi avviai alla classe di inglese e mi sedetti al solito posto, accanto a Kate. Qualche minuto dopo, lui entrò. Seppi che era lui senza neanche guardare: lo capii dal modo in cui Kate mi strinse forte il braccio. Alzai gli occhi e lo osservai. Era un figo assoluto. Adesso capivo di cosa parlava Kate. Non era alto quanto Liam né altrettanto robusto. Anzi, era un po' allampanato, ma assolutamente sexy. Indossava jeans strappati e una T-shirt nera col cappuccio. Aveva occhi marroni e i suoi capelli castani erano molto più lunghi di quelli di Liam e arruffati. Sembrava un po' timido, con le spalle leggermente curve come se fosse nervoso. Vedevo benissimo il suo fascino, e come me tutte le ragazze in classe che se lo stavano mangiando con gli occhi. Mi venne da ridere; poverino, non sapeva cosa lo aspettava. Una volta che Jessica avesse affondato gli artigli, era spacciato.

Kate mi diede di gomito perché la guardassi. Articolò la parola "figo" e si sventolò la faccia, indicando eccitata nella sua direzione. Risi ancora di più. Quel ragazzo era davvero nei guai.

«Classe, questo è il mio nuovo studente, Johnny Brice», disse Mrs Stewart, sorridendogli cordialmente. Lui si girò verso la classe e fece un sorriso imbarazzato.

«Te l'avevo detto! Da sballo», bisbigliò Kate.

Bello era bello, ma non poteva competere con il mio Liam. «È carino», confermai.

«Johnny, parlaci un po' di te», propose Mrs Stewart.

Si spostò prima su un piede e poi sull'altro, imbarazzato, mentre guardava nervosamente la classe. «Ehm... be', mi sono appena trasferito a Timberfield con mia madre e il mio patrigno. Ho un fratello minore, ha un anno. E mi piace andare sullo skate», disse, facendola sembrare una domanda.

«Okay, bene, sono sicura che sarai molto felice qui. Che ne dici se ti affianco qualcuno della mia classe così potrà presentarti alla classe successiva?», propose Mrs Stewart. Gemetti. Era impossibile che scegliesse me, quelle cose succedevano solo nelle storie dozzinali. Sprofondai nel mio posto, guardando il libro che avevo davanti e sperando in una tregua.

«Jessica, ti stai offrendo volontaria?». La mia testa scattò su e io tirai un piccolo sospiro di sollievo. Kate imprecò sottovoce e abbassò la mano. Evidentemente si era offerta anche lei.

Johnny attraversò la classe per andare a sedersi accanto a Jessica, impegnata a sbottonare un altro bottone della sua già scollata camicia. Mi sorrise mentre passava accanto al mio banco. «Ciao, Amber», disse sottovoce.

«Ciao, Johnny», risposi un po' scioccata. Come diavolo faceva a sapere il mio nome? Lo guardai sedersi accanto a Jessica, che iniziò immediatamente a fare la civetta, mentre lui si limitava ad annuire educatamente. Sembrava a disagio.

Kate mi guardò con occhi sgranati. «Pensavo che non lo conoscessi», bisbigliò corrucciata e un po' confusa.

Scossi la testa. «Infatti. Come cavolo faceva a sapere chi sono? Non l'ho mai visto prima», ribattei.

L'insegnante si schiarì la voce. «Allora, se abbiamo tutti finito di parlare, che ne dite di iniziare la lezione?», domandò sarcastica.

Presi il libro e sprofondai ancora di più nel mio posto, cercando di non guardare nella direzione di Johnny.

Non appena suonò la campanella, balzai in piedi e mi fiondai fuori dall'aula, non volendo rischiare un altro incontro. Continuai a pregare dentro di me che non frequentasse nessun'altra delle mie lezioni. Fortunatamente, il resto della mattinata passò senza che mi imbattessi nel mio fratellastro.

Le persone parlavano un sacco con me quel giorno; mi chiedevano tutti se io e Liam eravamo una coppia, volevano sapere da quanto stavamo insieme. Bla, bla, bla, era sempre la stessa cosa ed ero già seccata.

«Ehi, Angel», mi salutò Liam come facendo le fusa, afferrandomi da dietro mentre ero in fila per il pranzo con Kate e Sean.

«Ciao». Sorrisi e mi sentii all'istante più felice adesso che lui era vicino a me.

«Com'è andata la tua giornata?», mi chiese, dandomi un bacio sul collo che mi fece fremere.

«Be'», sospirai, «non ho fatto che rispondere alle stesse domande. È stato così pesante che pensavo di tatuarmi sulla fronte: "Sì, sto insieme a Liam. Sì, ho vinto la scommessa. Sì, è un bravo fidanzato. No, mio fratello non si è infuriato", così non dovrò ripeterlo io». Lui rise e mi strinse forte. «A parte questo, ho avuto una lezione con il mio fratellastro. Sapeva chi sono. E, oh, sì, sta arrivando proprio in questo momento con quella troietta di Jessica che, a proposito, ha l'aria di volermi uccidere. Perciò, fidanzato, la mia giornata non sta andando troppo bene», dichiarai, indicando discretamente in direzione di Johnny.

«Sapeva chi sei?», mi chiese, girandomi leggermente in modo da nascondermi alla vista di Johnny.

«Sì, mi ha salutata mentre mi passava accanto», risposi. Ero perplessa, ancora non capivo come avesse fatto a riconoscermi.

Liam rise e mi guardò come se avessi detto qualcosa di stupido. «Probabilmente non sapeva chi fossi, Angel, magari ha pensato che eri stupenda. Come dargli torto», disse con voce seducente mentre, con un sorriso, la sua mano mi scendeva sul sedere.

Alzai gli occhi al cielo. «Liam, mi è passato accanto e ha detto "Ciao, Amber", perciò credo che sapesse chi ero», dissi sarcastica.

Aggrottò la fronte e lanciò una breve occhiata dietro di sé. «Non mi sembra troppo a suo agio con Jessica», osservò.

«Be', chi diavolo sembrerebbe a suo agio accanto a Jessica? Oh, sì, tu non sembravi troppo agitato quando te la facevi con lei», lo presi in giro.

Mi guardò sdegnato e finse di rabbrividire. «Non ricordarmi la mia vita precedente senza di te, Angel. Avrò gli incubi», disse con finto orrore.

Ridendo, presi un paio di panini e da bere. Come al solito Liam insisté per pagare e portare il vassoio. Mi diressi al suo tavolo e mi sedetti accanto a lui. Jake era già lì con alcuni compagni di squadra; si sedettero anche i miei amici, prendendo gli ultimi posti. Scartai il panino e stavo per addentarlo quando un'ombra si proiettò su di me.

«Ciao», disse Johnny con un sorriso. Era arrossito un po'.

Deglutii e sentii un piccolo tuffo allo stomaco. «Ehm, ciao».

«Ti dispiace se mi siedo con te?», chiese guardandomi speranzoso.

Con la coda dell'occhio, vidi Jake irrigidirsi. Guardai il tavolo al completo. «Uhm...», temporeggiai mordendomi il labbro.

«Non fa niente, non preoccuparti. Pensavo solo fosse meglio presentarmi». Si strinse nelle spalle e arrossì ancora di più, visibilmente nervoso.

Kate mi diede un calcio sotto al tavolo. «Ahi! Perché cavolo l'hai fatto?». Mi sfregai la gamba. Lei mi fulminò con lo sguardo. Sapevo esattamente il perché, dovevo chiedergli di sedersi con noi altrimenti non sarei arrivata alla fine del pomeriggio. Oh, Dio, perché non mi uccidevi subito?

«Nessun problema, Johnny. Prendi una sedia, puoi metterti qui», proposi. Spostai il vassoio così poteva posare il suo pranzo.

Sorrise e si rilassò. «Grazie, Amber», disse riconoscente e andò a prendere una sedia a un paio di tavoli di distanza.

Accigliata, mi girai verso Kate. «Per la miseria, Kate, mi hai fatto male! Insomma, non è figo al punto da...!», le sibilai all'orecchio.

«Sì che lo è». Mosse la testa in modo entusiastico e rise, facendo ridere anche me. Che razza di sgualdrina.

Johnny si mise a sedere a un'estremità del tavolo. «Be', è strano, no?», disse con un sorriso imbarazzato.

Ero a disagio anch'io. «Questo sì che è un eufemismo. Se

dici che è strano, allora cos'è sconcertante e imbarazzante?», scherzai strappandogli una risata.
«Non sono così male», si lagnò, fingendosi ferito.
Decisi di mettere le carte in tavola e chiedergli quello che mi tormentava dalla mattina. «Come fai a sapere chi sono?».
Sorrise. «Stephen mi ha mostrato una tua foto. Non ne ho viste di tuo fratello, però, quindi non ho idea di chi sia», spiegò stringendosi nelle spalle.
Mio padre aveva una mia foto? Non ero sicura di come mi facesse sentire la cosa. Perché diavolo aveva una foto di me e non di Jake? Non volevo neanche pensarci troppo nel caso mi fossi data una risposta che non mi piaceva.
Indicai Jake. «Eccolo lì. Jake, Johnny. Johnny, Jake», dissi, agitando una mano in mezzo a loro per fare le presentazioni.
«Ehi, come va?», ringhiò Jake con aria dura e affatto amichevole. Johnny si agitò leggermente sulla sedia. Jake sapeva essere parecchio intimidatorio quando voleva.
«Sì, bene, grazie. È bello conoscerti», rispose nervosamente.
Kate mi sferrò un altro calcio sotto al tavolo nello stesso punto di prima, facendomi sussultare. Le scoccai un'occhiataccia di avvertimento. Evidentemente voleva essere presentata anche lei. «Johnny, questi sono i miei amici, Sean, Sarah e Kate. Lui è il mio ragazzo, Liam», dissi, presentando tutti quelli che erano alla nostra estremità del tavolo.
Johnny sorrise calorosamente. «Ehi, mi dispiace. Sono pessimo con i nomi. Probabilmente li dimenticherò tra mezz'ora», confessò con una smorfia.
Kate cominciò a flirtare, gettandosi i capelli dietro alle spalle e sorridendo come una civetta. «Sono terribile con i nomi anch'io. Abbiamo qualcosa in comune», fece le fusa squadrandolo lentamente. Lui si mise a ridere, imbarazzato. Non sembrava affatto abituato alle attenzioni femminili.
«Allora, che scuola frequentavi prima di venire qui?», gli chiesi cercando di dargli un piccolo appiglio.

Mi sorrise riconoscente. «In realtà frequentavo un istituto maschile a Mersey», rispose con un'alzata di spalle. Okay, questo spiegava il rossore e l'imbarazzo. Riuscivo quasi a vedere gli ingranaggi del cervello di Kate che pensava ai trucchetti da insegnarli per rompere il ghiaccio. Non potei fare a meno di essere dispiaciuta per il poverino.

«Un istituto maschile? Be', divertimento zero», fece con un sorriso Kate, mangiucchiando una patatina in modo sfacciatamente sexy.

Accanto a me, Liam scoppiò a ridere. «Kate, lascialo stare, povero ragazzo, è il suo primo giorno», la prese in giro.

Jake guardò Kate con aria un po' seccata. All'improvviso capii cosa stava succedendo. Jake si stava prendendo una cotta per Kate! «Lo sapevo, Jake!», dissi, rivolgendogli un sorriso di intesa. Lui trasalì e finse un'aria innocente. Sì, geloso marcio! «Allora, che lezioni hai questo pomeriggio?», dissi tornando a rivolgermi a Johnny, nel tentativo di mandare avanti la conversazione. Mi dispiaceva un po' per lui. Si vedeva che era un pesce fuor d'acqua lì. Tirò fuori il suo orario e me lo porse. Gli diedi una scorsa e per poco non mi strozzai con il panino: aveva ogni singola lezione pomeridiana con me. «Le stesse che ho io», dissi con calma, restituendogli l'orario. Liam mi sfregò delicatamente una mano sulla gamba e mi appoggiai a lui bisognosa di sostegno. Johnny sembrava un ragazzo simpatico ma non lo volevo tutto il tempo vicino. Andava bene una chiacchierata occasionale, ma se, tornato a casa, mio padre gli avesse chiesto mie notizie? Avrebbe saputo troppe cose su di me per i miei gusti.

«Sì? Fantastico! Pensi che potresti indicarmi dove sono le aule e cose del genere?», mi chiese speranzoso.

Annuii lentamente, incapace di dire di no.

Jessica si avvicinò tutta impettita; ormai aveva solo due bottoni della camicia abbottonati. «Ehi, Johnny. Ti va di sederti con me?», gli chiese, arrotolandosi i capelli attorno a un dito.

«Jessica, ti sei dimenticata qualche bottone, tesoro», dissi innocentemente.

Mi fulminò con gli occhi. «È così che deve essere, mostro emo», replicò velenosa.

«Già, sì, penso che tu abbia ragione. Ho visto quella camicia indossata proprio in quel modo dalla puttana all'angolo ieri sera», risposi con un sorriso gentile.

«Te la fai agli angoli di strada?», disse con un ghigno, pensando evidentemente di aver vinto.

«Quando mi incontro con tua madre, sì». Feci spallucce.

Liam e Johnny scoppiarono a ridere. «Stronza», borbottò mentre se ne andava come una furia. Kate e Sarah si diedero il cinque, ridacchiando come pazze strafatte.

«Sei simpatica», disse Johnny sorridendomi.

«Già, penso di averti appena mandato all'aria ogni possibilità di agganciarla oggi. Ma domani ti darà un'altra chance, per cui non preoccuparti», scherzai mentre mi rimettevo a mangiare.

Si indignò. «Mi ha fatto impazzire per tutta la mattina; ce l'ha con una che le ha rubato il ragazzo. Ma che razza di persona uscirebbe mai con una come lei? Deve essere un vero idiota», disse in tono di scherno.

Tutto il tavolo, tranne Liam, scoppiò a ridere. «Ehm, quell'idiota sarei io. Ma non stavamo insieme», dichiarò scuotendo la testa.

Johnny arrossì come un peperone. «Oh, scusa», bofonchiò facendo una smorfia.

Misi un braccio attorno a Liam. «Non preoccuparti, playboy, i tuoi gusti sono migliorati da allora», tubai, attirandolo più vicino a me.

«Angel, i miei gusti sono sempre stati gli stessi. Frutto proibito». Si sporse all'improvviso e mi morse sul collo, facendomi ridacchiare. Jake si schiarì la voce e Liam si allontanò, sospirando e alzando gli occhi al cielo. Lasciai che Kate parlasse con Johnny per il resto del pranzo, intervenendo di tanto in tanto per una domanda o una risposta. Era davvero un bravo ragazzo. Sarebbe stato più facile se fosse stato un idiota: così sarei stata capace di scrollarmelo di dosso senza sentirmi un pezzo di merda. Gli mostrai le classi delle lezioni e lui si sedette accanto a me ogni volta che poteva. Quando suonò l'ultima campanella, tirai un sospiro di sollievo.

«Allora, te ne vai dritta a casa?», mi chiese sorridente mentre andavamo al mio armadietto.

Feci di no con la testa. «No, devo aspettare che Jake e Liam finiscano l'allenamento».

«Cosa fa Jake?», domandò incuriosito.

«Hockey su ghiaccio».

«Forte. Sai, potrei darti un passaggio, se vuoi», si offrì. «Mia madre e Stephen mi hanno comprato un'auto fantastica per il mio compleanno», aggiunse. Provai un tuffo al cuore nel risentire il suo nome. Il modo disinvolto in cui lo tirava fuori nelle conversazioni mi spaventava a morte.

«Uhm, grazie dell'offerta, ma aspetto loro. Di solito Liam passa da noi dopo perché Jake va al lavoro», mi affrettai a rispondere.

«Dove lavora Jake?», mi chiese appoggiandosi agli armadietti.

«Da Benny's, una palestra». Ficcai con troppa forza i libri nella borsa, piegando tutti gli angoli, perché cominciavo a sentirmi a disagio.

«Non credo di piacere molto a Jake», mormorò. Sembrava un po' triste.

Gli sorrisi rassicurante. «Non ti conosce. È una situazione strana, tutto qui. Non vediamo nostro padre da tre anni, poi, tutt'a un tratto, si presenta qui e bang, abbiamo un altro fratello e un fratellastro. A Jake non piacciono i cambiamenti», spiegai, cercando di prendere le cose alla larga.

Fece di sì con la testa, pensieroso. «Già, immagino sia

dura. Allora, pensi che potrei aspettare con te fino alla fine dell'allenamento, così possiamo conoscerci un po' meglio? Cioè, non voglio che la cosa continui a essere imbarazzante per nessuno di noi. Ormai ci sono e penso che dovremmo fare buon viso a cattivo gioco». Mi rivolse uno sguardo speranzoso.

Porca miseria! Non sapevo cosa dire, perciò non dissi niente e mi limitai ad annuire mentre chiudevo il mio armadietto.

«Ti va di sederti fuori? Io di solito mi metto sotto un albero e aspetto», dissi mentre uscivamo dall'edificio.

«Mi piace», acconsentì e mi seguì sorridente. Mi diressi alla grande quercia dove di solito mi sedevo per fare i compiti e mi sistemai con la schiena appoggiata al tronco. Lui si lasciò cadere di fronte a me e si mise a giocherellare nervosamente con qualche filo d'erba. C'era una piccola margherita vicino al mio piede, così la raccolsi e me la infilai nella coda di cavallo, perché mi ricordava quella che Liam aveva raccolto per me mentre andavo a lezione di danza dopo il nostro primo bacio.

Ero così a disagio che non riuscivo a stare ferma. Cercavo di pensare a cosa dire. «Allora, il tuo fratellino, Matt... be', adesso immagino che sia anche mio fratello, a ogni, modo, cos'è che stavo dicendo, lui com'è?».

Sorrise. «È carino. Ma è un rompipalle, soprattutto quando piange di notte, ma è carino. Ho una foto se vuoi vederla». Tirò fuori il portafogli e me lo porse. Sorrisi e lo aprii con impazienza, volendo vedere il piccolo. Mi si mozzò il fiato in gola quando guardai la foto. Non c'era solo il bambino, era una foto di famiglia. Guardai mio padre: sorrideva orgoglioso con un braccio attorno alla nuova moglie e l'altro attorno a Johnny, che teneva in braccio un bambino biondo. Mio padre sembrava più vecchio, i suoi capelli erano cambiati, erano un po' più grigi, ma la cosa che mi colpì furono gli occhi. Li ricordavo duri e freddi e sempre arrabbiati, ma lì era diverso, sorridente e affettuoso. Sembrava cordiale e gentile.

«Carino, eh?», disse Johnny.

Distolsi gli occhi da mio padre e guardai il bambino; era carino, paffuto, capelli biondi, occhi marroni e un grosso sorriso. Guardai la signora nella foto: aveva capelli castani e occhi grigi proprio come mia madre e me. Sembrava simpatica. «Questa è tua madre?», chiesi indicandola.

«Sì, si chiama Ruby», rispose riprendendosi il portafogli quando io ebbi finito.

Non riuscivo a togliermi dalla mente l'immagine di mio padre sorridente. Era cambiato? Osservai Johnny, sembrava felice, niente lividi o tagli, non zoppicava né faceva smorfie di dolore. «Allora, vai d'accordo con lui?», gli chiesi incuriosita, attenta alla sua reazione.

«Matt? Sì, è ok. Ma andrà meglio quando sarà più grande e potrà fare più cose», rispose scrollando le spalle.

Deglutii. «No, intendevo mio padre», chiarii, cercando di non rabbrividire al pensiero di lui. Johnny alzò le spalle e non disse niente, limitandosi ad annuire. «Deve essere difficile ritrovarsi con un tizio dopo anni solo con tua madre», dissi, nel tentativo di ottenere una risposta. Mio padre stava facendo del male anche a lui, o forse al bambino, o a sua madre? Fui immediatamente grata del fatto che non ci fosse un'altra bambina in famiglia. I maltrattamenti fisici erano brutti, Jake ne aveva fatto le spese più di tutti, ma le molestie sessuali lasciavano cicatrici che sapevo non essere ancora guarite. Ricordi di quella domenica mi lampeggiarono nella mente e mi morsi l'interno della guancia per non piangere.

Abbassò lo sguardo, facendo di sì con la testa. «È stato un po' difficile, ma ormai stanno insieme da più di due anni, perciò...», si interruppe e si strinse nelle spalle. Aprii la bocca per continuare ma lui mi interruppe. «Allora, da quant'è che state insieme tu e Liam?». Strappò altri fili d'erba e li arrotolò facendone una palla.

Sorrisi al pensiero di Liam. «Una settimana e mezzo».

«È amico di tuo fratello, giusto?»

«Sì, lo conosco da quando avevo quattro anni», confermai. Amavo parlare di lui. Sentivo la sua mancanza, mi ero abituata a vederlo tutto il giorno durante il weekend, perciò era dura tornare a vederlo solo all'ora di pranzo. «Allora, parlami di te», proposi. Mi stesi a pancia in giù, reggendomi la testa con le mani mentre lo guardavo.

Si stese anche lui e si mise a chiacchierare della sua vita, cosa gli piaceva e cosa no. Era uno skater appassionato, partecipava a competizioni durante il weekend e faceva acrobazie e roba del genere. Gli mancavano i suoi amici. Non aveva mai avuto una ragazza. Il suo piatto preferito era il pollo al curry. Avevo appena iniziato a dirgli il mio quando scorsi Liam che correva verso di me attraversando il parcheggio. Era così bello che quasi faceva male guardarlo. Saltai su, estasiata quando mi prese tra le braccia e mi sollevò da terra, travolgendomi con le sue labbra. Ricambiai avidamente il suo bacio.

Si staccò da me dopo qualche istante. «Ho bisogno di stare un po' da solo con te», mi sussurrò mentre mi baciava di nuovo, con più dolcezza stavolta.

Sorrisi. «Cosa, adesso? Non puoi aspettare fino a casa?», scherzai.

«No, ma posso aspettare fino al parcheggio sul retro della palestra dopo che avremo accompagnato Jake», propose con un ghigno malizioso.

«Nei tuoi sogni, Liam», dissi, fingendomi spazientita.

«Probabilmente», convenne mentre mi metteva giù, tenendomi stretta a sé divertito dalla mia espressione inorridita. Johnny si rialzò e rimase lì imbarazzato. «Grazie per esserti preso cura della mia ragazza», disse Liam rivolgendogli un sorriso amichevole.

«Nessun problema», bofonchiò nervosamente Johnny, tirando calci nell'erba. Jake venne verso di noi e guardò confuso prima Johnny e poi me. «Be', immagino che vi rivedrò domani, ragazzi. Grazie della compagnia, Amber», disse con un sorriso.

«Sì, è stato divertente. Ehi, mostraci la tua macchina prima di andare», proposi, indicando con la testa il parcheggio. Lui sorrise orgoglioso.

«Che macchina hai?», chiese incuriosito Jake mentre ci avviavamo tutti. Sapevo che avrebbe attirato la sua attenzione. Soddisfatta, tirai Liam un pochino indietro, lasciando che Jake e Johnny ci precedessero. Jake doveva constatare da sé che Johnny era un tipo a posto prima di smetterla di guardarlo in cagnesco. Quando li raggiungemmo, Jake era seduto al volante di una BMW Z4 blu notte e passava amorevolmente le mani sul cruscotto.

«Per la miseria, questa sì che è una bella auto», disse Liam, accarezzando il tettuccio con gli occhi sgranati. Mi afferrò una mano e mi attirò a sé. «Quando sarò un giocatore di hockey milionario, te ne comprerò una». Mi infilò una mano tra i capelli e mi guardò negli occhi, facendomi sentire quasi senza peso.

Mi premetti contro di lui e gli diedi un morsetto sul mento. «Preferirei una Ferrari», scherzai.

Fece un sospiro teatrale. «Wow, ok, spero di entrare in un'ottima squadra visto che sei così esigente», replicò mentre mi baciava, facendomi desiderare le sue mani su di me. Dopo altri dieci minuti passati a sbavare per l'auto di Johnny, finalmente ce ne andammo e accompagnammo Jake al lavoro. Balzai sul sedile anteriore e tenni la mano di Liam per tutto il tragitto fino a casa, ansiosa di passare un po' di tempo da soli. Non sarebbe stato facile con mia madre a casa per tutta la settimana, ma ero sicura che ci saremmo riusciti. In quel momento, anche una coccola sul divano mi sembrava il paradiso.

Capitolo 18

Il mattino seguente, dopo che Liam sgusciò via dalla mia finestra, andai in cucina e trovai Jake seduto che chiacchierava con mia madre. «Buongiorno», cinguettai allegramente.

Mia madre mi guardò interdetta. «Perché sei così felice stamattina?».

Soffocai una risatina. Non potevo dirle che il mio supersexy fidanzato mi aveva appena dato un'ottima ragione per sorridere prima di sgattaiolare fuori dalla finestra. Perciò, mi limitai a fare spallucce. «Perché no?», replicai, guardando ovunque fuorché Jake. Probabilmente lui conosceva l'esatto motivo della mia espressione soddisfatta e felice. «Allora, Jake, c'è qualcosa che vuoi dirmi?», lo presi in giro mentre mi sedevo accanto a lui.

Jake mi guardò confuso. «No, dovrebbe esserci?», chiese insospettito.

«Ti sei per caso preso una cotta per la mia migliore amica?», insinuai dandogli una leggera gomitata.

Boccheggiò e rovesciò un cucchiaio di cereali sul bancone della cucina; si ricompose in fretta e mi fece una smorfia. «Non ho una cotta per la tua migliore amica. Quello è il tuo lavoro, ricordi?», disse sarcastico. Non potei fare a meno di ridere: il fatto che fosse sulla difensiva lo smentiva. Se non avesse provato niente per lei, allora mi avrebbe assecondata o avrebbe fatto qualche commento sguaiato.

«Sì, d'accordo. Come ti pare, Jake. Ti tengo d'occhio.

Attento a non farla soffrire», affermai mentre mi preparavo una ciotola di cereali.

Entrò Liam e pensai che se la mia faccia assomigliava alla sua, probabilmente era quello il motivo per cui mia madre mi aveva chiesto perché fossi tanto felice. Aveva un sorriso che andava da un orecchio all'altro. «'giorno», salutò battendo il pugno contro quello di Jake nel passargli accanto.

«Buongiorno, Liam. Colazione?», gli propose mia madre indicando il pane.

Lui fece di sì con la testa e sorrise riconoscente. «Sicuro, Margaret, sarebbe fantastico». Mi abbracciò da dietro. «Ehi, Angel, mi sei mancata stanotte», mi disse suadente.

Sentii il sommesso "aaah" di mia madre e cercai di non ridere. «Ah, sì?». Gli schiaffeggiai la mano che cercava di infilarsi tra le mie gambe sotto al bancone.

Liam rise e si spostò mettendosi accanto a me. «Altroché. Mi è piaciuto dormire con te l'altra notte. Magari tua madre mi lascerà dormire con te da ora in poi», disse, guardandola speranzoso.

«Non tirare la corda, Liam», replicò lei spazientita.

«Ehi, valeva la pena provarci», rispose ridendo Liam. Mi sistemò i capelli dietro alle orecchie e la guardò un po' imbarazzato.

«Sei sempre stato sfacciato», borbottò mia madre mentre gli metteva davanti tre fette di pane tostato.

«Stavo appena chiedendo a Jake della sua cotta per Kate», dissi a Liam. Volevo parlare di un argomento che non fosse la mia vita sessuale e noi che dormivamo insieme. La sera prima gli avevo parlato di Jake e Kate. Aveva detto di non essersi accorto di niente, ma che ci avrebbe fatto più attenzione.

«Non ti sarai preso una cotta per una sedicenne, vero, Jake? Che razza di diciottenne potrebbe pensare certe cose di una ragazza di sedici anni?», gli chiese Liam fingendosi scioccato, usando le stesse parole che Jake aveva detto un paio di settimane prima a lui.

Jake gli scoccò un'occhiata minacciosa. «Ah ah. Voi due siete esilaranti», brontolò, scuotendo la testa mentre se ne andava a vestirsi.

Quando entrammo nel parcheggio a scuola, c'era una folla di persone attorno all'auto di Johnny. Lui stava lì con aria davvero imbarazzata mentre i ragazzi facevano commenti sulla sua auto e le ragazze flirtavano spudoratamente. A giudicare dal loro modo di fare, sembrava che volessero portarselo sui sedili posteriori. Jessica, come al solito, era in prima fila.

«Wow, certo che ne abbiamo di puttane a scuola!», bisbigliai a Liam.

«Già», disse con aria indifferente.

«Forse dovresti andare ad aiutarlo. Mi sembra davvero a disagio», suggerii in tono supplichevole.

Liam alzò gli occhi al cielo. «Perché devi essere sempre così dannatamente carina?», chiese, baciandomi con dolcezza prima di avviarsi in direzione dell'auto di Johnny. Lo guardai agitare una mano per far segno alla gente di togliersi di mezzo, cosa che metà dei ragazzi fece all'istante. Mise un braccio attorno alle spalle di Johnny, sorridendo mentre lo guidava via dalla calca e verso la scuola. Johnny lo guardò riconoscente. Sorrisi tra me: avevo davvero il ragazzo più adorabile del mondo.

Kate si precipitò da me. «Dov'è quel figo spaziale di tuo fratello?», domandò. Jake si schiarì la voce alle nostre spalle. Lei si girò e gli rivolse un ghigno. «Scusa, dovevo dire quel figo spaziale del tuo fratellastro», si corresse strizzandogli l'occhio.

L'espressione di Jake si rabbuiò ma subito si riprese con un sorrisetto. «Alla fine hai capito che non sono interessato, ma cerchi ancora di far parte della famiglia, eh?», la prese in giro.

«Qualcosa del genere», rispose ridendo Kate. «Forse mi

sono stufata dei biondi o forse tu hai perso il tuo fascino», ribatté, ricambiando il ghigno compiaciuto. Per poco non soffocai per le risate. Chiaramente a Jake piaceva inseguire la sua preda. Prima non aveva mai voluto nessuna che non potesse avere e pensavo che adesso volesse Kate solo perché lei non era interessata. La trascinai dentro all'edificio e scorsi Liam e Johnny che chiacchieravano vicino agli armadietti.

«Ehi», salutai mentre mettevo le braccia attorno alla vita di Liam.

«Ehi, Amber, come va?», mi chiese Johnny educatamente.

«Alla grande. E a te?». Mi sforzai di non ridere mentre la mano di Liam scendeva sul fondo dei miei jeans, sfiorandomi il sedere.

«Sto bene». Accanto a me, Kate gli sorrideva seducente.

«Stavo appena dicendo a Johnny dell'hockey su ghiaccio», intervenne Liam, dandomi una strizzatina al sedere. Gli sorrisi dolcemente mentre gli davo una gomitata nelle costole. Che razza di pervertito. Tirò via la mano dai miei jeans ridacchiando tra sé.

«Sì, verrò alla partita venerdì. Credi che potrei sedermi con te?», mi chiese Johnny.

«Puoi sederti con me se ti va», intervenne Kate, leccandosi lentamente le labbra mentre lo squadrava.

Lui arrossì e le sorrise timidamente. «Grazie. Mi piacerebbe», acconsentì.

«Forza, andiamo in classe», dissi fingendomi esasperata. Quei due si sarebbero dati da fare, perché, a giudicare dalla sua espressione, Kate non si sarebbe fermata fino a che non fosse stato suo, e sembrava che a Johnny lei piacesse. Feci per avviarmi ma mi fermai nel vedere Jessica che veniva verso di me piena di odio. Mi gettò in mano una busta marrone mentre mi guardava torva.

«Continuo a pensare che tu abbia barato, ma la gente dice

che è giusto che tu abbia i soldi. Perciò, eccoli, cagna emo», ringhiò rabbiosa.

Porca miseria! Mi aveva appena sganciato quattromila dollari? Avevo davvero vinto quei soldi?

Kate si avvicinò a me. «Jessica, sarà meglio che ti levi dalle palle prima che ci pensi io», la aggredì.

«È tutto ok, Kate», dissi con un sorriso allegro. «Grazie per questi, Jessica». Agitai orgogliosa la busta.

«Attenta a non perderli». Mi rivolse un sorrisetto.

Non dubitavo che avesse in mente qualcosa, magari un piano in base al quale avrei fatto finire quei soldi nello scarico o li avrei bruciati. D'un tratto mi venne un'idea grandiosa che l'avrebbe fatta sicuramente arrabbiare. Mi stampai un gran sorriso sulla faccia mentre andavo verso Liam. Mi avvicinai a lui e gli ficcai la busta nel davanti dei jeans, spingendovi dentro tutta la mano. Liam grugnì e mi guardò scioccato.

«Conservali per me, fidanzato. Verrò a prenderli più tardi», dissi in tono allusivo, mentre lo attiravo a me per baciarlo. Sentii gente che acclamava e applaudiva, ragazzi che esclamavano cose tipo "oh, sì", "forte". Sorrisi contro le sue labbra e mi staccai. In tempo per vedere Jessica andarsene come una furia nella direzione opposta.

Scoppiai a ridere. Liam mi afferrò e mi baciò di nuovo, sollevandomi da terra. La campanella suonò e tutti si incamminarono, ognuno verso la propria aula. Mi attardai con Liam, non volendo interrompere il bacio. Non riuscivo a credere di aver vinto quattromila dollari! Cosa diavolo potevo comprarci?

Mi rimise giù delicatamente con un bel sorriso sulla faccia. «È stato uno spasso, sembrava che le fosse venuta una paresi facciale», disse ridendo.

«Anche a te», ribattei, dandogli un buffetto sul naso.

«Già, be', non mi aspettavo che mi infilassi i soldi nelle mutande come a uno spogliarellista». Scosse la testa divertito.

«Allora, come hai intenzione di spenderli, Angel?», domandò, mentre tirava fuori la busta dai jeans e me la restituiva.

Feci spallucce. «Non ne ho idea. Cosa possiamo comprare? Metà sono tuoi».

«A me non serve niente, ho qui davanti tutto quello che desidero», disse, afferrandomi le natiche.

«Il mio sedere, è tutto quello che vuoi?», chiesi ridendo.

«Tecnicamente, è il mio sedere, giusto?». Con un aria compiaciuta mi baciò sul collo.

«Per adesso», lo stuzzicai staccandomi da lui. Mi sventolai con la busta. «Adesso che ho avuto quello che volevo, non sono sicura che questa relazione abbia altro da darmi».

Si mise a ridere e mi avvolse un braccio attorno alla vita. «Andiamo, ti accompagno in classe», propose, guidandomi per il corridoio.

Gli porsi la busta. «Ci pensi tu? Non mi fido a tenerli io, finirei per perderli». Feci una smorfia al pensiero di perdere tutto quel denaro.

Sorrise e, presa la busta, la piegò in due e la infilò nella tasca interna del giubbotto. «E se li perdo io?», domandò.

Eravamo ormai davanti alla mia aula; lo tirai verso di me e mi schiacciai contro il suo corpo. «Allora ti toccherà ripagarmi in natura», sussurrai. Gli diedi un piccolo bacio sulle labbra e corsi in classe.

Jessica mi fulminò con lo sguardo quando entrai e andai a sedermi vicino a Kate e Johnny, nel posto che mi avevano tenuto. Fortuna per me, l'insegnante era in ritardo altrimenti mi sarei beccata una punizione.

Il mese successivo passò davvero in fretta. Liam era ancora il fidanzato più adorabile del mondo, mi portava fuori e mi comprava fiori e cioccolatini. Jake era ancora iperprotettivo come al solito, niente sarebbe mai cambiato su quel versante. Mia madre era rientrata al lavoro ma sarebbe tornata di nuovo di lì a due settimane, perché doveva trattenersi per il lancio di un nuovo prodotto o qualcosa del genere. Kate continuava a flirtare spudoratamente con Johnny, con grande disappunto di Jake. Liam mi disse che aveva parlato con lui di Kate e, a quanto pareva, non voleva stare con lei, era solo seccato che si fosse presa una cotta per qualcun altro quando prima ce l'aveva per lui. Si sentiva un po' tagliato fuori. Perciò, per risolvere il problema andava a letto con qualche ragazza in più, cosa che lo faceva sentire molto meglio.

Il nostro rapporto con Johnny era cambiato molto. Anzi, adesso faceva parte della mia cerchia di amici; era un gran bravo ragazzo e sembrava diventare più sicuro di sé ogni giorno che passava. Forse c'entrava anche Kate. Erano usciti insieme un paio di volte, e Kate mi disse che l'ultima volta l'aveva baciata, e lei era assolutamente raggiante. Le piaceva davvero molto e la cosa era reciproca. Mi sembrava molto dolce.

Johnny aveva assistito alle partite del venerdì con noi e, le ultime due settimane, era anche venuto per un paio d'ore alla festa del dopo partita. Non parlavamo mai di mio padre, non mi chiedeva mai niente di lui e io non sollevavo mai l'argomento. Di tanto in tanto lo nominava di sfuggita, parlando della sua vita o della sua casa e ogni volta mi faceva stare male, quasi sull'orlo del panico.

Quella domenica sarei andata con Johnny a vedere una sua gara di skateboard. Quando si presentò subito dopo pranzo, salutai Liam con un bacio e risi del suo broncio. «Smettila di fare il muso, Liam. Torno tra un paio d'ore», dissi ridendo.

Lui sospirò in modo teatrale. «Ma perché non posso venire? La domenica è il mio giorno», brontolò contrariato.

«Liam, te l'ho detto. Ha potuto avere solo un pass per gli ospiti. Mi ha chiesto di andare con lui! Smettila di frignare. Ci vediamo dopo». Lo baciai di nuovo prima di alzarmi. «Ti amo», gli giurai mentre prendevo chiavi e cellulare.

«Io ti amo di più, Angel», esclamò mentre aprivo la porta e correvo all'auto.

«Ehi», mi salutò Johnny con un sorriso quando entrai nella sua lucente auto sportiva.

«Ehi. Ti sei già caricato e preparato per la gara?»

«Sì, ma sono un po' nervoso. La nuova acrobazia che stavo provando continua ad andare storta. Farò la figura del coglione se cado di faccia». Fece una smorfia di dolore.

«Non cadrai di faccia, Johnny. Sii sicuro di te», ribattei con severità.

Arrivammo alla pista di skate dove avevano installato un'enorme rampa half pipe[1]. Johnny aveva provato a insegnarmi qualcosa sullo skate ma, a dire la verità, come molte cose sportive, mi erano entrate da un orecchio per uscire dall'altro. Se non si trattava di danza, non è che mi interessasse poi tanto.

Di solito mi piaceva guardare Liam giocare, ma era solo per fare pensieri sconci su di lui in uniforme. La rampa era assolutamente gigantesca. Stavo quasi male a guardarla! Era così alta, almeno quattro metri e mezzo su ciascun lato. «Uhmm, Johnny, ne sei proprio sicuro?», gli chiesi mentre andavamo al banchetto delle iscrizioni. Johnny consegnò i nostri pass e, dopo averci dato dei braccialetti gialli, ci fecero entrare.

«Amber, starò bene, non preoccuparti». Rise mentre mi tirava verso la zona skater, dove i partecipanti erano in attesa di esibirsi.

«Merda, Johnny, è altissima! E se ti fai male?», gli chiesi, ingoiando il groppo che avevo in gola.

«Ehi, dacci un taglio. Sei stata tu prima a dirmi di avere fiducia in me. Mi aspetto che tu faccia lo stesso», mi disse con un ampio sorriso. Gesù, io la fiducia ce l'avevo, ma sarebbe stato doloroso se fosse caduto da lassù! Restammo a guardare

[1] Rampa a sezione semicircolare o paraboidale. (*n.d.t.*)

gli altri skater. Facevano delle cose pazzesche, salti mortali, verticali, tutto quello che si poteva pensare.

Il tempo passava e io mi sentivo sempre peggio. Non ero neanche sicura di riuscire a guardarlo. Dopo circa un'ora, Johnny fu chiamato perché cominciasse a prepararsi e il mio cuore minacciò di schizzare fuori dal petto.

«Oh, Dio. Ti prego, sta' attento», lo pregai.

«Ci proverò. Ma se muoio puoi avere la mia auto», replicò strizzandomi l'occhio.

«Solo se posso ridipingerla di rosa», scherzai cercando di non fargli vedere che ero terrorizzata. Rise e si affrettò ad andare a riscaldarsi per qualche minuto.

Quando fu finalmente il suo turno, non riuscivo a respirare. Lo guardai salire le scale fino alla cima della piattaforma e posizionarsi con lo skateboard inclinato verso l'alto, in attesa di andare. Mi sorrise e io cercai di ricambiare. Ma sicuramente la mia espressione sembrava più una smorfia. Arrivò il fischio e lui partì. Chiusi forte gli occhi, ascoltando gli applausi e gli incitamenti della gente. Non volevo guardare. Sapevo che nell'istante in cui li avessi riaperti, lui sarebbe caduto rompendosi il collo.

Dopo un'ora, be', quella che mi sembrò un'ora, probabilmente solo un minuto, la gente applaudiva impazzita, così mi azzardai ad aprire gli occhi. Johnny stava scendendo le scale, senza ossa rotte né sangue. Balzai in piedi e applaudii insieme a tutti gli altri, decidendo di fingere d'aver guardato. In futuro avrei dovuto dirgli che non potevo accompagnarlo. Avevo appena sprecato il biglietto in più senza neanche guardare la sua esibizione.

Venne da me correndo e mi abbracciò forte. «È stato incredibile», cinguettai entusiasta.

Si mise a ridere scuotendo la testa. «Sì? Ti è sembrato bello da dietro le palpebre?», mi chiese, ridendo ancora di più.

Lo guardai con aria contrita. «Mi dispiace tanto! Non ce

l'ho fatta a guardare, Johnny. Avevo la nausea. Ero così terrorizzata che non ce l'ho fatta», mi scusai.

«Non scusarti. È tutto a posto. L'ho sfangata», si vantò, ridendo come un matto.

«Lo so, ho sentito la gente che urlava», dissi un po' imbarazzata. Mi sentivo incredibilmente in colpa. Mi aveva portata lì per assistere e sostenerlo e non ero neanche riuscita a farlo. Mi sentivo una sorellastra inutile.

Ci rimettemmo seduti e mi fece una cronaca dettagliata di quello che mi ero persa, nell'attesa che calcolassero i punteggi e cose del genere. Johnny fu uno degli ultimi della lista perciò non ci toccò aspettare molto prima che annunciassero i risultati. Quando il tizio salì sul palco, gli strizzai nervosamente la mano, pregando che si fosse piazzato bene.

«Okay, abbiamo avuto degli eccellenti *trick* oggi. I giudici sono davvero colpiti perciò, congratulazioni», disse il tizio sul piccolo palco. «Bene, allora, partiamo dall'ultimo. Al terzo posto, con un punteggio di quarantaquattro punti su cinquanta, c'è... Johnny Brice», esclamò.

Lanciai un urlo e gli saltai addosso come impazzita mentre lui scoppiava a ridere. «Dio, Johnny, è incredibile! Sono così fiera di te», dissi entusiasta, quasi sul punto di piangere.

«Grazie, Amber. Sarà meglio che vada a prendere il mio trofeo». Indicò con la testa il palco. Rimasi lì a esultare e applaudire come un'idiota mentre lui saliva a ricevere il piccolo trofeo d'argento.

Tornò da me e mi abbracciò facendomi volteggiare. «Johnny, è grandioso. Fammi vedere». Gli strappai letteralmente dalle mani e ammirai quel piccolo trofeo d'argento con un omino su uno skateboard.

«Sono davvero soddisfatto dei quarantaquattro punti. È il mio miglior punteggio», disse pieno di orgoglio.

«Ehi, andiamo a mangiare qualcosa per festeggiare? Offro io», proposi.

«Come no. Prima però devo cambiarmi; non posso uscire così». Abbassò lo sguardo sulla maglietta strappata, i calzoni da skater e le sneaker sporche, facendo una smorfia.

Perché diavolo aveva bisogno di cambiarsi? «Johnny, non mi importa come sei vestito», dissi in tutta sincerità mentre ci avviavamo alla sua auto.

Si mise a ridere. «Amber, sono lurido. Questi sono i miei vestiti da gara. Metto sempre le stesse cose; sono i miei vestiti portafortuna, diciamo così. Sono tutti strappati e sporchi. E poi, sono tutto sudato!», ribatté. Entrammo in auto. «Faccio solo un salto a casa a cambiarmi e poi possiamo andare», disse mentre uscivamo dal parcheggio.

Oh, merda! Voleva che andassi a casa sua? Iniziai a sentirmi male. Non potevo andarci, non volevo vedere mio padre, non potevo. Chiusi gli occhi, imponendomi di non impazzire. Liam non c'era, perciò non volevo avere un attacco di panico.

«Non posso», sussurrai.

Mi lanciò un'occhiata, confuso. «Non puoi andare a cena?», mi chiese, guardandomi come se fossi impazzita, probabilmente perché quella era stata una mia idea.

Scossi la testa. «Non posso venire da te, Johnny. Ti prego, non posso vederlo», implorai mentre lui continuava a guidare in direzione opposta a quella di casa mia.

«Stephen?», chiese aggrottando la fronte. Feci di sì con la testa, incapace di parlare con il nodo che avevo in gola. Mi tremavano le mani. Chiusi gli occhi e pensai a Liam, cercando di stare calma. Pensai al colore dei suoi occhi, alla sensazione dei suoi capelli quando vi facevo scorrere le mani, al suono della sua voce.

«Stai bene?», mi chiese preoccupato.

Annuii debolmente. «Non voglio vederlo, Johnny», dissi in un sussurro e mi girai per guardarlo.

Stava cercando di guardare la strada e me contemporaneamente. «Perché no?». Scossi la testa. Non potevo parlarne, specialmente con lui. Quello era il suo patrigno, santo cielo, viveva con lui.

«Non posso e basta, per favore». Lo implorai con gli occhi.

Sospirò. «Lui comunque non c'è. È via per il weekend con mia madre e Matt. Non dovrebbero tornare fino a stasera tardi».

«Sei sicuro?», chiesi, iniziando a rilassarmi.

«Certo», disse con un sorriso rassicurante. «Sono andati a Mersey per il weekend a trovare i miei nonni. Non torneranno fino alle dieci o giù di lì».

Lo guardai per assicurarmi che non stesse mentendo o cercando di ingannarmi. Sembrava che dicesse la verità. Johnny era davvero un bravo ragazzo, non mi avrebbe fatto una cosa del genere, non mi avrebbe mentito. «Okay», acconsentii.

Sorrise e tornò a guardare la strada. «Allora, è possibile sapere perché tu e Jake odiate così tanto Stephen?», chiese incuriosito. Chiusi gli occhi. Non volevo proprio avere quella conversazione con lui, con nessuno. Perfino Kate non conosceva i particolari su mio padre e la mia infanzia.

«Johnny, non voglio parlarne. Fa parte del passato, preferisco stare nel presente», risposi con la speranza che lasciasse perdere.

Annuì con aria un po' delusa e triste. «Okay. Be', se mai avrai bisogno di parlarmi di qualcosa, puoi farlo. Lo sai, vero?», disse mentre imboccavamo una strada davvero bella. Feci di sì con la testa guardando fuori dal finestrino; le case erano enormi, con grosse auto costose nei vialetti. Si infilò in uno di questi e mi ritrovai davanti una grandissima casa celeste. A quanto pareva mio padre non se la cavava affatto male.

«Sicuro che lui non c'è?», chiesi nervosamente. Scesi dall'auto e mi avvicinai a Johnny.

«Sicuro. Non c'è neanche l'auto», confermò indicando il vialetto vuoto. Mi rilassai e lo seguii. Quasi non riuscivo a respirare. Mentre apriva la porta gli afferrai il dietro della maglietta. Ridacchiò. «Amber, non c'è nessuno», mi rassicurò. Mi mise un braccio attorno alle spalle e mi fece entrare in casa. Era stupenda. «Vuoi bere qualcosa?», disse mentre mi portava in cucina.

«Uhm, sì». Mi guardai intorno, osservando tutti i costosi mobili e soprammobili. «Potresti infilare tutta la mia casa nel tuo salotto e nella cucina», dissi sorridendo.

Si mise a ridere. «La casa è bella, ma è troppo grande solo per noi. Non so perché ne abbiano comprata una tanto costosa».

«Cosa fa mio padre adesso?», gli chiesi mentre mi porgeva una lattina di Pepsi.

«Titoli e azioni. È un grosso broker o qualcosa del genere, non ne capisco molto. Ma fa un sacco di soldi».

Faceva ancora quello, allora, lo stesso lavoro di quando eravamo piccoli. Non volevo più parlare di lui, stare in casa sua mi faceva andare fuori di testa più che a sufficienza.

«Allora, tu e Kate, eh?», lo punzecchiai, cercando di cambiare argomento.

Arrossì. «È carina», bofonchiò nervosamente.

Sorrisi del suo rossore, era davvero adorabile. «Ha detto che l'hai baciata». Inarcai le sopracciglia entusiasta, aspettando i particolari. Adesso che avevo la versione del "bacio perfetto" di Kate, volevo quella di Johnny.

Ghignò. «Sì, ti ha detto se le è piaciuto?», domandò arrossendo ancora di più.

Oh, cavoli, altroché. «Già, ha detto che le è piaciuto un sacco», confermai, muovendo allusivamente le sopracciglia.

Si mise a ridere. «Be', meno male». Sembrava così sollevato che non potei fare a meno di ridere anch'io. «Pensavo di chiederle di uscire, come si deve, sai, una cosa esclusiva. Credi che accetterebbe?», mi chiese pieno di speranza.

La sua espressione preoccupata mi fece sorridere. «Diavolo, sì che accetterebbe». A Kate lui piaceva davvero, sarebbe stata assolutamente monogama.

Rise e si scompigliò i capelli sulla nuca. «Fantastico! Grazie, Amber».

«Va' a cambiarti e andiamo a mangiare. Muoio di fame», gli ordinai indicando con la testa il corridoio.

«Okay, dammi cinque minuti».

«Puoi farti la doccia e agghindarti se vuoi, non mi dispiace aspettare».

«Stai dicendo che puzzo?», chiese ridendo mentre si avviava.

«Be', cercavo di essere educata», scherzai. Saltò su per le scale continuando a ridere.

Ero seduta al bancone della cucina, bevendo beata la mia Pepsi e giocherellando con il suo trofeo, quando sentii la porta d'ingresso aprirsi e la voce di una signora. «No, ho solo bisogno di dargli la medicina e metterlo a letto», disse.

Il respiro mi si mozzò in gola.

«Be', non ha smesso di piangere, cazzo», sbottò irritato mio padre.

Balzai dalla sedia così velocemente che per poco non caddi. Andai dall'altro lato del bancone, avevo bisogno di mettere qualcosa tra noi se fosse entrato in cucina. Il mio cuore era impazzito, non riuscivo a respirare bene. C'era una porta dietro di me; afferrai la maniglia, presa dal disperato bisogno di uscire di lì prima che lui arrivasse. Non potevo vederlo; non potevo lasciare che mi vedesse. Strattonando la maniglia mi accorsi che era chiusa a chiave. Sentivo le lacrime iniziare a bruciarmi gli occhi.

«Mi dispiace, Stephen, lo metto a letto tra un minuto, la smaltirà dormendo», disse la signora in tono sommesso.

«Sarà meglio, cazzo. Mi sta facendo venire il mal di testa», ringhiò rabbioso.

Ficcai la mano in tasca e presi il cellulare. Chi avevo in mente di chiamare non lo so. Liam e Jake erano troppo lontani e Johnny era probabilmente sotto la doccia. Non c'era nessuno, nessun aiuto, ero da sola nel mio orrore. Mi girai verso la porta, aspettando che lui entrasse. Avevo la nausea. Oh, Dio, stavo per mettermi a vomitare?

La signora entrò, portando un bambino biondo tra le braccia. Gli accarezzava la schiena per calmarlo. I suoi occhi si posarono su di me e fece un sussulto: era evidente che non si aspettava di trovarmi lì. «Ciao, scusa, non mi ero accorta che Johnny avesse portato degli amici». Mi rivolse un sorriso cordiale. Era molto graziosa, capelli castani e occhi grigi, proprio come quelli di mia madre e miei. Annuii, incapace di parlare.

«Johnny ha portato degli amici?», chiese mio padre varcando la soglia.

Avevo le vertigini, mi sentivo le gambe molli; era quasi esattamente lo stesso, solo un po' più vecchio, meno capelli e più brizzolato. I suoi occhi erano duri e severi come un tempo, non come la foto che Johnny mi aveva mostrato. Non era cambiato affatto.

Mi guardò, squadrandomi ogni parte del corpo mentre io ero lì ferma, incapace di muovermi, incapace di respirare. Mi sembrava di essere di nuovo una bambina. Ero terrorizzata e stavolta non avevo Jake a proteggermi. L'uomo che aveva rovinato la mia infanzia, l'infanzia di mio fratello, era a meno di cinque metri da me.

«Amber», disse tranquillamente. Sorrise e sentii la bile risalirmi in gola.

Capitolo 19

«Amber?», ripeté la signora, guardando prima lui e poi me. «Tua figlia, Amber?», chiese con un accenno di sorriso. Mio padre annuì senza che i suoi occhi lasciassero i miei. Mi sentivo come un cervo paralizzato dai fari di un'auto e non potei fare altro che prepararmi all'impatto. «Be', è bello conoscerti finalmente. Ho sentito così tanto parlare di te da Stephen e Johnny che mi sembrava di conoscerti già», cinguettò rivolgendomi un sorriso cordiale. Cercai di ricambiare e fingere che fosse tutto a posto, che non stavo per svenire da un momento all'altro, che non ero sul punto di far crollare la casa con le mie urla.

«È lo stesso per me, Ruby», risposi con calma, staccando gli occhi da lui.

«Cosa ci fai qui, Amber?», chiese mio padre, inarcando le sopracciglia e rivolgendomi un mezzo sorriso. Il suono della sua voce mi fece venire i brividi. Cercai disperatamente di non ricordare la mia infanzia. Avevo l'incubo della sua voce, dei suoi occhi, del modo in cui stava così dritto e come i suoi pugni erano sempre stretti, proprio come lo erano adesso.

«Io… io sono venuta con Johnny. Lui… lui si sta cambiando», balbettai. Subito mi rimproverai mentalmente per la balbuzie. Le sue vecchie regole stavano tornando: sta' dritta, parla in modo chiaro, non bofonchiare.

Ruby sorrise. «Be', è fantastico che tu sia qui. Ti va di restare a cena? Credo che ordineremo qualcosa fuori, non abbiamo molto in casa. Saremmo dovuti tornare stasera tardi, ma Matt è stato male per tutto il weekend e così abbiamo anticipato il rientro», spiegò Ruby baciando delicatamente la testa del bambino. Sembrava davvero carina, troppo carina per quello stronzo violento. Scossi la testa, ero di nuovo incapace di parlare. Mi tremavano le mani, così le strinsi forte insieme, cercando di non perdere il controllo e di non accasciarmi in un mucchietto singhiozzante sul pavimento. «Sicura? Non è un problema. Ci farebbe davvero piacere se restassi a cena, non è vero, Stephen?», continuò, sorridendogli, del tutto ignara del fatto che stavo vivendo il mio incubo peggiore in quel preciso momento. Lui annuì, squadrandomi dalla testa ai piedi, gelandomi il sangue.

«Sono sicura, grazie», dissi piano, con la voce che si incrinò verso la fine.

Il bambino riprese a piangere. Ruby aveva gli occhi sgranati quando guardò Stephen. «Gli do la medicina e lo metto a letto», disse. Andò a un armadietto dal quale prese un flacone e un cucchiaio.

Mio padre fece un paio di passi verso di me e io indietreggiai verso la porta. Il respiro mi usciva in piccoli rantoli. Aprii il telefono e digitai il numero di Johnny. Era la persona più vicina, se fossi riuscita a chiamarlo e dirgli di darsi una cavolo di mossa, allora avremmo potuto andarcene.

«Come te la passi, Amber? Sono anni che cerco di vederti, ma tuo fratello non me l'ha permesso», disse, facendo una smorfia alla parola "fratello".

Aveva cercato di vedermi e Jake non me l'aveva detto? Perché diavolo non mi avrebbe detto una cosa del genere? Conoscendo Jake, probabilmente pensava di proteggermi. Guardai la madre di Johnny in cerca di aiuto; adesso stava rimettendo a posto il flacone di medicinale.

«Bene, grazie», risposi. Abbassai lo sguardo sul telefono, stava ancora cercando di connettersi, Johnny non rispondeva. Dannazione!

«Vado a mettere Matt a letto, poi torno e preparo un po' di caffè», propose Ruby, sorridendomi.

«Va bene, amore», rispose mio padre, senza lasciare i miei occhi.

Deglutii. Non potevo restare lì con lui da sola! «Posso venire con te?», chiesi disperata. Ruby mi guardò interdetta. «Mi piacerebbe vedere la stanza di Matt, se non è un problema», mi affrettai a mentire. Neanche per sogno sarei rimasta lì con lui.

«Non credo che sia una buona idea, Amber. Matt non sta bene. Puoi vedere la sua stanza un'altra volta», intervenne mio padre prima che Ruby potesse rispondere.

Lei sorrise. «Torno subito». Si avviò fuori dalla stanza con il bambino aggrappato al collo.

Mi spostai da un lato e quasi mi misi a correre dietro di lei. Proprio mentre gli passavo accanto, mi afferrò per un polso e, con uno strattone, mi fece fermare. Per poco non caddi. Sentii l'urlo farsi strada a forza nella mia gola ma lo rimandai giù. Non potevo mostrargli quanto potere aveva su di me.

«Sei bellissima, Amber. Proprio come tua madre alla tua età. Sei sempre stata un fottuto incanto», disse con voce suadente, leccandosi le labbra mentre mi passava una mano sulla guancia.

Tirai su un ginocchio e lo colpii con tutta la forza possibile all'inguine, liberando il polso dalla sua stretta. Corsi nel corridoio con tutta la velocità che avevo nelle gambe. Ma non avevo idea di dove andare. Ero venuta lì con l'auto di Johnny perciò non volevo fuggire da quella casa senza un posto dove andare. Allora mi precipitai su per le scale, sfrecciando lungo il corridoio fino a che non scorsi una porta con il cartello di pericolo "Entrate a vostro rischio". Doveva essere quella di Johnny. Non mi presi la briga di bussare prima di spalancarla. Dopo averla richiusa con forza dietro di me, mi appoggiai con la schiena e scoppiai in un pianto isterico.

«Amber? Che diavolo succede?», ansimò Johnny. Alzai lo sguardo e lo vidi lì fermo con solo un asciugamano addosso, ancora bagnato dalla doccia. Mi spinsi via dalla porta e mi gettai su di lui, stringendolo forte, ignorando l'acqua che gocciolava su di me dai suoi capelli mentre singhiozzavo contro il suo collo. «Cos'è successo? Amber, santo cielo! Cosa c'è?», chiese disperato mentre mi accarezzava la schiena cercando di calmarmi.

«Ho bisogno di andare a casa. Ho bisogno di andare a casa, adesso!», gridai. Le gambe mi reggevano a stento; era lui a sostenere quasi tutto il mio peso. Probabilmente gli stavo facendo male per quanto mi tenevo stretta a lui, ma non si lamentò.

«Cosa c'è che non va?». Si allontanò per guardarmi.

«Johnny, ti prego», dissi con voce strozzata.

Annuì e mi tirò verso il letto perché mi sedessi. «Devo vestirmi», disse arrossendo. Feci di sì con la testa e chiusi gli occhi. Cercai di immaginare Liam, avevo bisogno di calmarmi, non potevo avere un crollo lì. Lo sentii muoversi nella stanza, vestirsi. Dopo meno di un minuto, mi prese una mano. «Sono pronto, andiamo», disse e mi tirò su dolcemente. Mi aggrappai alla sua mano mentre mi guidava verso la porta. «Prometti che dopo mi dirai cos'è questa storia?», mi chiese con aria implorante. Feci di sì con la testa. Avrei acconsentito a qualsiasi cosa se mi avesse portata fuori di lì. Mi mise un braccio attorno alle spalle, tenendomi stretta a sé mentre apriva la porta e scendevamo in fretta le scale. Mi irrigidii quando sua madre uscì dal salotto. «Merda! Cosa ci fai a casa?».

Lei fece un sorriso un po' triste. «Matt non sta bene. Ha avuto mal di pancia ieri ed è stato irritabile tutto il giorno, così siamo tornati prima», spiegò, aprendo le braccia perché andasse da lei. Johnny si allontanò da me e mi sentii soffocare nel restare da sola. Le diede un rapido abbraccio. «Mi sei mancato», disse dolcemente sua madre, dandogli dei colpetti sulla schiena.

Lui sorrise e la baciò sulla guancia. «Anche tu. Ascolta, mamma, devo portare Amber a casa, suo fratello la aspetta», mentì, affrettandosi a tornare da me.

«Sei sicura di non poter restare a cena, Amber? A Stephen piacerebbe tanto poter passare del tempo con te», disse Ruby dispiaciuta.

Passare del tempo con lui? Mi stava prendendo in giro, cazzo? Scossi la testa. «Non posso», dissi in un sussurro.

Mio padre sbucò da dietro l'angolo e io mi ritrassi al fianco di Johnny, premendomi così forte contro di lui da far male a entrambi. Mi sostenne con un braccio anche se non sapeva il perché del mio comportamento. Era davvero un fantastico fratellastro.

«Ciao, Stephen», lo salutò rigidamente.

«Ciao, Johnny. Stai diventando intimo di mia figlia?». La sua voce era così dura che mi fece trasalire.

«Devo andare», sussurrai disperatamente, conficcandogli le dita nel fianco.

«Ci vediamo più tardi», disse Johnny. Si girò e mi spinse davanti a sé, infilandosi tra me e mio padre mentre andavamo alla porta. Corsi letteralmente all'auto, tenendo d'occhio per tutto il tempo la porta d'ingresso nel caso mi inseguisse. Sapevo che non l'avrebbe fatto, tuttavia. Doveva continuare la recita per sua moglie e Johnny, ma questo non impediva al panico di scoppiarmi nel petto.

Johnny mi guardava preoccupato mentre sfrecciava per le strade. «Ti senti bene, Amber? Sei molto pallida, stai tremando», disse, prendendomi la mano.

«Voglio andare a casa», dissi con la voce strozzata.

«Okay, shh, ti porto a casa». Mi sfregò il pollice sul dorso della mano mentre guidava in direzione di casa mia. Chiusi forte gli occhi. Non era cambiato affatto; il modo in cui mi guardava mi faceva rivoltare lo stomaco. Oh, Dio, avevo bisogno di Liam!

Dopo circa dieci minuti passati a cercare di pensare a qualcosa che non fosse mio padre, entrammo nel vialetto di casa. Scesi dall'auto come una furia e corsi dentro, pregando che Liam ci fosse ancora. Spalancai la porta e lo vidi seduto sul divano che giocava alla PlayStation con Jake.

Entrambi alzarono lo sguardo quando entrai. Liam mi rivolse un sorriso felice prima che la sua espressione si incupisse. Balzò in piedi mentre correvo verso di lui. «Che cavolo succede?», urlò, guardando torvo Johnny che veniva dietro di me. Mi gettai tra le sue braccia, singhiozzando. Gesù, avevo bisogno di lui; era l'unica cosa che mi impediva di impazzire quando il mio mondo iniziava a cadere a pezzi. Mi strinse forte a sé, allontanandomi da Johnny. Sentivo il suo corpo teso e stressato.

«Che diavolo sta succedendo?», urlò Jake, avanzando infuriato verso Johnny.

«Non lo so. Mi stavo cambiando, poi lei ha dato di matto e si è messa a piangere. Jake, io non ho fatto niente!», esclamò. Sembrava un po' spaventato.

Jake mi afferrò per un braccio, tirandomi via da Liam. «Ti ha fatto del male, Amber?», mi chiese in tono aggressivo puntando un dito accusatore verso Johnny.

Feci di no con la testa, cercando di parlare. Pensavano che Johnny mi avesse fatto del male? «Sono andata a casa sua. Lui non doveva esserci», singhiozzai mentre le gambe cedevano sotto il mio peso. Liam mi afferrò per la vita prima che crollassi a terra e mi tirò su. Poi, si mise a sedere e mi prese in grembo, scostandomi i capelli dal viso e baciandomi la guancia.

«Shh, è tutto a posto, Angel. Va tutto bene», disse in tono confortante.

«Chi non doveva esserci? Qualcuno mi dica cosa diavolo è successo, ADESSO!», urlò Jake furibondo.

«Papà», gracchiai.

Jake strabuzzò gli occhi. Le sue mani si strinsero a pugno e la mascella si contrasse. Sentii le braccia di Liam stringersi ancora più forte attorno a me. «L'hai visto?», domandò Jake. La sua voce era seriamente minacciosa. Annuii e lo vidi guardare torvo Johnny, come se fosse in qualche modo colpa sua. «Tu l'hai portata a casa tua e hai lasciato che quella testa di cazzo le si avvicinasse?», ringhiò facendolo trasalire.

«Non sapevo che era lì! Non era previsto che ci fosse. Sono tornati a casa prima mentre io ero sotto la doccia», protestò. Alzò le mani con aria innocente mentre Jake sembrava che volesse ucciderlo lì su due piedi. Se gli sguardi potessero uccidere, Johnny sarebbe morto.

«Cosa ha fatto, Angel?», sussurrò Liam, girandomi la faccia perché lo guardassi. Potevo dirglielo? Se l'avessero scoperto, non avevo dubbi che sarebbero andati lì nell'immediato futuro e si sarebbero messi nei guai. «Dimmelo», ordinò Liam.

Lo abbracciai forte, non potevo mentirgli. «Lui...lui mi ha preso per un braccio. Ha detto che... ero bellissima, proprio come la mamma alla mia età e che ero un f... fottuto i... incanto», bisbigliai, incapace di tirare fuori le parole, con la voce che si inceppava tra i singhiozzi. Liam mi strinse forte, così forte che iniziavano a farmi male le costole. «Liam, mi stai facendo male», mi lagnai, infilandogli le mani nei capelli. Le sue braccia si allentarono all'istante, ma il suo corpo era così teso che probabilmente si stava facendo venire un'ulcera.

Jake afferrò le chiavi. «Io vado. Tu che fai, Liam?», chiese diretto alla porta. Oh, diavolo, no! Non potevo lasciare che si mettessero nei guai.

Liam mi sollevò dalle sue gambe e mi mise a sedere sul divano. «Pensa a lei», disse a Johnny in tono duro mentre si alzava per andarsene.

«No!», urlai, afferrandogli la mano. «Jake, no!», implorai.

«Non gli permetterò di farti di nuovo del male», ringhiò Jake.

«Non lo farà. Non si avvicinerà a me. È stata colpa mia. Non dovevo andare da Johnny. Non dovevo correre il rischio. Per favore, per favore, non farlo. Non posso sopportare che ti metta nei guai. Ho bisogno di te. Ho bisogno di tutti e due. Per favore, non lasciatemi da sola», lo supplicai. Strinsi la mano di Liam per maggiore enfasi. «Ti prego», implorai, tirandolo nuovamente verso di me.

Lui sospirò e guardò Jake. «Ha ragione, Jake. Non possiamo andare senza che lui faccia prima qualcosa. La passerebbe liscia e saremmo noi quelli nei guai», disse ragionevolmente.

Mi rilassai. Liam stava usando la testa; rifletteva sempre sulle cose, non come Jake. «Cosa intendi con "farti di nuovo del male"?», chiese adagio Johnny.

Tutti e tre lo guardammo. Jake fu il primo a parlare. «Niente. Credo che dovresti andare, Johnny». Gli indicò la porta perché se ne andasse.

Johnny scosse la testa. «No. Amber, hai promesso che mi avresti detto cos'era questa storia», disse in tono deciso, rivolgendomi uno sguardo implorante.

Aveva ragione, l'avevo fatto. Jake mi guardò, lasciando a me la decisione. «L'ho detto», confermai. Chiusi gli occhi e mi premetti nuovamente contro Liam. Gesù, sarebbe stato dannatamente difficile.

Liam

La ripresi sul mio grembo, la volevo vicina a me. Il battito non mi era ancora tornato normale dopo averla vista piangere in quel modo. Ero così arrabbiato che mi faceva male la mascella per aver stretto troppo forte i denti, nel tentativo di non perdere il controllo. Avevo voglia di andare lì e pestarlo fino a che non ne fosse rimasto più niente, ma lei aveva ragione, saremmo stati noi a finire nei guai e non aveva bisogno di altro stress in quel momento.

Jake fece segno a Johnny di sedersi sul divano di fronte a noi e prese posto accanto a lui. Sembravano entrambi stressati. Amber si raggomitolò sul mio grembo, tirando su le ginocchia e appoggiando la faccia contro il mio collo. La cullai dolcemente mentre ascoltavo Jake parlare a Johnny degli abusi di quando erano piccoli, di quando il padre aveva cercato di aggredire Amber e di come noi l'avevamo cacciato di casa tre anni prima. Omise le molestie sessuali, di cui nessuno sapeva molto perché lei si rifiutava di parlarne. Per tutto il tempo, Johnny rimase seduto lì, giocherellando con le mani. Perché non sembrava sconvolto? Se qualcuno si fosse seduto accanto a me e mi avesse detto che il padre l'aveva sottoposto ad abusi per anni, sarei rimasto come minimo un po' scioccato, no?

Dopo una decina di minuti, abbassai lo sguardo e vidi che Amber si era addormentata tra le mie braccia. Sembrava così triste e vulnerabile; la sua faccia era ancora arrossata dal pianto. Non avrei mai lasciato che soffrisse ancora. Richiamai l'attenzione di Jake con un cenno della mano. «Vado a metterla a letto», bisbigliai. Mi alzai e cercai di tenerla ferma mentre la portavo nella sua stanza, dove la adagiai sul letto. Emise un gemito e si rannicchiò contro di me, perciò restai disteso accanto a lei per un paio di minuti, fino a che non sprofondò nuovamente nel sonno. La baciai sulla fronte e tornai in salotto.

Johnny si teneva la testa tra le mani. Jake sembrava di nuovo furioso. «Cosa c'è?», chiesi, guardando prima uno e poi l'altro. Jake mi guardò, aveva un'espressione tesa e preoccupata. Non mi capitava di vederlo spesso così, era sempre tanto forte e quella vista mi faceva stare male.

«Lo sta facendo di nuovo. Ha picchiato Johnny e sua madre più di una volta», disse disgustato. Dannazione! Avevo detto a Jake che avremmo dovuto chiamare la polizia invece di limitarci a cacciarlo di casa, ma lui non aveva voluto che Amber fosse costretta ad affrontare tutta la trafila. E adesso lo stava facendo a qualcun altro!

«Mia madre parlava di lasciarlo quest'anno. E invece ci siamo trasferiti qui. Ha detto che era un nuovo inizio e che avremmo dovuto ricominciare daccapo, ma non è servito», disse Johnny tristemente. Mi inginocchiai accanto a lui e gli misi una mano sulla spalla. Non lo conoscevo così bene, era più amico di Angel che mio, ma sapevo che era un bravo ragazzo.

«Johnny, tua madre vuole ancora lasciarlo?», gli chiesi, guardando Jake che sembrava sul punto di esplodere da un minuto all'altro. Avrei dovuto tenerlo d'occhio. Al momento opportuno sarei stato al suo fianco, ma non potevamo affrettare le cose, doveva sembrare legittima difesa.

Johnny si strinse nelle spalle. «Non parliamo da quando ci siamo trasferiti qui, perciò non lo so. So che ha paura per Matt. Lui non l'ha ancora picchiato, ma ha solo un anno», rispose con la voce rotta.

Gli strinsi la spalla in segno di solidarietà. Quel verme era un vero pezzo di merda. Jake si sedette accanto a lui e gli diede una goffa pacca sulla schiena. Essendo ragazzi, non eravamo molto bravi in queste cose. Angel sarebbe stata perfetta; era così dannatamente affettuosa e gentile.

«Johnny, devi dire a tua madre che l'ha già fatto prima. Potrebbe essere la spinta che le serve per lasciarlo prima che faccia del male a Matt», disse Jake in tono gentile.

Facendo di sì con la testa, Johnny si alzò in piedi. «Andrò a casa e le parlerò appena posso».

«Johnny, se dovessi avere bisogno di aiuto, chiamami. Giorno e notte, capito? E se ti serve un posto in cui stare per qualche giorno, anche con tua madre e tuo fratello, allora potete stare qui», disse Jake infervorato. Diceva sul serio, era un ragazzo fantastico e non avrebbe mai permesso che qualcuno facesse del male alla sua famiglia o ai suoi amici. In qualche modo, anche Johnny era parte della sua famiglia.

«Grazie. Aspetterò che lui non sia presente e poi le parlerò», disse Johnny. Sembrava parecchio triste e anche un po' spaventato.

«Chiamami e fammi sapere come va. E dico sul serio riguardo al fatto di ospitarvi, a mia madre non dispiacerà, non dovrebbe neanche tornare prima di altre due settimane».

Jake accompagnò Johnny alla porta. Gli mise un braccio sulle spalle. «Andrà tutto bene», lo rassicurò. Johnny sembrava un bambino smarrito, affatto pronto per tutto questo, ma doveva diventare uomo in fretta, come aveva fatto Jake tempo addietro.

«Non credo che dovreste parlarne con Amber. Non le servono altre preoccupazioni, e non so neanche cosa dirà mia madre di tutta questa faccenda», mormorò Johnny accigliato.

Probabilmente aveva ragione. Se Angel fosse venuta a saperlo, si sarebbe agitata, preoccupandosi per Johnny e Matt, e per quello che ne sapevamo, la madre di Johnny poteva anche non avere intenzione di lasciare il marito. Avremmo potuto dirglielo a tempo debito. «Sì, buona idea», convenni.

«Okay, grazie. Ci vediamo». Sorrise tristemente e andò via.

Jake chiuse la porta e vi premette contro la fronte. «Liam, devi darmi una buona ragione perché non debba andare lì a tagliargli la gola», ringhiò. Tutto il suo corpo era contratto per la rabbia.

«Perché finiresti in galera e Angel non avrebbe suo fratello qui a proteggerla», mi affrettai a rispondere, sapendo che Amber era l'unica cosa in grado di tenerlo buono e calmo.

Jake si girò verso di me e fece una cosa che non gli avevo mai visto fare nella vita. Si accasciò contro la porta, tirò su le ginocchia contro il petto e pianse. Ero di nuovo così furioso che dovetti ricordare a me stesso l'esatto motivo per cui non potevo andare lì a tagliare la gola a quell'uomo. Mi sedetti accanto a Jake e gli misi un braccio attorno alle spalle mentre piangeva. Non credo che prima di allora si fosse mai sfogato veramente.

Amber

Le cose erano state parecchio tese tra me e Johnny durante l'ultima settimana. Sapevo che era a conoscenza di cosa ci aveva fatto nostro padre, be', una parte della storia per lo meno. Jake mi aveva assicurato che non gli aveva detto troppo di me perché sapeva che non volevo che fosse di dominio pubblico. Avevo detto a Johnny che non volevo parlarne e lui aveva rispettato il mio desiderio. Sembrava frequentare Liam e Jake più di quanto non facesse con me o Kate. Erano sempre appartati a confabulare sottovoce e si interrompevano ogni volta che mi avvicinavo. Mi chiedevo se stessero parlando di me ma, a dire la verità, non volevo saperlo. Non volevo mai più sapere nulla di quell'uomo, perciò se a loro stava bene parlare di me e lasciarmene fuori, tanto meglio.

Quando mi svegliai il venerdì mattina, Liam era già in piedi e si stava vestendo senza fare rumore. «Ehi, che fai? Hai paura che qualcuno ti veda tornare a casa con i vestiti di ieri?», lo presi in giro, chiedendomi perché stesse sgattaiolando fuori dalla mia stanza. Non si svegliava mai prima di me.

Rise e si infilò la maglietta prima di rimettersi a letto. Gli agganciai le dita nei passanti dei jeans, tirandolo verso di me. «L'unica paura che ho è quella di uscire dal tuo letto. Ci resterei felicemente per sempre, ma c'è qualcosa che devo fare oggi, perciò devo andare». Mi baciò con dolcezza, provocandomi il consueto sfarfallio nello stomaco che mi davano i suoi baci.

Qualcosa che doveva fare? Cosa? «Cos'hai da fare, Romeo?», gli chiesi. Lo attirai ancora più vicino a me, impedendogli di andare.

Sorrise e si rotolò sulla schiena, tirandomi sopra di sé. «Niente di interessante. Ho solo bisogno di sbrigare una cosa per il college, tutto qui», rispose, esitando. Mi stava mentendo? Lo guardai in faccia, sembrava teso e decisamente a disagio.

«Liam, c'è qualcosa che non va?», gli chiesi preoccupata. Oh, merda, stava vedendo un'altra o cosa?

Sorrise e mi infilò le dita nei capelli. «Non c'è niente che non va. Non preoccupare la tua graziosa testolina per niente. È solo che un paio di selezionatori vogliono vedermi e possono venire solo a quest'ora», spiegò, ancora a disagio.

Annuii anche se era chiaro che mi stava nascondendo qualcosa. Alla fine me l'avrebbe detto. Mi fidavo di lui. Ero sicura che non mi tradisse, era stato solo uno stupido pensiero passeggero. Sapevo che mi amava. Mi piegai e lo baciai, scostandomi poi per mordergli il mento. Amava quando lo facevo. Strinse le mani attorno alla mia vita e il suo respiro iniziò ad accelerare. Sorrisi e gli mordicchiai il lobo.

«Angel, devo andare. Non stuzzicarmi», gemette.

Sorrisi contro il suo collo e mi misi seduta, facendo il muso. Decisi che mi sarei divertita un po' con lui prima di lasciarlo andare. Sospirai teatralmente. «Okay, be', immagino che mi toccherà fare la doccia da sola».

Gemette di nuovo. «Angel, non farmi questo. Non è giusto, lo sai», disse corrucciato.

Non potei fare a meno di ridere della sua espressione vogliosa mentre lo liberavo. «Be', divertiti con i tuoi selezionatori. Colpiscili con le tue incredibili doti, Romeo», gli ordinai, baciandolo nuovamente.

Mi sistemò i capelli dietro l'orecchio. «Ti amo. Ci vediamo dopo la scuola».

Aggrottai la fronte. Non sarebbe venuto a scuola? «Non

vieni a scuola dopo?», gli chiesi, delusa per il fatto che l'avrei visto poco quel giorno.

Sospirò. «No, ma ci vediamo più tardi». Mi baciò e scese dal letto.

«Liam?», lo chiamai mentre stava per uscire dalla porta. Si fermò e si girò a guardarmi incuriosito. «Ti amo anch'io e in bocca al lupo con i selezionatori. Ricorda solo che sono loro i fortunati ad avere te e non viceversa», dissi con sincerità.

I selezionatori cadevano tutti ai piedi di Liam, non aveva bisogno di sforzarsi troppo per colpire la gente, le sue doti parlavano da sole. Mi sorrise e mi fece l'occhiolino prima di uscire dalla porta.

Andai a fare una doccia e poi uscii per fare colazione. Jake era ancora in pigiama anche se era quasi ora di andare. «Ehi, sarà meglio che ti prepari o faremo tardi», lo rimproverai, accigliandomi al pensiero di una punizione.

Scosse la testa. «Non mi sento bene perciò non vengo. Ho chiesto a Casey di accompagnarti perché Liam è con i selezionatori», disse piano.

Jake non si ammalava quasi mai. Mi avvicinai un po' preoccupata e gli appoggiai la mano sulla fronte. Non sembrava caldo. «Non credo che tu abbia la febbre. Cos'hai?», gli chiesi.

«Mal di stomaco, tutto qui. Me ne torno a letto. Casey sarà qui tra quindici minuti». Si alzò e si avviò verso il corridoio.

«Vuoi che ti porti qualcosa, Jake?».

Fece di no con la testa. «Starò bene, Ambs. Ci vediamo più tardi». Mi salutò con la mano e sparì nella sua stanza.

Casey fu divertente nel tragitto fino a scuola. Mi piaceva e non ci aveva mai provato con me, il che era grandioso. In ogni caso, da quando stavo con Liam, anche gli altri ragazzi avevano smesso di fare commenti su di me. Una volta arrivata, scorsi Kate, Sarah e Sean e li raggiunsi.

«Ehi», li salutai allegramente.

«Ehi, Amber. Dove sono Jake e Liam?», chiese Sean, guardando alle mie spalle.

«Liam doveva incontrare alcuni selezionatori del college», dissi orgogliosa, «e Jake sta male», aggiunsi, storcendo il naso. Speravo che non vomitasse ovunque lasciandomi il compito di ripulire!

«Sì? Anche Johnny sta male. Mi ha chiamata stamattina», disse Kate mettendo il broncio. Ancora non le aveva chiesto di mettersi insieme come aveva detto di voler fare. Io non le avevo riferito quello che avevo saputo, pensavo che sarebbe stato meglio che le parlasse lui.

«Anche Johnny sta male? Spero che non stia girando niente», feci una smorfia al pensiero di stare male; odiavo vomitare.

«Anch'io. Forza, andiamo in classe», propose Kate, prendendomi sottobraccio e guidandomi verso l'edificio.

La giornata passò incredibilmente lenta perché non avevo la prospettiva di vedere Liam all'ora di pranzo. Mattina e pomeriggio si confusero in un unico e lungo giorno senza Liam e, come se non bastasse, cominciavo a stare un po' male anch'io. Mi sentivo lo stomaco sottosopra e non riuscii a mandare giù niente.

Grandioso, adesso mi stavo ammalando!

Provai a chiamare Jake per vedere come stava ma non rispose. Probabilmente si era addormentato. Ci avrebbe pensato Kate ad accompagnarmi visto che i ragazzi non c'erano. Entrai in casa sentendomi spossata; non volevo fare altro che dormire.

Varcando la soglia, vidi valigie, scatole e sacchi neri della spazzatura pieni di roba, tutti ammucchiati nell'ingresso. Che diavolo di storia era quella? «Jake?», chiamai.

Sentivo delle voci in cucina e così mi avviai in quella direzione. Trovai Liam, Jake, Johnny e Ruby con in braccio un bambino, che immaginai fosse il mio fratellino, Matt. Ufficialmente non l'avevo ancora visto, se non di spalle la settimana prima. Che ci facevano lì? Un momento, pensavo che Kate avesse detto che Johnny era malato. Ma non lo sembrava affatto.

«Ehi, che succede? State tenendo una conferenza?», scherzai. Ruby mi sorrise debolmente, aveva gli occhi un po' arrossati, come se avesse pianto. Mi sentii irrigidire alla vista del suo viso triste.

Liam si avvicinò e mi mise la braccia attorno alla vita. «Angel, abbiamo una cosa da dirti», disse dolcemente. Deglutii sentendo il tono della sua voce; doveva trattarsi di qualcosa di brutto.

Jake si fece avanti. «Lo sta facendo di nuovo, Ambs. Lo hanno lasciato. Ho detto loro che potevano stare qui per un po'. Mamma ha detto che andava bene», spiegò.

Ruby riprese a piangere sommessamente. Guardai Johnny. Subiva maltrattamenti e non me l'aveva detto? Sentii montare la rabbia contro di lui. Sapeva cosa ci aveva fatto quell'uomo; poteva parlarne con me! Aprii la bocca, sul punto di urlare, ma la sua espressione mi fermò. Sembrava così triste, in colpa e anche un po' spaventato. Mi staccai dalle braccia di Liam e andai ad abbracciare Johnny. Dio, anche lui era stato maltrattato dall'uomo dei miei incubi, non dovevo prendermela con quel ragazzo, non era certo quello di cui aveva bisogno in quel momento.

D'un tratto, tutto assunse un senso: non era mai piaciuto neanche a Johnny parlare di sé. Quando gli chiedevo se andava d'accordo con mio padre, sembrava sempre molto a disagio. L'avevo visto così teso in sua presenza quando, la settimana prima, ero stata a casa loro.

«Potevi parlarmene», gli sussurrai. Sentii le lacrime scivolarmi lentamente sulle guance: ero addolorata perché sapevo bene cosa aveva passato e come si sentiva in quel momento. All'epoca per lo meno io avevo Jake e Liam a occuparsi di me; ma Johnny era il maggiore, probabilmente sentiva di dover essere lui a proteggere la madre e il fratellino.

Johnny ricambiò il mio abbraccio. «Non volevo turbarti. Lo progettavamo da tutta la settimana. Jake e Liam ci hanno aiutati a mettere via tutta la roba oggi mentre lui era al lavoro. È via per il weekend, non tornerà fino a domenica mattina».

Mi ritrassi e gli diedi un bacio sulla guancia. «Va tutto bene adesso. Non temere, non potrà più farti del male», dissi con decisione. Mi girai e abbracciai Ruby, anche se neanche la conoscevo. Sembrava che in quel momento avesse proprio bisogno di un abbraccio. Il bambino che teneva tra le braccia era stupendo; era uguale a lei, ma con i capelli biondi.

«Stai bene, Ambs?», mi domandò Jake, con un accenno di ansia nella voce.

Deglutii rumorosamente. In realtà avevo la nausea. Ed ero un po' sopraffatta da tutta quella situazione. «A dire la verità mi sento un po' strana», ammisi, passandomi una mano sulla faccia.

«Angel, sembri un po' pallida. Vuoi qualcosa da bere?», mi chiese Liam venendo verso di me.

Dannazione, scottavo! Sentivo le labbra e le dita formicolarmi; avevo un principio di vertigini.

Capitolo 20

Ero vagamente consapevole di un irritante *bip*; la testa mi martellava e pulsava da un lato. Chiusi gli occhi con forza, cercando di mandare via il dolore.

«Angel?», dissi Liam vicino alla mia testa.

Gemetti e mi girai verso la sua voce. Mi sentivo malissimo, come in una specie di bolla. Alla fine aprii gli occhi e lo vidi chino su di me, stupendo come sempre, eppure sembrava teso. Era corrucciato e aveva la mascella serrata.

«Ehi», gracchiai, sforzandomi di sorridere e ignorare il dolore alla testa.

«Grazie a Dio. Mi hai fatto spaventare». Piegò la testa e mi baciò delicatamente la fronte. Mi sembrò che tirasse un sospiro di sollievo.

«Okay. Se mi lascia passare, darò un'occhiata», disse in tono severo una voce femminile.

Mi guardai attorno senza riuscire a capire dove fossi. Ero su un lettino, bloccata da cinghie. Era una specie di stanzetta con scaffali e armadietti lungo tutte le pareti, solo che eravamo in movimento; sentivo le vibrazioni della strada.

Liam si fece da parte e una signora in tuta verde si chinò su di me. «Ciao, Amber. Come ti senti?», mi chiese, guardandomi negli occhi con una piccola torcia.

Le spinsi via la mano, cercando di nuovo Liam. «Dove mi trovo?», chiesi un po' impaurita. Come diavolo ci ero finita? Ero in cucina, poi mi ero sentita male…

«Sei in ambulanza, tesoro. Sei svenuta e hai battuto la tua

graziosa testolina contro il bancone della cucina», spiegò mentre mi prendeva le mani e me le appoggiava sul petto. «Devo solo visitarti. Sei rimasta svenuta per circa venti minuti». Mi accese di nuovo la torcia davanti agli occhi e annuì, apparentemente soddisfatta. «Ti fa male la testa?», mi chiese, toccandomi delicatamente dietro all'orecchio. Il dolore saettò e sibilai a denti stretti. «Credo che ti serviranno un paio di punti qui», dichiarò, indicando il lato della mia testa.

Allungai una mano a Liam. Lui la prese immediatamente e mi baciò le dita, senza smettere di guardarmi. Sembrava davvero agitato. Dopo un altro paio di minuti arrivammo in ospedale e iniziarono a trasportarmi sulla lettiga.

«Posso camminare», protestai, sentendomi una stupida a entrare nell'ospedale stesa su quel lettino.

«Spiacente, tesoro, è la prassi. Se arrivi con le luci, entri in lettiga», replicò la donna, strizzandomi l'occhio. Le sorrisi debolmente e Liam rise. Ma non era la sua solita risata, era tesa e senza allegria.

Ci portarono in un cubicolo e ci lasciarono da soli. «Cosa è successo, Angel?», mi chiese Liam. Si piegò su di me e mi accarezzò delicatamente il lato della faccia.

Alzai le spalle e poi feci una smorfia: il movimento mi aveva risvegliato il dolore alla testa. «Non lo so. Mi girava un po' la testa e poi mi sono svegliata con te in ambulanza», spiegai. Non ricordavo altro.

«Mi hai spaventato a morte. Non farmi più una cosa del genere. Promettimelo», mi ordinò. Ridacchiai per quanto sembrava serio. Voleva che gli promettessi che non sarei mai più svenuta?

«Liam, non posso prometterti qualcosa su cui non ho il controllo», lo presi in giro continuando a ridere. Lui sospirò e si piegò su di me per baciarmi delicatamente, facendomi andare a fuoco tutto il corpo. Si ritrasse quando la tenda si aprì e si accostò un dottore.

«Oops, scusate. Torno più tardi?», chiese il dottore con un ghigno. Risi, imbarazzata per essere stata beccata a limonare in ospedale.

«Sì, ci darebbe cinque minuti?», scherzò Liam, facendo ridere il tizio. Mi tenne stretta la mano mentre il dottore mi guardava negli occhi e mi controllava la testa, per poi prendere appunti sulla sua cartelletta.

«Allora, sei svenuta, Amber. Ti sei sentita bene nella giornata di oggi? Hai preso qualcosa che non dovevi?», domandò un po' sospettoso.

«Tipo droghe o cose del genere?», chiesi scioccata. Sembravo una dannata tossica? Lui mi guardò con aria di attesa. «No, non ho preso niente. Mi sentivo un po' giù di corda, in effetti, lo stomaco un po' scombussolato», ammisi.

Prese altri appunti. «Hai mangiato?».

Ci pensai: avevo mangiato? Avevo mangiato dei toast a colazione ma niente a pranzo per via della nausea. «Uhm, non proprio. Avevo la nausea a pranzo».

«Uhmm, probabilmente il problema è questo. Sei sotto stress o cose del genere al momento? Esami in vista, cose così?», chiese continuando a scrivere.

Stress. Wow, quello sì che era un eufemismo. Quel violento di mio padre era tornato in città, portando con sé un'intera nuova famiglia. Una settimana prima l'avevo rivisto per la prima volta da quando aveva cercato di violentarmi. Adesso avevo appena scoperto che maltrattava la sua nuova famiglia, la quale si trasferiva da noi per un po'. Anzi, per quanto tempo sarebbero rimasti con noi? Qualcuno l'aveva detto? Avrei dovuto mettere Johnny con Jake, e Ruby e Matt potevano stare in camera di mia madre. Poi, quando mia madre fosse tornata, avrei potuto…

«Amber?», mi chiamò il dottore, riscuotendomi dal mio piccolo mondo.

«Oh, giusto. Ehm, sì, la mia vita è stata piuttosto stressante ultimamente», affermai. Mi morsi il labbro al pensiero di quanto le mie parole non rendessero affatto l'idea.

«Be', lo stress ha tanti effetti. Hai assolutamente bisogno di mangiare come si deve. Voglio farti degli esami del sangue per essere certo che non ci sia altro. Manderò qualcuno a suturarti la ferita e ti terrò qui giusto un paio d'ore per controllare che vada tutto bene dopo quella botta», disse con un sorriso gentile.

Andò all'armadietto e ne tirò fuori una siringa. Guardai Liam con gli occhi sgranati. Odiavo gli aghi. Quando il dottore mi si avvicinò, Liam abbassò la testa e mi baciò.

Chiusi gli occhi e fusi le labbra con le sue. Gesù, aveva un sapore così dannatamente buono!

«Okay, finito. Faccio mandare questa su, le analisi dovrebbero essere pronte tra un'ora», annunciò il dottore. Gettò la siringa nella spazzatura e scrisse qualcosa su una provetta. Abbassai lo sguardo e vidi un pezzetto di nastro bianco che teneva fermo un batuffolo di cotone nell'incavo del braccio.

«È stato lei?», chiesi scioccata. Non me n'ero neanche accorta!

Il dottore e Liam si misero a ridere. «Già, fatto tutto. Ah, il potere della distrazione», rifletté il dottore divertito. Sorrisi a Liam. Da quel momento in poi avrei dovuto portarmelo dietro a ogni iniezione.

«Bene, allora, un'infermiera verrà a metterti i punti alla testa tra qualche minuto. Probabilmente resterai qui per due o tre ore», disse, dirigendosi verso la tenda.

«Il mio ragazzo può rimanere con me?», domandai speranzosa mentre mi aggrappavo alla mano di Liam. Non volevo restare da sola in quel posto asettico.

«Sicuro, non c'è problema. Ma solo un visitatore, perciò magari puoi dire alla folla che chiede di te di andare a casa», propose ridacchiando mentre se ne andava e lasciava ricadere la tenda al suo posto.

Folla, quale folla? Guardai Liam e lui mi sorrise. «Sono venuti tutti. Ho dovuto letteralmente spingere Jake giù dall'ambulanza quando hanno detto che poteva venire con te solo una persona», rispose con l'aria un tantino colpevole.

Sorrisi e gli strinsi la mano. «Be', sono felice di essermi svegliata con te e non con Jake. Perciò, grazie».

Mi diede un piccolo bacio. «Sono felice anch'io». Sospirò. «Sarà meglio che vada a dire loro che stai bene e che dovrebbero tornare a casa», disse alzandosi.

«Ma sbrigati, ok?». Gli feci la mia espressione implorante.

Sorrise. «Faccio più in fretta che posso», promise. Mi baciò sulla fronte e andò via. Chiusi gli occhi e ascoltai i rumori del reparto mentre aspettavo che tornasse.

Liam fu di ritorno in cinque minuti con un sandwich confezionato e una bibita.

«Ehi, non sono sicuro che tu possa mangiare, perciò dovrai aspettare che arrivi l'infermiera a ricucirti la testa. Non me la sono persa, vero?», chiese preoccupato.

«No, non te la sei persa». Sorrisi per quanto era sempre premuroso.

Si mise a sedere e mi tenne la mano. L'infermiera arrivò qualche minuto più tardi e mi mise i punti. A quanto pareva me ne servivano sei. Lasciai che Liam mi distraesse per tutto il tempo: era davvero il miglior analgesico in circolazione. Forse avrei dovuto imbottigliarlo e venderlo. Sarei diventata ricca!

Finalmente, dopo un'ora e mezza, il dottore tornò. «Ehi, allora, ho i risultati dei tuoi esami del sangue e pare che non sia stata la mancanza di cibo a farti svenire», disse, guardandomi con aria seria. Liam si irrigidì accanto a me; mi strinse la mano e si sporse così tanto dalla sedia che non mi sarei sorpresa se fosse caduto da un secondo all'altro.

«Allora di che si tratta?», domandai. Non poteva essere niente di brutto. Avevo solo sedici anni, santo cielo, non fumavo, bevevo poco, non ero in sovrappeso e facevo regolarmente esercizio fisico. Voglio dire, non avrei dovuto essere soggetta a malattie, no?

«Sei incinta», disse.

Scoppiai a ridere. Diamine, quello sì che era divertente, ci ero quasi cascata. Scossi la testa, continuando a ridacchiare. «Sul serio, di che si tratta?».

Guardò prima me e poi Liam. «Sei incinta», ripeté.

Smisi di ridere all'istante. Non potevo essere incinta. No, era un errore. «Non è possibile, prendo la pillola. L'ho presa tutti i giorni, non ne ho mancato neanche uno. La prendo esattamente alle otto ogni mattina», protestai incredula. Doveva essere qualcos'altro. Guardai Liam; stava fissando il dottore a bocca aperta.

«Be', quando hai avuto l'ultimo ciclo?», mi chiese il dottore.

Guardai di nuovo Liam. «Due settimane fa. Prendo quella pillola che si interrompe per una settimana, perciò era decisamente due settimane fa. Il prossimo ciclo sarà la settimana dopo la prossima», dissi con sicurezza.

«E il ciclo, com'è stato? Intenso come al solito?», chiese ancora il dottore prendendo appunti.

Intenso come al solito? Ci pensai. In realtà era stato molto leggero, ma dipendeva dal fatto che prendevo la pillola. Kate aveva detto che rendeva il ciclo più leggero. «È stato leggero ma l'ho comunque avuto, due settimane fa. Non posso essere incinta», dissi con decisione.

«A volte si possono continuare ad avere cicli leggerissimi durante una gravidanza. Si chiama spotting. Da quando prendi la pillola?»

«Sei settimane».

Non poteva essere. Pregai che si trattasse di un enorme sbaglio o addirittura di uno di quei programmi con le telecamere nascoste, in cui qualcuno sarebbe saltato fuori gridando "Sorridi, sei su candid camera!" da un momento all'altro.

«E quando hai iniziato, era il primo giorno del tuo ciclo?».

Feci di no con la testa. «Erano un paio di settimane dopo. Che differenza fa?». Iniziavo a diventare nervosa.

«Be', quando si assume la pillola, bisogna iniziare il primo giorno del ciclo e a quel punto sarà immediatamente efficace. Se la prendi entro cinque giorni, l'efficacia inizia dopo due settimane. Ma se inizi in un giorno qualsiasi, allora devi aspettare la seconda confezione perché faccia effetto», spiegò dolcemente.

Questo significava che aveva iniziato a fare effetto solo due settimane prima, quando avevo cominciato con la seconda confezione, e avevamo fatto sesso non protetto per tutto il tempo! Liam continuava a fissarlo. Non aveva detto una sola parola, non ero sicura neanche che stesse respirando. Era seduto così immobile da sembrare una statua.

«Vado a prendere un ecografo portatile e daremo un'occhiata, va bene?», propose il dottore, sorridendo gentile mentre spariva dietro alla tenda.

«Liam?», sussurrai. Mi stava seriamente facendo paura. Non avevo mai visto nessuno così immobile in tutta la vita, non era naturale. Il dottore tornò e lo guardai mentre mi spruzzava del gel sulla pancia e vi premeva sopra, facendolo scorrere, un piccolo affare che assomigliava a un microfono. Pregai che fosse un errore.

Smise di muovere l'aggeggio e annuì. «Sì, decisamente incinta. Dalle dimensioni direi che sei di quattro, cinque settimane. Vuoi vedere?», propose, porgendomi il piccolo monitor.

«No», rifiutai, affrettandomi a spingerlo via.

Non volevo vedere perché a quel punto non sarei più stata capace di fare quello che era necessario fare. Non potevo avere un bambino, eravamo troppo giovani, avrebbe rovinato tutto. Ci eravamo appena messi insieme, c'era così tanto in ballo. Liam mi avrebbe presto lasciata per il college, non potevamo avere un bambino. Avrei rovinato i sogni di Liam, aveva sempre voluto giocare a hockey e non gliel'avrei mai impedito. Non potevo guardare il piccolo monitor; non potevo guardare il bambino lì dentro perché dovevo restare forte.

«Non vuoi vederlo?», chiese il dottore. Sembrava un po' confuso.

«No. Voglio abortire», risposi inflessibile.

Liam si mosse. Oh, Dio, finalmente!

«Abortire? Cosa? Perché?», esclamò scioccato.

Lo guardai. Mi stava guardando inorridito, come se avessi appena proposto di ammazzare una foca a bastonate. «Perché è necessario farlo», dissi, distogliendo gli occhi dal suo sguardo acceso. Mi rivolsi al dottore. «È possibile farlo oggi? Cosa mi serve?», chiesi nervosamente.

«Be', ci sono due modi. Un aborto farmacologico, e quindi una pillola oggi e una domani, che praticamente provocherebbero un ciclo. Altrimenti quello chirurgico che va eseguito in anestesia generale. In pratica rimuoveremmo tutto quanto», spiegò in tono pratico.

Rabbrividii. Ma dovevo farlo. Non potevo pensarci come a un bambino, un minuscolo Liam, perché altrimenti non sarei stata in grado di sbarazzarmene.

«Può darci un minuto?», chiese Liam. Il dottore acconsentì e uscì in fretta. «Angel, che diavolo stai facendo?», mi disse una volta soli. Mi prese le mani e mi guardò come se fossi andata fuori di testa.

«Liam, non possiamo avere un bambino! Ho sedici anni. Tu andrai al college. Non possiamo», spiegai scuotendo la testa.

«Angel, rifletti, ti prego. Ti amo, tu mi ami. Voglio che un giorno abbiamo dei figli. Certo, merda, questo è UN SACCO di tempo prima di quanto pensassi». Cacciò un profondo respiro e si passò nervosamente una mano tra i capelli.

«Liam, non possiamo. Tu andrai al college a Boston, santo

cielo. Non posso crescere un bambino da sola. Non essere ridicolo!», gridai. Non stava ragionando.

Salì sul letto e si stese accanto a me. «Angel, ascoltami bene, ok?», mi pregò. Annuii e lo guardai. Non vedevo cosa potesse dire per farmi cambiare idea. Non c'era niente che potesse proporre, non c'era nessun altro modo. «Ti amo più di ogni altra cosa al mondo. Prima che questo accadesse, volevo rifiutare la mia borsa di studio e frequentare un college qui», esordì. Aprii la bocca per dirgli che era da stupidi, ma lui mi impedì di parlare, guardandomi supplichevole. «Volevo chiederti di venire con me a Boston. Ma non posso chiederti di lasciare casa tua, Jake e i tuoi amici, così ho deciso di restare qui con te», disse stringendosi nelle spalle.

Gesù, era così dannatamente adorabile, dolce e premuroso. Ma cosa diavolo c'entrava tutto questo con il fatto di avere un bambino? Probabilmente sarebbe stato costretto a lasciare il college per trovarsi un lavoro. Io avrei dovuto lasciare la scuola senza neanche diplomarmi.

Sorrideva mentre cercava di convincermi. «Potremmo farlo funzionare; so che mia madre ci darebbe una mano. Andrò al college e troverò un lavoro per la sera e i weekend per guadagnare qualcosa. Tu dovrai finire la scuola per corrispondenza o potremmo cercare una tata così potresti frequentare le lezioni. O magari ci aiuterebbe mia madre», propose, guardandomi speranzoso. «C'è il nostro primo bambino lì dentro, Angel. È un bambino che abbiamo fatto insieme. Puoi almeno pensarci? Ti prego. Sarà dura per un po', ma una volta che avrò firmato per una squadra, sarò in grado di darti tutto quello che vuoi. A tutti e due», disse in tono dolce, accarezzandomi delicatamente la pancia.

«Liam, non voglio rovinarti il futuro», sussurrai.

Sorrise e mi diede un piccolo bacio. «Angel, sei tu il mio futuro», ribatté. Infilò la mani sotto alla mia maglietta e la appoggiò sulla pancia.

Guardai il suo viso stupendo; i suoi occhi azzurri scintillavano d'amore mentre mi passava la mano sulla pancia. «Non l'ho fatto per incastrarti», dissi nervosamente.

Si mise a ridere e alzò gli occhi al cielo. «Mi hai incastrato quando avevi quattro anni. Portavi un vestito blu col fiocco sulla schiena e calzini bianchi. La prima volta che ti vedevo e mi hai incastrato. Questo», tracciò con il dito un piccolo motivo sulla mia pancia, «è un bonus. Certo, non me lo aspettavo per almeno cinque o sei anni, ma è pur sempre... un bonus», disse con un grosso sorriso.

Potevamo davvero farlo? Sarebbe rimasto lì con me? «Resteresti davvero qui con me rinunciando alla borsa di studio?», chiesi un po' scioccata. Aveva lavorato così sodo per ottenere quella borsa di studio, era un'opportunità così fantastica e ci avrebbe rinunciato per me e un bambino?

«Angel, se hai intenzione di interrompere la gravidanza perché non vuoi questo bambino, allora potrei capire, ma non farlo per me. Voglio restare qui con te. Se tu non fossi stata incinta, avrei comunque rifiutato l'offerta», mi assicurò. Si avvicinò ancora di più a me sul letto e mi prese tra le braccia.

Seppellii la faccia nel suo petto e chiusi gli occhi; anch'io volevo dei figli da lui un giorno. Mi vedevo con in braccio un bambino che aveva gli occhi azzurri e i capelli arruffati di Liam. Certo, mi immaginavo molto più grande di adesso, ma era una cosa che mi piaceva comunque. Forse potevamo farla funzionare. Al bambino non sarebbe mancato l'amore e, una volta superato lo shock, anche gli altri avrebbero capito. Non avevo dubbi che la madre di Liam ci avrebbe aiutati. E Jake, passata la rabbia iniziale, sarebbe stato un fantastico zio.

Liam si scostò leggermente. «Giuro che sarei il miglior padre del mondo», promise.

Sorrisi: non ne avevo dubitato neanche per un secondo. Lo baciai sulle labbra, mettendogli le braccia attorno al collo e attirandolo a me. Lo amavo così tanto, più di ogni altra cosa.

Sapevo che potevamo farlo funzionare. Una piccola famiglia. Si staccò dal bacio per guardarmi con un'espressione speranzosa sul viso.

«Va bene», acconsentii.

Sorrise e mi baciò di nuovo, spostandosi in modo da mettersi quasi sopra di me. Notai che non si era appoggiato alla mia pancia, era estremamente delicato. Mi baciò sul collo, scendendo sempre più in basso. Mi sollevò la maglietta e mi baciò su tutta la pancia, prima di rialzarsi e sorridermi.

«Ti amo», sussurrò.

Lo strinsi di nuovo a me. «Ti amo anch'io, papino», lo presi in giro, facendolo ridere.

Mi avvolse tra le braccia e si distese accanto a me. Gli appoggiai la testa sul petto e ascoltai il battito del suo cuore. Feci scivolare una mano lungo il mio corpo e la posai sulla pancia, accarezzandola delicatamente con le dita.

Baciai il petto di Liam. Come diavolo poteva un ragazzo così stupendo, dolce, gentile, divertente, pieno di talento e responsabile,volere me? Come faceva ad amarmi a quel modo? Non riuscii a trattenere un sorriso. Stesa tra le braccia di Liam, mi sentivo davvero la ragazza più fortunata del mondo. Avrei avuto un bambino con l'uomo che amavo.

Dopo un paio d'ore venni dimessa. Liam doveva svegliarmi ogni ora per assicurarsi che non avessi una commozione cerebrale o cose del genere. Eravamo d'accordo di non dire ancora a nessuno del bambino. Era ancora così presto e dovevamo ancora metabolizzare la notizia. Non avevamo bisogno di interferenze esterne.

«Chiamiamo un taxi?», chiesi mentre Liam mi portava fuori dall'ospedale, tenendomi ben stretta al suo fianco.

Sorrise. L'aveva fatto un sacco durante l'ultimo paio d'ore. Pensavo che fosse davvero eccitato all'idea di diventare padre, cosa che non avevo mai visto in un diciottenne prima di allora.

«No. Jake ci ha lasciato la sua auto. È tornato a casa con Johnny e mi ha dato le chiavi», disse, guidandomi verso il parcheggio. Mi aiutò a salire in auto, agganciando addirittura la cintura di sicurezza al posto mio. Indugiò con la mano sulla mia pancia prima di ritrarsi.

Mi martellava la testa; gli analgesici che mi avevano dato cominciavano a non fare più effetto. Mi appoggiai al poggiatesta e chiusi gli occhi. Sarebbe stato difficile mentire a Jake. Odiavo mentire ed ero davvero pessima a farlo, ma era necessario per qualche settimana. Dovevamo prima lasciare che si sistemasse tutta la faccenda delle violenze di mio padre; questo ci avrebbe dato la possibilità di organizzarci almeno mentalmente. Avevo ancora il denaro della scommessa, non ne avevo speso neanche un centesimo; sarebbe stato un contributo a tutte le cose che bisognava comprare per il bambino.

Arrivati a casa, non feci in tempo a scendere dall'auto che Jake mi travolse con un abbraccio. «Merda, hai fatto morire tutti quanti di paura, Amber!», mi sgridò.

Sorrisi e ricambiai il suo abbraccio. «Scusa, Jake. Non è che avessi proprio pianificato di svenire davanti a tutti e battere la testa, no?», replicai sarcastica e spazientita. Perché diavolo se la prendeva con me se mi ero sentita male?

«Allora, cosa ti hanno detto? Perché sei svenuta, innanzitutto?», chiese con aria preoccupata.

Oh, cavolo, e adesso?

«Stress, a quanto pare. E poi non aveva mangiato niente per tutto il giorno», intervenne Liam, raggiungendomi. Dentro di me ringraziai Dio per il fatto che sapesse mentire meglio di me.

Jake mi guardò, chiaramente irritato. «Perché diavolo non hai mangiato tutto il giorno?», mi chiese in tono accusatorio.

Sorrisi e lasciai che Liam mi accompagnasse in casa. «Lasciamola entrare e mettere seduta, Jake. Poi potrai urlarle addosso quanto ti pare», propose Liam con un sorrisetto.

Jake ci seguì e si sedette accanto a me sul divano. Vennero a sedersi anche Johnny e Ruby. Tutti mi guardavano preoccupati. «Smettetela di agitarvi, gente. È stata la mancanza di cibo. Calo di zuccheri o qualcosa del genere. Sto bene adesso, sul serio», li rassicurai, cercando di non sembrare troppo colpevole. Speravo solo che Jake non desse troppo di matto, e che non riempisse Liam di botte, scoprendo la verità. Magari avrei potuto dirglielo io da sola, calmandolo un po' prima che vedesse Liam.

«Per la ferita alla testa ci sono voluti i punti. Devo svegliarla ogni ora per essere sicuri che stia bene. Perciò resterò qui stanotte», disse Liam, più per Ruby che per tutti gli altri. Jake sapeva già che sarebbe rimasto comunque.

Sbadigliai. Ormai erano quasi le nove e volevo solo andare a dormire. Era stata una lunga giornata stressante. «Me ne vado a letto, ragazzi. Oh, Ruby, è stato davvero un piacere rivederti. Mi spiace non essere riuscita a parlarti come si deve prima», le dissi con un sorriso di scuse.

Fece una risatina. «Parleremo domani, tesoro, non preoccuparti. Se hai bisogno di qualcosa durante la notte, fammelo sapere. Jake ha detto che posso dormire in camera di vostra madre, perciò sai dove trovarmi, va bene?», disse con gentilezza.

Wow, era davvero carina!

«Va bene. Buonanotte, ragazzi. E tu, Romeo, va' a prendere la tua roba se hai intenzione di restare», ordinai con un sorriso a Liam.

Si alzò in tutta fretta. «Okay, torno tra un po', allora». Mi baciò dolcemente sulla fronte prima di andare a dire ai genitori che dormiva "ufficialmente" fuori.

Andai in camera mia e mi guardai allo specchio. I capelli erano un disastro, avevo una specie di cerotto dietro all'orecchio, lì dove mi avevano messo i punti, e avevo l'aria stanca ma non potei fare a meno di sorridere. Non mi presi il disturbo di mettermi il pigiama prima di infilarmi a letto: volevo sentire la pelle di Liam contro la mia. Arrivò dopo un quarto d'ora, così bello da farmi venire le lacrime agli occhi. Mi passai delicatamente la mano sulla pancia sopra alle lenzuola. Speravo di avere un maschietto lì dentro e che sarebbe stato uguale al suo papà.

Liam rimase in boxer e si infilò a letto con me. Emise un verso di sorpresa e si allontanò per guardarmi. «Sei nuda?», chiese un po' scioccato.

Sorrisi. «Già. Ho pensato che devi approfittarne prima che diventi grassa e brutta», lo canzonai.

Con un ghigno, si rotolò sopra di me, sovrastandomi ma toccandomi appena. «Angel, tu non sarai mai brutta», sussurrò con aria adorante. «E più grossa diventi, più avrò da amare», aggiunse, facendo scivolare una mano sulla mia pancia. Sorrisi mentre gli abbassavo la bocca sulla mia.

Avere Johnny, Ruby e Matt a casa nostra fu davvero fantastico. Ruby preparò le frittelle sabato mattina e passai la giornata a chiacchierare con lei e a giocare con il mio stupendo fratellino. Aveva intenzione di restare in città perché non voleva che Johnny dovesse nuovamente cambiare scuola.

Kate passò nel pomeriggio e Johnny finalmente le chiese di mettersi con lui, cosa che lei accettò al volo. Erano così dolci, tutti coccole e carinerie. Kate diceva cose che facevano arrossire Johnny. Era decisamente troppo innocente ma, conoscendo Kate, non lo sarebbe rimasto troppo a lungo se lei l'avesse avuta vinta. Liam continuava a scoccarmi piccoli sorrisi di complicità e mi toccava la pancia ogni volta che poteva.

Domenica, Ruby, Johnny, Kate e Matt andarono a trascorrere una giornata allo zoo. Volevano uscire e fare qualcosa per distrarre Ruby dal fatto che mio padre sarebbe tornato proprio quel giorno dal suo viaggio di lavoro. Sarebbe tornato e avrebbe trovato il biglietto che gli aveva lasciato e la casa svuotata della loro roba. Ruby si era sbarazzata dei loro numeri di telefono e aveva comprato delle nuove SIM per i cellulari, in modo che lui non avesse modo di contattarli né sapere dove fossero. Ma starsene seduti a preoccuparsi non era d'aiuto a nessuno, perciò volevano fare qualcosa che li tenesse occupati.

Ero seduta sul divano a leggere, le gambe su quelle di Liam, che giocava alla PlayStation con Jake, quando squillò il telefono. Feci per alzarmi ma Jake mi precedette. Quando rispose, tutto il suo corpo si irrigidì. «Che diavolo vuoi?», ringhiò balzando in piedi. Mi misi a sedere così in fretta che per poco non ebbi un capogiro. «Che cazzo, sei ubriaco?», urlò nel ricevitore. Lo guardai; sapere che al telefono era mio padre mi dava la nausea. «Sì, e allora? Che vuoi farci, vecchio?», inveì Jake rosso di rabbia. «Non vogliamo vederti, perciò vaffanculo. No. Lei non vuole vederti. Giuro, se ti avvicini a lei un'altra volta, ti uccido», ringhiò girandosi verso di me. «Anzi, sai cosa, al diavolo, vieni qui, vieni pure. Siamo a casa, vieni qui e parliamone», propose.

Che diavolo stava facendo? «Jake!», gridai spaventata.

«Come no. Ricordi dov'è la casa, giusto? Assolutamente. Ci vediamo tra un po'», disse Jake chiudendo la comunicazione e scagliando via il telefono. Per fortuna atterrò sull'altro divano senza rompersi. Gli aveva appena detto di venire a casa?

«Jake, non è...», mi interruppi, incapace di finire la frase.

Jake si girò a guardarmi con un'espressione dura. «Sì. Va' a casa di Liam», mi ordinò.

Guardai Liam in cerca di aiuto. Stava guardando Jake; aveva la medesima espressione dura. «Liam, digli che è da stupidi», sussurrai, con le lacrime che mi scendevano sul viso. Liam non mi guardò; lui e Jake erano fissi in una sorta di silenzioso scambio di sguardi. Saltai giù dal divano e afferrai il telefono, intenzionata a richiamarlo per annullare. Non potevo lasciare che venisse lì, non con quei due in quelle condizioni.

Jake mi strappò il telefono dalle mani. «Non la smetterà di tormentarti, Ambs. Vuole vederti. È anche arrabbiato perché Ruby l'ha lasciato. Sa che li ho aiutati; un vicino ha visto la mia auto nel vialetto. È seriamente incazzato con me, perciò ho bisogno di dirgli di levarsi dalle palle», disse abbracciandomi.

Scossi la testa, non era quello che aveva in mente, non avevano intenzione di dirgli niente. Jake e Liam volevano massacrarlo di botte e fargli capire di levarsi dalle palle.

«Vi prego, no. Vi caccerete nei guai», sussurrai. Sentivo una morsa allo stomaco per la paura.

«Non se comincia lui», replicò Jake, soffocando un sorriso.

Capitolo 21

Liam

Merda, si metteva male. La prima cosa che mi saltò in mente fu che dovevo tenere Jake sotto controllo. Certo, desideravo uccidere quello stronzo quanto lui ma dovevamo fare seriamente attenzione. Se gli saltavamo addosso non appena entrava in casa, saremmo stati nei guai e avevo promesso a sua madre che non glielo avrei lasciato fare. Non avrei permesso che Jake andasse in galera per quel verme. Angel aveva bisogno di suo fratello, specialmente adesso, con il bambino in arrivo. La seconda cosa a cui pensai fu che dovevo mandare via da lì la mia ragazza e il mio bambino, subito.

«Angel, andiamo. Ti porto a casa mia». Le afferrai una mano e la staccai da Jake.

Lei si divincolò e mi guardò torva. «Non vado da nessuna parte! Non ve lo lascerò fare. Non potete pestarlo, finirete nei guai. Vi state comportando da idioti!», urlò. Le lacrime le scendevano a fiumi sulle guance mentre parlava.

«Angel, devi andartene, adesso», le imposi. Non poteva restare lì, vicino a quell'uomo, neanche per sogno, perché se anche l'avesse guardata nel modo sbagliato non sarei riuscito a trattenermi, figuriamoci tenere Jake sotto controllo.

Lei scosse la testa con determinazione. Era sempre stata testarda, di solito amavo questo aspetto del suo carattere, ma in quel momento no. Bene, se l'era cercata lei, tanto peggio. La afferrai, e la sollevai da terra come si fa con le spose. «Liam, non osare!», urlò, con la faccia rossa di rabbia mentre si dimenava per scendere. Scossi la testa, avrei fatto i conti con la sua ira più tardi, non sarebbe stata a lungo furiosa con me e una notte di trattamento del silenzio ne sarebbe valsa la pena, pur di sapere che era del tutto al sicuro.

Iniziò a singhiozzare e mi mise le braccia attorno al collo mentre la portavo fuori di casa. Dannazione, mi stava uccidendo! Odiavo vederla piangere.

La baciai sulla tempia. «Shh, andrà tutto bene, te lo prometto. Ho solo bisogno che tu sia al sicuro, così potrò concentrarmi e tenere calmo Jake, ok?», dissi sinceramente.

Raggiungemmo casa mia e aprii la porta alla svelta, dirigendomi al divano. Mi sedetti e la tenni sul mio grembo, cullandola dolcemente. «Ti prego, non metterti nei guai, Liam. Ti prego», implorò, stringendomi più forte.

«Non lo farò. Devo andare adesso. Tu resta qui; non venire fino a quando non verrò io a prenderti. Capito? Puoi fare questo per me?», le chiesi disperatamente.

Lei tirò su col naso e si scostò da me senza guardarmi. «Va', allora», sbottò rabbiosa. Scese dalle mie gambe e si sedette sul divano. Quella situazione non le piaceva affatto.

Odiavo quella sua espressione.

«Ti amo, Angel. Ho solo bisogno che tu e il bambino siate al sicuro», spiegai baciandola sulla guancia e passandole una mano sulla pancia piatta. Lottai contro l'impulso di sorridere al pensiero del mio bambino che cresceva dentro di lei, quel bambino fortunato che le sarebbe stato più vicino di chiunque altro per i successivi otto mesi. Lei annuì e chiuse gli occhi; sul viso continuavano a scenderle lacrime silenziose.

Mi alzai e feci per andarmene. «Liam?», chiamò non appena arrivai alla porta. Mi girai, sperando in un sorriso. «Ti amo anch'io. Se finirai in prigione per omicidio, allora ti aspetterò», affermò con la voce priva di emozione. Non era una battuta: pensava davvero che sarei finito in galera.

Me ne andai senza rispondere. Non c'era risposta per quello.

Era seriamente arrabbiata con me e avrei dovuto faticare per farmi perdonare in seguito. Non avevo mai fatto niente che non volesse prima di allora e odiavo farlo in quelle circostanze.

Corsi nuovamente a casa di Jake. Stava camminando su e giù nel salotto, carico di rabbia omicida. «Jake, devi ascoltarmi». Lo afferrai per una spalla e lo costrinsi a guardarmi.

«Lo so, lo so. Non posso fare niente se prima non comincia lui. Voglio solo parlargli e dirgli di uscire dalla nostra vita. Ma se si avvicina a me, giuro...». Digrignò i denti. Non aveva bisogno di terminare la frase, sapevo già cosa avrebbe fatto e non sarebbe stato indolore.

Dopo una decina di minuti, un'auto si fermò fuori. Afferrai Jake per un braccio quando balzò su dal divano. «Jake, datti una cazzo di calmata. Capito?», lo ammonii. Fece di sì con la testa e mi diressi alla porta. La aprii e lo stronzo era lì che mi guardava pieno di rabbia. Mi prudevano le mani dalla voglia di strozzarlo. Non lo vedevo da quando l'avevamo buttato fuori di casa, seguito dalla sua roba, tre anni prima, ma sembrava esattamente come lo ricordavo.

«Liam James, sei un po' cresciuto, uh?», disse facendo una smorfia mentre mi squadrava.

«Stephen Walker, hai smesso di molestare le ragazzine?», ribattei. Strinsi la maniglia così forte che le dita mi facevano male.

Mi guardò in cagnesco e si fece largo per entrare in casa. «Dove cazzo sono Amber e Jake?», domandò rabbioso.

«Io sono qui. E Amber è uscita», disse con tono pacato Jake. Forse, dopo tutto, sarebbe rimasto calmo.

«Tu, stronzetto! Sei sempre stato un fottuto guaio! Dove cazzo sono mia moglie e mio figlio? E porto con me anche Amber», urlò Stephen, dirigendosi verso il retro della casa. Sentivo la rabbia crescere ogni volta che diceva il nome della mia Angel. Feci un paio di profondi respiri. Dovevo essere io quello forte.

Jake si mise a ridere. «Sì, ok», disse sarcastico. Credo che stesse cercando di spingere il padre a fare qualcosa, che avesse intenzione di lasciarsi colpire un paio di volte per poter invocare la legittima difesa.

«Dove sono?», ripeté Stephen urlando. Aveva sempre avuto un caratteraccio.

«Te lo dico, vecchio, se ti avvicini un'altra volta a mia sorella, ti uccido», ringhiò Jake. «Hai capito? Devi lasciare la città. Adesso. Non ti è rimasto più niente qui. Neanche Ruby ti vuole, nessuno ti vuole», sbraitò.

Sorrise impercettibilmente quando Stephen gli andò vicino con i pugni serrati. «È tutta colpa tua, cazzo! Tu e Amber avete dovuto aprire le vostre schifose bocche per dire a Johnny cos'era successo. Mi hai rovinato tutto, tutto quanto, inutile pezzo di merda. Avrei dovuto spingere giù dalle scale tua madre quando mi ha detto che era incita di te», urlò Stephen.

Dannazione, che testa di cazzo!

Jake lo afferrò e lo sbatté contro il muro, lasciandolo senza fiato per il dolore.

Merda! Bloccai Jake proprio mentre stava per sferrargli un pugno e lo allontanai. «Non così! Jake, non così!», gridai, cercando di trattenerlo.

«Lasciami! Voglio ucciderlo, cazzo. Liam, lasciami!», urlò Jake, cercando di divincolarsi.

«Jake, calmati!», sentii che diceva Amber.

Mi si gelò il sangue al suono della sua voce. Che diavolo ci faceva lì? Tutti ci girammo verso di lei, ferma sulla soglia. Lasciai in fretta Jake e feci per andare da lei, ma quel verme si mise tra di noi. La prese per un polso. Lei sobbalzò e cercò di liberarsi dalla sua stretta.

«Tu! Tu hai rovinato ogni cazzo di cosa!», le urlò addosso.

«Lasciala andare, subito!», ringhiai a denti stretti, a stento in grado di trattenere la mia rabbia. Sentivo il cuore rimbombarmi nelle orecchie. Ero così furioso che mi tremavano le mani. L'avrei ucciso nel giro di tre secondi se non l'avesse lasciata.

Si girò per guardarmi con la faccia carica d'odio. «Fottiti! È mia figlia!», gridò, strattonandola e tirandola a sé. Lei si voltò e cercò di respingerlo. L'espressione di lui si indurì. Balzai in avanti nello stesso momento in cui la schiaffeggiava.

Lo presi per la camicia e gli sferrai un pugno in pieno viso, godendomi il gratificante schiocco del suo naso contro le mie nocche. Tirai indietro il braccio e continuai a colpirlo, ignorando il dolore che ogni pugno mi provocava alla mano. Dopo il quarto o quinto pugno, iniziò ad afflosciarsi, così lo spinsi contro il muro e ripresi a tempestarlo di colpi. Ci misi dentro tutto il mio odio, tutta la rabbia e il dolore e l'impotenza provati tutte le volte che avevo guardato la mia ragazza addormentarsi piangendo. Non avrei mai lasciato che quell'uomo le facesse ancora del male. Si accasciò sul pavimento, coprendosi la testa con le mani, ma non mi fermai, non riuscivo a fermarmi. Così iniziai a prenderlo a calci.

D'un tratto Jake mi afferrò da dietro e mi sbatté di faccia contro il muro. Che diavolo stava facendo?

«No! Non ho finito! Mollami, cazzo, Jake. Mollami!», urlai, cercando disperatamente di scrollarmelo di dosso, così avrei potuto uccidere l'uomo che aveva reso un inferno la vita della mia Angel. Mi spinsi con forza via dal muro nel tentativo di liberarmi.

«Amber è ferita, Liam», disse Jake, spingendomi di nuovo contro la parete, tenendomi un braccio di traverso sulla nuca.

«Levati di dosso! Fammi finire!», gridai, dibattendomi contro la sua stretta.

«LIAM, AMBER È FERITA!», urlò Jake.

Un momento, cosa aveva detto? Amber? Oh, mio Dio.

«Cosa? Dove? Dov'è?», chiesi disperato. Era ferita? Lui l'aveva schiaffeggiata ed era caduta e io non avevo visto altro che suo padre. Merda! Mi girai per cercarla. Era stesa su un fianco, raggomitolata, gli occhi chiusi, la mascella serrata: il suo viso era l'immagine del dolore. Mi sentii male mentre correvo da lei. «Angel?», sussurrai, chinandomi e accarezzandole la guancia rossa nel punto in cui l'aveva colpita.

Lei gemette e cercò di muoversi, facendo uno strano verso strozzato. «Fa male, Liam. Ti prego, fa tanto male», pianse, guardandomi disperata. Sembrava terrorizzata; così spaventata che ebbi la sensazione che il mio cuore si sarebbe fermato da un momento all'altro.

«Cosa ti fa male, Angel?». Cercai di confortarla mentre mi piegavo a baciarla sulla guancia indolenzita. Dovevo portarle un po' di ghiaccio e sarebbe andato tutto bene, avrebbe avuto una brutta ecchimosi per una settimana ma sarebbe andato tutto bene.

«La pancia», gracchiò. Singhiozzando, si girò verso il pavimento e iniziò a piangere istericamente.

Le faceva male la pancia? Gliela guardai, vi teneva attorno le mani come per proteggerla. Vedevo il sangue allargarsi sulla gamba dei suoi jeans. Il cuore smise di battermi, non riuscivo a respirare. Non vedevo altro che il sangue e non sentivo altro che i suoi gemiti e singhiozzi.

Amber

Sentii l'auto fermarsi, così saltai su e corsi alla finestra. Sussultai quando lo vidi scendere dalla macchina e avviarsi a grandi passi rabbiosi verso casa. Mi sentivo male. Non potevo lasciare che lo facessero; sarebbero finiti in grossi guai. Non potevo sopportare di perderli. Non volevo che Jake si mettesse nei guai, ma sarei morta se si fosse trattato di Liam.

Mi morsi le labbra e riflettei. Forse potevo raggiungerli ed essere un altro testimone, così se lui avesse fatto qualcosa potevo dire che avevano agito per legittima difesa. Un altro testimone sarebbe stato sicuramente utile. Oh, merda,

Liam mi avrebbe uccisa per questo! Corsi fuori da casa sua, diretta verso la mia. Sentii delle urla provenire dall'interno e mi fermai: ecco la familiare paura che provavo sempre quando ero una bambina. Non riuscivo a muovermi da lì, era come se fossi pietrificata. Sentivo la sua voce che urlava e mi si gelò il sangue… ma dentro c'erano Liam e Jake, loro c'erano sempre a proteggermi, sempre. Potevo fare questo per loro, non dovevo fare altro che essere testimone del suo primo pugno.

Mi avvicinai furtiva alla porta; non era chiusa, solo accostata. «È tutta colpa tua, cazzo! Tu e Amber avete dovuto aprire le vostre schifose bocche per dire a Johnny cos'era successo. Mi hai rovinato tutto, tutto quanto, inutile pezzo di merda. Avrei dovuto spingere giù dalle scale tua madre quando mi ha detto che era incinta di te», urlò mio padre carico di rabbia.

Mi sfuggì un piccolo mugolio alle orribili parole che aveva appena detto a mio fratello. Mio padre era sempre stato un verme, ma quello era indegno perfino di lui.

Sentii un botto e un lamento, così spalancai la porta e vidi Liam che tratteneva Jake, cercando a tutti i costi di tenerlo lontano da mio padre che, contro il muro, li guardava furioso. «Non così, Jake! Non così!», gridò Liam a Jake che si dibatteva tra le sue braccia.

Jake non dava segno di calmarsi. Aveva la faccia rossa di rabbia, l'unica cosa in grado di fermarlo, quando era in quello stato, ero io. Odiava vedermi sconvolta, era così iperprotettivo.

«Jake, calmati!», lo implorai.

Smise di muoversi e Liam lo spinse via, guardandomi scioccato e un po' spaventato. Fece per venire verso di me e contemporaneamente vidi mio padre muoversi. Era molto più vicino a me di Liam e gli bloccava il cammino. Non ebbi neanche il tempo di allontanarmi prima che mi afferrasse per un polso, stringendo forte, con la faccia rossa e piena di rabbia. Sobbalzai quando strinse ancora di più e il dolore mi saettò lungo il braccio. Cercai di divincolarmi ma lui non mollava la presa.

«Tu! Tu hai rovinato ogni cazzo di cosa!», mi urlò addosso, conficcandomi le unghie nella pelle. Non riuscivo a respirare.

«Lasciala andare, subito!», ordinò Liam. Sembrava così arrabbiato che mi fece paura.

Mio padre si girò verso di lui, continuando a tenermi saldamente. «Fottiti! È mia figlia!», sbraitò. Mi strattonò il braccio e persi l'equilibrio, incespicando verso di lui. La puzza di alcol nel suo alito mi diede la nausea. Cercai di liberare il braccio ruotandolo e tirando. Non mi mollava, così gli misi una mano sul petto e gli diedi uno spintone con tutta la forza che avevo. Non si spostò di un centimetro. Vidi la sua mano muoversi e chiusi gli occhi, sapendo che stava per colpirmi.

La sua mano entrò in contatto con la mia faccia ed ebbi la sensazione che la testa mi esplodesse. Caddi all'indietro, andando a finire addosso alla credenza. Un dolore mai provato in tutta la vita mi saettò nella pancia e nella parte bassa della schiena. Era come se qualcuno mi avesse accoltellato. Mi afferrai alla credenza, cercando di restare in piedi mentre respiravo a denti stretti. Jake corse da me e mi afferrò, adagiandomi a terra. Si mise seduto con me, appoggiandosi anche lui alla credenza.

«Merda. Ambs, stai bene?», chiese in tono disperato stringendosi al petto la mia testa.

Mi avvolsi le braccia attorno alla pancia, cercando di respirare malgrado il dolore. «No», gracchiai. Oh, no, stavo perdendo il bambino! «Liam! Dov'è Liam?», chiesi, aprendo gli occhi e cercandolo con lo sguardo. Ma non riuscivo a vedere quasi niente perché avevo gli occhi pieni di lacrime. Sentii un grugnito e un lamento. Oh, Dio, non stava… Pregai che non lo stesse facendo. Battei le palpebre e riuscii a vedere Liam che prendeva a pugni mio padre; la sua faccia era l'immagine stessa della rabbia. Non si sarebbe fermato fino a che avesse continuato a respirare. Ecco, c'eravamo. Mi avrebbero portato via Liam e io stavo perdendo il suo bambino. Sentii il mio cuore rompersi in un milione di pezzi.

«Va' a fermarlo», dissi in un sussurro, incapace di parlare.

«No, lascia che lo uccida», ringhiò Jake.

Scossi la testa. Oh, Dio, ti prego! «Jake, fermalo! Fallo per me, ti prego. Ho bisogno di lui. Digli che sono ferita. Ho bisogno di lui», boccheggiai mentre un'ondata di nausea mi travolgeva, provocandomi un conato. «Liam?», lo chiamai disperata. Ma non era più di un sussurro.

Jake si mosse. «Vado», disse mentre balzava in piedi. Mi rotolai su un fianco, tirando le ginocchia contro il petto, e mi tenni la pancia. Pregavo di non perdere quel bambino. Strizzai gli occhi per resistere al dolore; un paio di istanti dopo, Liam mi stava accarezzando la guancia, risvegliando il bruciore dello schiaffo.

«Angel?», bisbigliò con voce così preoccupata che mi spezzò di nuovo il cuore. Come facevo a dirgli che stavo perdendo il bambino? Ne era stato così felice, come diavolo facevo a dirglielo? Volevo abbracciarlo, volevo che mi tenesse stretta e che mi facesse passare tutto quanto. Liam poteva aggiustare le cose, poteva rimettere tutto a posto.

Feci per tirarmi su, ma una nuova ondata di dolore mi colpì, lasciandomi senza fiato. «Fa male, Liam. Ti prego, fa tanto male», mormorai, guardando il suo viso perfetto. Sembrava così in ansia per me. Stavo perdendo tutto. Lui sarebbe finito in galera e io sarei rimasta sola. Come avrei fatto a vivere senza di lui?

«Cosa ti fa male, Angel?», chiese, mentre si chinava a baciarmi la guancia.

«La pancia». Non riuscii a guardarlo in faccia quando si accorse che stavo perdendo il bambino: non volevo vedervi il dolore e la devastazione. Mi girai a faccia in giù e piansi disperata. Era tutta colpa mia. Dovevo restare a casa sua come mi aveva detto. Se l'avessi fatto, il bambino sarebbe stato al sicuro e Liam non avrebbe rischiato la galera. Aveva colpito mio padre solo perché io ero lì, non l'avrebbe fatto se fossi rimasta a casa sua. Perché non avevo fatto come mi aveva detto?

«Jake! Chiama un'ambulanza!», urlò Liam. Mi accarezzava delicatamente la parte posteriore della testa. «Shh, andrà tutto bene. Va tutto bene, Angel», disse in tono sommesso. Sentii il suo braccio avvolgermi, così girai la testa verso di lui. Si era steso accanto a me. Com'era possibile che ancora mi consolasse? Era tutta colpa mia, perché non mi stava urlando addosso?

«Mi dispiace tanto», dissi sinceramente. Stava cadendo tutto quanto a pezzi; lui non mi avrebbe più voluta adesso che avevo ucciso il nostro bambino.

Piegò la testa e mi baciò sulla fronte. «Angel, non hai niente di cui dispiacerti», sussurrò, venendomi più vicino. Con la mano, tracciò dei cerchi sul mio stomaco, così delicatamente che la sentivo a malapena.

«È colpa mia», esclamai, riprendendo a piangere. Scosse violentemente la testa e si allontanò da me. Sentii il mio cuore spezzarsi. Lo sapevo, adesso mi avrebbe lasciata. Si alzò e andò da mio padre che stava cercando di rialzarsi e riprese a colpirlo, urlandogli tutta una serie di insulti.

Jake lo atterrò. «Basta! Va' da Amber, subito!», ordinò infuriato.

Liam annuì e corse di nuovo da me.«Ti tiro su, d'accordo?», disse dolcemente.

Scossi la testa, non volevo muovermi. «No, non farlo. Ti prego, no», sussurrai. Il dolore era così forte che mi veniva da vomitare. Sembrava che avesse male anche lui mentre mi riempiva di attenzioni, scostandomi i capelli dalla faccia, baciandomi con dolcezza, mormorando parole confortanti.

«Dove cavolo è l'ambulanza?», urlò a Jake.
«Sta arrivando. Cos'ha?», chiese Jake, inginocchiandosi accanto a me. Strinsi la mano di Liam: non volevo vederli litigare se Jake si fosse infuriato per la storia del bambino.
«È incinta, Jake», spiegò Liam, baciandomi sulla guancia.
«I...incinta?», balbettò Jake. Liam fece di sì con la testa, rivolgendomi uno sguardo preoccupato.
«Te la farò pagare per questo, stronzetto!», urlò mio padre dalla porta. Sia Jake che Liam fecero per rialzarsi, ma io afferrai la mano di Liam. Non volevo stare di nuovo da sola.
«Levati dal cazzo prima che ti uccida io, e se perde il bambino, lo giuro su Dio, sei morto», ringhiò Jake carico di veleno.
«Jake, ti prego», sussurrai, non volendo altri problemi.
«Bambino? È incinta? Che puttanella», sbraitò mio padre.
Liam era così furioso che aveva il viso paonazzo quando fece per rialzarsi. Proprio in quel momento sentii le sirene farsi più forti. Liam si girò di scatto verso di me e mi rivolse un debole sorriso. «È tutto a posto adesso, Angel, sono arrivati i soccorsi. Andrà tutto bene», disse dolcemente. Alzai lo sguardo e vidi che mio padre non c'era più; Jake era sulla soglia, in attesa dell'ambulanza.
Liam mi stava guardando; i suoi stupendi occhi azzurri erano pieni di ansia. Lo amavo così tanto, come avrei fatto quando mi avrebbe lasciata per andare al college, e a me sarebbe rimasto solo ciò che avrebbe potuto essere?
Il paramedico venne da me con Jake. «Cos'è successo?», chiese a Liam.
«È incinta. Hai sbattuto la pancia o cose del genere?», mi domandò Liam, tenendomi la mano. Feci di sì con la testa, timorosa di muovermi nel caso il dolore peggiorasse: non sarei riuscita a sopportarlo.
«Quanto è avanzata la gravidanza?», chiese il paramedico.
«Cinque settimane», rispose Liam, guardandolo con aria supplichevole.

«Okay. Bene, ti portiamo in ospedale; ti visiterò sull'ambulanza. Ti fa male qualcos'altro, Amber?», si rivolse a me il paramedico.

«La schiena, e i fianchi». Feci una smorfia di dolore quando mi aiutò a mettermi sulla schiena.

«Può succedere qualche volta. Pare che tu stia avendo un aborto», disse dispiaciuto. Annuii. Lo sapevo già, era impossibile che non stessi avendo un aborto, era troppo dannatamente doloroso per essere qualcos'altro. Liam mi tenne la mano per tutto il tragitto, guardandomi, senza parlare. La sua faccia era una maschera di dolore. Soffriva tantissimo; vedevo i suoi lineamenti sofferenti mentre mi guardava. Non mi avrebbe perdonata.

Arrivati in ospedale, mi trasportarono in un cubicolo e un dottore arrivò quasi immediatamente. «D'accordo, Amber. Dovrò darti un'occhiata per controllare come stai», spiegò, infilandosi dei guanti.

Guardai Liam, inorridita, e gli strinsi più forte la mano. «Shh, va tutto bene. Sono qui. Va tutto bene», mi confortò, passandomi delicatamente la mano libera sul viso. Gridai quando il dolore mi saettò nel corpo, provocandomi nuove lacrime mentre il dottore mi visitava. Liam le asciugò con i suoi baci, guardandomi affranto.

«Mi dispiace, ti confermo che è in atto un aborto. Dobbiamo effettuare una procedura per accelerare le cose. Sei solo di cinque settimane, perciò questo è il modo più sicuro e veloce», disse il dottore, gettando via i guanti macchiati di sangue.

«Quale procedura?», volle sapere Liam.

«Si chiama raschiamento. È una procedura chirurgica. Occorrerà farlo in anestesia generale e rimuoveremo ogni residuo della gravidanza», spiegò, guardandomi con aria un po' triste.

«Procedura chirurgica?»

«È una cosa rischiosa?», domandò Liam, tenendomi stretta la mano.

Il dottore fece di no con la testa. «È il modo più sicuro. Potremmo lasciare che lo espella da sola nel corso della prossima settimana, all'incirca, ma aumenterebbero i rischi di infezione. È meglio per Amber se interveniamo subito».

Annuii. Volevo farla finita; non volevo massicce perdite di sangue per una settimana, soprattutto se poteva essere doloroso quanto lo era stato fino ad ora. Liam mi guardò, aspettando che prendessi una decisione. «Okay», borbottai, chiudendo gli occhi.

«Bene, allora vado a vedere se c'è una sala operatoria libera. È una procedura molto veloce. Dopo ti riporteranno qui», mi informò il dottore, rivolgendo un cenno del capo a Liam mentre andava via in tutta fretta.

Tirai su col naso. «Mi dispiace tanto, Liam. È tutta colpa mia».

Lui emise un verso sorpreso e scosse con forza la testa. «Basta con questa storia! Non è colpa tua, Angel. Smettila di incolpare te stessa. È stato quello stronzo, non tu». Si piegò e mi baciò con dolcezza sulla fronte.

«No, non dovevo lasciare casa tua. Tu mi avevi detto di restarci. Dovevo darti ascolto e adesso ho ucciso il nostro bambino», singhiozzai, sentendo il mio cuore spezzarsi un'altra volta.

Salì sul letto con cautela e mi prese tra le braccia, cercando di non muovermi. «Niente di tutto questo è colpa tua; non sei stata tu a uccidere il bambino, Angel. È solo una di quelle cose; sai che sono fermamente convinto che tutto accada per una ragione; non era scritto che avessimo questo bambino. Non sei tu quella da biasimare. Semmai, è colpa mia, se non gli avessi detto di toglierti le mani di dosso, forse lui non ti avrebbe colpita», disse pacatamente. Scossi la testa e seppellii il viso nel suo petto, aggrappandomi a lui. Non era colpa sua, niente di tutto questo era colpa sua. «Ti amo», continuò a sussurrarmi all'orecchio, fino a che il dottore tornò per portarmi in sala operatoria.

Liam camminò accanto alla barella fino a quando non gli fu consentito andare oltre. Mi baciò dolcemente, con gli occhi lucidi di tristezza e dolore. «Sarò qui quando ti sveglierai», promise.

Sorrisi. Mi amava ancora, mi voleva ancora. Speravo solo che non stesse dicendo quelle cose perché era sconvolto e addolorato. Pregai che mi volesse davvero dopo quello che avevo fatto.

Liam

Non appena oltrepassò le porte e sparì alla mia vista, mi afflosciai sul pavimento e mi presi la testa tra le mani. Avevo dolore in tutto il corpo. Lei era in quella situazione e non c'era niente che potessi fare. Avremmo perso il bambino e, per qualche motivo idiota, lei si addossava la colpa per ciò che aveva fatto quello stronzo. Strinsi le mani a pugno e me le premetti contro gli occhi, cercando di non pensare a lui. Più ci pensavo e più volevo uscire di lì per andare a strappargli la testa. Ma non potevo farlo. Dovevo restare lì per quando la mia ragazza si sarebbe svegliata. Non aveva bisogno di altre preoccupazioni in quel momento.

Credevo a quello che le avevo detto prima. Se era destino che avessimo quel bambino, così sarebbe stato. Non l'avrebbe perso altrimenti. Avevo sempre creduto che tutto accadeva per un motivo... ma questo non serviva a calmare il male d'inferno per la perdita di quel bambino. Un bambino perfetto che immaginavo sarebbe stato in tutto identico a sua madre. Chiusi gli occhi e appoggiai la testa contro il muro, aspettando che lei uscisse. Quasi non mi accorsi dell'arrivo di Jake, che venne a sedersi accanto a me, mettendomi un braccio attorno alle spalle.

«L'ha perso», mormorai.

Il braccio di Jake si strinse attorno alle mie spalle. «Sì. Si riprenderà, Liam», mi rassicurò.

Ero davvero sorpreso che non mi stesse pestando a sangue per aver messo incinta la sua sorellina ma, a dire la verità, non me ne importava. Non poteva causarmi maggiore dolore di quello che già provavo. L'unica cosa in grado di farmi più male era la mia Angel. Era l'unica ad avere il potere di uccidermi.

Dopo una quarantina di minuti, la portarono fuori dalla sala operatoria, ancora sotto effetto dell'anestesia. Balzai in piedi per guardarla. «Sta bene?», chiesi ansioso, camminando accanto alla barella mentre la spingevano lungo il corridoio.

«È andato tutto bene. Abbiamo rimosso tutto. Si riprenderà. Dovrebbe risvegliarsi dall'anestesia entro un'ora. La teniamo qui per la notte e domani pomeriggio la dimettiamo. Dovrà prendersela comoda per un paio di giorni», disse il dottore.

Feci di sì con la testa e la seguii nella stanza, dove mi sedetti accanto a Angel e le presi la mano. Jake e io restammo seduti accanto al letto in silenzio; non c'era niente da dire, niente poteva migliorare la situazione.

Dopo circa mezz'ora, mosse la mano nella mia. Mi affrettai ad alzarmi quando batté le palpebre. Quella era la seconda volta in tre giorni che si svegliava davanti a me in quel modo e pregai Dio che non accadesse più, perché non l'avrei sopportato.

«Ehi, Angel», mormorai. Le accarezzai delicatamente il viso. Sembrava indolenzito e cominciava già a vedersi l'ecchimosi nel punto in cui l'aveva schiaffeggiata.

Girò la testa nella mia direzione ma non aprì gli occhi. «Sei rimasto», sussurrò, con un piccolo sorriso che le sollevava gli angoli della bocca.

Davvero pensava che l'avrei lasciata?

«Certo che sono rimasto». La baciai con dolcezza. Lei mugolò e si afferrò debolmente al davanti della mia maglietta mentre ricambiava il mio bacio.

«Ti amo così tanto, Liam», sussurrò.

«Lo so, ma io ti amo di più», replicai. Nessuno aveva mai amato qualcuno quanto io amavo lei.

Jake si schiarì la voce, così mi allontanai, continuando però a tenerle la mano. Si sporse per abbracciarla. «Mi dispiace che tu abbia perso il tuo bambino, Ambs», disse con aria sincera.

Lei annuì e fece un sorriso triste. «Sì, anche a me», rispose con la voce rotta.

«Vado a chiamare Ruby e Johnny. Chiamo anche i tuoi genitori, Liam», disse Jake. La baciò sulla guancia prima di sparire oltre la tenda, lasciandoci un po' di privacy.

«Ti stendi con me?», rantolò.

Annuii e salii con cautela sul letto con lei. «Hai dolore?», le chiesi mentre le mettevo adagio un braccio attorno.

«Non proprio. Mi sento indolenzita ma niente in confronto a come stavo prima». Fece una smorfia mentre si spostava sul letto.

Chiusi gli occhi e sprofondai il viso nel suo collo. «Devi smetterla di farmi morire dalla paura. Prima o poi mi farai venire un infarto», scherzai, cercando di alleggerire l'atmosfera.

Lei rise senza allegria. «Sono così stanca, Liam», girò la testa, strofinandola contro la mia.

«Dormi allora, Angel». Le rimboccai le lenzuola per tenerla al caldo.

Per qualche ora oscillò tra veglia e sonno. Le diedero altri analgesici ma lei disse che stava bene. Dopo un paio d'ore le permisero di alzarsi per andare in bagno, purché fosse accompagnata da due infermiere, cosa che non gradì affatto.

Alle nove arrivò l'infermiera e mi rivolse un sorriso triste. «Spiacente, ma l'orario delle visite è terminato. Devo chiederti di andartene», disse con aria dispiaciuta mentre aiutava Amber a rimettersi a letto.

«Davvero? Non posso restare? Non darò nessun disturbo, la prego. Dormirò sulla sedia, neanche si accorgerà che sono qui», la supplicai, guardandola con l'espressione che funzionava così bene con Amber.

«Va bene», sospirò. «Ma se qualcuno te lo chiede, sei stato tu a intrufolarti qui. Capito?»

«Grazie». Feci un grosso sorriso. Wow, quella faccia funzionava anche con altre persone.

Jake andò a salutarla e promise che sarebbe tornato l'indomani mattina presto, portando un cambio di vestiti a lei e a me. Una volta che se ne fu andato, Amber mi fece spazio sul letto, cercando di non darmi a vedere che il movimento le aveva causato dolore.

«Dormo sulla sedia, Angel», protestai, spaventato al pensiero di schiacciarla.

«Ti prego, Liam».

Dannazione, perché non riuscivo a dire di no a quella ragazza? Con un sospiro, scalciai via le scarpe e salii sul letto. Lei si raggomitolò contro di me e pianse fino ad addormentarsi.

La mattina dopo, era prestissimo, qualcuno mi svegliò scuotendomi un braccio. Alzai lo sguardo e vidi due uomini fermi lì davanti che mi guardavano con aria severa. Che diavolo succedeva? Oh, merda, mi ero messo nei guai per aver dormito lì!

«Liam James?», domandò uno di loro.

Annuii e mi misi a sedere. «Sì», sussurrai, cercando di non svegliare Amber. Troppo tardi. Si mosse e fece un salto quando vide i due tizi.

«Liam James, ti dichiaro in arresto perché sospettato di lesioni personali gravi. Non sei tenuto a dire niente, ma quello che dici potrà essere usato contro di te in tribunale.

Hai diritto a un avvocato. Se non puoi permettertelo, te ne verrà assegnato uno d'ufficio», dichiarò, prendendomi per un braccio.

Lesioni personali gravi? Quello stronzo mi aveva denunciato?

Capitolo 22

Amber

Saltai su a sedere. «Che diavolo succede?».

Liam mi mise una mano sulla spalla. «Non alzarti», disse perentorio. Gesù, quel dannato sciocco si stava facendo arrestare e ancora si preoccupava per me?

«Ma è un'idiozia! Non potete arrestarlo, non è stata colpa sua!», esclamai rivolta ai due uomini che guardavano Liam infilarsi le scarpe. Perché diavolo la stava prendendo con tanta calma? Si aspettava che accadesse una cosa del genere?

«C'è una pesante accusa, signorina. Dobbiamo investigare», disse l'uomo senza neanche degnarsi di guardarmi.

«Angel, va tutto bene. Non preoccuparti», mi rassicurò Liam. Bene? Come poteva andare tutto bene? Si girò a guardare l'uomo che lo teneva per un braccio. «Posso dare un bacio alla mia ragazza? Ha appena avuto un aborto», lo pregò. L'espressione del tizio si ammorbidì e gli lasciò andare il braccio. Liam si piegò per baciarmi dolcemente sulle labbra. «Ti amo, Angel. Non iniziare ad agitarti per me. Hai bisogno di riposare», disse, accarezzandomi il viso.

Quando si rialzò, mi feci prendere dal panico. Non potevo lasciarlo andare, avevo bisogno di lui. Gli gettai le braccia al collo e rifiutai di lasciarlo. «Vi prego, non portatelo via, per favore. Non è stata colpa sua, è stata colpa mia, è stata tutta colpa mia. Dovevo restare a casa sua, non dovevo tornare a casa, per favore», implorai, con le mani infilate nei capelli di Liam, singhiozzando sulla sua spalla.

«Signorina, deve lasciarlo subito», disse lo stesso tizio. Strinsi Liam ancora più forte, probabilmente facendogli male, ma lui non si lamentò. «Signorina!», sbraitò il tizio.

Liam mi sfregò delicatamente le braccia, sciogliendo le mie mani dai suoi capelli. Quando fu libero, si scostò per guardarmi. Era teso e preoccupato, lo vedevo dai suoi occhi. «Ti amo», mi giurò, baciandomi di nuovo dolcemente.

«Ti amo anch'io», sussurrai, non fidandomi della mia voce.

Liam si alzò e subito il tizio gli tirò le braccia dietro alla schiena per ammanettarlo. I suoi occhi non lasciarono i miei mentre sentivo il cuore andare di nuovo in pezzi. Pensavo che dopo aver perso il bambino niente potesse essere così doloroso. Mi sbagliavo.

Li guardai condurlo via dalla stanza lasciandomi da sola. Mi sentii male. Non potevo lasciarglielo fare, non era colpa sua. Potevo sporgere denuncia anch'io, così avrebbero visto che mio padre aveva colpito prima me e Liam sarebbe stato rilasciato perché stava solo difendendo la sua ragazza. Ma non l'avrebbero rilasciato per quello, no? Difendermi era una cosa, ma lui era impazzito, non avrebbero mai creduto che avesse agito per legittima difesa.

Mi coprii la faccia con le mani, sforzandomi di pensare a qualcosa. In ogni caso, Liam sarebbe stato nei guai perché mio padre l'aveva denunciato. Anche se io avessi sporto denuncia contro mio padre, le accuse contro Liam sarebbero rimaste. Legittima difesa o meno, sarebbe comunque stato accusato di lesioni personali gravi perché l'aveva fatto, anche se provocato. Non potevo correre il rischio che non lo rilasciassero. E se non l'avessero fatto? E se fosse finito in galera per questo e io l'avessi perso?

L'unica cosa che mi venne in mente fu convincere mio padre a ritirare la denuncia. Afferrai il telefono e chiamai Jake.

Rispose al secondo squillo. «Jake, hanno arrestato Liam», dissi semplicemente.

«Che diavolo dici? Non è possibile!», urlò. Scostai un poco il telefono dall'orecchio.

«Jake, ascolta, dovrei essere dimessa nel pomeriggio, puoi portarmi dei vestiti?», chiesi, cercando di stare calma.

«Sì, sarò lì tra una ventina di minuti», acconsentì. Lo sentii muoversi rumorosamente in sottofondo, forse stava gettando i miei vestiti in una borsa.

«Grazie», chiusi il telefono e me lo premetti contro la fronte, riflettendo.

C'era un altro modo? Non riuscivo a vedere altra scelta.

Mi tremavano le mani, avevo una paura d'inferno, ma feci il numero di casa di mio padre. Squillò a lungo. Proprio quando stavo per rinunciare, lui rispose. Aveva la voce impastata di sonno; mi fece rabbrividire. Strizzai gli occhi. «Pronto?». Riuscì a essere terrificante anche con un'unica parola.

«Sono Amber», dissi, ingoiando il groppo in gola.

Rise. «E cosa posso fare per te, Amber?»

«Voglio che ritiri la denuncia contro Liam», risposi, cercando di assumere un tono sicuro.

Rise di nuovo. «Non ritirerò la denuncia, quel bastardo mi ha rotto il naso! Dovresti vedere cosa mi ha fatto alla faccia», urlò, facendomi trasalire. Com'era possibile che ancora mi spaventasse a morte, anche solo al telefono?

«Per favore, per favore, non farlo. Ti prego». Mi sforzai di non piangere.

«Vuoi che ritiri la denuncia?», chiese con un sospiro.

«Sì». Mi asciugai le lacrime.

«Vieni a casa mia e ne parliamo», disse in tono divertito.

Andare a casa sua? Oh, mio Dio, mi stava prendendo in giro?

«Ti prego, lascia cadere le accuse. Sai che sei stato tu a colpirmi per primo?», dissi implorante, sentendo la bile risalirmi in gola. Capivo bene che si divertiva a torturarmi.

«Vieni a casa mia e ne parliamo», ripeté.

Guardai l'orologio; Jake sarebbe arrivato entro una decina di minuti. «Posso portare Jake?», chiesi, consapevole di aver fatto la domanda più stupida del mondo. Perché mai avrebbe dovuto permettermi di portare Jake? Se gli si fosse avvicinato, allora non avremmo dovuto preoccuparci delle accuse, perché sarebbe finito sepolto sul ciglio di qualche strada.

«No. Lascia fuori quello stronzo!», ruggì.

Oh, Dio, potevo farlo? Potevo davvero andare lì a parlargli? Ero forte abbastanza? Conoscevo la risposta a quella domanda. Avrei fatto qualsiasi cosa per Liam, anche se avessi dovuto uccidere io stessa mio padre per impedirgli di andare avanti con la denuncia. Niente vittima, niente crimine.

Ingoiai la paura. «Okay, sarò lì tra meno di un'ora», dissi con calma. Chiusi il telefono, cercando disperatamente di non avere un attacco di panico. Adesso dovevo essere forte.

Mi stesi sul letto e cercai di calmarmi. Non potevo essere troppo sconvolta all'arrivo di Jake, altrimenti non mi avrebbe lasciata sola. Rimasi distesa a contare le mattonelle di polistirene sul soffitto, sforzandomi di non pensare ad altro. Ero arrivata a 867 quando Jake entrò di corsa nella stanza. Sembrava molto stanco e agitato. Avrei scommesso fino all'ultimo dollaro che non aveva dormito troppo bene quella notte. Mi abbracciò delicatamente e cercai di trattenere una smorfia quando sentii dolore alla pancia e ai fianchi.

«Merda, Ambs, la vedo nera». Scosse la testa, sembrava arrabbiato e preoccupato al tempo stesso.

Annuii; avevo bisogno che se ne andasse alla svelta di lì. «Jake, ho bisogno che tu vada alla polizia per vedere se c'è qualcosa che puoi fare per Liam. Non mi dimetteranno fino al pomeriggio, quindi non posso andarci io», dissi, tenendogli stretta una mano.

«Sicura che non vuoi che stia un po' con te? Stai bene?», chiese preoccupato.

Feci di sì con la testa, sorridendo debolmente. «Ho solo bisogno che Liam stia bene. Perciò, se potessi fare questa cosa per me, Jake...», gli chiesi, indicandogli la porta.

Mi abbracciò di nuovo. «Okay, ti chiamo se so qualcosa». Mi baciò sulla testa e appoggiò a terra vicino al letto la borsa con i miei vestiti. «Se ti fanno uscire, chiamami, così vengo a prenderti e ti riporto a casa», si raccomandò.

Annuii e lo attirai in un altro abbraccio, per non dovergli mentire in faccia. «Va bene. Per favore, va' a vedere se puoi fare qualcosa».

«D'accordo. Ci vediamo tra un po'». Mi rivolse un sorriso rassicurante e corse via.

Gli diedi un minuto e poi premetti il pulsante alla parete. Dopo un po' arrivò un'infermiera. «Ciao, come ti senti oggi? Hai bisogno di altri analgesici?», domandò con un sorriso gentile.

«No. Voglio essere dimessa. Mio fratello è andato a prendere l'auto. Nostra madre ha avuto un incidente. Devo andare», mentii, mettendo le gambe giù dal letto.

«Amber, non puoi andartene così, hai subito un intervento ieri», mi rimproverò.

«Il dottore ha detto che potevo andare a casa questo pomeriggio. È solo qualche ora prima», ribattei mentre afferravo la borsa che Jake mi aveva portato. Iniziai a vestirmi, trasalendo per il dolore che mi causavano i movimenti.

«Amber, non dovresti neanche alzarti dal letto! Anche quando verrai dimessa nel pomeriggio, dovrai continuare a stare a letto per un paio di giorni», spiegò, guardandomi accigliata.

«Ascolti, apprezzo il suo interessamento, ma lascio l'ospedale in questo momento. Non potete tenermi qui contro la mia volontà. Conosco i miei diritti. Posso uscire prima purché firmi un modulo per dire che esco contro le raccomandazioni del dottore così non potrò farvi causa in seguito», dissi in tono inflessibile. Stava iniziando a seccarmi; non avevo tempo per questo.

Mi guardò un po' scioccata e poi assentì. «Vado a cercare un dottore», borbottò, dirigendosi alla porta.

«Gli dica di portare i moduli con sé, non ho tempo da perdere», dissi mordendomi un labbro. Ero ansiosa di farla finita; dovevo tirare Liam fuori dai guai, subito. Finii di vestirmi, misi via la mia roba e mi sedetti sul letto, guardando impaziente la lancetta piccola dell'orologio. Finalmente, dopo quella che parve un'eternità, ma probabilmente erano solo tre minuti, arrivò un dottore che mi guardò con aria severa.

«Amber, non ti consiglio di lasciare già l'ospedale», affermò.

«Mia madre ha avuto un incidente; devo raggiungerla con mio fratello. Mi sta aspettando in macchina, devo andarmene subito. Mi dica solo dove devo firmare». Indicai con la testa la cartelletta che teneva in mano.

Con un sospiro, mi consegnò il modulo, indicandone il fondo. «In pratica si tratta di un atto di rinuncia. Dice che io ti ho raccomandato di restare in ospedale e tu stai uscendo contro il mio parere», spiegò mentre firmavo nei tre punti che indicava. Annuii e gli riconsegnai il modulo. «Non devi fare sforzi, Amber. Se inizi a sentirti debole o ad avere capogiri, allora torna qui. Se inizi ad avere un forte sanguinamento o dolori, più forti dei normali crampi mestruali, allora devi tornare immediatamente», mi informò con aria preoccupata.

«Lo farò. Devo andare. Grazie per esservi presi cura di me», risposi, già avviandomi alla porta. Non mi fermai a guardarmi indietro; andai più veloce che potevo al parcheggio dei taxi e salii sul primo disponibile. Gli diedi l'indirizzo di mio padre.

Presi il telefono e, dopo aver controllato la batteria, creai un nuovo gruppo che comprendeva i numeri di Jake, Liam, Johnny, Ruby e mia madre.

Scrissi un messaggio a Jake con l'intenzione di mandarlo una volta arrivata a destinazione. Dalla stazione di polizia a casa di mio padre dovevano volerci circa quindici minuti, guidando velocemente: sarebbero stati sufficienti per convincere mio padre a lasciar cadere le accuse e perché Jake arrivasse prima che potesse accadere qualcosa. O, per lo meno, così speravo.

Quando il taxi si fermò fuori della sua casa, ero così nervosa che mi tremavano le mani. «Tutto bene lì dietro, tesoro?», mi chiese il conducente, guardandomi preoccupato.

«Sì, sto bene. Grazie», bofonchiai mentre gli porgevo il denaro e facevo profondi respiri per calmarmi.

Chiusi lo sportello del taxi e mandai a Jake il messaggio che avevo digitato: "Sono da papà. Per favore, vieni a prendermi, subito. NON RICHIAMARMI. Amber x".

Capitolo 23

Bussai alla porta e trattenni il respiro, in attesa della sua risposta. La porta si aprì quasi immediatamente. Eccolo lì, l'uomo che mi aveva fatto perdere il mio bambino, l'uomo che aveva accusato il mio ragazzo di lesioni personali gravi. La sua faccia era un disastro. Aveva ragione; Liam aveva senz'altro fatto un buon lavoro. Il suo naso era incerottato e gonfio, quasi ogni centimetro del volto era rosso e contuso e aveva tutti e due gli occhi neri. Non potei fare a meno di essere un po' fiera di Liam, sapevo che non avrei dovuto, ma il mio ragazzo era un tipo tosto.

Sorrise. «Ciao, Amber, entra. Come stai?», chiese educatamente.

Mi stava prendendo in giro? Come stavo?

Entrai passandogli accanto e ignorai la sua domanda. «Mettiamo da parte i convenevoli. Cos'è che vuoi per lasciar cadere le accuse contro Liam?», gli chiesi, imponendo alla mia voce di non tradire quanto fossi terrorizzata.

Con un ghigno, si girò e andò in salotto, aspettandosi chiaramente che lo seguissi. Non appena scomparve alla mia vista, tolsi il chiavistello alla porta, così Jake non avrebbe dovuto fare altro che spingere per aprirla. Andai in salotto anch'io.

Pregai che funzionasse.

«Siediti», disse, accomodandosi sul divano e dando un buffetto sul posto accanto a sé. Sapevo di dovermelo tenere buono e sapevo anche di dovergli stare più vicina possibile, perciò feci come diceva. Mi sedetti in modo da stargli di fronte, pronta a fuggire se fosse stato necessario.

«Allora, di chi è il bambino? O non lo sai?», disse con aria di scherno.

Sentendolo parlare del mio bambino, la rabbia e il dolore minacciarono di esplodere. «L'ho perso grazie a te. Perché mi hai picchiata?», volli sapere, cercando di non piangere.

Si mise a ridere, scuotendo la testa come se avessi detto qualcosa di stupido. «Te lo meritavi, cazzo», disse rabbioso.

«Mi hai colpita, mi hai fatto cadere e io ho perso il bambino. Ecco perché Liam ti ha picchiato», replicai con semplicità.

«Quello stronzetto, ha sempre portato guai», ringhiò, serrando i pugni.

Deglutii. Oh, Dio, non avrebbe funzionato! «È stata colpa tua. Ti sei presentato a casa nostra con l'intenzione di fare a botte, hai voluto tu che succedesse», lo provocai.

Annuì e un sorriso astuto si insinuò sul suo volto. «Già, speravo di cacciare nei guai il tuo fottuto fratello, ma quel teppistello della porta accanto l'ha fermato. Jake è sempre stato una grana, anche quando eravate piccoli si metteva sempre in mezzo», sbraitò, scuotendo la testa irritato.

«Jake ti fermava quando mi picchiavi. Ti ha fermato quando stavi cercando di stuprarmi. È a questo che ti riferisci?», chiesi. Pregai Dio che rispondesse alla domanda.

Mi guardò pieno di rabbia. «Stupro? Fanculo, quello non era stupro. Tu sei mia figlia, me lo dovevi per tutta la merda che ho dovuto ingoiare. Eri un cazzo di frutto maturo per la raccolta», dichiarò con una lenta occhiata che mi fece accapponare la pelle.

Serrai la mano attorno al cellulare che avevo in tasca. «Pensi che pestare a sangue tua moglie e i tuoi figli per anni, molestare sessualmente tua figlia e cercare di stuprarla siano cose da niente?», chiesi con la voce che si stava incrinando.

«Avete reso la mia cazzo di vita uno schifo! Ci voleva una

bella dose di botte per tenervi in riga. Vi stavo disciplinando, tutto qui», sbottò, alzandosi dal divano e ficcandosi le mani nei capelli.

«Disciplina? Una volta hai dato a Jake un pugno allo stomaco così forte che non ha potuto mangiare per un giorno intero. Gli hai rotto un braccio, le costole. Avevamo tutti il terrore di fare qualsiasi cosa per evitare di farti arrabbiare!», urlai, cercando di provocarlo.

Si rivoltò contro di me e mi alzai alla svelta. Dovevo stare in piedi, in caso si fosse reso necessario fuggire. «Jake si è meritato tutto! Avrei dovuto affogare quel fottuto quando è nato!», inveì, sbattendo la mano sul tavolino e strappandomi un urlo.

«E che mi dici di Johnny, Matt e Ruby? Anche loro hanno bisogno di disciplina?»

«Già, hanno tutti bisogno di imparare il rispetto. Dov'è Ruby, a proposito?», chiese, cercando di penetrare i miei occhi con i suoi.

«È tornata a Mersey», mentii.

Emise un ringhio rabbioso e, afferrato il tavolino, lo mandò all'aria. Se non avessi fatto un salto all'indietro mi sarebbe finito sui piedi.

Cercai di farmi forza. Potevo farcela!

«Voglio che ritiri la denuncia contro Liam e lasci la città», dissi impassibile.

Alzò gli occhi al cielo, divertito. «Be', questo non succederà. Sai che ti dico, ritirerò la denuncia contro quel teppistello se verrai a vivere con me», contrattò, riprendendo a squadrarmi lentamente. Arretrai, mi sentivo male e iniziavo ad avere le vertigini. Poi mi accorsi che era per via del fatto che non stavo respirando, così mi sforzai di farlo.

«No. Tu lascerai cadere le accuse, lascerai la città e non importunerai mai più né me né la mia famiglia. E quando dico la mia famiglia, intendo anche Ruby, Matt e Johnny», dissi inflessibile.

Oh, Dio, avrebbe funzionato! Non riuscii a trattenere un sorriso. Presi il telefono dalla tasca e premetti invio. Risi sommessamente prima di riassumere la mia espressione imperturbabile.

Mi stava guardando come se avessi perso la testa, facendo sembrare la cosa ancora più divertente.

«E perché dovrei farlo?», chiese, con un accenno divertito nella voce.

«Perché se non lo fai, andrò alla polizia e dirò loro tutto quello che è successo quando eravamo piccoli. Fidati, il tempo che passeresti in galera sarà molto più lungo della pena che daranno a Liam. E finiresti anche in un braccio del carcere molto peggiore, dove mettono gli stupratori e i pedofili», dissi con una scrollata di spalle.

Scoppiò a ridere. «E chi crederà a una puttanella come te? Incinta a sedici anni. Io sono uno stimato professionista. Posso permettermi gli avvocati migliori per farti a pezzi e poi non hai prove. È successo così tanto tempo fa, quindi è la tua parola contro la mia», ringhiò venendo verso di me.

Sentii la bile risalirmi in gola e pregai che Jake fosse vicino. Quanto tempo era passato dal messaggio?

«In realtà, è qui che ti sbagli. Ho anche la tua parola», lo corressi. Lo guardai compiaciuta mentre tiravo fuori il cellulare. Mi guardò nuovamente come se fossi una stupida. «Aggeggi intelligenti i cellulari moderni, hanno un'infinità di funzioni: fotocamera, lettore musicale, calcolatrice… registratore», cinguettai, enfatizzando quest'ultima caratteristica.

Scorsi il menù e riprodussi la conversazione che avevo appena registrato sul mio telefono. Guardai la sua espressione con un sorriso soddisfatto.

«Allora, di chi è il bambino? O non lo sai?»

«L'ho perso grazie a te. Perché mi hai picchiata?»

«Te lo meritavi, cazzo».

«Mi hai colpita, mi hai fatto cadere e io ho perso il bambino. Ecco perché Liam ti ha picchiato».

«Quello stronzetto, ha sempre portato guai».

Fermai la registrazione. «Hai sentito abbastanza o vuoi sentire il resto? Ricordi quello che hai detto? Cos'hai ammesso? Maltrattamenti, tentato stupro», dissi, ghignando come un'idiota. Mi strappò il telefono e lo scagliò a terra, per poi schiacciarlo sotto un piede. Dovetti lottare contro l'impulso di mettermi a ridere. «Oh, papino, quel telefono mi è costato un sacco di soldi. Sai quanto costa oggi un iPhone nuovo di zecca?», chiesi sarcastica.

Sorrise, evidentemente convinto di aver vinto. «Adesso non hai niente». Mi afferrò per un polso e mi tirò a sé.

Mi misi a ridere. «Hai ragione. Io non ho niente, ma la mia famiglia sì. Gliel'ho mandata un attimo fa. Altre cinque persone hanno quella registrazione e se non mi togli subito di dosso quelle luride mani da pervertito, finirà dritta alla polizia», affermai compiaciuta.

Mi assestò un ceffone in pieno volto, strappandomi un urlo quando la sua mano si abbatté sulla mia pelle già sofferente. Non abbassai la testa e lo guardai. Lo odiavo più di ogni altra cosa avessi odiato nella mia vita.

«Ritira immediatamente la denuncia, lascia la città e non farti sentire mai più! Altrimenti farò in modo che tutte e cinque quelle registrazioni finiscano alla polizia. Dico sul serio, ritira la denuncia e vattene, e io lascerò perdere. Voglio solo che Liam sia libero», gli ordinai.

Non mi importava nient'altro. Avremmo sempre avuto la registrazione; se mai si fosse ripresentato, non avevo problemi a denunciarlo e farlo mandare dentro per sempre. Ma non potevo farlo adesso: Liam rischiava ancora la galera e io non potevo correre il rischio che venisse riconosciuto colpevole, finendo in carcere per avermi difesa.

Mio padre mi stava guardando con odio mentre ci pensava. Sapeva che non c'era altra scelta, lo si capiva dalla sua espressione furiosa. Se non voleva essere accusato di tentato stupro, maltrattamenti infantili e un paio di aggressioni, allora doveva acconsentire a quanto gli avevo proposto.

«Sei uguale al tuo fottuto fratello», sbraitò velenoso mentre mi scuoteva per un braccio.

«Lo prenderò come un complimento». Sorrisi. «Jake è il miglior fratello del mondo».

«Troietta», sibilò.

Liberai il braccio con uno strattone. «Chiamali subito e ritira la denuncia. Dopo voglio parlarci io per essere sicura che l'hai fatto», ordinai. Mio Dio, stava funzionando! Stava funzionando davvero.

Sentii un'auto frenare bruscamente e qualche istante dopo Jake fece irruzione dalla porta. Sembrava avere intenzioni omicide mentre veniva verso di noi con i pugni stretti.

«Jake, va tutto bene. Stavamo solo parlando. Ha deciso di ritirare la denuncia e lasciare la città. Dico bene, Stephen?», spiegai, facendo una smorfia nel dire il suo nome. Jake mi guardò scioccato. Mi prese per un braccio e mi tirò dietro di sé, guardando torvo nostro padre. Wow, se gli sguardi avessero potuto uccidere! Gli diedi una leggera stretta al braccio per reclamare la sua attenzione. «Va tutto bene, Jake, calmati. Ho sistemato tutto», dissi, respingendo l'impulso di lasciare che lo uccidesse. Non potevo permettere che anche Jake finisse nei guai.

«Sistemato tutto?», chiese, senza che i suoi occhi lasciassero la faccia di mio padre, che in quel momento sembrava spaventato da lui. A essere sinceri, non ero sorpresa che lo fosse. Jake sapeva essere dannatamente spaventoso quando voleva.

«Chiamali e ritira la denuncia», ripetei. Mio padre ci guardò con disprezzo e fece per prendere il telefono.

Mentre era girato, Jake mi guardò. «Cos'è successo? Che diavolo ci fai qui?», mi chiese in fretta.

Sorrisi. «Controlla il tuo telefono».

Mi guardò accigliato e tirò fuori il cellulare. «Un messaggio vocale», lesse. Lo aprì e lo ascoltò. Lo guardai mentre lo faceva: la sua espressione passò dalla rabbia allo shock e infine alla felicità. Mi guardò pieno di orgoglio e infilò nuovamente il telefono in tasca. Poi mi mise un braccio attorno alle spalle e mi tenne stretta contro il suo fianco.

Iniziai a provare un po' di debolezza, dovevo mettermi seduta e riposare. Non volevo fare altro che tornare a dormire. «Jake, resta calmo e finisci questa cosa, ok? Lascerà la città. Ho mandato quel messaggio anche a mamma, Liam, Johnny e Ruby, perciò devi solo assicurarti che faccia quello che dice. Ho solo bisogno che Liam sia libero», dissi mentre mi sedevo su una poltrona alle sue spalle.

«Stai bene?», domandò preoccupato.

«Assolutamente. Ho solo bisogno di sedermi. Adesso puoi pensarci tu, basta che stai calmo», risposi, sentendo il mio corpo rilassarsi all'idea di non dover più parlare con mio padre. Jake avrebbe sistemato tutto, lo faceva sempre.

Guardai mio padre chiamare la polizia e ritirare la denuncia. Jake li chiamò dal suo telefono e gli confermarono che le accuse erano state fatte cadere e che nessuna azione legale sarebbe stata intrapresa contro Liam. Per tutto il tempo mi restò vicino con fare protettivo, frapponendosi tra me e mio padre. Era davvero il fratello migliore che si potesse mai avere.

«Siamo pronti per andare, Ambs», mi disse dopo una decina di minuti. Mi prese una mano e mi aiutò ad alzarmi. Mi spinse verso la porta senza mai perdere di vista nostro padre. «Sarà meglio che non torni, vecchio. La prossima volta che ti vedo o ti uccido o saremo diretti alla stazione di polizia per denunciarti, tutti quanti noi. Personalmente non sono sicuro di quale opzione preferire, ma amerei restare a guardarti bruciare», affermò con un piccolo sorriso, come se stesse immaginando la scena. Non stava scherzando, non avevo alcun dubbio che Jake l'avrebbe ucciso. E se non l'avesse ucciso Jake, allora ero certa che l'avrebbe fatto Liam. «Vattene oggi stesso», ringhiò Jake mentre sbatteva la porta. Mi spinse verso la sua auto e si accertò che fossi dentro prima di mettersi al volante e sfrecciare via senza dire una sola parola.

Dopo un paio di minuti, accostò e spense il motore. Le sue mani stringevano il volante così forte che le nocche erano diventate bianche. Aveva la mascella così serrata che ero sorpresa che i denti non gli si fossero sbriciolati sotto quella pressione. Okay, lo sapevo che si sarebbe incavolato con me. Fece qualche respiro profondo, evidentemente per cercare di calmarsi.

«Che cazzo di storia era?», ruggì.

Trasalii e lo guardai contrita. «Jake, ha funzionato».

«Ce l'hai un'idea di quanto stia stato maledettamente stupido, Amber? Pensaci, e se non avesse funzionato? E se non avessi ricevuto il tuo messaggio? E se avesse deciso di farti del male? O peggio!», urlò, sbattendo rabbiosamente la mano sul volante.

Sussultai. Urlò così forte che riecheggiò nell'auto, amplificandosi.

«Jake, mi dispiace. Dovevo farlo; era l'unico modo che mi è venuto in mente per liberare Liam. Adesso che abbiamo quella registrazione non si avvicinerà più a noi», spiegai, pregandolo di capire le mie ragioni. Non disse niente, era ancora molto arrabbiato. «Dovresti essere fiero di me», sussurrai, guardandolo con la mia espressione da cucciolo tenero.

Sospirò. «Sono fiero della tua idea, Ambs, ma è stata un'idiozia totale. Solo perché ha funzionato non vuol dire che quello che hai fatto era giusto. Dovresti stare in ospedale, per la miseria. Come diavolo hai fatto a uscire. Oh, merda, dimmi che non sei uscita di nascosto e adesso ti stanno cercando», disse con una smorfia.

Risi e feci di no con la testa. «Ho chiesto di essere dimessa. Sto bene, ho solo bisogno di riposo a letto, cosa che farò appena il mio ragazzo verrà rilasciato», dissi, sorridendo a quel pensiero.

Jake sorrise. «Sai cosa? Non ti sgriderò più. Liam si incazzerà sul serio con te per questo. Lascerò che ci pensi lui», disse ridendo mentre riaccendeva il motore. Oh, cavolo, aveva ragione. Liam si sarebbe infuriato per il fatto che mi ero cacciata in un pericolo del genere. Jake mi guardò e rise di nuovo. «Be', sono contento di non dover essere più io a tenerti continuamente sotto controllo. Può sostituirmi Liam». Mi rivolse un sorrisetto e io non potei fare a meno di ridere. Sembrava davvero un po' sollevato. «Hai bisogno di tornare in ospedale?», chiese.

Feci di no con la testa. Mi sentivo bene, ero solo un po' stanca e avevo bisogno di sedermi. Mi sentivo come se avessi corso la maratona, ma non accusavo dolori. «Sto bene, sul serio. Possiamo andare a prendere Liam e poi torniamo a casa», proposi, appoggiandomi al poggiatesta. Avevo solo bisogno che Liam mi tenesse tra le braccia.

«Al telefono mi hanno detto che ne avrà almeno per un'altra ora. Devono sbrigare le procedure per il rilascio. Ti porto a casa e potrai aspettarlo lì». Mi rassicurò con un sorriso e proseguì in direzione di casa nostra.

Quando ci fermammo nel vialetto, Ruby e Johnny uscirono di corsa, guardandomi preoccupati. «Oh, Amber, stai bene, tesoro?», domandò Ruby, riempiendomi di attenzioni mentre entravamo in casa.

«Sto bene. Sono solo stanca».

«Cos'era quel messaggio? Sei andata da Stephen?», mi chiese impensierita.

Annuii e guardai Jake con aria supplichevole. Volevo solo andare a dormire. «Ti spiego tra un attimo, Ruby. Ambs ha bisogno di riposare», intervenne lui, guidandomi verso la mia camera. Gli sorrisi riconoscente. Non ce la facevo più; iniziavo a realizzare quello che avevo fatto. Ero stata davvero una stupida. Cercai di non immaginare tutte le cose che avrebbe potuto farmi. Rabbrividii e scacciai quei pensieri; era finita ormai, non era successo niente. Ero fortunata. Jake mi seguì nella mia stanza con la borsa dell'ospedale. Scalciai via le scarpe e mi misi a letto completamente vestita. Lui si sedette sul bordo del letto e mi guardò triste.

«Ambs, mi dispiace davvero tanto per il bambino, lo sai, vero?»

«Sì, lo so. Saresti stato uno zio fortissimo».

«Già». Rise. «Avrei viziato quel marmocchio, solo per fare dispetto a Liam e te».

«Ci scommetto che l'avresti fatto».

Si piegò su di me e mi abbracciò, dandomi un bacio sulla guancia. «Sei stata molto coraggiosa e sono fiero di te, ma non fare mai più una cosa del genere», disse infervorandosi.

Sbadigliai. «Non lo farò. Vai a prendere Liam?»

«No, chiederò a Johnny di farlo. Non voglio lasciarti qui fino a che quello stronzo non sarà andato via dalla città», rispose.

Chiusi gli occhi, avevo bisogno di dormire; ero fisicamente ed emotivamente esausta.

Mi svegliai sentendo qualcuno salire sul letto. Aprii gli occhi svogliatamente e vidi Liam che si metteva accanto a me. Scoppiai a piangere e gli gettai le braccia al collo. Non ero mai stata così felice di vedere qualcuno in tutta la mia vita. Ricambiò con forza il mio abbraccio, accarezzandomi i capelli e cullandomi mentre mi premeva le labbra sul collo, proprio come faceva sempre quando ero turbata. Gli infilai le mani tra i capelli. Non volevo lasciarlo andare. Non volevo che si allontanasse mai più da me.

«È tutto a posto adesso, Angel. Va tutto bene. Come ti senti?», mi chiese dolcemente, mentre si scostava per guardarmi.

I suoi stupendi occhi blu erano carichi di ansia. Sorrisi e lo baciai, premendomi a lui. Sorrise contro le mie labbra e mi ritrassi.

«Sto bene. Sono felice di vederti», gli assicurai, passandogli le mani sul bellissimo viso. Lui fece altrettanto con i miei capelli, guardandomi con tenerezza per un paio di minuti.

«Jake mi ha detto quello che hai fatto». La sua faccia assunse un'espressione severa.

Deglutii e feci una smorfia. «Mi dispiace, ho dovuto farlo», mormorai in tono di scusa.

Sprofondò il viso nel mio collo. «Non ho intenzione di farti una lavata di capo, se è quello che pensi», rispose, ridacchiando contro la mia pelle. Lasciai uscire il fiato che non mi ero accorta di trattenere e mi rilassai. Alzò la testa e mi guardò. «Ma sono seriamente arrabbiato con te. Odio che tu l'abbia fatto, ma non voglio aggiungere altra pressione a quella che già stai sopportando. Ne hai già passate fin troppe», disse tristemente. La sua mano si fermò sulla mia pancia ormai vuota. «Dirò solo questo: non metterti mai più in una situazione del genere. Non metterti mai più in pericolo. Non mi interessa quale sia il motivo: non sarà mai abbastanza valido perché tu rischi di farti male. Mi hai capito?», ringhiò.

Annuii, vedevo bene che diceva sul serio. Era furioso, avrebbe voluto dire molto altro ancora, ma non l'aveva fatto per via del bambino. «Capisco», dissi con un sorriso contrito. «Ti amo, Liam, moltissimo». Lui era la cosa più importante per me. Tutta quella faccenda era servita a dimostrarmi quanto lo amassi: avrei fatto qualunque cosa per lui, perfino affrontare il mio incubo peggiore.

«Ti amo anch'io, Angel», sussurrò. Si piegò per baciarmi dolcemente. Quando si staccò da me eravamo entrambi un po' senza fiato.

«Liam, posso chiederti una cosa?», mormorai mentre si metteva comodo sul letto accanto a me. Fece di sì con la testa, poi mi prese una mano e intrecciò le sue dita con le mie. «Hai ancora voglia di stare con me? Rispondi sinceramente. Dopo che ho perso il bambino e tutto quanto, mi vuoi ancora?». Mi morsi un labbro, terrorizzata che dicesse di no.

Mi guardò come se fossi pazza. «Angel, ti ho sempre voluta. Ti vorrò sempre. Sempre», disse con fervore.

Sorrisi, sentendomi scoppiare di felicità. "Okay, chiediglielo, coraggio, Amber, puoi farcela". «Quando abbiamo scoperto che ero incinta, hai detto che stavi pensando di chiedermi di trasferirmi a Boston insieme a te», esordii nervosamente.

«Sì», annuì. Sembrava un po' confuso riguardo alla piega che stava prendendo quella conversazione.

«Boston è un'opportunità incredibile per te, non è vero? E se tu potessi scegliere andresti lì, giusto?». Avevo bisogno della sua conferma prima di chiederglielo.

Lui parve ancora più confuso. «Sì, ma va bene. Voglio restare qui con te. Sei la cosa più importante al mondo per me», replicò, baciandomi dolcemente sulla tempia.

Scossi la testa: non era quella la risposta che volevo. «Liam, rispondi onestamente, non pensare a me. La cosa migliore per la tua carriera è Boston, dico bene?»

«Sì, ma…», fece per dire. Gli misi la mano sulla bocca per fermare la sua risposta.

«Voglio venire con te, se ancora lo vuoi. Prima hai detto che volevi chiedermelo. È ancora così?». Guardai la sua espressione scioccata; non se lo aspettava affatto. Non rispose. Continuava a fissarmi a bocca aperta. «Liam, vuoi che venga con te?», ripetei, stringendogli piano la mano.

«Faresti questo per me?», domandò, guardandomi con così tanto amore che mi sentii sciogliere il cuore.

«Sì, ti seguirei ovunque se me lo chiedessi».

«Ma lasceresti così tanto qui, Angel. La tua scuola. I tuoi amici. Jake. La tua casa», sussurrò, prendendo nella mano la mia guancia contusa.

«Sì, ma potrei stare con te, ne varrebbe la pena», risposi.

«Come diavolo ho fatto a trovare una ragazza come te?», disse, sfregandomi dolcemente la guancia con il pollice.

«Forse sei stato un assassino in una vita precedente», lo presi in giro, facendolo ridere.

«Serial killer», confermò e scoppiammo a ridere di nuovo. Si piegò a baciarmi così teneramente e dolcemente che mi sentii la ragazza più speciale e fortunata del mondo.

Si staccò dal bacio fin troppo presto per i miei gusti. «Vuoi trasferirti a Boston con me, Angel?».

Sorrisi di gioia e lo strinsi forte a me. «Mi piacerebbe moltissimo, Liam».

Avevo bisogno di un nuovo inizio. Erano successe così tante cose lì che avevo bisogno di andarmene e ricominciare. Dovevo dimenticare tutto e guardare al futuro. Il mio futuro insieme a Liam.

Epilogo

5 anni dopo

Liam

Guardai l'orologio e mi sfuggì un'esclamazione di sorpresa. Cavolo, erano quasi le due e mezza. «Pete, devo andare! Ce la facciamo a finire oppure no?», urlai per farmi sentire nell'altra stanza.

«Sì, capo. Va' pure. Sarà tutto pronto, non temere. Chiamami quando vi avviate e penso io agli ultimi ritocchi, ok? E buona fortuna», rispose.

«Bene. Allora, ciao e grazie per tutto questo», dissi. Corsi fuori dall'edificio e saltai in macchina.

Oh, cavolo, non volevo arrivare in ritardo!

Mi diressi a tutta velocità verso il college e feci di corsa il giro dell'edificio, diretto al campo. Erano ormai le tre meno dieci e mancavano dieci minuti all'inizio. Mi infilai tra la gente, cercandoli. Scorsi subito Matt; stava in piedi sulla sedia e scrutava la folla. Si sbracciò come un matto quando mi vide e non riuscii a trattenere un sorriso.

Feci per andare verso di loro quando un tipo mi si mise davanti. «Wow, tu sei Liam James! Posso avere un autografo? Sul serio, accidenti, sono il tuo più grande fan», disse entusiasta, mentre la donna che era insieme a lui rovistava nella borsa alla ricerca di carta e penna.

Risi; erano tutti i miei più grandi fan; me lo sentivo dire almeno cinquanta volte al giorno. «Sicuro». Sorrisi educatamente, allungando la mano verso la penna. Scarabocchiai il mio nome e gli diedi una pacca sulla spalla. «Devo raggiungere il mio posto».

Sapevo che non ci avrei mai fatto l'abitudine, la gente che si entusiasmava tanto solo perché avevo firmato un pezzo di carta. Certo, sapevo di giocare per una delle migliori squadre d'America, ma in fin dei conti ero pur sempre una persona. Non ero nessuno di speciale. Ero solo Liam e avevo la fortuna di essere pagato un sacco di soldi per fare una cosa che amavo: non erano in molti a poterlo dire.

Mi feci strada tra la folla e mi sedetti in fondo alla loro fila. Matt si tuffò immediatamente su di me. «Ehi, giovanotto. Stai facendo il bravo?», gli chiesi, facendogli il solletico. Si contorse ridendo.

«Tutto pronto?», domandò Jake.

«Sì», annuii con una smorfia. «Cristo, amico, sono così nervoso». Era tutto il giorno che le mani non smettevano di sudarmi.

Scosse la testa ridendo. La sua ragazza, Charlotte, si sporse verso di noi. «Andrà tutto bene. Calmati», disse, fingendosi spazientita. Charlotte era fantastica, lei e Jake stavano insieme da sei mesi e lui era molto preso. Era la sua prima vera ragazza e credevo proprio che sarebbe durata.

Salutai con la mano i miei genitori, che sorridevano orgogliosi, chiacchierando come al solito con l'occasionale vicino di posto. Sorrisi: mia madre sarebbe stata capace di attaccare bottone con un muto.

«Ehi, Liam», mi salutò Margaret, infilandosi tra le file di posti per venire ad abbracciarmi.

«Ehi, Margaret. Come stai?», le chiesi, ricambiando affettuosamente il suo abbraccio. Non la vedevo da circa quattro mesi, era stata in viaggio con il suo nuovo marito, Greg.

«A meraviglia. Ma Greg non è potuto venire; è bloccato in Thailandia per una promozione. C'è rimasto così male», rispose corrucciata.

«Be', allora cerca di scattare un sacco di foto per lui», le dissi con un sorriso.

Matt balzò giù dalle mie gambe e corse di nuovo da sua madre. Sorrisi a Ruby. Lei, Johnny e Matt vivevano ancora a Timberfield, ma riuscivamo a vederci spesso: venivano a stare da noi durante le vacanze e in occasioni simili. Avevamo spazio più che a sufficienza e anche noi tornavamo lì ogni volta che era possibile.

Johnny e Kate si erano lasciati. Erano riusciti a stare insieme per un anno prima di allontanarsi l'uno dall'altra. Ma erano ancora grandi amici. Kate non aveva messo minimamente la testa a posto. Era ancora una civetta e al momento si stava "dando da fare", per usare le sue parole, ma era ancora molto amica di Amber, perciò anche lei veniva a trovarci spesso. Dovevo solo cercare di tenerla lontana dai miei compagni di squadra: se li sarebbe mangiati vivi, sul serio.

Erano successe un sacco di cose negli ultimi cinque anni. Stephen Walker, il padre di Amber e Jake, era stato arrestato circa un anno dopo la nostra partenza per Boston perché, a quanto pareva, sottraeva denaro ai suoi clienti. Stava attualmente scontando sei anni per frode e appropriazione indebita. Non si era mai più messo in contatto con nessuno di loro; avevano ancora tutti la registrazione in cui Amber gli faceva ammettere gli abusi e, se mai si fosse ripresentato, erano pronti a sporgere denuncia contro di lui.

All'improvviso tutti quanti iniziarono ad applaudire e il mio cuore batté all'impazzata mentre scrutavo la folla cercandola. La scorsi a sinistra del palco, intenta a chiacchierare con Samantha, una delle sue amiche. Era da urlo con la toga blu e grigia. Era tutto il giorno che non la vedevo. Ci eravamo salutati poco dopo colazione. Lei pensava che avessi gli allenamenti, e invece le stavo preparando una sorpresa come regalo di laurea.

Era il giorno in cui Amber si sarebbe laureata in coreografia.

Ero incredibilmente fiero di lei; si era impegnata così tanto in quegli ultimi anni al college e si laureava a pieni voti. Mi sforzai di ascoltare il tizio che teneva un discorso sulle classi di laurea; poi passò a elencare i nomi dei laureandi, che gli sfilavano davanti stringendogli la mano e ricevendo la pergamena. Non riuscivo a concentrarmi. Ero così nervoso da avere quasi la nausea. Non riuscivo a staccarle gli occhi di dosso tanto era bella. Continuava a togliermi il respiro ogni volta che la guardavo.

La amavano anche i paparazzi. Ci seguivano ovunque, sempre a chiedere foto e interviste. Amavano la storia di noi che stavamo insieme da cinque anni. Amavano Amber, punto. Era sempre su giornali e riviste, ritratta mentre faceva shopping con le amiche o cose del genere. Pensavano sempre che fosse adorabile e la gente le chiedeva perfino l'autografo. Amber trovava tutta la faccenda divertente e mi prendeva in giro quando ci fermavano per strada.

Spesso mi chiedevano come avessi fatto a restare con i piedi per terra, nonostante il successo e il denaro. Rispondevo sempre la stessa cosa. Niente di tutto ciò era importante per me; l'unica cosa che contava era la mia Angel. Era l'unica cosa di cui avevo bisogno. Se l'indomani avessi perso tutto, la grande casa, le auto, i soldi, non mi sarebbe importato. Fino a che l'avessi tenuta stretta a me ogni notte, sarei stato il ragazzo più fortunato del mondo. Sentii il preside di facoltà gridare il suo nome e sorrisi, applaudendo come un matto. Lei era raggiante mentre scrutava la folla. Mi individuò e agitò il piccolo certificato nella mia direzione, tutta orgogliosa. Le strizzai l'occhio e la guardai scendere allegramente dal palco. Ero irrequieto perché la cerimonia era alla fine. C'eravamo quasi. Mi sfregai le mani sui jeans, nel tentativo di asciugarmele. Sinceramente, non ero mai stato così nervoso in tutta la mia vita.

Dopo qualche minuto fu consegnato anche l'ultimo diploma di laurea e la vidi infilarsi tra la folla per venire verso di noi. Quando mi raggiunse, mi gettò le braccia al collo e mi baciò. La sollevai da terra e la feci girare, mentre mi beavo della sensazione delle sue labbra sulle mie. Si staccò da me e rise; era così felice che il mio cuore prese a battere più forte.

«Congratulazioni», le sussurrai con un sorriso. Mi baciò di nuovo e io la strinsi più forte. Dannazione, cinque anni e ancora non riuscivo a saziarmi di lei. Interruppi il bacio, accorgendomi che il suo fratellino era seduto lì a fare rumorosi versi di baci e a cantare una canzoncina sdolcinata.

«Grazie. Mi sono preoccupata quando non ti ho visto; ho pensato che non ce l'avessi fatta». Sorrise mentre la rimettevo giù.

Le sistemai una ciocca di capelli dietro l'orecchio. «Non me lo sarei perso per niente al mondo», dissi. Arrivò tutta la sua famiglia ad abbracciarla. Matt, come al solito, le si era aggrappato alle gambe impedendole di muoversi. Adorava la sua sorellona, non che si potesse fargliene una colpa: chi non avrebbe adorato la mia Angel? Bisognava essere pazzi. Mi chinai e, dopo averlo staccato da lei, lo misi a testa in giù, facendolo ridere.

«Allora, gente, che si fa adesso? Andiamo a bere qualcosa?», propose Amber.

Oh, merda!

Tutti guardarono me. Oh, bene, addosso altra pressione, ero già terrorizzato! «Uhm, Angel... in realtà, mi chiedevo... vorrei portarti in un posto dopo. Ho una cosa da farti vedere», risposi, cercando di restare sul vago.

Mi guardò in modo strano, odiava le sorprese. «Sì, cosa?», disse abbracciandomi.

La baciai sul naso. «Aspetta e vedrai», le dissi con un sorrisetto, sapendo che stava morendo di curiosità. Aggrottò la fronte e mi guardò sospettosa, facendomi ridere. Le presi le mani e mi sciolsi dall'abbraccio. «Pronta per andare?», le chiesi speranzoso.

Fece di sì e si girò a guardare la famiglia: stavano tutti sorridendo; mia madre piangeva di felicità. Okay, gente, un po' di moderazione! Amber guardò tutti un po' confusa, chiedendosi ovviamente il perché del loro comportamento. «Ci vediamo a casa nostra più tardi, allora. Qualcuno di voi ha le chiavi?», chiese.

Jake fece tintinnare le sue. «Andate. Ci vediamo dopo», le disse, indicando l'uscita con la testa.

Le misi un braccio attorno alla vita e ci incamminammo. «Allora, com'è andato l'allenamento?», mi chiese.

«Ehm, sì, bene», mentii mentre le aprivo lo sportello dell'auto.

Entrando, mi baciò di nuovo. Aveva un grosso sorriso, chiaramente orgogliosa della sua laurea. Chiamai Pete mentre andavo al mio posto per dirgli che stavamo arrivando.

Amber

Qualcosa bolliva in pentola. Gli lanciai un'altra occhiata, sembrava nervoso per qualcosa. Era seduto dritto e rigido al suo posto. Quello non era il normale, rilassato Liam che amavo da morire. Dopo circa venti minuti di tragitto e chiacchiere sul tempo e sulla cerimonia di laurea, ci fermammo. Sorrise e scese dall'auto.

Okay, dove diavolo eravamo? Pensavo che mi avrebbe portata a cena o qualcosa del genere. Scesi anch'io e gli tenni la mano mentre lui faceva strada. Ci fermammo davanti a un edificio con le porte di vetro. Pensavo che fosse una palestra, ma sembrava ristrutturato di recente; l'esterno era dipinto in un bel color crema e le finestre erano state sostituite.

«Cosa ne pensi?», mi chiese, prendendomi tra le braccia da dietro.

A proposito di cosa? Mi stava sfuggendo qualcosa? «Ehm, è super?». Alzai le spalle, confusa.

«Okay, non hai idea di cosa sto parlando, vero?». Rise.

«No. Spiacente, Romeo, dovrei?», chiesi con un sorriso contrito.

«Be', vedi questo edificio davanti a te, con le porte di vetro?». Feci di sì con la testa, ancora un po' disorientata. «È tuo».

Mio? Che diavolo significava?

Mi girai per guardarlo. «Liam, non capisco, tesoro, mi dispiace», dissi in tono di scusa. Dannazione, gli stavo rovinando la sorpresa.

Sorrise e mi passò delicatamente le dita sulla guancia. «L'ho comprato per te. L'ho fatto ristrutturare all'interno... è una scuola di danza», spiegò.

Oh, santissimo cielo, non ci credevo! Lo guardai a bocca aperta per vedere se era uno scherzo. Mi sorrise. No, non stava scherzando, era assolutamente serio.

«Oh, Dio, Liam, mi stai prendendo in giro!», strillai gettandomi addosso a lui. Avevamo parlato di mettere su una scuola di danza per me, ma mi aveva convinta ad aspettare un anno dopo la laurea. Doveva essere perché stava progettando questo, ci avrei scommesso! Gesù, avevo il fidanzato perfetto. «Grazie, grazie, grazie!», esclamai elettrizzata.

Mi baciò dolcemente. «Non c'è di che. Forza, andiamo a dare un'occhiata». Mi fece girare verso le porte, tutto sorridente.

Quasi non riuscii a trattenere l'emozione quando mi consegnò le chiavi. Le mani mi tremavano così tanto che non ero neanche in grado di infilarle nella toppa, così dovette farlo lui per me. Mentre varcavamo la soglia stavo già piangendo. C'era una piccola reception che portava a due grosse palestre, ciascuna con un'intera parete a specchio e stupendi pavimenti di parquet, ideali per la danza.

«Oh, Liam, è tutto perfetto!», esclamai.

Sorrise. «Ho chiamato qualcuno a progettare tutto quanto. Ma se c'è qualcosa che non ti piace, possiamo cambiarla, d'accordo?». Mi prese per mano e mi tirò all'interno. «Andiamo a guardare di sopra», propose, addentrandosi.

Annuii, saltellando eccitata al suo fianco. Era così assolutamente dolce e premuroso. Negli ultimi cinque anni era stato il miglior fidanzato che si potesse chiedere, migliore di quanto potessi mai sognare.

Sopra, c'era una piccola sala ricreativa con un biliardo e un tavolo da air hockey, un bar che offriva succhi e snack con i tavolini. C'erano perfino gli spogliatoi con le docce. Mi prese per mano e mi condusse verso l'ultima porta. Sembrava nuovamente agitato. Adesso non sorrideva più.

«Tutto bene?», gli chiesi, stringendo più forte il braccio che gli avevo messo attorno alla vita. Non riuscivo a togliermi il sorriso dalla faccia. Lo amavo così tanto che quasi faceva male.

Si limitò ad annuire mentre apriva la porta. Diedi un'occhiata dentro e vidi che la stanza era in penombra. C'erano centinaia di candeline sparse in giro, con le fiamme tremolanti che rendevano tutto l'ambiente bellissimo. Le candele si riflettevano in una parete fatta di specchi. C'erano palloncini rossi e rosa che fluttuavano su ogni centimetro del soffitto e alcuni legati allo schienale delle sedie. Mazzi di rose rosse ovunque, petali rosa e rossi sparpagliati sul pavimento di parquet. Era bellissimo.

Lo guardai allibita; mi sorrise e mi attirò nella stanza, chiudendo la porta alle mie spalle. Mentre mi portava al centro, sentivo il cuore sul punto di scoppiarmi nel petto. Era una situazione talmente romantica che avvertivo uno sfarfallio nello stomaco e la pelle formicolare.

Mi baciò dolcemente prima di mettersi in ginocchio davanti a me. Sentii gli occhi riempirsi di lacrime e resistei all'impulso di urlare sì prima ancora che me lo chiedesse. Tirò fuori una scatolina nera e, sollevato il coperchio, scoprì un meraviglioso anello con diamante che doveva essergli costato una fortuna.

«Angel, ti ho amata dalla prima volta che ho posato gli occhi su di te. Ci sei sempre stata solo tu. Ci sarai sempre tu. Vuoi sposarmi?», mi chiese. Sembrava molto nervoso. Pensava davvero che potessi dire di no?

Deglutii rumorosamente. Dio, ero in grado di parlare? «Sì», sussurrai. Mi scoccò un sorriso da fermarmi il cuore e, preso l'anello dalla scatola, me lo infilò al dito. Calzava alla perfezione.

Saltò in piedi e mi afferrò, baciandomi con passione. Sorrisi di gioia contro le sue labbra. Si staccò da me e appoggiò la fronte alla mia. «Ti amo così tanto», sussurrò.

«Ti amo anch'io». Quelle parole non mi sembravano mai abbastanza: potevano veramente descrivere ciò che provavo per quell'incredibile ragazzo?

«Per favore, mi concede il primo ballo nella sua scuola di danza, futura Mrs James?», domandò, con gli occhi che gli brillavano per l'emozione.

Sorrisi. Oh, Dio, suonava così bene! «Assolutamente, futuro marito», risposi. Il cuore mi batteva all'impazzata. Liam aveva ancora il potere di mandarmi il corpo in fiamme con uno dei suoi sorrisi, anche dopo tutto quel tempo.

Prese dalla tasca un piccolo telecomando e premette un paio di tasti, facendo cominciare la musica. Rimasi senza fiato quando iniziò la canzone. Era la nostra canzone. *Amazed* dei Boys II Men iniziò e lui mi attirò a sé, avvolgendomi tra le sue braccia.

Quel ragazzo poteva essere ancora più perfetto? Non riuscivo a staccare gli occhi dai suoi mentre ballavamo. Mi teneva stretta, con una mano che si muoveva sul mio collo e le dita che giocherellavano con i capelli sulla nuca. Avevo il respiro affannoso mentre osservavo ogni centimetro del suo stupendo viso, il viso del mio fidanzato. Mi premetti contro di lui, sentendo il suo meraviglioso corpo fare altrettanto.

Tutto di quel momento era bellissimo e desideravo che non

finisse mai. «Liam, riusciresti a essere ancora più romantico?», ansimai, accarezzandogli il petto mentre ondeggiavamo lenti al ritmo della canzone.

Sorrise. «Ci proverò. Chiedimelo di nuovo tra cinquant'anni», sussurrò e piegò la testa per baciarmi dolcemente, mozzandomi il respiro e facendo impazzire il mio cuore.

Ero certa che nessuno fosse stato mai più felice di me in quel momento. Avevo la famiglia perfetta, una scuola di danza tutta nuova, il mio sogno da quando ero piccola, e l'uomo dei miei sogni mi aveva appena chiesto di diventare sua moglie. La vita non poteva essere migliore di così: sentivo di essere davvero la ragazza più fortunata del mondo.

Indice

Penelope Douglas

Mai per amore

Penelope Douglas vive a Las Vegas con suo marito e sua figlia. *Mai per amore* è il suo romanzo d'esordio, il primo di un'emozionante serie. Per saperne di più potete seguirla su Twitter e Facebook e su www.penelopedouglasauthor.com.

Volume rilegato di 352 pagine. € 9,90

Un tempo Jared e Tate erano grandi amici: sono cresciuti insieme, si sono aiutati a vicenda nei momenti difficili. Ma, dopo un'estate che hanno trascorso lontani, Jared è cambiato. Il bambino dolce di una volta si è trasformato in un ragazzo difficile e astioso, sempre pronto a offendere e deridere Tate, a schernirla e a farla oggetto dei propri soprusi. A scuola le ha reso la vita un inferno, e Tate non sa più come difendersi: vorrebbe odiarlo eppure non ci riesce, perché sente che il suo vecchio amico ha sofferto, che questa sua prepotenza nasconde una profonda ferita. Deve scoprire il motivo della sua rabbia, raggiungere il suo cuore e carpire il segreto da cui lui ha deciso di tenerla all'oscuro…

NEWTON COMPTON EDITORI